黃昏戀之罪

扈新軍——著

目次

縱觀古今，應該說大多數人家，應該說大多數家庭，要麼男的強，要麼女的能，反正是差不多的家庭兩口子都是命中註定一個給另一個當陪襯，當附屬物。甚至是一個還得給另一個當奴隸，當墊腳石，做出無謂犧牲，做出默默奉獻呢！說到這裡有了典型，說到這裡有了特例，有必要和大家說道說道某某油城這個海寧小區十二號樓二單元三樓西門的李二道。李二道，怕婆子怕得出奇，懼內症懼得荒唐。典型的例子典型的人，都說李二道這才是個絕對的吃氣包，都說李二道這才是個絕對的受內人壓制的廢物洋點心。絕對的受壓，絕對的故事。下面就讓在下給你細說一番其中的真情秘事，道道其中的是非短長。

§1 一個畏縮退讓一個步步緊逼

說來蹊蹺，李二道別看相貌堂堂，李二道別看一表人才，想不到竟是他老婆陳嬌嬌手裡的標準的馬前卒，墊腳石。說來也不怪，說來也不奇。原來是天底下的漂亮人可不是白長的，可不是好惹的。雖說是漂亮是個喜，雖說是漂亮是個福。可是娶了個十分漂亮的媳婦就得讓他的男人淪落成吃氣包，淪落成下賤人。

說到這裡好有一比，說到這裡好有一說。漂亮不僅是美，漂亮不僅是喜，漂亮也是邪，漂亮也是惡，漂亮也是震懾壓制男人的緊箍咒，狼牙棒。一份漂亮威嚴得讓自己的男人自慚形穢望而生畏，十份漂亮厲害得讓自己的男人自暴自棄不戰而降。尤其是讓那些被她癡迷得一見傾心的人，尤其是讓那些對她愛得不能自拔的人。一見傾其心，再見傾其力，竟是男子漢大丈夫心甘情願地讓美人凌駕於自己頭上發號施令，甚至是騎在自己頭上拉屎撒尿任意污衊糟蹋。

愛的愈深怕的愈狠，這大概是絕對的愛帶來的無法克服的神經過敏般的男兒自卑症。愛的愈深怕的愈狠，這大概是一般人體驗不到的一種最了不起的情，最瘋狂的愛。愛就愛吧，還怕什麼？說不清，道不白。絕對的愛就是絕對的怕，絕對的怕就是絕對的愛。

愛美之心人皆有之，絕對的愛產生著絕對的怕。又怕失去她，更怕委屈她。美如仙，愛如醉，無形的壓力讓你心甘情願地去為她效犬馬之勞，去徹底地失去做人的起碼底線。愛之深，怕之烈，無形的壓力讓你心甘情願去為美人奉獻著一切，甚至是去當牛做馬，甚至是去肝腦塗地，甚至是去過著屈辱的生活。

多數人雖說是都曾經為愛傾心傾力，多數人雖說是都曾經為愛付出過巨大代價。可沒有李二道這麼厲害，可沒有李二道這麼專注，當然也就沒有李二道這麼下賤。也許是有個頭的人往往有運氣，也許是有運氣的人往往有個頭。反正是天爺爺長眼，才讓李二道這個大高個找了這麼個世界第一的老婆。找了個世界第一的老婆，才讓李二道這個大男兒有機會領略這個徹頭徹尾的情，這個完完全全的愛。

有得有失，一點不假。找了個漂亮女人即便有一千個好卻有一個不好，這就是讓大丈夫犧牲了自己的人格，這就是讓大男兒被剝奪了自己的尊嚴和一切。一句話，找了個漂亮女人卻被他的愛妻踩到了腳下，卻無法避免地失去了自己的一切體面和人格。久而久之，習慣成自然，如同苦工，如同戰俘，李二道成了老婆的附屬物，成了老婆的馬前卒。一步退讓步步緊逼，到後來大男兒李二道竟然徹底淪落成了老婆的犧牲品，墊腳石。

天天惟命是聽，時時看老婆的眉眼行事，一時一刻也得不到安寧。一味地過分屈從自己的愛妻，一味地討好自己的老婆。這就是李二道的愛情之道，這就是李二道的作繭自縛。屈從的結果不是換來妻子的以情感情和以德報德，而是換來妻子更大的不滿，而是換來妻子更多的指責和謾罵。站也不是坐也不是，以至於讓李二道這個大男兒天天戰戰兢兢無所適從。

老婆得勢，自己受制。總而言之，沒有自主權的人就是絕對的沒有自主權，就是絕對的沒有地位。什麼一日夫妻百日恩，沒有起碼平等地位可言的家庭就是絕對存在著強權和偏激，就是絕對存在著歪理正說，就是絕對存在著正理歪說。明明是兩口子，說翻臉就翻臉，說兇相畢露就兇相畢露。前頭訓斥後頭謾罵，靚女人氣恨頭上來裡還捎帶著對李二道動手動腳動粗野呢！在外人看來，陳嬌嬌哪裡像是對待自己的丈夫，更像是對待自己前世的冤家今世的對頭呢！

總之，暴戾之下必有殘酷，強權之下必有冤屈。堂堂男子漢，堂堂大男兒，李二道過的那個憋屈日子，真可是馬尾栓豆腐，連提也沒法提。尤其是最近，尤其是眼下，他李二道小日子可是過得真是有點煩，真是有點無可奈何。不是這裡出錯就是那裡挨罵，整天就見不到他李二道有一個消停自在的正常日子。

事做絕，有人說。理不平，有人講。一個樓道過日子，誰家不知道誰家那點事呀？都說這是什麼屁愛情？都說這是什麼狗夫妻？男子漢大丈夫讓自己的老婆踩在了腳底下，咋說陳嬌嬌也是做事太過分，咋說陳嬌嬌也是做人太缺德。不給丈夫留情面，自己就有好嗎？鬼才相信呢。都說李二道也是太窩囊廢，李二道也是太不中用。明明是挨欺負，明明是挨辱罵，還打不還手罵不還口，還一味地過分屈從自己的內人，真是白長了個大高個呀！

大家怨也是白怨，大家恨也是白恨，人家李二道願打願挨，你有啥法？總之，李二道命運天註定，李二道白長了個大高個。窩囊到家，糊塗到底，自己把自己的老婆慣到了這麼一個惡劣瘋狂的地步。事已至此，啥也不怨全怨他李二道自己太軟弱，太無能。李二道壞就壞在是自己把自己的老婆慣出了壞毛病還一味地自責寫檢查，還一味地迎合著自己那蠻不講理的厲害老婆。人活到這個份上，徹底失去了男人的尊嚴，徹底失去了做人的起碼底線。

說來也是做人各人都有各人的難，說來也是做人各人都有各人的命。別看李二道怕老婆，李二道離開老婆的訓斥謾罵一時一刻也不能行。因為他是為愛而生，為愛而活。受欺負的李二道不受老婆的欺負反而不舒服。因為他的時針完全是靠著內人的指揮棒去撥動，離開老婆的嘟嘟囔囔指指責責心理的天秤一點也沒法平衡。

一個大高個，一個大男兒，竟是這麼點本事，竟是這麼點水平。挨熊真難堪，不挨熊又受不了，你說這個李二道邪乎不邪乎？發賤不發賤？

正是陳嬌嬌摸透了李二道的這個賤脾氣才趕鴨子上架步步緊逼。不幹挨批評，幹了挨數落。反正是李二道離不開老婆的批評指責，離不開老婆的訓斥謾罵。威風是養起來的，脾氣是慣起來的。整天就沒見他老婆給他一個好臉過，給他講一句好聽的話。

說起來也真是讓人感歎，說起來也真是讓人可氣又可笑。明明是個體面人，明明是個兩口子，為啥一個騎在另一個頭上肆意妄為？為啥李二道就是窩囊廢的咋打也打不出他婆娘的手掌？又不是不能幹，又不是不掙錢，完全靠自己養活的內人還這麼愛發威風，還這麼愛攻其一點不及其餘地作賤自己，咋說也是說不過去呀！

說破天，說破地，啥也不怨全怨他李二道自己。這可是禿子頭上的蝨子明擺著的事，這可是李二道自己一步錯步步錯。

說來也是規律使然，你越弱她越強。天下的事就是弱者恒弱強者恒強，而且還不住一住地往極端發展。縱觀古今中外，幾乎無一例外。凡是男的過分猥瑣的，女的無一不是十分張狂。你看她陳嬌嬌那個兇狠的樣，你看她陳嬌嬌那個蠻橫的相。丁點的事也是暴怒不止，丁點的事也是上綱上線往死裡把李二道熊。慣起來的威風，養起來的厲害。你越讓，她越逼，一個越是低三下四一個越是氣焰囂張專橫跋扈。久而久之，李二道自自而然把他的老婆推崇到了天庭之上，陳嬌嬌自自而然把她的丈夫壓制到了地底之下。

得逞於一時不等於得逞於永遠，群眾的眼睛才是雪亮的。久而久之，老李家陰盛陽衰的超常惡劣狀況實在讓人看不下去，實在讓人覺著不對頭。於是就逼著大家去說話，於是就逼著大家去給李二道討個公道。七言八語，竊竊私語。指桑罵槐，輿論譁然，全都是對李二道這個婆娘的不大認同。尤其是一個樓道的人個個對她陳嬌嬌側目而視，人人對她陳嬌嬌嗤之以鼻。背後都在說，背後都在講：「到底是漂亮有啥用？又不當吃又不當穿，反而是讓漂亮慣壞了自己的性格和脾氣，反而是讓漂亮又反過來作賤糟蹋和自己一個被窩裡睡覺的人。」

事做絕失人心，理不平有人講。再漂亮也不能拿著自己的丈夫當下酒菜呀，再漂亮也不能欺負和糟蹋與自己一個被窩裡睡覺的人呀。他可是娶你養你的丈夫呀，他可是你的第一近人呀！在大家看來，陳嬌嬌簡直就是騎在自己丈夫頭上作威作福，簡直就是蠻不講理的人專幹那傷天害理的事。

說句良心話吧，李二道幹了些啥誰家不知道？誰家不曉的？一個樓道過日子，誰家不知道誰家那點子事呀？不是吹的，幾乎是全樓道的人都為李二道打抱不平。李二道那個能，李二道那個行，別說是在這個樓道，恐怕在整個油城，恐怕在整個海寧小區，也沒有比他更出眾的人呢！

學雷鋒做好事，放下這活就幹那活，隨時隨地都能看到他李二道在忙活著這在忙活著哪。明明是個能幹人，明明是個活雷鋒，只可惜攤上了個這麼漂亮多事的老婆讓他站也不是，讓他坐也不是。讓他出力不討好，讓他成了最倒楣最沒了嘴臉的人。

賤女人，心狠毒，拿著美麗漂亮仗勢欺人。讓李二道成了傻老帽，讓李二道成了出頭無望的下賤人。李二道出了汗受了累，還光挨熊光挨窩囊。真是天理全讓她陳嬌嬌給搞歪了，真是暗無天日的家庭裡讓妖女人肆無忌憚地作賤老實肯幹的大男人。

路見不平拔刀相助，只要有不合理的事就擋不住人們說三道四。船有影，水有痕，就是隨便讓一個樓道裡的任何人說說吧，咋說李二道也不是那種窩囊廢的人呀，咋說李二道也不是那種值得光挨數落的貨呀！禿子頭上的蝨子不是明擺著嗎？哪件費心出力的活不是等著李二道去忙活？哪件難修難幹的疑難故障不是非得李二道親自去排除？又是樓道防盜門壞了靠他去修，又是下水道堵了靠他去通，類似這樣的事讓人們說起來三天三夜也說不完呀！

說句良心話吧，全樓道的人誰沒沐浴過他李二道的陽光雨露？全樓道的人誰不對他李二道感激涕零？誰不對他稱頌不絕？閒不住愛鼓搗，萬金油啥也能，整天就聽見他弄得整個大樓裡到處都是嗚嗚的亂響。有時候簡直就是發出些刺耳的聲音呢。刺耳的聲音，讓人煩呀，讓人恨呀！煩有啥用？恨有啥戲？大家都知道他李二道是受制於內人的人，大家都知道他李二道的算盤珠完全靠內人去撥動。

不原諒他也得原諒，不同情他也得同情呀。

大家出於同情心，再難聽的噪音也是不聽也得聽，也是不忍也得忍。你越忍我越凶，李二道越鼓搗越來勁。李二道窮命使死鬼，李二道越忙活越忙裡不得偷閒。近水樓臺先得月，李二道拾掇得他家裡那可是新奇亮麗，那可是日新月異，那可是超凡脫俗呀！

走進他家裡去看看吧，家裡那個板正，家裡那個俐落，誰家也比不上。地板都換了好幾回，還說再見到有頂尖水平的也是馬上就跟上重新另搞，徹底另弄。水管和暖氣管也要高標準嚴要求，也是說改就改，說修就修，說換就換。漂亮老婆巧舌頭，指令得李二道馬不停蹄。

好好的樓房，好好的居室，為啥還這麼愛折騰？為啥還這麼愛鼓搗？為啥還婆娘想到哪裡就搞到哪裡？說起來也是一個人的命，說起來也是一個人的罪。娶個漂亮媳婦成了多事之秋，不是這裡不行就是哪裡欠妥當。標準是人制定的，水平是隨著漂亮老婆的漂亮不斷上漲的。加上陳嬌嬌漂亮人什麼事情也是愛出風頭不甘示弱，加上陳嬌嬌漂亮人總是愛動攀比和永爭第一的小心眼。李二道越鼓搗陳嬌嬌越是發現還有不足之處，李二道越忙活陳嬌嬌越是觸類旁通想出一個個新的奇思異想。陳嬌嬌越是想出新的奇思異想就越是提出一個個新的設想和方案。到頭來就是李二道幹的好不如陳嬌嬌想的快，到頭來就是李二道咋幹也還是趕不上她婆娘的獨出心裁和超凡脫俗。

總之，婆娘的心就是標準，婆娘的嘴就是聖旨。不稱心就得另搞，不好看就得重弄。所以說活越幹越多，所以說事越搞越亂。別看李二道天天馬不停蹄地幹，就是幹不完，就是永遠滿足不了內人的不斷上長的完美追求。當然，當然，這裡頭還包含著妻子從觀察李二道幹活中得來的水平一提再提，這裡頭還包含著妻子自定標準的天天進步。

妻子嚴要求，丈夫倒了大楣，什麼事情不折騰個七遍八遍不算完。更可氣的是越幹越不行，越不行越讓陳嬌嬌火上加火氣上加氣。這種情況之下，陳嬌嬌越罵越凶：「為啥說下天來也是不聽不信？為啥木頭腦袋永遠跟不上老婆的新思維？」一步不趕趟，步步不趕趟，鬧來鬧去李二道更好像是個不解事的呆木頭，更好像是成心和老婆搞過不去的搗蛋鬼。

「幹不好還不讓說？不解事還頂著幹？搗蛋鬼還成心和老婆搞過不去？連老婆的話也不老實聽？不照著幹？」連珠炮式的問話一個連著一個。會幹的不如會說的，李二道面對著內人的訓斥總是無言以對，總是忍氣吞聲。無言以對，忍氣吞聲，反而惹火得老婆火更大，反而惹火得老婆更加氣急敗壞，更加暴跳如雷。

漂亮老婆就是厲害，漂亮老婆就是滿嘴是理。總之，老婆可不是吃醋的，老婆可不是好惹的。氣恨頭上來了，抓住一點不及其餘。於是就把李二道往死裡去熊，於是就把李二道往死裡去整。你看這個時候的李二道，讓他老婆把他熊得和那孫子沒啥兩樣。出了力，受了累，雞蛋裡頭挑骨頭，無所適從。無所適從，呆頭呆腦，接著就是讓他老婆更加不滿意，接著就是讓他老婆雷霆萬鈞徹底把他熊了個無地自容。

雷霆萬鈞，惡性循環，接著就是更出錯，接著就是讓他老婆落了個更大的不滿意。到了這種地步，到了這個時候，李二道更加怕老婆，更加忍氣吞聲，更加不敢反抗。嚇出來的懦弱，慣起來的威風。這種情況之下，李二道更加忍辱負重，更加委曲求全，更加一味地自責寫檢查，更加對不起老婆的心要多難受有多難受。

福無雙至禍不單行，一處不順處處不順。接著就是越難受越出紕漏，接著就是越出紕漏越是受到老婆的更多指責謾罵。挨批評受訓斥，老實巴交的李二道不敢也不可能認為妻子有啥過分。不平等的家庭不平等的理，妻子沒啥錯全是自己的錯，一根筋的李二道總認為是自己的紕漏不斷造成的老婆的絕對不滿。一句話，李二道總認為是自己絕對不對惹起了老婆的火，總認為漂亮的老婆永遠正確無誤無可指責，總認為是自己反覆出錯才讓老婆暴怒不止。

天呀，這可怎麼辦呀？總之，不怨也不敢怨老婆的李二道，只有怨自己。就這樣李二道怨恨自己的心越壓越重。如此這般再去幹活，受壓抑的李二道更是忙中出亂，更是錯越來越多。錯越來越多，活越忙越亂，自自而然讓他老婆的火越發越大。

憤怒的老婆就是母老虎，陳嬌嬌幾乎是天天咆哮如雷凶煞惡神般地對著他發火。天呀，嚇死人啦！海上無風三尺浪，海上有風浪滔天呀！總之，老婆可不是吃醋的，老婆可不是好惹的。認準的事就是理，抓住一點不及其餘。一會兒說李二道狗不咬加棍戳，一會兒罵李二道給臉不要臉的混帳東西，沒讓她陳嬌嬌消停安穩過一個日子！天天說什麼讓一尺就進一丈，日日講原則性的地方還真是不能夠講妥協。說什麼不治一治你李二道的狗毛病老李家的日子還怎麼過？不為吃魚也為腥，原則問題不妥協。抓住一點不及其餘，陳嬌嬌越發是得理不饒人，陳嬌嬌越發是暴戾的脾氣不斷發展步步升級。

說到這裡讓人徹底明瞭，說到這裡讓人徹底搞清。李二道這才是自己慣起了老婆的壞脾氣，李二道這才是自己把自己打進了十八層地獄。頂著丈夫的名，幹著奴才的活。幹的愈多，紕漏越多。紕漏越多，指責愈多。如此這般惡性循環，受指責的日子永遠沒完沒了。幹也不是，不幹也不是。稍有怠慢，格殺毋論。老婆脾氣越來越壞，老婆的清規戒律越來越多。到頭來李二道完全是過著暗無天日的痛苦日子，枷鎖越背越重。

挨整治，挨數落。惡性循環，沒完沒了。說起來也是一個人的罪，說起來也是一個人的命運和規律使然。好好的一個人，好好的一個家，為啥會幹的不如會說的？為啥會幹的老讓會說的批評和謾罵？明明是兩口子，明明是一家人，為啥男人老挨女人的熊？議論紛紛，七言八語，說啥難聽話的也有。

漂亮是什麼？活生生的教材，明明白白的理。從李二道的切身處境之中人們這才深刻地體會到漂亮是什麼，都說：「原來漂亮是凶煞，原來漂亮是惡魔，原來漂亮才不是什麼好東西。看來人漂亮到一定程度就成了一種罪孽，就成了一種張狂，就成了一種霸道和惡毒。」

當然，以上這些話這可是絕對的偏激之詞，或者說因噎廢食。真正的漂亮人可是不這樣認為。在她陳嬌嬌看來，天生我材必有用，漂亮可不是白長的。漂亮人天生爭第一，漂亮人天生不落後。一份漂亮十份好強，十份漂亮天生的德性就是好高騖遠，就是逞強逞能永奪第一。一句話，漂亮可不是白長的，漂亮總是要占個先，漂亮總是要靠個前。一處要強處處要強，於是就冰凍三尺非一日之寒，於是就養起來的威風慣起來的脾氣永遠發作個沒完沒了。

說到這裡好有一說，說到這裡好有一比。可不能光怪陳嬌嬌這麼厲害，可不能光怪李二道這麼無能。天底下的靚女人哪個不是爭強好勝？天底下的漂亮人哪個不是傲視天下？說句老實話吧，啥也不怨全怨世俗，是世俗把這些漂亮人全都嬌慣壞了呀！

世俗是什麼？世俗是愛美之心人皆有之，世俗是誰漂亮誰就是絕對的獨領風騷無人能比。美人啥也能，美人啥也行，這就是美人在人們心目中的優越地位和光輝形象。啥也不怨全怨世俗，世俗把美人全都寵慣壞了，世俗把美人全都看成是掌上明珠無價之寶。一份漂亮十份珍貴，十份漂亮價值連城，這可是從老祖宗那裡就得來的對美麗漂亮的最高推崇之詞呀！

物極必反，一點不假。什麼事情就怕登峰造極。珍貴的人就是十分珍貴，值錢的人就是十分值錢。一句話，是天下人都對漂亮推崇備至才讓漂亮奇貨可居，才讓漂亮嬌豔無比，才讓漂亮登峰造極。一物治一物，老鼠才怕貓。誰讓天下人都有愛美之心？誰讓天下人都在追逐漂亮？物以稀為貴，於是漂亮人就身價百倍，於是漂亮人就隨著漂亮的行情不斷看漲才不斷往上加速提升呀！

一份漂亮身價百倍，十份漂亮行情鼎沸。漂亮人水漲船高，也就有了副產物，也就有了犧牲品。讓漂亮人隨著身價的提高變得傲視天下，讓漂亮人隨著自身的優勢變得胃口越來越大。不是吹的，漂亮可不是白長的，漂亮可不是好惹的。一句話，漂亮可不是個好東西，漂亮可不是任何人所能享受得了的。

十個漂亮九個惡，尤其是對待傾倒在她腳下的人。不聽她的招呼可是不能行，不聽她的安排可是不能活。總之，漂亮人說話就是有市場，漂亮人說啥也是有人去堅決照辦。這才是問題的根本，這才是問題的關鍵。正是有人發賤，正是漂亮人走到哪裡都有其適宜的生存土壤。才有了陳嬌嬌的一言既出駟馬難追，才有了陳嬌嬌的不斷進取，才有了陳嬌嬌的精益求精，才有了陳嬌嬌的至高無上。

你看這個陳嬌嬌，慌看好像是雞蛋裡頭挑骨頭，細看還真是有點過人的獨特心計呢。有腦筋，會算計，還真是能摳唆出些別人發現不了的各種問題呢。抓住一點推而廣之，這才是她的拿手好戲。別看背後都說她蠻橫武斷，別看背後都說她黑白顛倒。她可是不信這個邪，她可是不認這個孬。她可是滿嘴是理，她可是咄咄逼人。白的能說成黑，黑的能說成白。反正是她老頭子對她惟命是從練就了她說一不二的堅強性格，反正是從督導她男人幹活中練就出了她犀利的眼光，幾乎是入木三分，幾乎是看到骨髓。

抓住一點不及其餘，攻無不克戰無不勝，收拾她丈夫李二道那可是張飛吃豆芽小菜一碟。不是吹的，練就的脾氣，耍出來的威風，小女人治個大男兒十八般武藝樣樣精通件件嫺熟。為了讓她的才藝雙飛，為了讓她的權力不受任何侵犯，她總是讓李二道出力不討好，她總是讓李二道吃不完的窩囊挨不完的熊。一句話，漂亮可不是吃素的，漂亮可不是好惹的。無理還能占三分，有理走遍天下都不怕呀！

今天這個陳嬌嬌更是得理不饒人，指著李二道的鼻子又恨又氣地罵了個沒完沒了。你看她那個氣，你看她那個凶，真是恨不得把李二道吃了的火勢呀！一口一個狗日的，一口一個私孩子，連罵帶抱怨地就對著李二道放起了連珠炮：「頭一次讓你單獨看孩子就領著孩子到這個犄角旮旯的地方來玩，喊破嗓子你咋也還是沒有聽見？讓俺到處瞎找亂轉跑了大半天，你說氣人不氣人？你說讓人惱火不惱火？好好的時間全都浪費在找人這些無用功上，你說可恨不可恨？你說煩人不煩人？」疲憊的樣子又加上滿臉汗水，別說美人就是一般人受了這樣的委屈，也得非發作發作不可呀！只見她陳嬌嬌越說越來氣，只見她陳嬌嬌越說事越多，對著一個樓道過日子的退休老校長石一路就說了個沒完沒了。

漂亮女人恐怕也就是這麼點本事，對著別人埋汰自己的丈夫成了通病，成了顯擺，成了時髦。好像是只有打擊丈夫才能抬高自己，又好像是嫁了個窩囊廢的老頭子不說道說道就喘不勻停自己的那口氣。又是說李二道前天燒開水讓蒸汽開了火車，又是說李二道昨天晚上長明燈忘了去關等等難以饒恕的八大罪狀。攻其一點不及其餘，反反覆複不厭其煩。會說的女人真是會說，好像是天底下的理都在她這一邊的那個樣子。

雖說是好酒不怕巷子深，賣破爛的叫得再響也是賣破爛的。有道是鑼鼓聽聲說話聽音，有道是言過其實就露了餡。陳嬌嬌說一半虛，陳嬌嬌添一半假，陳嬌嬌虛張聲勢地數落著自己的愛人大丈夫。一看就是女人的本事，一看就是強詞奪理無理反纏。拙劣的表現手法，偏執的嚴格要求，哪個明事曉理的人看不出來？為了埋汰丈夫，陳嬌嬌明顯地不惜不擇手段，明顯地不惜無所不用其極呀！

會說的不如會聽的，百聞的不如一見的。有腦筋的人一聽就知道陳嬌嬌是個小題大做的貨，會看事的人一看就明白陳嬌嬌是個斤斤計較的那種刻薄女人。一家人家過日子，取長補短，互相提醒，還不是應該的。何必這樣小題大做？何必這樣無限上綱？燒開水讓蒸汽開了火車，長明燈忘了去關，你陳嬌嬌難道就沒有責任？你陳嬌嬌為啥不去及時檢查？你陳嬌嬌為啥不去提前預防？自己不好好協助丈夫還光說現成話，還光抓住一點不及其餘，真是良心全讓狗吃了。你讓李二道忙前忙後忙暈了頭，出點紕漏出點疏忽有啥了不起？出點紕漏就抓住不放，出點疏忽就罵天罵地，兩口人的日子還咋著再去過？兩個人的感情還咋著再去好？

老校長石一路可是個實在人，明顯地對陳嬌嬌說的這些事情有點保留意見。因為他也是和一個樓道裡的所有人一樣對陳嬌嬌有點看法，有點不對味。有點看法有點不對味可是不願意直接得罪人，於是就拐彎抹角地勸著陳嬌嬌說：「李二道雖說是錯了讓你生氣，畢竟也沒啥原則性的錯和差。事多人自亂，以後注意一下也就行了。今天這個事可是不能全怪人家李二道，小孩子大小便都好幾回，把他李二道忙了個不亦樂乎，他哪裡還有閒心聽你在山下喊叫？他哪裡還有閒心記住你在到處去找他？我看他一個人首尾難顧，還親自幫著他給孩子擦屁股來呢！確實沒聽見你的喊叫，聽到怎麼能不答應讓你白跑瞎轉到處去找呢！」

陳嬌嬌可是死心眼，陳嬌嬌可是落不下她那心中的那口找了半天的怒氣和怨恨，繼續說她那一面子理：「老校長，你可是個聰明人，你可是個知書達理的人。撕破畫皮才能露出原形，不直接和他推磨倒碾就不知道他玩的那套鬼把戲。一葉障目不見泰山，天長日久才知道他是真好還是真壞。一句話，大風大浪，真金火煉，最終才知道誰是好人誰是混蛋。都怨俺說他，今天這樣的事你可是親眼見，平白無故地讓俺轉了大半天。類似今天這樣的事讓俺生不完的氣，讓俺落不下去的火。一個被窩裡睡覺，俺不說他誰說他？人不可貌相，海水不可鬥量，奉勸你們大家可別上了李二道這個貌似老實人的這個大賊當。俺和他過了多半輩子，還不知道他那些鬼心眼子嗎？給人一個假象，給人一種錯覺。表面的老實，表面的勤快，沒想到完全是給他自己製造了藉口和輿論的同情。別看你們都給他同情，別看你們都給他說好話，實際可不是那麼一回事，實際他可是滿肚子裡都是見不得人的壞心眼。表面的老實完全是瞞天過海，完全是愚弄欺騙著整個世界。就說今天這個事吧，說不定還在搞他那絞盡腦汁才弄出來的愚人之道呢！不信您就等著瞧，不信您就等著看。今天的這個事不怪他還能怪誰呢？你老校長只知其一不知其二。前腳走後腳跟，他又不是不知道我找他，他又不是不知道我對他單獨看孩子不放心。知道我找他為啥還到處去躲？知道我找他為啥還藏到這個鬼地方？肯定是李二道滿肚子裡又生出見不得人的勾當和心思。大人小肚腸，玩弄鬼把戲，不敢正面反抗就搞邪魔作祟，就搞惡作劇氣煞好人。看我回去不收拾這個該死的我就枉為個人。」

俊美的女人不能吃屈，愈說愈是怨氣沖天，愈說愈是情理兜子滿嘴是理。一恨就百煩，凶相加惡語，只見她陳嬌嬌繼續說繼續講：「一不做二不休，原則問題堅決不能講妥協，絕對不能搞讓步。該掰扯的是非不掰扯清楚那可是後患無窮！萬一慣出壞毛病，萬一什麼事情也是和我來個推磨倒碾不聽調遣，我們以後的日子還怎麼著去過？李二道，你這個挨刀的，你這個該死的，你說說，為啥你光長歪歪心眼惹俺生氣？為啥你操弄人還操弄到老婆頭上？」陳嬌嬌聲嘶力竭般地叫囂著不散夥，兵臨城下，步步緊逼。看看陳嬌嬌那個架勢，看看陳嬌嬌那個凶樣，看來今天是非要弄個砂鍋搗蒜，看來是今天非要弄個一錘子買賣，才好出出她這口憋在心裡的無名火，窩囊氣呀。

老鼠怕貓天經地義，老婆這麼大的火，這麼大的氣，可是讓李二道懼內症徹底發作了起來。你越怕我越說，陳嬌嬌勢如破竹般地繼續說繼續講：「這麼大聲還聽不見，俺陳嬌嬌可是不信這個邪。肯定是故意搞惡作劇，肯定是故意糟蹋著俺玩。」總之，李二道他這個婆娘的脾氣可是真不善，認準是事就是理，數量丈夫可是張飛吃豆芽小菜一碟。無理還能占三分，有理更是拿著雞毛當令箭。不達目的誓不甘休，老娘們的這個脾氣可不是好惹的。不讓李二道徹底繳械投降，她決不收兵，她絕不散夥。在她看來，鬆一尺就進一丈，慣出壞毛病來後患無窮。決不妥協，決不手軟，這可是她陳嬌嬌的處事之道，這可是她陳嬌嬌的治家之方。凡事不掰扯清楚可是不散夥，做錯了事不讓他李二道吸取點教訓永無長進。拍打桌子嚇唬貓，陳嬌嬌的威風越來越嚴厲，越來越升級。

李二道膽小的人還真是怕，一聽打哆嗦，再聽就好像是失魂落魄徹底嚇破了膽。接著就是不知道東西南北，接著就是不知道咋著幹好。一米九的大男兒李二道還真是熊，還真是怕，一米九的大男兒李二道還真是沒有對付老婆的這個能力和本事。不僅沒這個能力，不僅沒這個本事，還白長了個大高個，還出了名的怕老婆。怕老婆的人好有一比，愛的越深怕的越很。怕老婆的人好有一比，老鼠見貓打心裡怕。李二道有理還對著老婆講不清，無理就更是只剩下心驚膽戰，只剩下被動挨打。

§2 防衛過當點燃了愛妻和別人情感的燭光

只見他李二道天不冷心裡寒，身上起著雞皮疙瘩，腿腳就一個勁地只打顫。要多怕有多怕，怕老婆的人還真是怕老婆。只見他李二道心裡慌嘴裡亂，喃喃自語地說了起來：「肯定是晚上不讓上床，肯定是彆扭著讓俺搞不完的檢討講不完的罪。」被迫無奈，無可奈何，李二道嘟嘟囔囔地說了又說：「為了平息老婆的這個火，啥辦法也得想呀，她鬧開了可是了不得呀！」

李二道又像是急中生智，李二道又像是慌不擇路，非要找個替身金蟬脫殼。以鄰為壑是他的一貫作風，吃柿子揀著軟的捏更是他的得意之作。也不知啥時練就的這麼個絕技本事，有的說沒的道，撒慌掉屁還捎帶著兔子先吃窩邊草。李二道歪腦筋一動計上心來，拾草打兔子兩相兼顧。只見他老實人也有絕招，操弄人還是心毒手狠無與倫比。臉不變色心不跳，信手撿來個替死鬼，拿著眼前的這個老實疙瘩石一路動開了刀槍。

他在心裡說：「做事講占理，出手防不測。一不做二不休，吃柿子就是要揀著軟的捏。你不欺負人人就欺負你，這年頭可是不能當老實人。早就知道石一路見了漂亮女人愛窮搭訕亂彈琴，早就聽說石一路是個未加冕的婦女主任愛在女人堆裡混，今天果然是又看到這個老騷貨對著俺老婆亂獻媚窮騷情。要是王八瞅綠豆對上了眼，俺老李家的太平日子還怎麼著再過？有婦之夫難道也是毫不自重？賊眉鼠眼的樣子難道也是光天化日之下毫不掩飾地幹？既然你石一路敢在太歲頭上動土，自然我就敢讓你嘗嘗我老李的手段！別看俺在老婆面前打不出手掌，在圖謀不軌的騷男人面前可是一夫當關萬夫莫敵，可是戰無不勝攻無不克。我李二道身高丈二，恨天無柄，恨地無環，有的是力氣，有的是辦法。」

以鄰為壑也是形勢所迫，李二道立馬就喪盡天良地對著嬌妻說了起來：「親愛的，說真的，有一句假話我也不是一個人。個子大，耳朵靈，咋能聽不到你在喊，咋能想不到你在叫。個子大，心眼細，咋能想不到你在到處找，咋能料不到你在到處轉。俺個子大的人站的高望的更遠，啥事能躲過俺的眼？啥事能瞞過俺的心？我確實是不只一次聽見你在山下大聲喊叫我，我確實隱隱約約看見你的影子在山下轉。多次想回應，更想下山去叫你。只可惜，都怪今天出門碰上了鬼，碰上了個來亂插杠子的人和我窮搭訕，和我亂彈琴。說出來也是讓人氣憤，一個樓道住的人也是啥熊樣的人也有。你看眼前這個石一路，你看眼前這個壞東西。貌似一個人，實則一個鬼。戳弄人，惹火事，不安好心眼。你看眼前這個石一路，你看眼前這個書呆子，你猜他今天對著我說了些啥？恐怕你想都不敢想。幹了些挑撥離間，幹了些煽風點火，幹了些唯恐天下不亂！別看他還當過中學校長，別看他長的道貌岸然，實則一肚子壞水，啥骯髒事也會幹。今天就是他說不讓我回應，今天就是他說不讓我去喊你。就是他說巴掌大的一個地方還用著喊嗎？還用著叫嗎？真是慣出來的壞毛病。正是他的惡意攛掇，正是他的用心不良，才讓我上了這個大當，才讓你瞎轉了大半天。狗東西，壞胚子，一個勁地說巴掌大的地方咋能找不著，一個勁地說別把老婆慣出壞毛病。還說天天讓婆娘指揮得團團轉，費力不討好誰不知道？男子漢大丈夫頂天立地，不稀地管她看她還有啥本事？看我猶豫不決，看我面露難色，他又用激將法對著我說了又說。說什麼男子漢大丈夫頂天立地，可不能讓婆娘指揮得團團轉。讓你上東你就上西，看她還能把你的球給咬了。說什麼妻子欺人太甚，說什麼丈夫積重難返。說什麼要吃猛藥，說什麼要下狠招。揚言翻身仗不打永遠沒有個好，捨得一身剮才能把皇帝拉下馬。還說什麼不靠神仙不靠皇帝，全靠自己解放自己。還說欺人太甚天理不容，慣壞的老婆天怒人怨。一個勁地說打之有理，一個勁地說除之有據。一個勁地說打她順民心，打她合天意。又說既得天時又得地利，加上全樓道的人都站在你這一邊。早就應該對她動點真格的，早就應該治一治她的狗毛病。當然，當然，還說了些更加惡毒更加陰險的混帳話語，我只是挂一漏萬，只說了個他說過的話的一個皮毛。因為他石一路是個秀才出身，因為他石一路出口成章，因為他石一路口若懸河，我一個大老粗不可能把他說的壞話全都記住，全都重說出來。總之，正是他的激將法，正是他的惡意攛掇，才讓我聰明人一時糊塗上了賊船幹了愚蠢傻事，才讓你白跑瞎轉了大半天，才讓你今天又生了這麼大的一個氣。水有源樹有根，無風不起浪，今天的這個事全是因為他石一路說了這樣的話才讓我一時鬼迷心竅讓你瞎轉白找了大半天。冤有頭債有主，誰也不怨就是全怨他這個壞東西。他才是個萬惡之源，他才是惟恐天下不亂的孽障私孩子。看看眼前這個該死的石一路吧，看看眼前這個用心惡毒的石一路吧，自以為有點文化，就自視高明，就到處煽陰風點鬼火，就到處窮騷情亂彈琴。豈不知機關算盡太聰明反誤了卿卿性命，反而讓人揪住了他石一路的狐狸尾巴。發壞都發到咱家裡來了，你說氣人不氣人？你說該打不該打？一句話，我今天的這個錯就是他給我造成的，你轉了大半天的這個事就全是他給惹火的，有本事你就對著他徹底發洩。讓他原形畢露，讓他老鼠過街，看他還敢不敢再上咱老李家來窮騷情亂插杠子！」像是說真又像是開玩笑，一股腦兒就把一大堆罪惡責任全都推給了石一路。而且是編排的天衣無縫，入情入理，完全迎合了全樓道裡的人們對陳嬌嬌一貫做法的厭惡思想。

石一路他可不是愛開玩笑的人，石一路他可不是隨便讓人拿捏的人。沒有的事還讓他李二道編排得活靈活現，還無限上綱，還往死裡一個勁地把他栽贓陷害。真是天有不測風雲，真是人有旦夕禍福。說起來老校長石一路今天還真是出門不吉利碰上了鬼一個。石一路好好的一個正派人，光天化日之下就被他李二道澆了這麼一頭污水，說了這麼一大堆莫須有的彌天大罪。

聽到這裡，想到那裡，石一路咋想也是覺著李二道這個狗日的真是太缺德，連這樣的話也能說出口。平常給人一種假像，實際還真不是個什麼好東西。石一路咋想也是覺著李二道這個人真是荒唐到家了，真是混蛋透頂了呀！設身處地地想想看吧，是個有常識的人都會知道，是個明事理的人都會知曉。別說石一路是個正人君子，別說石一路是個有文憑有身份的人，就是個傻瓜也不能背後裡挑撥人家夫妻不和呀！

沒有的事還讓他李二道說了個枝枝葉葉，說了個環環入套。咋說這個李二道也是太損了，咋說這個李二道也是太陰了。一個樓道過日子，咋說也是應該從長計議，咋說也是應該互敬互讓。李二道不但不從長計議，不但不互敬互讓，還亂說一氣，還栽贓陷害，這是哪門子混帳做法呀？這不是明目張膽的欺負人嗎？就算石一路老實，就算石一路無能，也不能這樣任意欺負糟蹋人家呀？

再說害人害己，再說欺人太甚天理不容呀！沒有的事給說了個亂七八糟，到時候錯上錯，到時候亂上亂，還咋著再收場？還咋著再下臺？再說就是對待個傻子呆子，李二道也不該這樣兔子先吃窩邊草呀，也不能任意污蠛栽贓呀！一個樓道過日子，壞了名聲，壞了關係，以後的日子還咋著再相處呀？

石一路咋想也好像是雪白的汗衫讓李二道全給染黑了，全給弄髒了，恐怕是再好的洗衣粉也洗不乾淨了。這樣的事雖說是憑空亂說沒有抓住個什麼真實證據，雖說是一聽就知道是亂說一氣。可是用心惡毒，可是迷惑視聽，可是影響極壞，可是極有市場呀。什麼事情就怕當事人親口說出，一旦讓當事人親口說出就讓人信個多半呀，就有相當大的迷惑力呀！畢竟是當事人就是受害人，畢竟是受害人提供的第一手資料呀！天呀，啞巴吃黃連，牛不喝水強按頭，竟然讓他石一路碰上這麼個說不清道不白的骯髒事。青天白日，禍從天降，真是又一個風雲突變，真是又一個陰險惡毒！想不到李二道竟是這麼著信口開河，竟是這麼著胡言亂語。海上無風三尺浪，李二道無中生有一席話，一下子就讓石一路有嘴難辯，一下子就讓石一路說也不是不說也不是了呢！

話又說回來，理能反著講，站在李二道的立場上也不能不說是他的被迫無奈和正當防衛呀！自己的老婆和別人越說越靠近，難道不是不良苗頭？難道不是危險兆頭？耳聽為虛眼見為實，到了這個時候還不表示表示？大高個是吃素的嗎？大高個是白長了嗎？與其等到白受其害，還不如提前動手，這可是大是大非的原則問題呀！

在他李二道看來，這年頭他石一路既然敢來玩個虛的，說不定就也敢來玩個實的。賊眉鼠眼的樣子，到底和西門慶有啥區別？待到生米煮成熟飯，再後悔還有什麼用呢？一不做二不休，無毒不是大丈夫，只有有防患於未然思想的人才能對付圖謀不軌的人。要不還不是和武大郎一樣白吃西門慶的虧？要不還不是啞巴吃黃連白受其苦？要不還不是讓他石一路白占了俺老李家的便宜？殺父之仇奪妻之恨，這可是個原則問題不能含糊一絲一毫呀。只要是騷男人膽敢來虎視眈眈地踅摸自己的老婆，和自己的老婆越說越靠近，就是戰火挑起，就是欺人太甚。戰火挑起，欺人太甚，就應該得到應有的回應和絕對的反擊。先下手為強，後下手遭殃。打人打臉，打蛇打頭，這才是他李二道的良苦用心和獨到之處。什麼事情就怕邏輯推理，什麼事情就怕挖地三尺不斷延伸。只要他石一路花花腸子膽敢來說三道四，就有可能真來做個缺德事呀！

苗頭的東西只要抓住，就是第一手資料，就是打之有理，就是罵之有據。得理決不手軟，縱敵一日禍害萬年呀！厲害人不出手是不出手，一出手就要來個搶佔先機，就要來個勢不可擋呢！讓你石一路有苦說不清，或者說是讓你石一路扯不清理更亂，才是上上之策。一棒子打死，一錘子買賣，讓包藏禍心的人毫無還手之力才是自己的真實用意。一棒子打死，一錘子買賣，這才是個絕對的事半功倍，這才是絕對的一勞永逸呀！

不服氣能行嗎？打蛇打頭打人打臉，不弄個厲害的給你嘗嘗不算本事。老老實實還算罷了，道高一尺魔高一丈。老老實實還算罷了，越是反抗吃虧越多。高大的人天生高大，高大的人天生厲害。力氣大，辦法多，大男兒做事瞻前顧後。乖乖投降還算罷了，越是反抗吃虧越多。如果膽敢狡辯抵賴，肯定讓你丟人現眼，肯定讓你欲蓋彌彰，肯定讓你有來無回，肯定讓你粉身碎骨。來者不善善者不來，高大的人天生高大。一言既出駟馬難追，大高個可不是白長的。厲害的人習慣用世界上最厲害的辦法，讓你有口難辯，讓你說也不是不說也不是。乖乖投降還算罷了，不徹底繳槍投降死路一條呀！

總之，李二道不出手是不出手，一出手就非要打他石一路個暈頭轉向，非要打他石一路個措手不及，非要打他石一路個既無招架之功又無還手之力。現在看來，李二道還真是有兩把刷子，打了你還讓你說不得道不得，咬了你還讓你乾疼痛沒有辦法，就是確有冤枉也是讓你把淚水只能往肚子裡去咽呀。

咬人的狗兒不露齒，一點不假。看來天下的事可不是都那麼簡單，看來天下的人可不是都那麼好惹火。該做的不說該說的不做，惹不起的人還真是惹不起。李二道別看讓老婆熊得他和個兒一樣，對付看不慣的外人可是張飛吃豆芽小菜一碟。在他看來，窩囊了裡可不能窩囊了外，體內損失體外補。怕老婆是為了愛老婆，可不是軟弱無能到了任人欺負的那種地步呀！怕老婆的人可是最護老婆，可是最忌諱別人給自己戴上個綠帽子呀！光天化日之下，對著別人的老婆窮騷情亂彈琴，不是欠抽還是什麼？和別人的老婆亂獻殷勤，和別人的老婆越說越靠近，不是圖謀不軌還是什麼？苗頭的東西不去抓住，真到事上還不是為時已晚？

在李二道看來，寧願我負天下人，也不能讓天下人負我。錯殺一千不能算錯，漏掉一個遺害千古。成功的經驗成事的路，不學白不學。總之，李二道別看粗人一個，卻是粗中有細，卻是念念有詞，卻是真會打仗。一下子就讓石一路陷入了絕對的有口難辯，一下子就讓石一路陷入了絕對的難堪被動。或者說李二道果然是當過兵打過仗，果然是有實戰經驗。不出手是不出手，一出手就把對手往死裡去幹，往死裡去打呀。

烏雲密佈，天上下黑雨，一下子就給石一路澆了這麼個一頭污水。徹底把他石一路弄了個透心涼，徹底把他石一路弄了個既無招架之功又無還手之力。總之，無用的人就是無用，書呆子就是書呆子，無用老實的石一路一下子就被打蒙了，一下子就被氣傻了。他在心裡想：「青天白日，還有這樣行事的，還有這樣害人的，還有當著自己老婆的面幹這麼缺德事的人。拿著自己的老婆和別人說事，打了你還讓你有苦難言，害了你還讓你無可奈何。真乃是又一個歹毒小人，真乃是又一個軟刀子殺人比真刀子還鋒利呀！」

總之，現場可是真無情，現場可是真兇殘，現場可是真把石一路害苦了。有槍就是草頭王，困難面前出狗熊。誰也沒想到李二道這一手還真是厲害，誰也沒想到石一路還這麼無能。只見他李二道小施小計就把石一路弄了個張口結舌，只見他李二道小發小壞就把石一路打了個暈頭轉向。被動挨打，黔驢技窮，石一路說也不是不說也不是。石一路乾急躁卻說不出半句能抵擋的話語，枉讀書本這麼些年。

你越熊我越說，李二道可是認準的事就是理，他在心裡默默地說：「生命誠可貴愛情價更高，自己的愛妻自己可是要全身心地來捍衛，全身心地來保護呀！耳聽為虛眼見為實，賊眉鼠眼的樣子都弄到俺老婆頭上了還能手下留情？還能善罷甘休？頂天立地男子漢，誰對不起俺俺對不起誰，不發作發作誓不為人！」眼看著李二道就竭斯底裡徹底發作了起來。七十三八十四，啥難聽就說啥，十八級冤二十四級恨一股腦兒就對著眼前的這個石一路發洩了起來。李二道別看粗人一個卻是粗中有細，糟蹋人可是信口開河十八般武藝一應俱全。

李二道到底是囉嗦了些什麼狗屁理論呢？說出來令人氣憤，原來全是文革時期污衊知識分子的那一套荒謬絕倫。又是說知識分子和黨搞分庭抗禮，又是說知識分子愛搞陰謀詭計。慌聽句句是大帽子壓人不說人話，細聽字字都是箭不虛發狠得要命。又是說石一路打年輕就不著調，又是說石一路當官當出了壞毛病。見了漂亮女人邁不開步，滿肚子裡都是男盜女娼的那些壞心眼子。徹底把石一路說了個一無是處，徹底把石一路說了個混蛋透頂。臭老九的帽子也是舊話重提又給石一路扣了嚴嚴實實，戴了個牢牢靠靠。

罵人不能揭短，打人不能打臉，這可是老輩子裡留下來的名言警句。名言警句又有啥屁用？在李二道看來，打人不打臉這可是犯了兵家之大忌，罵人不揭短這可是老黃曆不能再用。當著矬子就得說矮話，當著知識分子就得說臭老九。一說矮話，一說臭老九，就是對敵人捅破了天，就是給敵人挖了祖墳。打擊敵人保護自己，這才是給自己助興長威的最鋒利武器呀！

說來也是奇招，說來也是靈驗，最致命的話還真是最鋒利的一種武器呢。李二道荒荒唐唐一席話，把石一路一下子就打了個既無招架之功又無還手之力。說來也是悲，說來也是絕，石一路果然是有難言之隱，石一路果然是個愛護短的人，石一路果然是讓李二道看透了的那種人。一句話，石一路果然是這麼一種貨，他一聽到說這些文革糟蹋知識分子的那些話就頭皮發漲，他一聽到說臭老九就潰不成軍一洩千里。尤其是當著漂亮女人的面前給他說這樣的話，讓要頭要臉的石一路羞了個無地自容，恨不得往地縫裡去鑽呀！

總之，粗人就是粗，細人就是細，粗人對付細人還真是一弄一個死，還真是一弄一個準。怕揭騰的人就是怕揭騰，有忌諱的人就是有忌諱。言而總之一句話，石一路一下子就讓李二道給說暈了，一下子就讓李二道給氣傻了。打人打臉揭人揭短，抓住致命的地方就真能致命。只見他石一路光張嘴更是說不出半句能抵擋的話，枉讀書本若干年。

說到這裡讓人心寒，說到這裡讓人感慨。狗急跳牆，兔子急了也咬人，難道石一路還不如一條狗？還不如一隻兔子？人家這樣污衊你，人家這樣糟蹋你，你為啥不反抗？你為啥不以牙還牙？你為啥有淚還往肚子裡咽？說到這裡道出原委，說到這裡道出根本。原來是李二道一下子戳到了石一路的致命傷，原來是戳到了致命傷就讓石一路一下子失去了戰鬥力。總之，誰不知道一日被蛇咬終生怕井繩呀？誰不知道傷心話就是致命的瘡疤？一揭騰還不惱煞？一揭騰還不疼煞？

這可是真的，這可是不假，李二道荒荒唐唐一席話讓他石一路傷心欲絕，讓他石一路一下子彷彿是又回到了文革時期知識分子低人三等的那個年代了。傷心的事就是不應該隨便說，難揭騰的瘡疤就是怕揭騰。李二道口無遮攔的這麼幾句致命混帳話可是讓石一路懊惱的心一下子就難以自控，一下子就無地自容了。

只見他石一路立時就像霜打了的茄子蔫不唧兒，心裡苦嘴裡怨，哭喪著臉說：「讀書人到底是傷了多大的天？害了多大的理？為啥動不動就讓人家指桑罵槐？明明是中央已經徹底為知識分子平反昭雪，明明是知識分子已經是無產階級一分子，大老粗為啥還是愛揭騰知識分子這塊致命的傷疤？為啥還是繼續說這些屎盆子往頭上扣的話？」

說起來也是可憐的人兒十分可憐，說起來也是護短的人總是愛護短，讀書人還真是最忌諱說這個臭老九。一說臭老九，一說傷心話，啥本事也沒有了。枉讀書本這麼些年，關鍵性的時刻不僅挺不上去，還沒了咒念。

你越怕我越說，李二道摸透知識分子的這個致命弱點，才拿臭老九說事，才拿文革這一套當成了他對付這些人的殺手鐧。在他看來，翻不完的陳帳揭不完的短，對有前科的人就得使出這麼個最致命的原子彈。歷史問題是個緊箍咒，緊箍咒能疼死孫悟空，還不能把書呆子打個服服貼貼？還不能把圖謀不軌的壞男人治個改邪歸正？用你時就給你戴個高帽，恨你時就念念緊箍咒治你個翻天滾地，唐僧西天取經還不是全靠這個辦法嗎？

在李二道看來，知識分子既然都是些朝三暮四吃裡扒外的賤胚子，為啥不對他們往死裡治？為啥不對他們往死裡打？狐狸尾巴都露出來了，為啥還對他們仁慈放縱？既然都敢賊眉鼠眼偷看自己的老婆，不是欠抽還是什麼？臭老九，老九臭，想把骯髒事往俺頭上弄那還了得呀！以鄰為壑也是逼的，可不能讓你這個臭老九跐著鼻子上臉給俺李二道往臉上塗墨抹黑呀！誰敢對不起俺俺就敢對不起誰，階級鬥爭的弦可是告訴俺綳緊裡永遠沒錯。不講理的辦法對付圖謀不軌的人，這可是從七鬥八鬥中學來的歷史經驗之總結。

心虛的人還真是心虛，石一路一聽到說文革的這些事還真的是就像是犯了神經病，啥本事啥能耐也全都沒了。說起來也是中國特色，上個學成了被糟蹋被埋汰的對象已經根深蒂固。孔乙己的辮子是讓人抓的，大老粗啥時候也是忘不了敲打這些喝墨水喝得有三十六個轉軸的人。

雖說是有成分不唯成分，知識分子咋說也好像是書讀的多了就失去了單純，就失去了可靠。投降變節，經不起拷打，經不起利誘，這可是家喻戶曉的知識分子的一貫通病，這可是連三歲孩童都知道的絕對的事實呀！知識分子軟骨頭，知識分子兩面派，寫到小說裡，演到舞臺上，誰不知道？舉一反三，見微知著。知識分子的窮酸不倒，知識分子的不可靠，即便不能說是百分之百，起碼也是八九不離十。害人之心不可有，防人之心不可無。在一般人看來，知識分子咋說也好像是還有這麼些不堅定不忠誠的歷史之嫌值得人們念念不忘，值得人們警惕再三呀！

只可惜有警惕的，就有心驚的，就有肉跳的。明明是生在紅旗下，明明是長在新中國，為啥在共產黨辦的學校裡頭還是培養出些舊知識分子？這可是讓多數知識分子疑惑不已，這可是讓多數知識分子無法理解，無法認同。尤其是讓十分要好的讀書人不認這個帳，尤其是讓這些喝墨水喝得多了的人最害怕別人拿他們不當自已人看待。既然這麼多人要好，就有了絕對的忌諱和禁忌。既然這麼多讀書人也是要頭要臉的人，所以就最忌諱別人把自已打入另類，所以就最害怕別人把自已當漢奸賣國賊對待。書呆子石一路，恰巧正是這麼個要頭要臉的人。石一路，不轉彎，死腦筋，他可是一聽到這個話，一聽到這個事就談虎色變呀，就神經失常呀！再說這個石一路又特別要好，再說這個石一路又特別要強，他可是最願意站在工農兵這一邊呀，他可是最認為自己是和工農兵站在一起的絕對的無產階級的知識分子呀，要不為啥年輕時就脫穎而出還當上了一個中學校長呢？

總之，潔淨的人就容易生潔癖的病，愛好的人就特別容易圖謀虛榮。石一路一聽到這些髒話就覺得是鮮糞正在往他身上抹，石一路一聽到污衊知識分子的話就氣瘋，就氣傻。在他看來，誰這麼做誰就是別有用心，誰就是又搞十年浩劫草菅人命。十年浩劫害死了那麼多人，難道還不吸取教訓改弦易轍？難道還要繼續以粗為榮荒誕無稽？此可忍孰不可忍，石一路自然而然就把李二道一下子就恨到了骨髓，恨到了家。他在心裡說：「荒唐陳帳還能永遠揭騰個沒完沒了？知識爆炸的年代還膽敢對知識分子牽強附會再搞無情摧殘？」

雖說是懦弱書生不善打仗，不敢動武，不敢動個真格的，頭腦裡思維的反抗可也是不比誰落後。甚至是更耳聰目明，甚至是更無人能比。只見他石一路無名的火氣愈發愈大，真是恨不得把李二道的祖宗也要操了的火勢呀！一個勁地在心裡罵：「該死的李二道，狗日的李二道，竟敢拿知識分子說事，竟敢和時代潮流背道而馳！」

只可惜恨下天來也是白搭，知識分子可是弱點太多太多。待要翻臉還真是沒有這麼點功夫本事呢，尤其是當著眼前這個美如仙女的漂亮女人。尤其是在美女面前還站著個凶煞惡神般的一米九的大男人，而且這個大男人還是她的丈夫，絕對不敢輕舉妄動，絕對不敢以卵擊石呀！

再說知識分子從來都是自視清高，別看到了這個地步，別看到了這個時候，也不能丟了文雅的作風，也不能丟了儒雅的人格呀。石一路咋想也是覺著自己是個有知識有涵養的人，咋想也是覺著不能和李二道一樣信口胡說，咋想也是覺著不能和李二道一個水平，咋想也是覺著不能和李二道這個大老粗混為一談。知識分子要是也和大老粗一樣胡攪蠻纏，一樣沒有水平，一樣亂說一氣，一樣以錯治錯，傳騰出去怕是失了身份，怕是讓人貽笑千古呀！

退一步來說，動武可是也得有動武的本錢呀！懦弱書生，天生的弱勢，咋能和壯漢大高個對峙呀？這年頭身大力不虧呀，這年頭單打獨鬥可是憑的是個子，可是全靠拳頭硬力氣大呀！古語說的好，秀才遇上兵有理說不清。古語說的好，好漢不吃眼前虧。古語說的好，大丈夫能屈能伸。古語說的好，君子不和牛生氣呀！凡事要三思而行，要量力而為，可不能拿著雞蛋去碰石頭呀！厲害的人就是厲害，粗魯的人就是粗魯，不服不行。總之，這年頭三等公民粗魯野蠻，這年頭尊強欺弱比比皆是。以強凌弱自古有之，現在更是弱肉強食，更是吃柿子非得撿著軟的捏呀！有權有勢橫行無忌，懦弱書生更好像是天生就是下賤胚子讓人欺負的貨呀！懦弱書生論打不能打，論個不是個。當秀才的遇上兵不吃明虧就是找死，就是糊塗腦袋不識時務呀！

再說，捕風就捉影，牽強就附會，他李二道既然敢給你說個七十三，就敢打你個八十四。屈打成招，頭破血流，到時候還不是勝者王侯敗者賊？到時候還不是受冤枉的還是受冤枉？退一步講，李二道別看滿嘴歪理可是實話實說，難道你石一路不是知識分子？難道你石一路不臭？不臭為啥也是和大家沒啥兩樣？為啥也是和大家一樣地住在了貧民窟裡呢？為啥不去住個小別墅呢？為啥不去當個大官掙個大錢呢？大老粗們在這方面可是能繼承文革的衣缽能講出一千個歪理一萬個邪道來駁斥你呀！

想到這裡底氣全無，石一路一下子又徹底無可奈何了。無用的人永遠無用，只能忍氣吞聲，只能任人宰割，只能有淚咽到肚子裡去呀！有理不僅說不清，鬧大裡肯定吃虧更大。再說，大老粗還有另一個本事，這就是火氣大，這就是天不怕。哪怕是一句話不對頭不合口味也能一觸即發，也能一哄而上，也能往死裡把你打往死裡把你鬧呀！對了，說是無產階級的脾氣，說是伸張正義。錯了，用大老粗當擋箭牌一擋，啥事也沒了。時代的英雄，身強力壯的理，可不能讓大高個白長了個大高個呀。拳頭硬力氣大，天生的主人公可是不能吃知識分子小資產階級的氣呀！讀書人在粗大爺面前不知道禮讓三先，肯定是忘記了社會是姓資還是姓社。無產階級可不是好惹的，工人階級的火氣一觸即發。只要你書呆子膽敢用雞蛋來碰石頭，就讓你嘗嘗我大高個拳頭巴掌的厲害。

石一路愈想愈怕，暗暗傷心，暗暗落淚，他在心裡說：「挨打事小，丟人事大，鬧大裡肯定吃虧更大。臭名遠揚，遍體鱗傷，那可是讓人徹底把自己看扁，那可是徹底丟殺人呀！總之，啥年頭也有屈死鬼，仗勢欺人萬古不變。這年頭真是不喜好人，幫人反被幫人誤。受累沒落好，擦屁股擦出了喪門子事。今天可是吃了小人虧，今天可是上了小人當。而且還是扯不清理更亂，而且還是跳到黃河徹底洗不清了呢！」

石一路心想：「孩子拉屎你連手紙都沒有帶可是事實？人家還拿出手紙幫著你給孩子擦屁股可是事實？老婆欺負你欺負到家，我給你說句好話有啥不對？有恩不報反視為仇，上哪裡去找這樣的無恥小人？」石一路越想越氣，對眼前的這個李二道有了徹底的不好看法。第一次對高大有了相反的理解，甚至是一下子就把眼前的這個李二道恨到了不共戴天的那種地步了呢！

李二道呢，他可是繼續鑽進了牛角尖認了死理，說：「幫忙難道就有真好？葫蘆裡賣什麼藥誰能知道？」大老粗的邏輯簡單明瞭，主觀臆斷就認定他石一路黃鼠狼給雞拜年沒安好心。他在心裡說：「賊眉鼠眼的樣子，黑眼珠光色迷迷地偷轉圈，肯定有圖謀不軌的心思呀！老婆本來就是第一份的漂亮，老婆本來就有嫌棄自己的思想，再遇上這麼個好色之徒，再遇上這麼個喝墨水喝得酸溜溜的人，後果可想而知呀，後果不寒而慄呀！」

李二道一個勁地在心裡說什麼讀書人老輩子裡就出了個陳世美，今輩子裡到處都是花紅柳綠，讓這些道貌岸然的陳世美再和西方資產階級的自由博愛搞了嫁接，還不更差勁嗎？還不更害人嗎？只見他李二道可是認準的事就是理，臉不變色心不跳，一個勁地把所有罪惡責任都往石一路身上栽贓陷害。又是說石一路用心不良，又是說石一路操縱著不讓他聽老婆的話挑起戰火，乘虛而入，想撈點外快等等子虛烏有的事。

可恨可惡的李二道先是怕婆子怕到了家，後是對石一路賊眉鼠眼偷看他老婆有了惡意，於是就有了撒謊掉屁任意栽贓，於是就有了唇槍舌劍狂揮亂舞。在他看來，得罪人也是形勢所迫，先下手為強後下手遭殃。總之，李二道不出手是不出手，一出手就妄圖搞個斬草除根，妄圖搞個一勞永逸呀！

石一路可是從來沒吃過這樣的閉門羹。做好事還挨冤枉，幫忙還幫上了些莫須有的罪名，你說氣人不氣人？你說惱火不惱火？只可惜，天下的理可是誰厲害誰才有理，天下的事可是誰有力氣誰才說話有底氣。原始社會全靠力氣，現代社會愣小子橫衝直撞到處撒野。看看人家李二道那個個子，看看人家李二道那個力氣，石一路就知道自己不是他的對手，就知道自己是孫悟空永遠跳不出如來佛的手掌，就知道自己咋蹦躂也是個零了。

氣有啥用？惱火又有啥用？誰受誰的氣天註定。中國的特色，歷史的遺留，知識分子被歷次運動搞了個臭名遠揚，搞了個灰頭土臉，搞了個渾身是罪。拿下的碼頭，打下的天下，誰不知道這些臭知識分子是出了名的軟柿子？用你時就給你戴個高帽，恨你時就揪揪你的歷史尾巴。反正是不能讓你忘乎所以自高自大，反正是不能讓你搖頭晃腦又把尾巴翹到天上去。

世人皆知，路人皆曉。成功的思想成功的路，對待啥人就得使用啥辦法。不是嗎？連單位上的好多領導都是沿襲著傳統的對知識分子又利用又打壓的這套辦法呢！知識分子怕苦怕累，知識分子私心雜念，知識分子天生賤骨頭。順風順水攀比享受，逆風逆水最先投降叛變。甭管咋說，實踐是檢驗一個人是好是壞的最好標準，民風民俗是說明一個人是好是壞的普遍原則。演到電視裡，寫到小說裡，什麼骯髒事不是牽連著這些知識分子兩面派？見人說人話，見鬼說鬼話。陷害忠良，出賣同志。見利忘義，趨炎附勢。總之，知識分子也確實是些賤胚子，確實是些壞東西呀！打不退，罵不改，變著法子和無產階級事業搞作對。這些人拿起鞭子就怕殺，放下鞭子就鬧殺，這些人還真是不能把他們當個正常人看待呢！既然他們是這麼些拿不到盆裡放不到碗裡的壞東西，既然他們的小資產階級狂熱性極易被想入非非衝昏頭腦，極易幹出不著調的事，不時常敲打敲打怕是不能行呀！

相反，大老粗就沒有這麼多毛病缺點，大老粗別看粗卻是對黨赤膽忠心。心紅苗正又愛恨分明，這可是讓寫在歷史書裡、講到課堂裡的英雄事例所能概括和充分證明過的。粗就是紅，紅就是粗，這可是絕對的事實絕對的理。別看改革開放都向錢看，花花世界更是要用這些工人階級作為中堅力量堅決捍衛住這個無產階級起碼的道德防線。時代變了基本的道德原則卻沒有變，大老粗更好像是社會賦予了自己這個最神聖的歷史重任。在他們看來，啥也可以亂可是不能亂了規矩，不能亂了基本防線。啥時候收拾這些有歷史前科的臭老九也是張飛吃豆芽順風順水，尤其是這個男盜女娼的風流年代。

再說造謠也有造謠的理，為了保護自己的老婆啥辦法不能用？誰先對不起俺俺後對不起誰，大丈夫可不能吃這些圖謀不軌的小資產階級知識分子的氣呀。身為丈二和尚般的高大，就有的是力氣，就有的是本事。來者不善善者不來，但自敢說你個一就敢打你個二。要不自己的大高個不是白長了？要不自己還會自取其辱？要不自己還會自討沒趣？耳聽為虛眼見為實，偷和自己的老婆搭訕不是證據還是什麼？不是圖謀不軌還是什麼？說你有錯你卻說沒有，到底你能拿出什麼自我辯解的第一手資料？沒有證據光是靠死鴨子嘴硬，劣勢之下不是自我找死還是什麼？

打你就有打你的充分道理，罵你就有罵你的充分理由，弱肉強食是恒古不變的生存法則。即便你石一路確實是老實疙瘩一個，確實沒有不軌之心，起碼也是讓人說你不長眼睛不知道自我珍重，起碼也是讓人說你木頭腦袋不會看事。自古就有漂亮女人招風之說，誰碰上誰倒楣難道不信？不信今天就給你石一路上上這麼一課，不信今天可是讓你吃不了全都兜著走。有漂亮老婆的男人多數又是愛動小心眼搞疑神疑鬼的人，只要他認定你有錯就會掏出傢伙和你玩命。誰不知道綠帽子可不是好戴的呀？誰不知道人家但凡敢說你偷和人家老婆有染就會敢和你來個拼命呀？

說起來做人還真不是那麼簡單，說起來石一路還真是自己有點傻帽，和漂亮女人可是不能輕易沾邊搭界。況且旁邊還站著人家的丈夫，正在虎視眈眈地提防著你，正在請君入甕。沾邊就會有人嫉妒報復，搭界就會臭風撲身，這可是絕對的禁地不敢冒犯。看來不知道避嫌就不知道為人，尤其是今天這個比以往任何時候都害怕老婆出軌的風流年代。

不該做的事偏偏去做，人家的老婆你也敢上去說個實在話，也敢上去說個掏心窩子的話，不是找死還是什麼？說起來真是明擺著的陷阱禁地，說起來也真是明擺著的不該逾越的道德防線。石一路今天可是犯了大意又大意的不應該，石一路今天可是老實人犯了「漂亮女人是禍不是福」這個禁忌的錯呀！見了漂亮女人為啥不害怕呢？咋不躲到大老遠的一邊去呢？漂亮女人可是最容易讓你惹上說不清道不白的冤枉事呀，何況漂亮女人多數還有一個愛吃醋愛多疑的丈夫不離左右。海上無風三尺浪，沙漠有風就沙塵暴。該做提防的不去提防，今天可是讓你石一路先嘗到了「鮮」呀！萬一陳嬌嬌也順水推舟，萬一陳嬌嬌也屈從李二道的荒唐邏輯也胳膊肘往裡面拐，那可怎麼著辦呀？

想一想，腿發軟。想一想，心膽寒。石一路越想越覺著李二道這一手還真是狠毒，越想越覺著李二道這一手還真是厲害。自己拿自己的老婆說事，用心之毒，用心之惡，蠍子拉屎天下獨份呀！讓石一路一下子就進退維谷，讓石一路一下子就氣瘋了，就嚇傻了。石一路老實人不善隨機應變，簡直就是一籌莫展，簡直就是沒了咒念。說也不是不說也不是，鬧大了肯定吃虧更大。無能的人就是無能，石一路老實人黔驢技窮，只剩下靜靜地等待著過陳嬌嬌這一個鬼門關了。她要是也和李二道一樣昧著良心說瞎話，她要是光顧自己一身清白聯合李二道搞個順勢而為，搞個栽贓陷害，那可怎麼辦呀？一個李二道就讓他石一路喘不出氣，再來個美女毒蛇還不是死路一條嗎？

總之，嚴峻的形勢更加嚴峻，石一路想起來真是不寒而慄，真是沒了活路。

再說危急關頭明哲保身，這可是個普遍真理呀，陳嬌嬌就能跳出這個俗套？陳嬌嬌就能搞出個異樣？鬼才相信。這年頭誰家不是自家人先向著自家人？這年頭誰家不是夫唱婦隨？天呀，這可怎麼辦呀？要是她陳嬌嬌也黑了心，那可是她讓你石一路說死就死，那可是她讓你石一路說完就完。要是這夫妻倆穿了一條褲子來找自己的麻煩，那可是徹底抽石一路自己的筋扒石一路自己的皮了。要是陳嬌嬌真黑了心，幫著李二道說那一面子歪理邪說，說那栽贓陷害的混帳話語，石一路今天可是徹底死定了，徹底跳到黃河洗不清了。一個樓道過日子，沒想到青天白日就鬧出了這麼大一個喪門子事，而且是扯不清理更亂，而且是鬧大裡肯定是吃虧更多，而且是鬧大裡肯定危害更大呀！

正在無可奈何時，正在天上下刀子眼看就扎爛石一路的腦袋時，沒想到塞翁失馬焉知非福。只見她陳嬌嬌可不是糊塗蟲，可不是和丈夫李二道穿一條褲子的貨。當然，當然，漂亮人咋能幹不漂亮的事呢，她才不會讓李二道屎盆子一個勁地往老校長頭上扣呢！要是給老校長石一路說個不三不四，說個不明不白，她自己還不是也落個隔河八里臭嗎？想到這裡當機立斷，臭屎可不能往好人身上去抹，冤枉人可不能這個冤枉法。

只見她陳嬌嬌還是一條道跑到黑，還是繼續羅列李二道那些一無是處的事。立場堅定愛恨分明，這才不會讓李二道這個小人黑白顛倒搞亂了天下。只見她公正無私浩氣凜然，又是說李二道撒謊掉屁，又是說李二道無恥之極。口口聲聲說她才不相信石一路一個老實人會幹挑撥離間的事，口口聲聲說她才不相信一個大校長會幹什麼吃裡爬外的混帳事。小蔥拌豆腐一清二白，媚眼的陳嬌嬌更好像是春心騷動，更好像是特別看重「老校長」這三個字。一個勁地說：「久經考驗的人才能當校長，組織上信任的人咋能光長歪歪心眼？這麼大年紀的人還能紅杏出牆？要是真有這份賊心思，權在手飯在口的時候，當年當校長的時候，為啥不早去忙？為啥不早去幹？要是石一路真是個幹下三濫事的人，還能等到今天？無憑無據信口雌黃，分明是你李二道陷害老實人缺了十八輩子的德，喪盡了十八輩子的良。」只見她繼續把李二道說了個一無是處，繼續把李二道罵了個狗血噴頭。

李二道惱怒了，李二道生氣了，急惱得臉紅脖子粗，說：「權在手的時候怕這怕那，飯到口的時候假裝斯文，這些被時代落下好幾個半拍的人沒了權才放開了手腳。老來俏，走邪道，晚節不保的難道還少？前街老楊頭，後街毛二驢，哪個不是等著下了台才騷性大發？才亂搞有夫之婦？害人之心不可有，防人之心不可無。賊眉鼠眼就是包藏禍心，愛和女人搭訕就是圖謀不軌。大敵當前一致對外，屁股坐歪歪裡引火焚身後患無窮呀！」

李二道雖說是防衛失當，可是認準的理越咬越緊，質疑著妻子說：「殺父之仇奪妻之恨，欺負到俺頭上還看不出來？關鍵性的時候咋不知道槍口一致對外？籬笆牢犬不入，縱敵一日禍害萬年呀，你不信我可是信。鬆一尺，進一丈。照你這樣不識好歹，照你這樣放鬆警惕，騷男人來禍害咱老李家的日子指日可待呀！看看石一路這幅嘴臉，黑眼珠光色迷迷地偷轉圈，肯定是家花不香野花香，肯定是有貪圖美色的禽獸之心，肯定是拿別人的老婆往自己心裡裝的貨呀！」只見他李二道心裡想嘴裡嘀咕，一個勁地說：「傻娘們知道什麼？看到賊眉鼠眼還能等閒視之？還能不提前防備？讀書人幾個不是花花腸子？蠍是不是越老越毒？薑是不是越老越辣？和他這樣的老不正經搞相好豈不是引狼入室？豈不是自毀長城？」

天大的不滿也是個零，說下天來也是白搭，陳嬌嬌可是不信這個邪，說：「言過其實就是缺德，栽贓陷害就是犯罪。老校長知理道法，誰不說他光明磊落？如今講究學有所成，讀書人可是天之驕子。這個時候還膽敢糟蹋污衊知識分子，難道不是繼續搞文革那一套倒行逆施嗎？大老粗真是大老粗，荒唐人真是荒唐人，不但不知道與時俱進，還光停留在十年浩劫的水平上糟蹋污衊知識分子。到頭來南轅北轍，到頭來事與願違。平白無故糟蹋知識分子，昧著良心說瞎話。沒有水平的人幹沒有屁股眼的事，傳騰出去先丟自己的臉。李二道，你聽著，你本來就沒有知識沒有道理，這一胡鬧，這一亂來，恐怕是讓人更加看不起你，恐怕是讓老婆對你最先小看。大老粗真是光幹大老粗的事，荒唐透頂還加上些混蛋邏輯。人家和你老婆說個話就成了騷男人？就成了圖謀不軌？混帳透頂呀！」

果然是講理的人說話動聽，陳嬌嬌反而越說越是有了主動。哪句話也是公開替著石一路進行解脫，哪句話也是對讀書人歌功頌德。只見她一個勁地說：「你李二道越說老校長壞我陳嬌嬌越說老校長好，胡惹火事老婆數量你名正言順，理所當然。」有理不在聲高，李二道眼看著就陷入被動。沒了剛才那咄咄逼人的氣勢，沒了剛才那一夫當關萬夫莫敵的那股凶勁。

形勢一邊倒，石一路心驚肉跳懸著的心這才落了地。心落了地，情湧上頭，書呆子石一路也好像是人老心不老，也好像是情種一個。只見他情不自禁產生著一愛一恨，一是恨那個該死的李二道無端陷害，一是愛這個小美人救了燃眉之急。正是這個一愛一恨，讓石一路立場轉變徹底坐到了陳嬌嬌一邊。對李二道天天挨數落的事不僅不再同情，反而打心眼裡幸災樂禍。甚至堅定地認定他李二道白長了個大高個，大人小肚腸受氣活該。甚至認定他李二道淨幹缺德事肯定是不得長遠，甚至預言他李二道淨幹缺德事肯定沒有好下場。打心眼裡恨不得讓天爺爺發威，打心眼裡恨不得讓陳嬌嬌離開他李二道而去。該死的孽障，天爺爺開眼，真不該讓他李二道有這麼個漂亮過人的一個老婆。

有了一恨就有了一愛，對陳嬌嬌卻是越想越是感激不盡，甚至有點相見恨晚的那種味道。越感激越是一見鍾情，越相見恨晚就越是覺著她是個十全十美超凡脫俗的人。他在心裡說：「美麗是什麼？美麗是純潔，美麗是無私，美麗是對受冤枉受委屈的人網開一面。要不今天還不讓李二道這個小人活活氣死嗎？要是陳嬌嬌和李二道今天穿了一條褲子，今天這個台還真沒法下了呢！事情不大可是牽扯著聲譽，傳騰出去一個樓道的日子還怎麼著再過？」

救人之危不能忘，石一路對陳嬌嬌自自而然有了崇敬的心和親近的感。這麼漂亮的人咋這麼明理？咋這麼曉事？心在感激，血在沸騰。這麼漂亮的人咋和個沒有骨氣的小人生活在一塊？憤憤不平，惋惜不已。為陳嬌嬌鳴冤叫屈順理成章，石一路一個勁地在心裡說：「真是鮮花插在了牛糞上，真是讓癩蛤蟆吃到了天鵝肉！」書呆子愛表露的性格不善隱瞞，趁李二道看孩子顧東不顧西的時候對著陳嬌嬌獻媚著說：「都說你陳嬌嬌數量丈夫有點過分，其實你陳嬌嬌確實也有你自己的難。現在我可是看透了，現在我可是搞清了，不著是你洞察秋毫，我今天差點又犯憐憫蛇反讓蛇咬死的錯。」

心有靈犀一點通，陳嬌嬌漂亮人更是愛聽這樣的話。不是吹的，陳嬌嬌從來就是火眼金睛，從來就是不犯糊塗病。只見她撇撇嘴擠擠眼，眉目傳情對著石一路暗送著秋波。秋波也不是全是見不得人的，今天陳嬌嬌可是藉以顯示她對李二道的不屑一顧，藉以說明她的一貫正確。是的，不數量能行嗎？李二道一個大男兒卻表裡不一，甚至是喪心病狂不分場合地胡惹火事。讓她陳嬌嬌生不完的氣呀，讓她陳嬌嬌受不完的窩囊罪呀！吃氣，受罪，誰能理解？講下天來也是沒有人相信。好像是漂亮人天生就是蠻不講理的人，好像是漂亮人天生就是讓人嚼舌頭的貨。一葉障目不見泰山，全樓道的人誰不是受著這種蒙蔽？誰不是上了李二道的這個賊當？不入虎穴焉得虎子，熊熊烈火才能燒出真金來呀！

說句良心話吧，石一路今天不著是受到了李二道的這個栽贓陷害，他肯定是永遠也不知道李二道是個什麼樣的人。石一路做好事還讓他李二道咬住不放，石一路給孩子擦屁股還擦出了莫須有的罪，這可是給他石一路上了最說明是非的一堂課。石一路一個勁地在心裡想，一個勁地在心裡罵：「狗日的李二道，傷心爛肺淨幹缺德事，今天才讓我石一路看出了你的廬山真面目。樓道裡別人要是現在還有點念舊對你動憐憫情緒的話，我石一路今天可是最先覺醒了。先前真是讓大家把你李二道疼瞎了，現在我石一路才知道讓你李二道把天理全給搞歪了。不著是碰上今天這個事，不著是今天陳嬌嬌把你李二道徹底戳穿，我石一路還不知道讓你李二道蒙蔽糟蹋到哪一步呢？」

陳嬌嬌漂亮人更像是通過此事把自己徹底洗了個清，漂了個白。陳嬌嬌更像是出於正氣凜然，更像是滿腹衷腸大義滅親，偷偷地對著石一路說了又說：「知人莫若妻，看到他骨髓。一個被窩睡覺咋能不知道他李二道撅什麼腚？咋能不知道他拉什麼屎？」這一點還真是不容置疑，陳嬌嬌不僅知其一而且明其二，陳嬌嬌和李二道過了多半輩子咋能不知道他那些餿主意，咋能不知道他那些鬼算盤。

說穿裡吧，陳嬌嬌早就看出李二道的不良用心，早就知道李二道的不良企圖。大人小肚腸，玩弄鬼把戲，害怕別人多看他老婆一眼啥缺德的事也肯幹。再說這個李二道確實也是有問題，庸人自憂愛動小心眼，娶了個漂亮媳婦反而成了自己的一塊心病。他本來就有愛犯神經鬧疑神疑鬼的臭毛病，看到石一路堂堂一個大校長和他老婆越說越靠近他可是有了不舒服的感覺。人無遠慮必有近憂，誰讓自己的老婆把「老校長」仨字說的那麼親那麼近，誰讓他石一路越說越和自己的老婆不住地往一起靠近，無名的火氣逼著他起了歹心。

得罪人可是要得罪到底，打不死的毒蛇後患無窮。一棒子打死一錘子買賣，出手狠說話毒，好讓他石一路徹底死了那份賊心思呀！一個樓道過日子，他要是偷情可了不得呀！一錘子買賣一棒子打死，這可是李二道的成功經驗。什麼事情也是愛出個狠招，就是這麼個李二道。好像是要語出驚人，好像是要無與倫比，好像是要斬草除根，好像是要一了百了。只可惜機關算盡太聰明，只可惜聰明反被聰明誤。李二道連他自己的老婆是什麼人都沒搞清楚，偷雞不成蝕把米毫不為怪呀！

再說這個陳嬌嬌也確實是漂亮呀，漂亮人咋能沒有主見聽從別人說啥是啥呢？對李二道陷害老實人石一路的陰謀陳嬌嬌還能識不破？還能不挺身而出和錯誤一鬥到底？「於情於理都是應該站在老校長一邊，」陳嬌嬌在心裡想：「漂亮和正確相輔相成，漂亮人可不該幹沒良心的事。老校長誰不說好？這樣老實巴交滿腹才學的人你李二道也敢栽贓陷害？真是瞎了你的狗眼呀！」

怒從事上來，火從心中發，陳嬌嬌恨不得把李二道吃了的火勢才一個勁地說這說哪。只見她咬牙切齒地說了又說：「一個樓道過日子，怎麼這麼胡惹火事？真是良心全讓狗吃了呀！好好的人無情污衊，好好的事越弄越糟糕，我今輩子真是倒了大黴，我今輩子真是和豺狼弄到一塊了。魯莽作風，混蛋道理，不惜拿著自己的老婆和別人說事，不惜拿著自己的老婆說別人的錯。如此這般，這般如此，最終倒楣的不僅是人家，也有你老婆，也有你自己呀！還有這樣的人，自己給自己戴綠帽子。捕風捉影，胡惹火事呀！」

說下天來也是白搭，李二道腦袋不轉彎還是只認死理。在他看來，自己的老婆向著別人說話，分明是上了圖謀不軌的當呀！螻蟻之穴會決大堤，半路破家的難道還少？上哪裡去說自己也是覺著滿嘴是理，也是防患於未然，也是正當防衛。陳嬌嬌越是恨李二道，越是說李二道不對，李二道越是想的更深看的更細。以偏概全是為了萬年太平，矯枉過正是為了愛情萬古長存。撒謊掉屁也是形勢所迫，不說下天來你陳嬌嬌就不知道鍋是鐵打的。大是大非當仁不讓，事關未來馬虎不得。在他李二道看來，沒有學問的人可是沒有必要講究嚴謹全面，方向和目的才是重中之重。什麼厲害就說什麼，什麼管用就用什麼。撒謊掉屁也是萬不得已，對待敵人就是啥辦法管用就用啥辦法。一顆紅心立場堅定，水龍頭只要打開就毫無節制。李二道甚至造謠說石一路年輕時就不著調，說他考取大學後幹的第一件缺德事就是把訂婚多年的農村女子給退了婚斷了情。讓人家女的造成了單相思，讓人家女的造成了神經病，至今還在半死不活呢！

李二道越說越激動。說什麼一日為非終生為害，看看臭老九的昨天就知道臭老九的明天，這可是放之四海而皆準的普遍真理。又是說往重裡說十年浩劫大概就是他們這些臭老九引起的，要不為啥先批三家村後砸四家店？即便往輕點說，知識分子也是彎彎繞，也是口是心非，這些人起碼也是在文革中推波助瀾沒幹人事，也是罪孽深重十惡不赦的一些破爛貨呀！把全國都搞得那麼亂，把國民經濟搞到了崩潰的邊緣，這個歷史教訓誰能忘了？說到這裡上來了本事，李二道又是說臭老九全是見異思遷的王八蛋，又是說臭老九個個都是興風作浪的老混蛋。喜新厭舊是他們的發明，偷雞摸狗是他們的通病。

李二道信口胡說也不怕傷天害理，把石一路簡直就是又當成了階級敵人啥醜事也給硬往頭上去安。大老粗真是大老粗，只有粗到這個程度方顯出草頭王無所不能的英雄本色。好好的人無情得罪，好好的事越說越是屎盆子一個勁地往石一路頭上去扣。現在看來，李二道今天可是要徹底發壞了。發壞能傷人名不虛傳，發壞也能讓自己孤立起來也是有的。

石一路老實人被動挨打，打在他的身上可是疼在了美人陳嬌嬌的心上。李二道歹毒的人無所不用其極，今天可是落了個適得其反，落了個嬌妻陳嬌嬌離他而去。你越南轅我越北轍，陳嬌嬌可是越來越是覺著李二道太不應該了，陳嬌嬌可是越來越覺著李二道太不地道了，她說：「滿嘴噴糞不講道理，簡直就是喪心病狂無藥可醫了。」她在心裡說：「神經病一發作就沒完沒了，說不定又要登峰造極，說不定又要借題發揮哭死哭活鬧個滿城風雨呢！」

想到這裡來了警惕，靚女人意識到應該隨機應變以防不測。陳嬌嬌雖說是恨李二道恨到了家，陳嬌嬌雖說是看出了石一路受到的不白之冤堅決捍衛不說二話。當然，當然，什麼事情也是有個度，什麼事情也是得留有一定的迴旋餘地呀！雖說是李二道污衊老校長石一路良心喪盡徹底瘋狂，也不能往死裡打往死裡鬧呀，也得給李二道多少留點活路別讓他狗急跳牆幹出更荒唐的事來呀！

只見那陳嬌嬌漂亮人深謀遠慮，意識到不能再一條道跑到黑。一根筋的李二道永遠一根筋，自己的老婆向著別人，就是死李二道也轉不了這個彎。事情將軍將到了這個地步，不給李二道個軟梯子怕是他永遠也下不了這個台。想到這裡當機立斷，陳嬌嬌立馬就對著李二道表示出虛情和假意，立馬就違心地又給李二道唱起了文革中越粗越革命的奉承大老粗的歌。

她說：「翻翻歷史舊帳，真是記憶猶新。十年浩劫把國民經濟搞到了崩潰的邊緣，所有罪惡還真是多虧了這些臭老九上躥下跳沒幹人事。幸虧你李二道把歷史舊帳掰扯了個清清楚楚，要不還真是分不清眼前的是非曲直。」說到這裡上來了激動，陳嬌嬌一個勁地說他李二道立場堅定愛情專一，一個勁地說他李二道對老婆這麼好應該說是世界第一。一個勁地說他李二道高大無比永遠是老李家的頂樑柱，一個勁地說他李二道正氣凜然永遠是老李家的看門狗守護神。說什麼沒有初一就沒有十五，說什麼沒有前因就沒有後果。一個勁地說不著是李二道她陳嬌嬌咋能來到油田？咋能享到清福？離開他李二道老李家可是玩不轉，可是沒法活呀！花言巧語好有韻味，藉以說明她對他李二道還是忠貞不移，還是一個被窩裡睡覺的人。

一言既出駟馬難追，為了讓李二道徹底打掉疑慮，陳嬌嬌鐵板釘釘般地就對著眼前的這個石一路把話說絕說死，徹底怒氣衝衝地對著石一路說出了小蔥拌豆腐一清二白的一番話語。她說：「聰明一世糊塗一時，差點又上了小資產階級知識分子的當。當面是人背後是鬼，聽了俺丈夫李二道細說端詳才知道知識分子淨是些喜新厭舊不講良心的人。雖說是以前的唯成分論確實存在偏激，但看人的基本方法可是不能全盤抹殺，可是不能一概否定。知識分子是小資產階級，知識分子就是缺乏革命的堅定性。幹革命離不開工農兵，搞建設離不開出大力的人。工人不做工就造不出機器，農民不種地就打不來糧食。嫁雞隨雞嫁狗隨狗，俺嫁給了李二道就得向著李二道說話。你石一路和全樓道的人一樣穿著一條褲子，成天埋汰俺你心思俺不知道嗎？以前背後埋汰俺欺負丈夫，現在又戳弄著李二道造俺的反，真是豺狼的本性永遠沒有變。下三濫，壞東西，老實告訴你吧，你石一路想來俺老李家挑撥離間就是找死，你石一路想來占俺陳嬌嬌的便宜就讓你活也活不出好活，就讓你死也死不出好死。剛才李二道說的都是實在道理，為了維護俺老李家整個家庭的和諧美滿，誰想來上俺老李家插杠子就讓他全家不得好，就讓他死了下地獄！」誰家的老婆誰家的妻，一家人不說兩家話。陳嬌嬌一下子把話說到了這個份上，一下子就說到李二道的心裡去了，一下子就把李二道給說了個心花怒放。或者說，陳嬌嬌赤裸裸地對知識分子的一番痛罵，讓李二道擔憂的心一顆石頭徹底落了地，讓李二道喜不自禁，甚至是大有忘乎所以飄飄然之感。

天呀，這是什麼世道呀？人嘴兩張皮，剛才還把石一路說了個世界無比，現在陳嬌嬌一下子就又把石一路說了個混蛋透頂。而且是和全樓道的人一樣，一個鼻孔出氣。其實過激的話就存在虛假的可能，其實突然的翻轉就可能是偽裝的表現。撥開迷霧才見太陽，陳嬌嬌表面的話語掩蓋不了她看問題的根本實質。啥年代了還說文革那一套混帳話語？只有那些越粗越極端的粗人才迷戀這些自欺欺人的話語。石一路聰明人一聽就知道陳嬌嬌是話外有話，一看就知道陳嬌嬌演違心的戲。前面全是針鋒相對地批判謾罵李二道，後面又按照李二道的邏輯批判臭老九，哪裡會有這麼突然徹底的變化？肯定是話中有話，肯定是戲中有戲。石一路在心裡不住一住地琢磨，希望這裡頭有假，希望這裡頭有計。

在石一路看來，肯定是話中有話，肯定是戲中有戲，陳嬌嬌顯然是安撫不知道回頭的那個李二道，陳嬌嬌顯然是給李二道找個臺階下。演了黑臉再演白臉，聰明的女人幹無可奈何的事。她今輩子裡既然碰上了魯莽草包的丈夫，不給他丈夫個寬心丸吃怕是難消下他心中的火，不給他個軟梯子今天怕是他永遠都下不了這個台。自己的女人向著別的男人去說話，就是死李二道也不會轉過這個彎。不能轉彎就不能硬逼，逼急裡肯定是啥骯髒事也會弄出來呀！

說到這裡真相大白，說到這裡徹底露餡，石一路還真是滿肚子的花花腸子，比陳嬌嬌肚子裡的蛔蟲還更知道陳嬌嬌為啥這麼做。在石一路看來，陳嬌嬌這才是明顯地堵漏洞，陳嬌嬌這才是明顯地糊弄局。突然一百八十度大轉彎，說的再狠也是枉然，說的再多也是假的。這麼突然的變化，這麼違心的話語，別說石一路，就是一般人一看就知道是戲中有戲。石一路比聰明還聰明，石一路比精明還精明，咋能看不出這裡頭的竅？咋能看不出這裡頭的假？

說到這裡真相大白，實際情況也確實是如同石一路想的那個樣。陳嬌嬌這才是用了個緩兵之計，或者說這才是明哲保身的權宜之計。陳嬌嬌虛情假意的話是對付李二道的無奈之舉，真實目的是她陳嬌嬌真害怕讓李二道虛張聲勢弄假成真再搞出個男女緋聞來禍害她呀，這樣的虧她可是吃過好幾次呀！

說起來也真是笑話一個，看起來天下的事就是無獨有偶。當年的胡傳魁就是愛上當，今天的李二道就是少心眼。美人的話表面上看起來熱心熱肺，不圖甚解的李二道聽在耳裡甜到心裡。傻瓜就是傻瓜，木頭就是木頭。李二道真的是好糊弄，老婆的讓步讓他有了勝利的感覺，立時就以勝利者自居飄了起來。特別是文革裡那些以粗為榮的話，讓他想起了當年的神氣無比，讓他想起了當年的頂天立地。特別是老婆指名道姓地罵起了石一路這個臭老九，讓他興奮得不能自控，讓他完全忘記了自己的擔心和煩惱。

愛聽的話就是讓人心曠神怡，如同靡靡之音，讓他李二道聽了不飲自醉，讓他李二道欣喜若狂，讓他李二道忘記了自己到底是姓個啥。甚至忘記了面前站著的這個石一路人還在，甚至忘記他曾經認為的石一路這個大色狼人未死心猶存。好糊弄的人真是好糊弄，李二道就這麼著又一次獲得了他所希望的全面勝利。老婆站在了自己這一邊，點名道姓地批評知識分子石一路，讓他李二道眉飛色舞，讓他李二道完全忘記了剛才的憂心和焦慮。

有高興的就怕有不高興的。李二道忘乎所以，李二道沾沾自喜，石一路突然又好像是處於了尷尬的境地渾身都覺著不自在。前面的指責還無關疼癢，後面的指名道姓確實不雅，讓石一路一下子又陷入了絕對的被動和無奈。石一路別看心裡明，場面可是很不利，場面可是真讓他很難堪呀！尤其是看到李二道洋洋得意的樣子，尤其是李二道用輕蔑的眼光看著他的時候，石一路要多難受又多難受。夫唱婦隨，一個腔調，大放厥詞，石一路好像是又一次陷入了一時的窘迫和難堪。小資產階級圖虛榮的心徹底發作，讓要頭要臉的石一路臉面還真是掛不住，讓要頭要臉的石一路又一下子又心灰意冷不能自控了呢！

說到這裡有了笑話，說到這裡有了變故。石一路的擔心絕非多餘，如果美人真的是和李二道穿上了一條褲子，下面的戲是不是要來個胡鬧呀？要是這個時候李二道再趁勢而為大打出手，夫妻兩個人齊搭夥地把他石一路往死裡打，下面的戲是不是要來個徹底栽贓陷害？屈打成招，勝者王侯，三個人的場面還無所謂，傳騰出去那可是個要命的買賣呀！想到這裡石一路立馬就又眉頭緊皺，難看的臉色要多難看就多難看。

看到書呆子不堪一擊，看到書呆子又一次陷入迷茫沒了方向，就讓陳嬌嬌看在眼裡疼在心裡。別看陳嬌嬌違心的人演違心的戲，打在石一路身上可是全都疼在了她陳嬌嬌心上呀！看到李二道飄飄然忘乎所以，看到石一路又顯示出那麼一幅狼狽無奈的樣子，陳嬌嬌立馬就產生了另一方面警惕之心。不該得罪的人徹底得罪，讓她陳嬌嬌咋想也不是滋味。立場問題可是個嚴肅的問題，該同情誰不該同情誰可是全在心裡呀。

說到這裡讓人好笑，真乃是精彩的表演精彩的戲。到此為止又害怕李二道看出陳嬌嬌說話有假，到此為止又害怕石一路讓表面現象迷惑曲解了自己的真情實意。尤其是害怕讓李二道看出有假一時性起再搞個胡整亂來，更害怕石一路一時耐不住冤屈做出傻事。兩個男人再弄出個什麼破釜沉舟勢不兩立的事，那可是徹底沒法子收場了呀！於是陳嬌嬌又不得不耍弄小聰明變著法子打消他李二道的疑慮，又同時變著法子對著老校長石一路表示出她的同情和親近。小曲好唱口難開，越是含蓄越是有味。陳嬌嬌就是這麼著對李二道變著法子搞了個妥協讓步，搞了個虛情假意。相反，對石一路的親近倒是真情實意暗渡陳倉，近了一層又一層。只見她反覆大聲地給李二道說著套話：「臭老九，書呆子，啥時候也是挨刀的。」安頓好了這個大草包，回過頭來又搞小動作。只見她一個勁地偷著向石一路小聲說：「不給他讓步怕出意外，給他說好話是出於無奈。污衊你是出於違心，你可千萬別往心裡去裝。幸虧今天碰上像你這樣真是有點涵養的人，要是別人還不和李二道當場就鬧翻了天。知書達理的人就是耐性好，有學問的人就是和沒學問的人不一樣。一個大校長還給孫子擦屁股，以後有機會可得好好感謝感謝你。」說到這裡上來了激動，不住一住地偷偷地給石一路擠眼弄鼻，藉以說明美人的心可不是糊塗蛋，可不是向著的那個大草包，可不是向著那個李二道。

心有靈犀一點就通，石一路更是心潮起伏熱血沸騰。雖說是早就看破陳嬌嬌葫蘆裡賣的什麼藥，窗戶紙不捅破咋說也是不那麼踏實可靠。眼看著陳嬌嬌偷偷地給自己擠眼弄鼻傳遞信號，眼看著陳嬌嬌讓自己吃了一顆定心丸，心裡的石頭這才落了地。只見他心在感激，血在沸騰。一樣學樣，以情感情，石一路也是和陳嬌嬌一樣地搞小動作，不停地傳遞眼色，一樣地眉目傳情。

傳遞眼色，眉目傳情，這才是絕對的心靈碰撞，這才是絕對的情感之歌。木頭永遠是木頭，情種永遠是情種。情感的濃情蜜意就是這麼著在石頭夾縫裡也能衝破阻力，也能茁壯地成長。情種永遠是情種，聰明人永遠是聰明。假戲再演也是假，真心永遠是真心。石一路可不是和李二道那麼笨，可不是那麼直，可不是那麼不會急轉彎。投桃報李，石一路一下子表現的比陳嬌嬌還含情脈脈。天大的冤枉還得到美人的真誠關顧和暗通款曲，受寵若驚的石一路更是按耐不住自己的那顆心潮起伏的心。心潮起伏就胡思亂想，自自而然就對李二道的憎恨和對陳嬌嬌的感激畸形發展。

情人眼裡出西施，石一路這才是越看越覺著陳嬌嬌的確是美，石一路這才是越想越覺著陳嬌嬌的確是好。愛屋及烏的同時就是恨屋及烏，這才是讓石一路越看越覺著李二道是癩蛤蟆吃了天鵝肉，這才是讓石一路越想越覺著李二道是個該死的孽障。淨幹缺德事肯定沒有好下場，不如天爺爺長眼讓他李二道趕快去死，省得讓他害了一個又害另一個。

想不到石一路土已經埋到半截的人還有這份恨，還有這份愛，真乃是無巧不成書。說起來也真算是窗戶臺上跑馬創了奇跡，眼看著石一路就要和李二道深惡痛絕，眼看著石一路就要和美人陳嬌嬌碰出了火花。說到這裡讓人心寒，自己的老婆向著別人，好像還不是老婆的錯。李二道這回可真的是錯打了算盤珠，該壓的沒有壓下去，不該長的卻是長了出來。

笨拙的人可有啥好？魯莽的人可有啥道？李二道好好的老婆不會享受，想害別人反而孤立了自己。愛嫉妒的人可有啥好？肉包子打狗有去無回。李二道又一次搞了個倒上橋的賠本買賣，搬起石頭想砸別人反而砸了自己的腳。

說起來真是荒唐可笑，李二道簡直就是沒事找事，到嘴的肥肉就這麼著搞了個拱手相讓。天下本太平，真乃是杞人憂天反而惹來了麻煩事。李二道小施詭計引出了「呆子傻子」含情脈脈。而且是錯上錯亂上亂，而且是剪不斷理更亂。到頭來可是南轅北轍，到頭來可是不該發生的事情就這麼著全都發生了。

§3 情理隨著美人的舌頭轉來轉去

明明是兩口子，明明是一個被窩裡睡覺，哪有怕的道理？李二道就是怕，心驚肉跳的怕，失魂落魄的怕。愈怕愈出事，大天白日裡，當著那麼多人，你看這個李二道，又讓他老婆陳嬌嬌數落了起來。她說：「頂家過日子，難道該買什麼不該買什麼還不知道嗎？讓你去買十三香，你就不知道買點薑，你就不知道買點蔥，你就不知道買點花椒大料等等調味品。推一推動一動，這麼大個個子咋和那沒腦筋的木頭差不多呀？簡直就是白披了張人皮，簡直就是白長了個大高個子。」當著那麼多人，陳嬌嬌又把李二道數落了個垂頭喪氣，埋汰了個滿臉無光。

李二道懊惱不已，李二道後悔莫及，一個勁地狡辯著說：「本來是想買，可又怕買回來挨數落，沒想到不買才是挨數落。天呀，我可怎麼辦呀？我又不是你肚子裡的蛔蟲，哪知道你一回一變。」陳嬌嬌看到李二道如此這般背著牛頭也不認贓的狀態更是看不上，更是不應心。陳嬌嬌在心裡說：「氣也是白氣，罵也是白罵，反正是個死不長進的一個埋汰東西。」想到這裡，陳嬌嬌氣更大，恨更多，再三囑咐李二道一定要看好孩子，她好上樓去幹點啥，一會就回來。

一歲多的孩子光知道瞎跑，李二道大高個彎著腰顧東顧不了西，還沒等陳嬌嬌離開眼皮，孩子就搶著往前跑，路不平，孩子就一腳蹬空就向前傾倒跌了一個大跟頭。天呀，嚇死人啦！枉費陳嬌嬌囑咐再三，最終還是又把孩子給摔了，而且是摔得不輕，左臉皮底下露出了一塊紅紅的血跡。你說氣人不氣人？你說惱火不惱火？水泥地，軟碰硬，孩子又細皮嫩肉，仔細看明顯地擦破了一大塊臉皮呢，而且是在眼皮下的要害位置。天呀，眼看就要流血，血紅血紅的，嚇死人了。不用近看，不用細瞧，一聽孩子不住一住地哇哇大哭就知道真的是摔得孩子不輕呀！

看到孩子哭個不停，看到孩子受傷這麼嚴重，陳嬌嬌心如刀割，罵著說：「傷了多大的天，害了多大的理，怎麼找上了這麼個窩囊廢的東西？囑咐也是白囑咐，念叨也是白念叨，還是把孩子給摔成了這個樣子。」李二道何嘗不是心疼，何嘗不是難受。把孩子摔成這個樣子，李二道恨不得撞牆，李二道恨不得自己打自己的火勢。誰也沒沾邊，再想賴可是沒處去賴了。李二道自知理虧，李二道懊惱不已，李二道啥辦法也沒了，只能乖乖地等著妻子愛咋熊就咋熊，愛咋訓就咋訓。

陳嬌嬌可是話越說越多，陳嬌嬌可是氣越生越大。看到孩子摔破的臉皮心裡要多難受有多難受，於是就當著眾人的面把對李二道的嫌棄表露了個一覽無餘。她說：「一份漂亮一份要強，心強的人為啥就是命不相隨？」陳嬌嬌怨天恨地，陳嬌嬌埋怨天爺爺為啥不長眼讓漂亮人嫁給了這麼個不稱心的男人。加上孩子哭個不停，讓陳嬌嬌更是氣上加氣，更是恨上加恨。大庭廣眾之下，只見她就拿起堆在院落裡的竹片子就亂打了李二道的屁股一大陣子。當然，當然，打了罵了還是不解她的心頭之恨，陳嬌嬌還是就事論事地又說了好多些攻擊李二道的刻薄話語。又是詛咒李二道不得好死，又是謾罵李二道不是東西。喋喋不休，沒完沒了。連罵帶說，無以復加。妖女人進行著她的惡劣表演，讓大家情不自禁地都對她產生了太過分的感覺。在大家看來，李二道咋說也是你自己的丈夫呀，怎麼這麼個打法？怎麼這麼個罵法？

物極必反，事與願違，什麼事情做過了火就走到反面。你看看這個時候的陳嬌嬌那個凶勁，你看看這個時候的陳嬌嬌那個惡樣，讓圍觀的人們對小孩子摔著的同情倒是越來越小，讓圍觀的人們對她陳嬌嬌的憎恨和對李二道的同情反而是油然而生。都說：「孩子不就是摔紅了點臉皮嗎？何必這樣大動干戈？」一時間裡，大家在心裡都有了對陳嬌嬌過火的反應有了氣憤不過的共同看法。一人說萬人隨，中國人講究人多勢眾一哄而上。都說：「靚女人有啥了不起？怎麼這麼大膽放肆地虐待自己的丈夫？」七嘴八舌都說陳嬌嬌太過分了，眾口一詞都說小孩子家誰家沒有摔著過。

大家一個個怒髮衝冠，一個個仗義執言，齊聲說：「摔紅點臉皮怕什麼？何必這樣窩囊丈夫？何必這麼大動干戈？一個家屬娘們，哪來的這麼大本事？漂亮是漂亮點，漂亮還能當飯吃？漂亮還能當衣穿？不著是李二道你咋能來到油田？不著是李二道掙工資你咋能享受到油田的幸福生活？李二道咋著配不上你？相貌堂堂大高個不說，還是油田公安分處執行科的指導員。指導員別看不算個什麼像樣的官，起碼也是比普通職工高著一個檔次吧！別說你是一個家屬娘們，就是個帶糧票吃工資的女職工恐怕還得打著燈籠到處找也找不著這麼好的呢！雖說李二道人老珠黃從工作崗位上退了下來，近三千元的退休金可是不爭的事實呀！別說你陳嬌嬌半老徐娘早已退色，就是個年輕貌美的小姐跟了李二道也毫不屈才呀！他不嫌你你還一個勁地嫌他，真是對市場行情一無所知呀！」

人們越說越氣，話語越說越多。借著這個機會，今天人們情不自禁地都非要為李二道打個抱不平不可，都非要為李二道說個公道話。大家一個勁地說，人們一個勁地講：「一個大高個，一個能耐人，受到這份窩囊罪還真是天下少有。沒有功勞也有苦勞，可不能讓他繼續生活在這麼個不公平家庭的屋簷底下，可不能讓你陳嬌嬌無法無天說打就打，說罵就罵。」人多勢眾，大家一股腦兒就這麼著對這個欺負丈夫確實有點過分的陳嬌嬌發洩出了積累已久的怨恨。大家也不知道哪來的這麼大的氣，大家也不知哪來的這麼大的火，反正是積多年陳嬌嬌對李二道的冤成一時千家萬戶的恨。街坊四鄰一個個撕下了臉皮，直截了當就說了些七十三八十四。登峰造極，醜話連篇，簡直就是對美人陳嬌嬌來了個狂轟濫炸。

美人受到這份指責，美人受到這份攻擊。真是開天闢地第一回，真是從來沒有過的事。難道摔著孩子還不讓說？難道摔著孩子還成了有功之臣？她可是吃不下這個黑白顛倒的屈，她可是受不下這個是非不分的冤。陳嬌嬌瘋了，陳嬌嬌不幹了，她可不是個落下三濫的人呀，她可不是個該挨眾人數量的貨呀！摔著孩子還不讓說，這是哪來的一些不講理的愛管閒事的人們呀？這是哪門子歪理邪說呀？氣無可氣，恨無可恨，美麗漂亮的陳嬌嬌滿肚子的苦水一下子湧上心頭，只見她連委屈帶抱怨地放聲哭訴著說：「你們眾人哪裡知道內裡呀？你們眾人哪裡知道原委呀？李二道是個什麼東西不說個清楚明白你們肯定是不會知道其中的真實因果呀。一個大高個，一個糊塗人，讓俺操不完的心，讓俺生不完的氣呀！列位街坊，各位四鄰，讓他買東西就單打一，讓他看孩子就摔著孩子，你們難道不是親眼所見？親眼所見還給這塊木頭辯護什麼呀？前頭囑咐後頭出紕漏，不是個該挨刀的還是什麼？該批評的不去批評，該指責的不去指責，還一個勁地把俺這個好人來進行強烈指責猛烈批評，還一個勁地說俺這也不對那也不對。天呀，一葉障目不見泰山，又是一些隻看表面不看內裡的街裡街坊們呀！說句老實話吧，你們眾人哪裡知道內裡呀？你們大家哪裡知道俺的冤屈呀？憑著俺的長相，憑著俺的能力，啥樣的好男人找不上呀？天爺爺瞎了眼，讓俺找上了這麼一個大活木頭東西，讓俺找上了這麼一個殺才玩意。讓俺整天生不完的氣，讓俺整天落不下去的火。想當年俺可是縣城一朵花呀，想當年俺可是縣上出類拔萃的第一美人呀，沒想到落了個今天這樣一個眾人評說的可悲下場。」

又說：「不稱心的丈夫，不如意的老公，加上不瞭解情況就亂加指責俺的街坊四鄰，逼著俺陳嬌嬌王婆賣瓜自賣自誇，逼著俺不得不自己給自己說幾句公道話呀。好漢不提當年勇，美人可是要從年輕風流的時代說起呀！不是吹的，不是誇的，想當年俺可是名聞遐邇的第一美人呀，想當年俺可是傾鄉傾城的美呀！縣長的兒子，鄉長的舅子，托人給俺說媒的都擠破俺家的屋門子呀！尤其讓人惋惜的是還有些名牌大學生慕名而來，說看中了俺的美貌無條件跪倒在俺的腳下。特別是一個天之驕子北大學子，長得那麼美，穿得那麼帥，還慕名而來，還一見鍾情，說啥條件也不講只要俺點個頭就能幸福姻緣萬年久長。」

反對者一起說：「自由戀愛又不是生拉硬拽，你當初沒拿好主意還能怨誰？」陳嬌嬌心傷得更痛了，說：「一窩子賴皮呀，硬纏著俺不放呀！李二道他爹借著當村長的權勢就親自上俺家裡去硬送厚禮，他娘當著眾人的面就給俺一家人磕頭作揖苦苦哀求。光天化日之下，李二道的父母兩個人一塊給俺家擺龍門陣，說什麼嫁誰也不能嫁給做事不踏實，立場不堅定，見利忘義，賣主求榮的窮學生狼崽子。說什麼對於那些四體不勤五穀不分的書呆子，千萬不能碰。說什麼讀書人老輩子裡淨出些陳世美，今輩子裡淨出些一年土二年洋的花心郎。窮秀才，花心腸，秦香蓮上過的當咱可是不能忘。說一千道一萬，東扯葫蘆西扯瓢，兩個人一個勁地埋汰人家讀書人原來是醉翁之意不在酒，接著就是用文革的腔調對大老粗進行瘋狂吹捧。說什麼幹革命離不開工農兵，說什麼找對象要找流過血的，扛過槍的。說什麼長大個就是好漢武二郎，體面的身材幸福的路，有了個子啥也有了。說什麼要想人生走好路，千萬別嫁給小資產階級出身的臭知識分子。說來說去露了底，兩個人一齊說老李家非要和俺老陳家做這門親家不可。說什麼遠親不如近鄰，說什麼美女配個當兵的才是金玉良緣。花花腸子歪歪理，李二道的父母兩個人硬是要老李家和老陳家近水樓臺先得月，兩個人硬是要美女對大個搞個強強結合。至於李二道更是讓人氣，更是讓人煩。一個勁地說他心紅苗正出身第一好，一個勁地說大美人不嫁給他可是不能行。李二道色魔肉欲也不嫌丟人，當著那麼多人的面就給俺下跪求婚說離開俺非死不可。無可奈何花落地，俺農村人頭髮長見識短那裡還好意思硬性拒絕。考慮到村長也是一級政府，考慮到李二道下跪求婚又做到了這個地步。如果硬性不同意，如果讓李二道出了意外，那可是讓俺老陳家吃不了全兜著走呀！再說離開李二道他爹這個當村長的當時恐怕連開個登記結婚的介紹信也沒有人敢給開呀！既然想推脫是推脫不了去的，不如做個順水人情。到了這個時候，俺農村人又能奈何，俺農村人井底的蛤蟆又沒見過天，才讓鮮花插到了牛糞上。」

天呀，原來是這樣撮合的一樁婚姻，原來是強扭的瓜！多數人見不得美人痛哭流涕，多數人對陳嬌嬌的這個無奈的婚姻產生了憐憫和同情。少數人聽陳嬌嬌擺龍門陣，半信半疑。個別人可是不願意聽這樣的話，反駁著說：「這樣的話也能說出口？打擊別人抬高自己，拙劣的手法誰看不出來？當著眾人賣弄風騷，是不是又是一個死不要臉？一個當兵的，一個扛槍的，當時都是一律安排工作，當時都是鐵飯碗，咋著配不上你？」個別人講，部分人隨，甚至當即就有人罵陳嬌嬌不是個好東西。陳嬌嬌講了半天剛剛換來的一點同情，又讓這麼幾個別有用心的人給攪和亂了。天呀，這可怎麼辦呀？美人受到這份進一步的委屈，哭得更痛了，說得更傷心了。只見陳嬌嬌滿嘴喊冤叫屈，只見陳嬌嬌撕破了臉皮徹底把李二道說了個亂七八糟。又是說李二道假裝老實，又是說李二道滿肚子裡都是壞心眼。羅列了種種事實，徹底揭騰起了李二道的諸多不對之處。

漂亮人說話聲聲入耳，漂亮人說話句句動聽，美麗漂亮的陳嬌嬌一下子又成了人們關注的第一焦點。天呀，不看不知道，一看嚇一跳呀！美人的確是美，美人的確有勾人心魄的那種魅力。高挑的個子勻稱的身體，亮麗的穿戴更讓美人打扮的嬌豔嫵媚。咋看咋好，如同五月的牡丹臘月的梅，處處都散發著讓人歎為觀止的清新和嬌貴。就是哭，就是流淚，咋看咋像是西施的顰眉也難掩其美，咋看咋像是林黛玉的淚自長流花自美。人們看到美人陳嬌嬌這麼俊美，人們看到美人陳嬌嬌受到這麼過分的指責埋怨，多數人開始有了的後悔之意，少數人開始爭著給美人獻媚示好。少數人示好，冰雪交融天回暖，陳嬌嬌終於是第一次聽到了支持自己的一點讚美之聲。陳嬌嬌看到自己的努力取得了初步性的一點勝利，更是信心滿懷，更是非說不可。女人的本事，天生的特長，陳嬌嬌說話委婉動聽聲聲悅耳，陳嬌嬌講事直奔主題詳略得當。又是說這，又是說哪，七十三八十四陳嬌嬌又囉嗦起了李二道那些讓她傷心的歷史往事。

她說：「列位街坊，各位師傅，不說不知道，說說就明了。我就不相信大家都不分青紅皂白，都是糊塗蛋。事不說不明，理不講不清，要是你們大家早知道李二道幹的那點子事，我敢肯定你們十個九個就不會再對他說半句同情的話語。先說一下用水這個事吧，如今講究節約用水，誰家不是惜水如命？俺那個該死的李二道可是一浪費就浪費了十好幾方。馬桶的浮子鋼勾壞了，他敷衍了事地安上了個曲別針給纏繞上。圖一時的省事，又趕上一家人去走親戚不在家。纏繞的曲別針完全銹蝕折斷，讓自來水白跑了整三天三夜，讓人家供水罰了一大筆款。你說氣人不氣人？你說惱火不惱火？類似情況還有好多，比如說剛準備搬進這個樓房時，那時還和指揮樓一起連接著開水管，定點供應滾燙的熱開水。李二道這塊活木頭，上午八九點來修熱水管，閥門壞了拿著樣子上街上去買，竟然忘記了中午定點供熱水的這個事。忙前忙後忙暈了頭，直到下午兩點才回到這個屋裡。天呀，這可是捅了大樓子。閥門卸下來沒有安裝，蒸汽和熱水瀰漫了整個房間，差點就把整個房子給衝垮。牆掉皮，地板全泡湯，好好的房子糟蹋成一塌糊塗沒了房子樣。本來是換個閥門小事一樁，沒想到弄成這麼個熱水蒸汽到處漫延的狼狽狀況。你說讓人氣憤不氣憤？你說讓人惱火不惱火？房子為啥重新另搞？房子為啥不斷重弄？別看大家都怪俺多事，其實都是他李二道那次修熱水管卸下閥門闖下的禍呀！大事做不好，小事讓人煩，一輩子沒見他幹過一件漂亮事。讓你們大家說說看，蒸個米飯可是小事一樁呀，李二道連這個事也不會給你幹好。多次蒸米飯放水多了把米飯蒸成了糊糊，多次蒸米飯放水又放少了把米飯蒸得讓你咬都咬不動。這次說米飯蒸的硬下次就給你蒸成糊糊，這次說米飯蒸成糊糊下次就又給你蒸的邦邦硬，讓你吃都沒法吃，讓你咽都沒法咽。死不長進，永遠不給你留個好。這樣的人難道你們都能容忍？這樣的人難道你們也都替他說好話？一次出事故情有可原，問題是時時處處和你搞過不去呀！甭管咋說炒菜可是小事一樁呀，李二道炒菜咋炒也好像是成心和人搞過不去。不是炒生就是炒過火，不是放鹽少了沒滋沒味就是放鹽多了鹹死人。還有他那講衛生更是那個差勁，幹一點活就得圍著他的屁股拾掇大半天。列位街坊，各位四鄰，說到這裡恐怕你們都知道他李二道到底是能幹個啥事了吧？天天好像是在幹，日日好像是在忙，其實啥活也沒給你幹俐落過。埋汰的東西，下賤的胚子，俺不是讓他搞得氣急敗壞，哪能生這麼大的氣？哪能發這麼大的火？要是個俐落人還用著俺說他嗎？還用著俺管他嗎？只因他光捅樓子才讓俺氣，才讓俺煩呀！俺說他今天你們還都護著他，好像是幹得一塌糊塗的人還成了珍惜動物都來保護。天天疑神疑鬼，日日小題大做。明裡不敢搞反抗，暗裡就耍陰謀詭計。大人小肚腸，玩弄鬼把戲，動不動就給俺胡惹火事呀。邪魔作祟，不可理喻。讓俺跟他生不完的氣，讓俺跟他善不完的後。這樣的人你們也給他擺功？這樣的人你們也給他說理？俺可是不認這個輸，俺可是不信這個邪。上哪裡去說說俺也不怕，上哪裡去說說俺也是有理。就拿今天這個事來說吧，捧著孩子可是眾人都親眼所見呀？可不是我憑空捏造呀？自家的孩子自家疼，捧著孩子就是天大的罪，捧著孩子就是天大的錯。蒼天有眼，天地良心，俺就不相信摔著孩子這樣的人也不能得到應有的批評和懲罰。」

天呀，陳嬌嬌小嘴巧舌頭還真是會說，一會兒就把李二道說了個一無是處。天下的人心都是肉長的，誰會說誰就最先得到大家的認同和同情。加上愛美之心人皆有之，尤其是看到這麼漂亮的人訴說著自己的絕對冤屈，讓人們一下子全都倒向了陳嬌嬌一邊。別看慌聽全是陳嬌嬌一面之詞，別看都知道李二道怕老婆不敢爭辯。但道理和事實確實都是這樣明確無誤地都擺在了大家面前，讓人們不想改變原先的觀點也得改變。更讓大家不能原諒的是，原來李二道這個不般配的婚姻全是仗著他父親當村長的權勢強奪來的呀。怪不得一輩子不稱美人的心，怪不得陳嬌嬌一輩子不停地埋怨。不稱心的婚姻又加上李二道光出紕漏，能不讓陳嬌嬌煩嗎？能不讓陳嬌嬌氣嗎？想到這裡，看到哪裡，人們情不自禁地都站到了陳嬌嬌一邊，都設身處地的為美人著想。受蒙蔽無罪反戈一擊有功，於是人們馬上就完全拋棄了先前對李二道受冤屈同情憐憫的那一種菩薩心腸。大家立場的轉變看問題的立足點接著就跟著馬上轉變，接著人們就都覺著漂亮人說的話句句字字都占著理，接著就都覺著俐落人樣樣事情都說到了點子上。再說事實都是這麼明確無誤地擺在了大家眼前，就是有出入還能出到哪裡去呢？尤其是看到李二道剛才的笨拙表現，買東西單打一，看孩子就摔著孩子，讓大家不約而同地在心裡又都有了徹底轉變原先同情李二道那個錯誤觀念的普遍想法。

到底是有人敢為人先，藏在人群中大聲吆喝著說：「不說不知道，細想還真是美人有美人的難。李二道原來是這麼個中看不中用的窩囊廢東西，不說人們還真是不知道。」領頭羊，領頭羊，一人帶頭，眾人效仿。接著就是七言八語，接著就是議論紛紛，最後竟然大家都一個腔調一個觀點地附和著說：「今天的事就是一個明證，李二道原來真是一個幹啥也不中用的埋汰貨混帳東西。一個大高個，一個大丈夫，現在才讓人們看清他的廬山真面目，現在才知道他李二道忙也是白忙，幹也是白幹，竟然沒幹出一件讓妻子滿意的事。涼水跑了那麼多，滾燙的開水差點把整個房子都給衝垮，真是少有的粗枝大葉。連蒸飯炒菜這樣的小活也是幹不俐落，真是個廢物洋點心呀！」有人說有人隨，一時間裡，全都是說著對李二道不利的聲音，全都是流露出對李二道蔑視憎恨的眼光。

尤其是一個老者模樣的人，家境殷實，說話有底氣，況且二兒子最近又提升為採油廠黨委副書記更是有了身價。他才不怕得罪李二道這塊木頭，公開地站到了陳嬌嬌這一邊，大聲地說：「各位師傅，列位街坊，要我說人家陳嬌嬌還真是受到了十分的冤屈和無奈。一個靚女人，一個女能人，幹什麼事情不是拿得起放得下呀？幹什麼事情不是利利落落呀？你看看她一家人的那個穿戴，你看看她一家那個擺設，恰到好處，無人能比。就是在院落裡曬個被褥，曬個衣服，又有誰家的能比她家的更板正亮麗？列位街坊，各位師傅，要我說人家陳嬌嬌可是拿得起放得下的當家過日子的好女人，可不能只看表面不看內裡繼續冤屈著她。她一個漂亮的人，她一個要強的人，竟然和李二道這塊大活木頭生活在一塊，確實也是難為了她呀！」

老者還列舉出好多事例，幫著陳嬌嬌說些開拓罪責的話語。一人說萬人隨，中國到底是孔孟之道千年薰陶的國家。這個時候人們才都覺得應該徹底放棄受李二道蒙蔽的觀點，並且都一個勁地奉承這位老者的話千真萬確。話不說不明，理不講不清，經過老者這麼一提醒，經過大家這麼一認同，多數人對陳嬌嬌有了更多的同情和認同，少數人也不再忍心對陳嬌嬌再說出些什麼指責埋怨的惡毒話語。

人嘴兩張皮，風向隨時變。大家立場只要堅定愛憎就特別分明，接著人們一下子又都趁火打劫地說起了李二道不對之處，都說：「李二道枉長了個大高個，天天出紕漏讓老婆生氣，真不是個人東西！」又說：「這麼漂亮的人嫁給一塊活木頭，不說不生氣，越說越傷心。這麼有能耐的一個靚女人嫁給這麼一個光出紕漏的埋汰貨，不生氣，不數量，還能咋著？李二道表面的老實掩蓋著真實的拙劣，原來是個幹什麼事情也幹不到點子上的活木頭呀！」

雖說是風向徹底回到了美人這一邊，美人的心還是在傷心，美人的眼還是在流淚。她好像是還有流不完的淚，她好像是還有訴不完的屈。命苦呀，不順心呀，這麼要好的靚女人嫁給這麼一個不稱心的人，越哭越傷心，越傷心越放聲訴說著她那不應心的歷史往事。她說：「看看東家，看看西家，別人家漂亮都那麼有福，別人家漂亮都那麼順心，為啥來到俺陳嬌嬌這裡就不行了呢？漂亮人本來是應該風光無限，沒想到下嫁到這麼個窩囊廢的老頭子李二道家裡，不但引不起眾人同情還讓俺惹上了個滿身的臊。這是哪門子理呀？這是哪門子事呀？既然機會來了，既然大家今天把話說到了這個份上，既然大家今天開始對俺有了一個起碼的認同，不繼續掰扯掰扯可是不能行呀！」

在她陳嬌嬌看來，眾人前頭把自己數量個沒完沒了，後頭又褒獎不已。如同打一巴掌再給個甜棗吃，用要弄小孩的辦法來對付漂亮人，讓她陳嬌嬌的氣和火一時半會可是落不下去呀！氣壓下不去，煩湧上了心頭，陳嬌嬌又一下子又想起她心上所有惱火煩心的事。到底是個什麼惱火煩心事呀？說來也是奇，說來也是怪，漂亮人就是和不漂亮人大不一樣，漂亮人總是能說出別人說不出的金口玉言。只見陳嬌嬌好像是還有一件更委屈的事，藏在心裡憋屈了這麼些年。不如借著大庭廣眾說個明白，不如趁著眾人在場徹底洗清洗清自己的所有冤屈。

到底是還有什麼煩心的事呀？請聽在下細說紛紜。原來是她陳嬌嬌除了和李二道時常生氣之外，還有一件更煩惱的事情需要來這裡說個清道個白。想當年她陳嬌嬌走到哪裡紅到哪裡，是個懂氣的人誰能不對她的漂亮佩服得五體投地禮讓三先？是個知道好歹的誰不對她的能幹佩服得心服口服齊聲叫好？那個時候的陳嬌嬌真是個喜，那個時侯的陳嬌嬌真是個福呀！漂亮總是能占個先，俐落總是能靠個前，讓她何等光彩？讓她何等體面？沒想到時過境遷，沒想到改革開放都向錢看以後，一個個利慾薰心，一個個見錢眼開，不再有人拿她的漂亮和能幹當一回事了。更可氣的是就是個醜八怪只要吃了工資也能招搖過市，也能趾高氣揚不可一世。看到到處都是醜女效顰恬不知恥，看到人人都是不拿漂亮和俐落再當一棵蔥，讓她陳嬌嬌的肺都快氣炸了。尤其是嫁了個活木頭丈夫李二道之後，漂亮俐落反而成了多事之秋，讓她憋著滿肚子的火呀！

既然人們被李二道搞的這些假像所蒙蔽這麼多年，既然人們一個個以前都東扯葫蘆西扯瓢對她陳嬌嬌指桑罵槐栽贓陷害，今天她陳嬌嬌也就覺著有必要和大家說道說道。她說：「世界可不是光是物質的，漂亮俐落可是拿著錢也買不來的呀！李二道這個該死的，天天作賤俺，讓俺在大家面前飽受偏見之苦。除了這個該死的李二道之外，要我看作賤俺的還有如今社會的急功近利，還有如今社會的偏見陋習。這是個什麼世道呀？利慾薰心，唯利是圖。百分之八十的人香臭不分，百分之九十的人拿著漂亮能幹簡直就是不當一棵蔥。尤其是成了油田的家屬娘們之後，簡直就是誰也看不起。再漂亮也是成了一個零，再俐落也是讓人看不上。尤其是油田的臭男人們掙了兩個臭銅錢燒作得一個個也不知道姓啥了，動不動就說找個家屬是個累贅，動不動就說都是一個鼻子兩個眼漂亮不漂亮還不是差不了許多。沒有品味的人淨說些沒有品味的話，讓俺的美白長了，讓俺的能幹白能了。所有這些，讓俺的肺都快氣炸了呀！」

說到這裡她陳嬌嬌更氣，說到這裡她陳嬌嬌可是更是覺著非要把這個理說說清楚不可，於是就忍耐不住地繼續大聲說：「漂亮可是拿錢買不來的，俐落可是無價之寶。難道說權能一能遮百醜？難道說錢能使醜變美？俺陳嬌嬌可是不信這個邪。美能悅目，美能生輝，美麗能幹才是當家過日子的第一要素。沒有美麗，沒有俐落，活得還有什麼勁？難道都是豬？難道都是狗？難道都是一場糊塗香臭不分？俺的美白長了？俺的力白出了？俺的心白操了？俺的能白能了？所有這些黑白顛倒才讓俺陳嬌嬌憋著一肚子的火，所有這些不講理的事才人大家偏袒醜陋歧視漂亮，才讓李二道之流鑽了空子。」

又說：「漂亮的價值也是明擺著的，為啥都視而不見？為啥都充耳不聞？不著是俺陳嬌嬌漂亮過人哪有李二道一家人的光彩照人？不著是俺陳嬌嬌的天下無雙哪有老李家後代的美妙絕倫？再說漂亮人也不是吃乾飯的，漂亮人可是幹啥啥俐落呀！不著是俺陳嬌嬌的打裡打外，不著是俺陳嬌嬌漂亮人光幹漂亮事，光靠李二道這塊活木頭吃個工資又能咋著呢？五個孩子咋能養大？咋能出息？咋能長得都這麼漂亮？咋能都這麼出類拔萃？甭管咋說，俺陳嬌嬌頂家過日子的功績確實比天還大，確實比地還厚，這可是有目共睹呀！今天對著老頭子李二道出氣是借題發揮，敲山震虎是警告某些人，可不能把不吃工資的家屬娘們不當個人看，別以為吃個工資就高人三等。世界可不是光是物質的，賞心悅目才是千古造化，人美心美才是無價之寶。你們大家不了解情況就齊搭夥地對著俺亂發洩著怨恨，亂發洩著偏見，對嗎？李二道三日兩頭胡惹火事，事事處處給俺捅樓子。城門失火殃及池魚，讓俺給他疲於奔命，讓俺給他擦不完的屁股。俺的冤誰能知道？俺漂亮人受的罪誰能體諒？就說今天這個事吧，如果都不追究李二道的過失，孩子臉上碰上塊疤俺還咋著向他爸媽交代？小錯不追究大錯就來到，要是真有個萬一，要是真把孩子摔殘裡俺還咋著向他本人的未來負責？」

聲聲入耳，句句動聽。大家如夢初醒，個個一通百通。都說：「一葉障目不見泰山，先前真的是上了李二道的大當。受蒙蔽無罪，反戈一擊有功。世界上的理原來是這樣的，不說人們還真是不知道。以前總認為漂亮是多事之秋，現在才知道醜陋才是萬惡之源。」沒想到陳嬌嬌自吹自擂的一番話還真是見效，大家一個個這才都體會到陳嬌嬌的糟糕處境，人們一個個這才都體會到陳嬌嬌的被人忽視的另一面。都說：「如今社會也確實不講良心，總是把漂亮說成是多事之秋，總是或明或暗地給醜陋說話。就說今天的這個事吧，嫉惡如仇，批評錯誤，陳嬌嬌可有啥錯？如今獨生子女誰家不是視孩子如寶？視孩子如命？連摔著孩子這樣的事都可以原諒，還有什麼是非曲直可說？是的，管著幹什麼來呀，一個大男人，怎麼看孩子把孩子也給摔了？孩子是寶貝，孩子是心肝，摔了孩子別說罵你打你就是殺你也是罪有應當。這麼漂亮的老婆，這麼舒心的日子，你李二道為啥總是光出紕漏？你李二道為啥總是不稱美人的心？看了沒三分鐘的孩子就出了這麼個大紕漏，真是個殺才，真是個孽障呀！此事如果不追究責任，豈不是對李二道更大的放縱？豈不是以後會出更大的紕漏？不怪陳嬌嬌天天光數量他，確實是個差勁貨，確實是個該死的混帳東西！」一語道破天機，大家徹底說出了陳嬌嬌要說的話，大家徹底給陳嬌嬌報了仇，解了恨。

沒想到陳嬌嬌自吹自擂的一番話還真是見效，不僅讓人們改變了原先的觀點，還讓人們一下子看到了她陳嬌嬌的美。鼻子是鼻子眼是眼，婷婷玉立身段更是咋看咋美。芙蓉面，櫻桃口，五官端正，人間極品。人越看越好看，話越講越中聽。果然是畫中畫，果然是人上人。不是吹的，陳嬌嬌真乃是巧奪天工絕代之美。愛美之心人皆有之，一個個這才全都設身處地為她而泣為她而淚。是的，娶了個這麼個漂亮的女人還不乖乖聽話，還光讓她生氣，還光出差錯，還讓世界都受著蒙蔽，李二道真是個該死的孽障呀！大家這才意識到先前是站錯了隊，先前是怨錯了人，這才知道小美人的一席話完全道出了她的絕對冤屈。一個個情不自禁地問：「漂亮是什麼？」一個個情不自禁地答：「漂亮是偉大，漂亮是英明，漂亮是無所不能，漂亮是絕對正確。對待漂亮的看法失之毫釐差之千里，完全是讓李二道這個該死的孽障的表面現象迷惑了大家的眼睛，差點又一次讓漂亮人蒙受不白之冤。」

人心隨著立場變，人們這才意識到陳嬌嬌漂亮人說的話全是發自肺腑，全是絕對真理。人心隨著立場變，人們這才都恍然大悟，這才都覺著美人的話更加聲聲入耳，這才都覺著美人的話更加句句動心。都說她陳嬌嬌說的做的全是實在道理，都說她陳嬌嬌批評李二道有理有節。受蒙蔽無罪，反戈一擊有功，接著就是都罵李二道不是東西。勁往一處使，心往一塊想，都說：「下三濫的東西，不批評醜陋就不知道完美，不批評錯誤就不知道正確。追求完美是時代的必然，時代變了人也應該與時俱進，可不能老是停留在低水平瓜菜代的那個年代。美麗應該提上議事日程，能幹應該得到社會的一致推崇。」人嘴兩張皮，人心瞬間變。又是說李二道生在福中不知福，又是說李二道癩蛤蟆吃了天鵝肉。一時間裡，李二道成了千人指萬人恨，都說：「連個孩子都看不好，真是個該死的孽障私孩子呀！」

響鼓也要重錘敲。陳嬌嬌她這一說這一鬧還真是管用，不僅讓人人感到鮮花插到了牛糞上，而且還真是讓人們眼前豁然一亮。讓大家對漂亮有了應有的重視，讓大家對能幹有了深刻的理解。人們這個時候才徹底注意到她陳嬌嬌的漂亮過人。亭亭玉立不減當年，和看車棚的小王站在一起還勝了一籌。說來也是讓人氣憤，好吃好喝倒生不出什麼最漂亮的人。農村人不是少這就是少哪，倒是天爺爺鍾情光生最漂亮的人。你看看這個小王，要個頭有個頭，要美貌有美貌。人又美心又好，來油田打工看自行車棚成了一道耀眼的亮麗風景。老少皆宜，都來自行車棚和她聊天吹牛。看到這麼漂亮的女人別說年輕人就是老年人看了也是一千個解饞，一萬個高興呀！漂亮真是個喜，漂亮真是個福，一個小王就讓這麼多人神魂顛倒樂不思蜀，現在半路裡又殺出個陳嬌嬌不知是唱的哪門子戲呀？

說到這裡還真是讓人感慨萬千。嫉妒之心人皆有之，就是五老六十也不會例外。想當年陳嬌嬌在縣城就轟動一方，現在為啥狗屁不是了呢？現在為啥沒人多看她一眼了呢？嫁了個窩囊廢的丈夫蒙受了不白之冤，好容易才得到大家的一點點同情之心，好容易才找到了個說話的地方。只見她陳嬌嬌天生麗質難自棄，婀娜多姿真還是要來個爭強鬥豔呢！既然天下也有可能冤枉埋沒人才的時候，也有糟蹋好人的可能，毛遂自薦也是應當的。趁著小王上街買東西剛離開自行車棚，陳嬌嬌心不甘情不願自我褒獎著說：「小王漂亮在哪裡？俺可是覺著不服氣。她光有外表沒有內裡可不算是真美，一個農村人，一個年輕人，咋說也是涵養差知道的也不多。真正的漂亮可是無所不能，真正的漂亮可是變化無窮深奧莫測。越是深奧越是讓人推崇，越是莫測越是勾人心弦，這個道理還看不出來嗎？姜還是老的辣，美人還是功底深才是真美。小王會唱歌嗎？小王會跳舞嗎？一個農村人，少調失教，聽說鬥大的字還不認的一布袋，能有多大的本事？能有多大能耐？美可不是吹的，美可是高人三等，美可是無所不知，美可是無所不能呀！」

陳嬌嬌越說越來勁，陳嬌嬌滿肚子裡藏著的都是她自己的真知灼見。在她看來：「漂亮可不是年輕人的個人專利，不釀到歲上茅臺也不香。擂臺不打到千遍出不了英雄，漂亮不貨比三家咋能說美？老年人雖說是青春飯吃掉了一大半，日積月累的內涵誰敢說差？這年頭白天忙工作晚上講享受，越是晚餐越是正餐越是有味呀！稚嫩的美難成霸業，有城府的慈溪才萬古留名。老佛爺一人得道雞犬升天，讓滿朝文武都跪倒在她的腳下。有本事的人就是會不甘寂寞，漂亮人為啥不能逢場作戲顯示顯示？難道是金子也得老是埋在土裡非要狗屁不是？俺可是不服這個理呀！」

今天陳嬌嬌可是師出有名，硬是把人們對小王的注意力拉了過來。說者有意聽者有心，陳嬌嬌這一鬧這一說可是最先敲開了老校長石一路的心扉。老傢伙，有文采，觸美生情讓他說出了他的肺腑之言。當然，當然，這樣的話只能是偷著說，讓李二道知道裡那可了不得呀！他說：「不說不知道，一說嚇一跳，狗眼看人低的事啥時也有呀！這麼漂亮的人早咋沒有特別注意？就是注意也實在也是太浮皮潦草呀！陳嬌嬌芙蓉面櫻桃嘴，筆挺的身材婀娜多姿，真乃是萬裡挑一呀！」

石一路這麼大年紀也不嫌害羞，對著陳嬌嬌眼珠子就光色眼迷迷地轉圈，簡直就是垂涎三尺的那個樣呀！當然，當然，事出有因，還不是怨那天在廣場假山上讓李二道惹火得倆人有了情意的緣故嗎！情人眼裡出西施一點不假，只見他石一路仔細看仔細瞧，越看越覺著陳嬌嬌美得巧奪天工無懈可擊。他在心裡說：「鼻子是鼻子，眼是那眼，就是大耳朵垂也是小巧玲瓏十分好看呀！哪一點也是恰到好處，哪一點也是世界第一。」石一路從此對陳嬌嬌的美真的是越看越著迷，後來發展到簡直就是傾心專注，百看不厭。一有機會就居高臨下，一有機會就在二樓伙房的大玻璃窗裡偷著看在樓下院落裡和女人們聊天的陳嬌嬌。咋看咋美，真乃是「盡日君王看不足」的那種感覺呀！

「漂亮是什麼？」不由得讓石一路感慨萬千，他說：「漂亮真是個喜，漂亮真是個福，漂亮是部讀不完看不厭的書。陳嬌嬌美的巧奪天工，咋看咋好看。亭亭玉立，鶴立雞群。慌看臉是長的，細看圓的可愛。像是使了魔法，人隨場合不斷地變化。瘦巴的沒一點廢肉，靠近瞧又像是柔嫩的讓人骨酥肉麻失魂落魄呢！是個熱血男兒見了這樣的女人哪能熟視無睹？哪能無動於衷？說句粗魯的話吧，連俺這個受孔孟之道薰陶的人見了她都是恨不得抱起來就親個沒完沒了呢！」

又說：「站著美麗坐著更好看，美人更厲害的可是微笑。陳嬌嬌笑開裡竟是像剛剛綻放的芙蓉花，美麗無比。不笑不說話，滿院裡的人都聽著她在說笑。美人可是不光有外表，竟是滿肚子的貨，巧嘴甜舌頭讓人百聽不厭。美人真是個美，美人真是個福。一人說萬人隨，吸引了所有人的眼球，勾引了所有人的心都在聽著她說笑。說到關鍵時還會畫龍點睛，勾引起人們的強烈欲望。一個個都像是著了她的魔，一個個都狂熱地追捧著她。都說現在還這麼美，年輕時好多熱血男人為她死的心也曾經有一點也不會是虛誇。總之，一家美女千家求，現在還萬眾矚目，當年追求她的人肯定不在少數。陳嬌嬌空前絕後的美，蓋世無雙的能，半老徐娘也還是天下無雙，也還是在這個地方一舉奪魁成了耀眼的第一美人呢！只見她在節日聚會上更是獨領風騷。身材苗條穿著鮮亮。讓人情不自禁的親，讓人心甘情願的愛。即會鶯歌，又會燕舞，簡直就是當年的楊玉環緩歌慢舞凝絲竹呀！煽情的讓你受寵若驚，熱烈的讓你渾身發燒發燙。更致命的可是美人的回眸一笑百媚生，讓你魂不守舍，讓你如醉似狂。果然是應驗了『一笑傾人城，再笑傾人國』之說。總之，陳嬌嬌的美麗讓人心曠神怡，讓人盪氣迴腸呀！哎呀，再好的形容詞也是遜色，再好的語言都難以表達出對她的稱頌讚美。陳嬌嬌美貌無比感天動地，連三歲的小孩都對她不依不饒非要她抱抱不可。天呀，這麼漂亮的人上哪裡去找？年近六尋都優容不減，堪稱千古一絕呀！」

說到這裡讓人感慨，石一路這才是對美的絕佳讚譽。一個有才一個美麗，湊到一塊還真讓世界有了趣味，湊到一塊還真讓天下有了文章。都說這麼好的事，都說這麼好的曲，只可惜天爺爺沒長眼，黃瓜菜都涼了才讓她們碰到一塊。要是早讓她們碰到一塊，要是早讓她們結合在一起，該是一幅多麼美妙的圖畫呀！這麼漂亮的人，這個時候才讓滿腹文采的人發出仰慕之聲。絕對是誤過了最好的時候，絕對是耽誤了最好的三秋呀！

說到這裡讓人氣憤，說到這裡讓人感慨。別看都說自由戀愛，別看都說婚姻自主，天下有幾個人真能享受到婚姻的甜蜜？陳嬌嬌這麼能，這麼美，偏偏讓老天爺錯點鴛鴦譜嫁給了個大活木頭李二道。類似情況再聯想到石一路，再聯想到任何人，哪一個不是飽嘗了婚姻的無奈和委屈呢？想當年石一路光想找個雙職工，光想找個有工作的女人，卻忽視了性愛的原意，卻忽視了性愛的本質。天爺爺瞎了眼，讓多情的石一路到頭來讓一個女強人林能能騎在自己頭上作威作福，失去了愛情的本意，失去了生活的樂趣。看看左右，看看前後，哪一個不是貪圖鍋裡的米粒喝漲了肚子？有的貪圖政治聯姻，有的貪圖經濟利益，更別說還有時間和地域的好多局限，讓婚姻一塌糊塗的比比皆是。普通人如此尚且罷了，就是偉大的人又有幾個享受到真正的美滿姻緣？比如說偉大領袖們，不乏也是一葉障目不見泰山，不乏也是絕對的無奈結合，不乏也是絕對的無奈婚姻。

說到這裡讓人感慨，看起來陳嬌嬌的個案也是毫不為怪，看來婚姻的無奈比比皆是。或者說絕佳的婚姻永遠沒有，愈是偉大愈是漂亮愈是不能得到稱心滿意的絕佳婚配。因為鶴立雞群，因為羊群裡的駱駝，不可能找著相應的匹配。說到這裡好有一比，說到這裡好有一說，別看世人都嘲笑喬太公亂點鴛鴦譜是多麼的荒謬，其實就是神仙也不知道誰和誰配對才是真正的永遠的絕對正確。當時看來絕佳的婚姻搭配，以後才知道又搞錯了。因為時過境遷，因為不斷進步，因為人們不可能預知明天和後天的事情怎麼發展。文革時期認為絕對正確的東西，現在還不是徹底搞翻，現在還不是徹底搞砸。類似情況比比皆是，所以才有了天下的含淚結合，所以才有了天下的無奈婚姻。

說到這裡讓人感歎不已，原來世上的事不冤也得冤，原來世上的人不恨也得恨。渴望已久的路不一定好走，不想要的東西卻是硬纏著你不放。世界總是讓你啼笑皆非無可奈何，世界總是讓你事與願違悔恨終生。

§4 埋下了炸彈

勞動成了下賤，公共衛生成了大問題。如今講究身份，誰肯去幹那下三濫的活呢？設想一下，一個大採油廠廠長的夫人能去打掃樓道嗎？別說廠長夫人，就是個科長經理的夫人也不能放下這個身價去幹那些低人半截的事呀！為了維護環境衛生，無可奈何又家家收錢雇傭家屬工打掃樓道和環境衛生。家屬工不是人嗎？家屬工就這麼掉價嗎？家屬工就這麼不值錢嗎？區區三百元錢就能買得鬼推磨嗎？家屬工們出工不出力合起夥來消極怠工，樓道的衛生依然如故。家家屋裡油光錚亮，就是樓道裡髒不忍睹。塵土飛揚氣味齷齪，到後來簡直就是嚴重到氣都沒法喘的那個程度呀！

陳嬌嬌漂亮人可是看不下樓道裡眼前的這個窩囊，石一路夫人林能能也是沒法忍受環境衛生條件這麼差的惡劣氛圍，被迫無奈各自都自掃門前雪，爭先恐後地打掃起來了自家門前那點點樓道。林能能開始還看不出多麼差勁，隨著時間的推移慢慢就頂不住敗了下來。說來也是有原因的，林能能一是腰腿疼不大俐落，二是顧東顧不了西呀！相形見絀，人家陳嬌嬌漂亮人可不是光長了個表面，只見她陳嬌嬌可是逞強逞能，可是爭先恐後。陳嬌嬌可是越打掃越乾淨，陳嬌嬌可是越打掃越主動。掃到二樓理所當然，掃到一樓也未嘗不可。學習雷鋒公而忘私，一個樓道的人為啥不能有光同沾？為啥不能有福同享？漂亮人有光不願只照自家那門前那咫尺之地，漂亮人幹啥也是心血來潮出盡風頭。到後來，一不做二不休，整個樓道都讓她陳嬌嬌打掃得乾乾淨淨油光鋥亮了呢！

乾淨讓人喜，勞動讓人誇，陳嬌嬌一下子贏得了全樓道人的歡心和喜歡。林能能再想東施效顰可就徹底晚了。總是行動遲緩趕不上人家的趟，總是動作慢了半拍差了一步。不等髒，陳嬌嬌就打掃。不等見灰，陳嬌嬌就用拖把去拖。以至於到後來讓林能能以及樓道裡別的人家的人再想插手門也沒了。做一時一事容易，難的是持之以恆，難的是永遠如此呀！

傳統的印象，習慣的看法，總是說漂亮人只會享受不會幹活，總是說漂亮人只會沾光撈別人的便宜。陳嬌嬌可是不傳統，陳嬌嬌可是不通常。漂亮人先人後己，漂亮人公而忘私。只見她身材輕盈跑上跑下，掃把也在起舞，拖把也在飛躍。把整個勞動當成了一門藝術，把整個樓道當成了她的表演舞臺，進行著她的精彩演出。

有演繹就有人看，有人看就有故事。當過領導的人注重細節，只見他石一路聚精會神地看，呆頭呆腦地想，說：「要是別人幹這樣的活肯定當成下賤，她一幹為啥成了美麗？像是鶯歌燕舞，像是絕妙的藝術。漂亮人幹啥啥美，把勞動光榮徹底恢復到了本來的面目，而且是達到了一個完美的極致！」

石一路一日看，三日想，終於找到機會情不自禁地對著陳嬌嬌說了起來：「你是天使，你是美女，犧牲了自己照亮了別人。使整個樓道的環境衛生煥然一新，使整個樓道的人心都得到徹底洗禮。乾淨的環境讓人心曠神怡，清新的空氣讓人說不完道不盡的感激之情。正在大家『人不為己天誅地滅』的時候，你卻學習雷鋒公而忘私給大家做出了一次又一次的無私奉獻。這再一次喚起人們對往昔的追憶，這再一次讓人們回想起白求恩的偉大，這再一次讓人們回想起張思德的純潔無比。別人是那樣的污濁不堪，你卻是這樣的皎潔明亮。老天爺真是沒有瞎眼，把心善貌美集大成於你一身，也算是對你的一個最好的總結，也算是對你的一種最好的回報。」

石一路曾經當過中學校長會長篇大論，更會畫龍點睛，把陳嬌嬌說了個心花怒放，把陳嬌嬌說了個熱淚盈眶。陳嬌嬌羞紅了臉，激動著說：「看讓你誇獎得我都無地自容了，這麼一點事也值得你小題大做。我一個家屬，我一個娘們，大事做不了，小事再不做，哪不是空活百歲？哪不是無所事事？年輕人上班忙工作，老年人腿腳不俐落，我不大不小為啥不能幹些力所能及的事呢？一個樓道過日子，公共衛生搞好還不是應當的。爭著不足，讓著有餘。給人方便，自己方便。鄰里關係全靠你敬我讓吃虧在先。斤斤計較的人是小人，熱心公務的人才是水平高和覺悟高的充分體現。中央首長都號召咱搞和諧社會，我看我們每個人都應該從點滴做起。」

句句動聽，聲聲入耳，還把中央首長的話都記在心裡。讓石一路對陳嬌嬌的推崇越來越高，越來越高看了。感慨萬千，心潮起伏，石一路幾乎是入迷般地繼續奉承著陳嬌嬌說：「瞻前顧後，說話謙卑，更顯出美人的美。」見到漂亮讓人心曠神怡，見到乾淨讓人清心透肺，石一路感慨不已，反覆說：「美玉無瑕，光照千秋呀！幹一時一事是容易，難的是數幾年如一日地幹一件事呀！」

時刻都是享受到樓道的潔淨清新，誰不高興感激？經常都是看到陳嬌嬌的辛勤勞作，全樓道的人都在感激奉承。越感激越有勁，越奉承越心血來潮，以至於讓陳嬌嬌打掃得樓道裡乾淨的像是一面鏡子能照出個人。事如其人，人如其事，兩項映襯呀！這麼好的環境，這麼清新的樓道，真不是一般人所能幹出來的，只有最漂亮的人才會幹出這麼個最漂亮的活來呀！

乾淨和美麗出神入化，尤其是讓有心人石一路心潮起伏。心潮起伏就感慨萬千，只見他說了又說：「漂亮也是個美，勞動也是個美，謙卑也是個美，漂亮人碧玉無瑕一點不假。要是醜人幹掃樓道這個活，你肯定認為下賤，肯定閉上眼睛捂住鼻子，唯恐躲避不及。而陳嬌嬌呢，卻是美不勝收，卻是咋看咋美，卻是不約而同都在由衷地為她高歌，為她讚美！看來有些人站在天上也是不高，有些人站在地上卻比天高。衡量人心的尺規竟是藏頭露尾因人而異呀！漂亮人就是幹再下賤的活也是亭亭玉立，也是婀娜多姿，也是讓天下推崇備至一片叫好呀！」

陳嬌嬌不斷地幹，像是演戲。石一路不斷地看，像是著迷。別看都是一把年紀的人，陳嬌嬌像是梅開二度更加嬌豔，石一路像是小和尚下山去化齋，讓『老虎』徹底鑽到了他的心裡了。是的，多麼漂亮的人，多麼漂亮的事，就是個木頭也會被她所感動呀！在石一路看來，這麼美的人，這麼好的心，恐怕當今世界也只有這麼一個。

陳嬌嬌呢，也許是讓人們的不斷稱讚，尤其是被石一路由衷的誇獎，讓她欣喜不已，讓她越幹越有勁。她在心裡想：「不就是掃掃樓道嗎，才出多大的力呀，就能改變了環境衛生，就能改變了人際關係。尤其是對老校長石一路有了一種嶄新的認識，有了更多的瞭解。一個老校長，一個讀書人，想不到竟然這麼心細，竟然這麼體貼入微，真是個少有的好領導，真是少有的好鄰居。」有共同語言的人就是有共同語言，從此兩個人一見面心裡就熱乎乎的，就情不自禁地說這說哪。當然，當然，兩個人到底都是有家室的人，又害怕鬧出誤會，尤其是又害怕李二道疑神疑鬼，尤其是又害怕林能能無事生非。總是來匆匆，總是去匆匆，總是言簡意深說出些最要緊的話語。

說到這裡好有一比，天下的事真是讓人琢磨不透。有感覺的平行線好像是有越走越靠近之感，因為彼此的距離感反而產生著自然的美。相反，沒感覺的相交線反而是背離交點越走越遠，因為心靈曾有的碰撞好像是在交點處就產生了永恆的排斥的力量。說到這裡好有一比，說到這裡好有一說。原來感情這玩意還真是

「你中有我我中才有你」這麼著演繹出來的，原來感情這玩意還真是「你看我好我看你更好」這麼著看出來的。石一路不斷地看，陳嬌嬌不斷地演，兩個人一來二往感情加深。好像是一日不見就想得發慌，好像是隔日不見就又增加了好多要說的話非說不可。

石一路在心裡想：「有些人見千遍不想，有些人見一遍難忘。有感覺的人不是一家人勝似一家人，沒感覺的人就是睡在一個被窩裡也是覺不著有什麼溫暖。俐落人辦事沁人心脾，心上人幹什麼都是楚楚動人。讓你由衷佩服，讓你念念不忘。睜開眼想看，閉上眼想想。雖無非分之想，卻是擺在了心的中央。」

陳嬌嬌也是動情，也是在心裡想，也是在嘴上說：「會看事的是大丈夫，會說話的是大人物。同樣的事讓他一說就有了新意，同樣的人讓他一說就有了光亮。不愧當過領導，確實由表入裡，確實激人奮進。聽君一席話，勝讀十年書，一點不假。瞅個好機會，找個好時候，希望單獨和老校長多說一會知心話。增加點見識，增加點涵養。尤其是想起在廣場假山上老校長還幫著給自己的孫子擦過屁股的事，還讓李二道弄了個栽贓污衊，總覺得對不起人家。對不起人家可是該表示表示，好好感謝人家一下也是應該的。一個樓道過日子，互通有無，禮尚往來，鄰里互助，咋說也是應當的。這年頭難怪都尊崇知識分子，沒想到老校長石一路還真是滿肚子的知識和道道。讓人浮想聯翩，讓人念念不忘呀！」

機會說來就來，李二道去參加戰友聚會，林能能去走娘家，這可是個絕佳的見面機會。只見她陳嬌嬌花枝招展從三樓飄到了二樓，輕輕叩門，暗暗窺視，看到只有石一路一個人在家她心裡樂了。美人的到達就像是如月當空皎潔明亮，讓石一路激動無比，讓石一路喜不自禁。在石一路看來，美人的到達好像是讓他石一路的整個房子裡都有點蓬蓽生輝之感。來就來吧，為啥還給送來了這麼些好東西？讓石一路更是激動得不知道說什麼好，拽著陳嬌嬌的手就讓她趕快上屋裡來。

熱情寒暄，倒水讓座，喜不自禁。石一路先開了口：「來就來吧，手裡還提著個紅兜幹什麼？」陳嬌嬌說：「煙臺蘋果萊陽梨，還有一瓶辣椒醬，還有一罐葡萄酒。手藝不高是自製的，一分心思代表的可是俺陳嬌嬌的十分情。葡萄酒色美味更濃，這裡頭可是有俺陳嬌嬌的用心和良苦。辣椒不辣有五味，讓你大知識分子吃吃開開胃。人說吃了珍品能添智，我說這把鑰匙能開那把鎖。傳說好東西有神功，聽說好東西能讓人點石成金風起雲湧。傳說好東西有如意，聽說好東西能讓人心想事成。正所謂人能拋磚引玉，又好像是牛能食草變奶。說不定吃了俺的蘋果梨讓你枯樹添新枝，說不定吃了俺的葡萄酒辣椒醬讓你百尺竿頭又進一尺再創輝煌。迴光返照也是光，夕陽紅也是紅。讓你老驥伏櫪，讓你超常發揮。為人們流完最後一腔血，為國家淌完最後一滴汗。」一半是笑話半是戲，陳嬌嬌俊美的臉龐光剩下笑。

這一說可是入了巷，這一笑可是把石一路的魂勾引到爪哇國去了呀！在石一路看來，美人的笑可不是一般的笑，美人的笑可是千金難買。確切地說，陳嬌嬌笑的比那芙蓉花還好看，讓石一路頓時熱血沸騰像是觸了電。男人們就是這麼現實，男人們就是這麼下賤，見不得女人給個好臉，見不得女人給自己說上兩句好聽的話語。尤其是遇上這麼個最漂亮的人，而且是說出這麼多最暖心熱肺的話，讓石一路真不知道如何是好。一個勁地說謝謝，一個勁地說感激，激動得連眼淚都流了下來。看到這麼好的禮物，看到這麼好的人，石一路不能自控，石一路真的是不知道如何是好，趕緊翻開陳嬌嬌送來的紅兜看了又看。蘋果又圓又大，辣椒醬紅裡透亮。萊陽梨散發著清香，葡萄酒香氣襲人。讓他石一路徹底感動了，讓他石一路徹底陶醉了。東西不多可是真有分量，東西不貴可是真有含金量呀！

說到這裡好有一比，漂亮人做事真是匠心獨具，漂亮人送禮還真是送到了心上人的心坎裡去了。光從石一路臉上的激動表情就能看個明白，搞個清楚。看到送來這麼多好東西石一路感動得不得了啦，情不自禁地感激著說：「這麼好的東西怎麼給我吃？我人老珠黃吃這些好東西還有什麼用？」陳嬌嬌細聲慢語地說：「聽說你前些日子書法比賽爭了個第一，讓我高興得差點哭了。金子埋在土裡也能發光，這可是一個顛簸不破的絕對真理。別看社會急功近利，越是漆黑的夜晚星星越是閃光放亮。你飽讀詩書無所不知，你文思敏捷頭頭是道。你這麼大年紀還老有所為筆耕不斷，真乃是老驥伏櫪志在千里。人老心不老，繼往能開來。傳說你日夜都在搞鑽研，聽說你正在著手寫什麼『怎樣培養中學生』的不朽論著。老馬識途，語重心長，用光輝的思想啟迪教育了一代又一代。職位退了，人未退。有一份光，發十份熱，為社會做出了最後的應有貢獻。既然你這麼放眼未來，既然你這麼不斷追求，好東西你不吃誰吃？好東西你不嘗誰嘗？」

石一路受寵若驚，想不到她陳嬌嬌還這麼知冷知熱，想不到她陳嬌嬌還這麼注重自己的無謂之舉，和林能光埋汰自己的做法簡直就是差了個十萬八千多裡呀，想到這裡他石一路又一次感動得差點哭了。士為知己者死一點不假，一個婦道人家還這麼知事曉理。石一路一想到這裡就不想也得想：「要是我石一路早娶到陳嬌嬌這樣的好媳婦該有多好。說不定真的能水到渠成，說不定真的能熱血沸騰，說不定真的是能搞出個輝煌無比的偉大成果來呢！不是一家人，勝似一家人。當然，當然，拖家帶口一大幫，土已埋到半截的人，不能有任何非分之想。」

看到石一路這般動情，陳嬌嬌漂亮人更是情意纏綿。用手理著頭髮照著壁鏡，沒話找話，老調重彈地說：「我看你說話知己辦事十分明理，特別是那天數落李二道，讓他發壞冤枉了你，我是來給你賠個情，我是來給你道個歉。遠親不如近鄰，順便給你送點東西補養補養身子也是應該的。用腦筋的人可是需要滋補，我這可是給你送來的最上乘最好的貴重禮物。煙臺蘋果萊陽梨，那可都是俺那大女婿從膠東老家帶來的一級品。煙臺蘋果，萊陽梨，首屈一指，世界第一呀。」

會用心的人就是會說話的人，陳嬌嬌啥話能打動石一路的心就說啥話。石一路可是知道膠東水果的優良特性，他年輕時曾在那裡工作過一年。知道整個膠東半島都是蓬萊仙境般的神秘之地。水美地美，種啥啥美，盛產著天底下最好的仙桃梨果。這麼好的東西自己都捨不得吃還來送人，石一路這才體會到陳嬌嬌的用心良苦，趕緊說：「煙臺蘋果萊陽梨的確是天下第一，你送來的這些東西還真是珍貴無比。禮重情誼深，讓我感動得不知道說什麼好。海內存知己天涯若比鄰，想不到得到你的關照讓我這麼激動不已。有些人給的東西再多也是爛杏一筐，有些人給的東西再少也是價值連城。在我看來，你就是這後一種人。你的美讓我豁然一亮，你的好讓我獲益匪淺。你從最普通的地方開始，照亮了別人，顯示了自己。你給我的不僅是禮物，也是你的一顆純真善良的心。我一定要不辜負你的厚望，力爭人老心不老，力爭和你一樣有一份光發一份熱。不圖索取，只求奉獻。做一個有利於別人的人，做一個純粹的人。」

陳嬌嬌說：「只顧自己的人是小人，講究實際不甘沉淪的人才是大寫的人。別看我能力不大，可是最希望做一個對社會有所奉獻的人。別看有些人不住一住地埋汰你，我可是打心裡對你敬仰。你當了那麼多年校長，考出去那麼多尖子學生。做出了那麼多傑出貢獻，還讓人家得了便宜賣乖，還讓人家說你是傻。社會真是黑了，世界真是變了，有那麼多人昧著良心說缺德話。」石一路說：「想不到你還能和我能說到一塊，想不到你漂亮人還能超凡脫俗。不像我那個老婆，滿腦袋裡都是現實主義，滿肚子裡都是唯利是圖。我幹的正事她說是傻，她幹的歪事也說成是時代潮流。」

有感覺的人就是有感覺，陳嬌嬌何嘗不是也和自己那口子生不完的氣。她感慨著說：「平行線越走越近，是距離感產生著美，是彼此間保持著仰望和敬重。相交線越走越遠，是越看越不順眼，是從交叉點那裡就在彼此的心裡畫上了差號。世上的事真有點怪，夫妻倆往往多爭執，不是一家人反而更能說到對方的心坎裡去。如今社會急功近利，都說他傻的那個人往往還真有點人味。只可惜光有人味可是沒有市場，比如說打掃樓道，明明是好事卻不一定都說你好。比如說我那孩子，比如說我那老頭子，背地後裡可是沒少埋怨，都說我掃樓道是傻。一個國家，一個家庭，都這樣自私自利，都這樣只看眼前，能行嗎？你讀過書，你知書達理，想必是你才知道啥對啥不對。國家給了我們這麼好的待遇，人民給了我們這麼多好處，我們為啥不好好報效國家？我們為啥不能好好服務於人民？有些人的做法，得隴望蜀，私心雜念，我覺著咋想也想不通，咋看咋不順眼。」

石一路更是傻，石一路更是一根筋。沿著陳嬌嬌話路去想，隨著陳嬌嬌的話路去說，好像是又回到了雷鋒張思德的那個年代。兩個人越說越靠近，越說越有說不完的話。石一路正想再說點什麼感激的話，尤其是想說陳嬌嬌的美，尤其是想說陳嬌嬌的好，尤其是想說陳嬌嬌無私奉獻給他的可是取之不盡用之不竭的力量源泉。可是還沒等到石一路真的再說出個四六，再說出個語破驚天，陳嬌嬌就耐不住了。說是孩子在家裡等她，不敢多待，就走了。其實孩子上全托中午是不會回來的，陳嬌嬌絕對不是為了孩子的事不敢多待。真實原因是心中有鬼。說穿裡吧，陳嬌嬌真的是害怕和石一路越走越近。拖兒帶女一大幫，雖是沒有非分之想，真是怕鬧出誤會。一個樓道過日子，出了誤會可咋辦呀？尤其是真害怕林能能突然回來，如果她林能能突如其來地這個時候回來，並且與自己迎頭撞個滿懷那可是渾身是嘴也說不清了呀！

說到這裡需要說明，既然兩個人都是光明正大，都沒非分之想，為啥不趁著李二道林能能都在家的時候來送東西呢？同性相斥，異性相吸，想必是這個道理人人皆知。這四個人都在一起，別說送個東西，連說個話都說不到一起。陳嬌嬌何嘗不想光明正大地來感謝感謝石一路，只是客觀環境不允許她這麼做呀。

既然四個人在一起連說個話都不行，送個東西豈不是找更大的不自在？豈不是找更大的麻煩？怕鬼就有鬼，日後多疑的李二道還是發現家裡的東西少了，細心的林能能還是發現家裡的東西多了。雖說是雞毛蒜皮不便發作，這倆個愛猜疑的人，其提防的心可是越來越重了。從此以後，再看到陳嬌嬌打掃樓道時，再看到陳嬌嬌做好事時，尤其是再看到石一路再奉承誇獎陳嬌嬌時，李二道林能能這兩個人也就不約而同地側目而視了。

沒有三分利，誰肯起五更？在她們看來，什麼事情都是有原因的，什麼事情都是有企圖的。在她們看來，醉翁之意不在酒，原來是做好事全是他媽的幌子，原來是心懷鬼胎，原來是暗通款曲。狗日的賤女騷男，原來是背地後裡做出格的事。心裡有了敵意，就想發作發作。尤其是本事大如天的林能能，自然就想瞅個機會好好地出出這口悶氣，狠狠地教訓教訓這兩個狗日的雜種東西。

§5 一觸即發

人稱知己人，外號真朋友，天底下到處都有這樣好心腸的人。路見不平拔刀相助，心直口快仗義執言。別人的事比自己的事還要放在心上，時時刻刻都在研究和琢磨著為別人排憂解難回避風險。石一路陳嬌嬌明目張膽地眉來眼去，毫無顧忌地你說我好我說你好，讓知己人可是看了個一清二楚。在這個知己人看來，這兩個人都偷情偷到了這種地步，為啥林能能還蒙在鼓裡呢？為啥林能能還按兵不動呢？知己人咋想也是覺著不對頭，咋想也是覺著老石家有可能危在旦夕，於是找著個機會就把林能能拉到僻靜之處說了起來。她說：「一輩子臊，三輩子熊，啥也不怕就怕家裡出了花心的人。漂亮是什麼？漂亮是冤家，漂亮是對頭。漂亮能讓好好的家庭平地起雷，漂亮能讓好好的家庭麻煩不斷禍害無窮，這樣的慘劇可不是演了一回兩回。街談巷議，無人不曉，無人不知，漂亮讓石一路邪魔作祟魂不守舍，漂亮讓陳嬌嬌喬裝打扮賣弄風騷。一個色眼迷迷，一個風韻猶存。母狗調腚，公狗上性，眼看著就要後院起火，眼看著就要幹出死不要臉的醜陋骯髒事呀。你一個女強人，你一個鐵娘子，為啥還按兵不動？難道對這樣的事也不堅決回擊？難道一個女強人還吃這兩個下三濫的窩囊氣？該硬的時候要硬，該軟的時候要軟，不該讓步的地方千萬不能妥協讓步呀，就是死也要死個事有所值呀。她們搞偷情，她們搞傷風敗俗，她們搞見不得人的骯髒勾當，她們如此這般放肆大膽地幹不著調的事，你還不當機立斷？你還不迎頭反擊？你這可是正當防衛，走到哪裡也是絕對占理呀！雖說是時代變了人心也在變，咋變也是同情家庭安寧的人占絕對的多數呀！」

又說：「醜話說到前頭，鬥爭可是殘酷無情，鬥爭可是你死我活。生死未卜，前途難料，要知道色魔肉欲這樣的混帳玩意可是殺不盡斬不絕，可是最難纏的事呀！尤其是這個妖女人陳嬌嬌可不是一般的人，你和她鬥怕是擔著一定的風險，怕是凶多吉少。你叫林能能，她叫陳嬌嬌，光從名字上看就讓她占了上風。這年頭柔能克剛，這年頭狐媚惑主，你可要提前做好思想準備。不能輕敵，想三下五除二一蹴而就那可是不行，要好好地學習學習論持久戰才是正事。看看陳嬌嬌這個來頭，看看陳嬌嬌這個架勢。漂亮過人，聰明透頂。兵不血刃，口蜜腹劍，恐怕能亂您全家，恐怕能妨您三輩。要我說男女感情方面的事最是耗心費力，最是觸人楣頭。既然你丈夫石一路花了心迷惑上了狐狸精，十有八九鬼迷心竅不能自拔。你不如趁早休了他了心了意，免得落個臭風捕身，免得落個豬頭好吃豬毛難摘。要我看，男女方面的事，只要花了心，無藥可醫。生不完的氣，傷不完神。到頭來牽著著不走打著倒退，到頭來辱沒祖宗糟蹋後人，到頭來損身折壽家破人亡一敗塗地呀！」

林能能可是女強人，林能能可是不信這個邪，林能能可不是輕輕而已就能屈服於別人的人。豈能讓知己人所說的這個第三者肆意妄為占了她的上風，占了她的便宜。就是今天知己人不說這個混帳事，她林能能也早就也看出了其中的子丑寅卯。只是礙於面子，只是不便魯莽行事。既然知己人今天把話已經說到了這個份上，不表示表示，不發作發作，豈不是白活了一世？豈不是矮了身份？豈不是便宜了這兩個該死的下賤東西？再說林能能本來就對陳嬌嬌看不順眼，本來就對石一路有了氣憤，今天讓知己人把窗戶紙捅破，更是點火就著，更是非要顯示顯示不可呀！尤其是當她一聽到知己人還說出了那麼些長她陳嬌嬌的志氣滅她林能能自己威風的話語，更是徹底激怒了，更是徹底坐不住了。自己是啥人難道街坊四鄰不知道嗎？打遍天下無敵手呀！天是老大俺林能能就是老二，難道還怕這麼兩個小毛毛蟲不成？知己人既然今天把話說到這個份上，就說明問題已經嚴重到了什麼程度，就說明堅決反擊的時候到了。點火就著的性格讓她林能能忍無可忍，退無可退，她說：「人稱鐵娘子，外號女強人。讓步，退縮，這樣的事可不是我林能能所能幹的。一不做二不休按倒葫蘆撒了油，該咋著就咋著吧！不該退讓的事為啥要退讓？捨上老命一條，也不能吃這倆下三濫給的這口窩囊氣呀！」

通常看來，正義絕對是站在林能能這一邊，也就是說林能能甭管咋說也是受侵略的人應該理直氣壯地展開自己的正當反擊。點火就爆的脾氣讓她林能能一蹦仨高，馬上就挽袖子露胳膊準備廝殺。知己人看到林能能這份姿態，知道點燃了爆竹。如此這般魯莽行事，知己人又怕讓林能能把自己也牽扯進去。想到這裡，知己人又有點後悔不已。心想：「本來是同情安慰卻變成了林能能的暴跳如雷，真是一個女李逵，竟然這麼沉不住氣。如果火乘風勢，如果風乘火威，自己豈不是成了挑起事端的人？」心裡想的，嘴上不說，知己人又用試探性的安撫性的語氣對著林能能說：「看來是有你無她，看來是有她無你。既然退無可退，也就只有拼命一搏。當然，當然，還是要伺機而動，可不能冒冒失失，可不能把傳遞消息的朋友也給暴露出去。要保存自己，要消滅敵人，尤其是別暴露出是我給你從中傳遞的這個秘密信息。咋說你也是為正義而戰，正義在你一邊，四鄰八舍的群眾都會支持你。當然，當然，千萬不能出賣朋友，千萬別讓我也夾在中間，讓我裡外都不是人。」

好容易把林能能安頓回去，知己人又迎面碰上了個陳嬌嬌。做了虧心事，就是心裡愧，這個時候的知己人才知道剛才做的事對不起大美人。蠟燭兩頭燒，絕對要公允。免得以後讓人們嚼舌根，說自己從中挑撥離間，說自己向一方誤一方。考慮再三，再三考慮，知己人還是找個僻靜處又和陳嬌嬌說了起來：「新時代新風尚，敢愛敢恨，敢作敢當。要我說，你這麼個大美人，跟了李二道這塊大木頭確實受委屈。工資少，待遇低，又不通人氣，又胡惹火事。不如來個快刀斬亂麻，和他分道揚鑣來個該咋著就咋著吧。正常的男婚女嫁，正常的優勝劣汰，正常的重新排列組合，誰敢說個不字？可不能讓窩心的婚姻再繼續作賤自己。趕快和不稱心的人說聲拜拜吧，眼不見心不煩，省得不明不白落人口實。和情投意合的人喜結良緣，過好下半輩子的幸福生活。再說石一路確實是個時代驕子，又有知識又有涵養，卻和你一樣弄了個不美滿的糟糕婚姻。設身處地地為他想一想吧，他和那樣的蠻不講理的女強人過日子咋能忍受得了？咋能長遠？動不動就呼么喝六，動不動就粗聲大氣，他受的委屈可不是一星半點呀。老實對你說吧，要我看你能碰上他，他能碰上你，這就是天地安排的絕佳機會，這就是天地對你那塊活木頭李二道的無情嘲諷，也就是天地對他石一路那個惡婆娘林能能的應有報應。他愛你，你愛他，誰不說是才子配佳人？誰不說是天撮地合的一對鴛鴦夫妻？機會是難得一遇的，大好機會千萬不能搞錯過。既符合法律規定又稱了個人心願，何樂而不為？愛情如戰場，天賜不取反受其害，縱敵一日禍害萬年呀！」

看到陳嬌嬌直搖頭，知己人又說：「安分守己不合時宜，天賜不取反受其害。這年頭你不欺負人，人就欺負你。像您這樣不明不白，早晚讓人家逮住，早晚讓人家毀了您的名，早晚讓人家敗了您的譽。看看她們老石家的人一個個那個驢脾氣，要是知道了您們倆相互愛慕，要是知道了你們倆互相說個知心話，那可是捅了馬蜂窩呀！一個女強人，一個愣頭青，和你鬥鬧裡那可是了不得呀！當然知情的人肯定站在你們這一邊，說你們是正常的鄰里交往，肯定沒有歪歪心眼。不知情的，尤其是那些別有用心的人，可是見不得男女去說個話。到了那個時候，疑神疑鬼的人信口開河，啥難聽的話也有人敢說，啥缺德的事也有人敢去給您編排。可別小看風土民情，可別小看風言風語。說不定還把你往死裡說，說不定還把你弄成人也不是人鬼也不是鬼呢！」

說下天來也是白搭，陳嬌嬌還是覺著身正不怕影斜，還是覺著不做虧心事就不怕鬼叫門。知己人看到陳嬌嬌還是這麼簡單幼稚不知道事情未來的嚴重性，知己人哀歎著說：「漂亮人命苦一點不假。可憐的人兒，可憐的命呀！看今天老天爺把你弄了個紅顏薄命，看明天老天爺就會把你弄個紅顏禍水。人善被人欺，馬善被人騎，你不收拾別人就只有等著別人來收拾你。」陳嬌嬌更加不以為然，反駁著說：「又不越過雷池半步，正正當當的交往有啥不行？我才不相信她能對我怎麼樣，乾糞沒法抹到人身上。」知己人說：「傻，傻，傻，禍到臨頭還不知道趕快研究對策，看來又是一個被動挨打。時代不喜好人，好心不得好報，聽說林能能正在準備瞅機會找你的茬呢，你可千萬別掉以輕心呀！」

不怕你嘴硬，就怕你入心。開始還不以為然的陳嬌嬌，徹底讓知己人這幾句話給說了個不寒而慄，給說了個心驚膽寒。總而言之，陳嬌嬌讓知己人說了個放心不下，陳嬌嬌讓知己人說了個天下不冷身上寒。陳嬌嬌情不自禁地埋怨著該死的舊傳統，情不自禁地埋怨著該死的舊陋習。陳嬌嬌眼含淚，心潮起伏。陳嬌嬌心問口，陳嬌嬌口問心，哀歎世事為啥這麼不公平？她在心裡說：「男女說說話為啥不行？一說話就說是男盜女娼，一說話就說是紅杏出牆，這是哪門子混蛋邏輯？想當年宣揚越粗越革命，讓俺陳嬌嬌上了大當找了個大活木頭人。找了個大活木頭人，一百個不稱心，一萬個不滿意。看如今，知識爆炸，讀書人成了香餑餑，人人羡慕，個個媚眼。底層的人渴望翻身，渴望知識，媚眼向上瞧還不是應當的。看到有知識的人俺就媚眼，看到有文化的人俺就眼饞。只可惜有賊心無賊膽，只可惜錯過了那一村就再也沒了這一店。窩窩托托一大堆，拖兒帶女一大群。況且都是一把年紀的人，咋能另謀新歡？咋能壞了人倫？想想那個千人指萬人罵的陳世美，想想那個遺朽萬年的潘金蓮，俺可是正派人絕對不幹那些喪盡天良的混帳事。俺明人不做暗事，俺漂亮人不做對不起天地的事。只是說說知心話，只是論論家常理。身正不怕影子斜，又不越過雷池半步，為啥硬說不行？」

過了不知多少個時神，陳嬌嬌似乎是意識到了什麼，陳嬌嬌似乎是又不知如何應對眼前的窘迫難題，這才對著知己人訴說衷腸。她說：「俺陳嬌嬌做了什麼？不就是和石一路說了幾句話嘛，是人還不能說個話了嗎？」知己人說：「漂亮人和別的男人還真是不能隨便說話，這一說話可是把人們的懷疑目光吸引了過來，這一說話可是把風言風語安上了翅膀。」陳嬌嬌接著說：「俺陳嬌嬌做了什麼？不就是掃了掃樓道嘛，這麼髒的樓道不打掃咋行呀？」知己人說：「看起來這個樓道漂亮人還真是不該去打掃，這一打掃可是讓人們認為你別有企圖。沒有三分利誰肯起五更？捕風捉影，信口雌黃。說你把石一路掃出了推崇備至，說你和石一路借此偷情。母狗調腚公狗上性，人們最先憎恨的可是女人。你打掃樓道他就讚揚，而且是沒完沒了，不是別有用心還是什麼？不是花開專等英雄來還是什麼？」

陳嬌嬌又說：「天呀，想不到還有這麼一說。這是個什麼世道呀，想不到人們把俺辛辛苦苦打掃樓道也理解成用心不良。要照你這樣的說法推理下去，俺陳嬌嬌送點點東西給他石一路豈不是成了更大的有嘴說不清了嗎？天呀，這可是個什麼世道呀？不就是禮尚往來，不就是給石一路送了點不值錢的土特產水果之類的東西嘛，難道鄰里之間啥也不能送了嗎？。」知己人說：「看來這土特產水果之類的東西你一個漂亮人還真是不該去送，這一送可是讓人們徹底把你看扁了，徹底把你想歪了。」

陳嬌嬌說：「漂亮人該死嗎？漂亮人幹啥啥不對嗎？」知己人說：「一般人

幹啥啥行，漂亮人幹啥啥不行。漂亮是邪惡，漂亮是妖魔。漂亮人做好事也是讓人覺著別有企圖，也是事與願違，也是往反面演化。做人難，做漂亮人更難，這個道理你現在還不知道嗎？燒香引進了鬼，看來世俗就是不允許男女有任何非分之情，不允許男女有任何交往。尤其是像你們兩家這樣的情況，尤其是像你這麼一個漂亮的人，一舉一動都會招致閒言碎語。林能能的根底你不知道？李二道是啥人你不清楚？」知己人徹底把陳嬌嬌說迷糊了，絕對說到了陳嬌嬌的擔心害怕之處。

說歸說，做歸做，習慣還是一下子剎不住馬。好幾天沒打掃樓道了，樓道髒得慘不忍睹。忍無可忍，退無可退，陳嬌嬌情不自禁地又再一次去打掃起了自家的這個樓道。她漂亮人可是忍受不下樓道裡的這個窩囊樣。掃掃樓道，清新環境，這可是利己利人的積德事。就是有人反對，就是有人懷疑，她陳嬌嬌也是覺著非幹這個事不可。手上幹，心上煩，一個勁地在心裡罵：「沒想到這年頭做積德事也成了煩心事，沒想到打掃樓道也會有人借題發揮往壞處去把你想。」

恨什麼人什麼人到，擔心什麼什麼就來臨。平地起雷，風雲突變，沒想到這麼快就殺出了個林能能在樓道裡指桑罵槐，而且是怒不可遏。一山不容二虎，林能能先來了個自報身價，先說了個師出有名。她說：「陳嬌嬌，你這個騷東西，你這個臭娘們，你給我老實聽著。今天俺林能能可是非要理道理道壓壓你這個老騷娘們的邪氣不可。不知道誰大就不知道誰小，俺林能能是啥人難道你陳嬌嬌也不知道？天馬行空獨往獨來，天是老大俺林能能就是老二。俺林能能可不是吃別人氣的那種埋汰貨，俺林能能可不是任人欺負的那種無用的人。想當年俺林能能也是威震四海，也是辦事佔先說話得理不饒人的人呀！人又漂亮又有本事，外號鐵娘子柴契爾夫人。是個懂氣的人就得服氣俺的本事手段，因為天下都讓俺玩得團團轉。俺的魅力可不是象你陳嬌嬌這樣全靠小恩小惠去搞施捨，可不是全靠你陳嬌嬌這樣出憨力搞嘩眾取寵。凡在俺出頭的地方所向無敵，凡是俺要辦的事情一路順風。女人們見了俺黯然失色，男人們見了俺惟命是從。想當年在地方上工作一呼百應，那些傻大老爺們給俺賣力心甘情願爭先恐後。就是到了油田也是走到哪裡紅到哪裡，風姿綽約，能力超群。文化不高卻有韌勁，聽電視講座就考過了會計專業各門課程。順風順水，水到渠成，沒幾年很快就評定了會計師的中級職稱。財務主管，會計股長，在單位上有職有權威風八面。要錢有錢，要物有物，場面人做事不放空炮說到做到。花無百日開，人無千日好，想不到從工作崗位上退下來一下子花萎枝枯，一下子就讓你這個臭婆娘陳嬌嬌給弄了個相形見絀，弄了個狗屁不是。昔日的威風蕩然無存，反而是窩囊在了你這個沒有知識沒有教養的家屬娘們手下生了悶氣。說到底，講到明，不是俺自己不行，不是俺自己不中，是俺那個該死的丈夫石一路花花心腸歪歪心眼中了你的美人計。中了美人計，得了傷心爛腸的臊狂病。看看你那個打扮，看看你這個騷樣，果然是狐狸精的美貌能興風，果然是妖女人的魔力能作浪。母狗調腚，公狗上性，勾引的俺那個老實巴交的騷丈夫石一路也起了異心，也有了呆想。起了異心，有了呆想，心心念念光想著媳婦還是別人家的美，光想著家花不香野花香。到頭來肥了您家的地，到頭來荒蕪了俺家的田。媚眼既已向外，黑心就要對內。石一路從此立馬就對著自己的老婆來了個一百八十度大轉彎，不是嫌這就是嫌哪，不是說球長就是說毛短。尤其是最近，讓您這兩個壞東西明修棧道暗渡陳倉之後，天下徹底亂了，徹底翻了天了。讓俺林能能生不完的氣，讓俺林能能傷不完的神。近些日子更是登峰造極，更是不可救藥。讓俺那個臊老頭子不是凡事頂著不辦，就是你說上東他說上西。原先做啥啥好吃，吃麼麼香，如今也添了怪毛病不是說放鹽少，就是說炒菜沒炒出味。更可氣的是拿老婆的短處和你這個臊娘們的長處去比，當著那麼多人說自己的老婆比你陳嬌嬌矬，比你陳嬌嬌胖。禿子頭上的蝨子明擺著，一看就知道石一路撇的什麼腚，拉的什麼屎。我是真比你矮嗎？我是真比你矬嗎？真是不說良心話。胖倒是胖了那麼一點點，胖了一點點就矬了一截？胖了一點點就差了許多？真是媚眼的人說媚眼的話。起了異心可是了不得，媚眼向外可是要不得。男人自要有了這個賊心思，肯定就會幹出些下三濫的骯髒事，肯定就會因色致亂弄到家破人亡的那麼一天。」說到這裡，林能能更氣了，更急了。說到這裡，林能能更瘋了。只見她咬牙切齒地說，只見她憤怒無比地罵：「捨得一身剮，也要把這倆圖謀不軌的陳世美潘金蓮消滅的搖籃之中。」執意一定，心意已決，惡劣的環境逼著林能能披掛上陣去搞廝殺。

沒有影的事還讓林能能說了個亂七八糟，陳嬌嬌一時間裡還真不知道如何反擊。看到陳嬌嬌按兵不動，林能能更是認為抓住了理。一不做二不休，撇倒葫蘆撒了油，林能能索性來個宜將乘勇追窮寇，索性來個痛快的。看到陳嬌嬌無言以對，看到陳嬌嬌故聾作啞，林能能更加來了精神，說：「陳嬌嬌，我問你，漂亮難道也能申請專利？漂亮也能明火執仗？漂亮也能以鄰為壑？漂亮也能肆無忌憚？老實告訴你吧，欺負俺林能能可是瞎了你的狗眼。俺可不是任人宰割的軟骨頭，俺可不是任人拿捏的無用人。你說你，漂亮也就是那麼一點點，何苦天天窮騷情？拖兒帶女一大群，窩窩托托一大堆，為啥還有閒心吃著盆裡的看著碗裡的？為啥還能亂插杠子插到俺老石家的家裡來？」

林能能越說越來勁，連珠炮一炮接一炮：「五十多的女人都已閉經，沒有內需哪有外功？描眉畫目是不是別有用心？花枝招展是不是另有用意？時下都興男盜女娼，沒想到你一個整老徐娘還能梅開二度迷惑上俺那個死不要臉的老臊貨。狐狸精的本事，野菊花的芬芳。男人們見了你邁不開步，女人們可是把你恨之入骨。眼看著俺老石家好好的家庭面臨危機，面臨解體，俺能不看在眼裡氣在心裡？俺能忍氣吞聲讓你任意騎在俺頭上拉屎放屁嗎？一個樓道過日子，為啥兔子先吃窩邊草？是不是看著俺軟弱可欺？是不是不知道您姑奶奶是姓個啥？原先還以為你打掃樓道是出於好意，現在才知道你是黃鼠狼拜年沒安好心。打掃衛生是籠絡人心，笑顏逐開是勾引男人學壞。如今癡情男人又特別的多，讓你可是十八般武藝宏圖大展。甜言蜜語還不散夥，瓜桃梨果又小恩小惠。本來男人們一個個就低級趣味，如今更是母狗調腚公狗上性。讓俺那個該死的石一路厚著臉皮給你擺功，讓俺那個該死的石一路聞到腥味就想臊事。一把年紀也不嫌害羞，好好的人去想幹那辱沒祖宗糟蹋後人的骯髒混帳之事。陳嬌嬌我問你，好好的路為啥不好好地走？好好的日子為啥不再好好地過？你到底是安的什麼心？把個人的幸福建立在別人痛苦的基礎之上，應驗了『漂亮的女人是禍不是福』的千古流傳。」下面的話更是污濁不堪，掃把星，害人精，狐狸精，毒蛇，私孩子，畜類，一股腦兒就都對著陳嬌嬌罵了起來。

陳嬌嬌早就料到林能能會節外生枝，沒想到竟是這麼兇狠，竟是這麼惡毒！忍無可忍，退無可退，陳嬌嬌不得不反駁著說：「原以為你放上幾句狗屁的話就會散夥，沒想到你趾著鼻子上臉混帳的話越說越多。一個樓道過日子，竟然敢這麼胡言亂語，竟然敢這麼糟蹋好人。潑婦撒野，蠻不講理。在你家裡橫行霸道那是你們家的事，到社會上來耍無賴可是沒人買你的帳。林能能，我也老實告訴你，我陳嬌嬌可也不是好惹的人。人不犯人我不犯人，人要犯人我必犯人。」

又說：「打掃樓道可是一視同仁，咱這個樓道哪家的樓道口不是我掃的？送點東西可是廣施雨露，四鄰八舍哪家沒吃到俺家的梨桃果品？做好事還說用心不良，送點東西也成了別有企圖，哪有這樣的強盜邏輯？哪有這樣的混蛋道理？」

又說：「別說我勾引那個野男人，就是拉手的事我也不曾和誰做過。坐的端，立的直，誰不說我對丈夫忠貞不二？愛子女，愛兒孫，誰不說我護犢子護得出名？視家庭為命的人也能偷情？也能亂來？真是不怕嚼舌根爛嘴巴。沒有的事讓你說了個亂七八糟，真是惡毒之極，真是混帳透頂！做好事反而成了你埋汰陷害人的依據和口實，真是欲加之罪何患無辭！行的端，坐的直，我可是不怕你蠻不講理。有本事咱上居委會，有根據咱上公安局。庸人自憂也能說出口，信口開河也不怕跌嘴爛舌頭。我不做虧心事，我就不怕鬼叫門！」

林能能沒想到陳嬌嬌還這麼背著牛頭也不認贓，說：「明明是勾引壞了俺那個臭男人還死不認帳，不拿出點厲害的給你嘗嘗你就不知馬王爺頭上有三隻眼！」林能能大喉門高嗓子誰不知道，只見她矬老婆愛高聲地喊叫了起來：「李二道，有種的你就站出來。一個有情一個有意，你老婆給你戴綠帽子可是不爭的事實。」李二道真的是跑了出來，他可是早就躲在屋裡聽見了兩個娘們說了些啥。本來他就有疑神疑鬼的毛病，本來他就對石一路這個雜種心中憋著滿肚子的氣，讓林能能窗戶紙捅破更是讓他深信不疑。他再不對老婆寵愛有加，一屁股就坐在了林能能這一邊。乖乖地站在了林能能的身子旁邊，隨時都準備聽從這個女強人的安排調遣。

一呼百應同病相憐，林能能見到李二道比自己還氣憤填膺，林能能狐假虎威更上來了本事。只見她繼續火上澆油地說：「她打掃樓道他就調侃，她眉來他就眼去。讓李二道你自己說說，她們葫蘆裡賣的什麼藥你還看不出來嗎？但自是個有種的就不能吃這兩個下三濫的窩囊氣，難道等她們睡到一個被窩裡你李二道才動手動腳？這個姓陳的我來對付，你去和俺那口子理論理論，看他還敢不敢媚眼向外？看他還敢不敢鬼迷心竅再想去偷你的女人？頂天立地男子漢，難道能吃她們這兩個壞東西的憋肚子氣？難道能容忍姦夫淫婦如此明目張膽地幹下流的事？」看到李二道面露難色，看到李二道慢手慢腳，她林能能可是趁不住氣了，用激將法激將著李二道說：「人爭一口氣佛受一燭香，武二郎的本事哪裡去了？大高個難道白長了？不能文攻還不能武衛？不能打死還不能打傷嗎？」

李二道早就想和石一路血戰疆場，得到了林能能的激將更是氣不打一處來。跑到二樓就敲開了石一路的門，先禮後兵打了起來。石一路別看不是李二道的對手，拿起個大塑膠盆就左突右擋讓李二道咋打也打不著身。李二道個子又大又靠不了石一路的身，沒多少回合就氣喘吁吁。石一路躲過了程咬金的三斧頭，這才指天指地地對著李二道細說真情：「有賊心無賊膽，難道想想也能給定罪？漂亮女人誰不愛？可望而不可即還不是一個零。我們是光聞香，享受可是你一人。好兄弟，別誤會。好兄弟，請自珍。」李二道說：「量你也沒有這個賊膽。想也不行，看也不中！」石一路調侃著說：「好老婆你卻懷疑，好鄰居你卻嫉妒。正是你的無事生非才讓不該有的浪漫破土而出。想想那天那個事，不是你對我栽贓陷害陳嬌嬌咋能替我說好話？不是她對我說好話，我咋能對她癡情萌發？」下面的話更是辨證論治，他說：「只要你們繼續扣帽子，打棍子，就南轅北轍，就事與願違。把親情無所顧忌地進行傷害，就讓我和陳嬌嬌逼上華山一條道只有結合。我和陳嬌嬌確實沒有搞什麼見不得人的事，你們虛張聲勢，你們掩耳盜鈴，傷害的不僅是我們，也是你們。」

偏偏這個時候傳來了陳嬌嬌的喊叫聲：「李二道，你聽著，聽這個母夜叉林能能的話小心上當。懦弱書生，不堪一擊。趁早散夥啥事沒有，打傷了人家這個時代驕子咱可是負不起這個責，擔不起這個任。說一千道一萬，你李二道千萬別當糊塗蛋，圖一時的痛快幹下無法挽回的錯。如果你置若罔聞，如果你釀成無法收拾的惡果，小心我和你可是打不完的饑荒，算不完的帳！」陳嬌嬌這個時候說話也不知道有個裡外，明顯地向著外人石一路進行說話。李二道一聽火更大了，怒吼著說：「姦夫淫婦名不虛傳，屁股坐歪歪裡誰不生氣？」在李二道看來，在李二道理解，陳嬌嬌這個時候還說這樣的話，真是不打自招呀！好像是打在石一路身上，就疼在了她陳嬌嬌的心上的樣子。讓李二道一聽就上氣，再聽就上火。

老婆屁股坐歪歪了誰不生氣？自己的老婆這個時候還心擺不正，李二道一下子就氣憤激動了起來，一下子就肺都快要氣炸了的火勢，他說：「說他胖你就喘，姦夫淫婦名不虛傳。花花腸子歪歪心眼誰看不出來？我可不能坐以待斃，我可不能繼續當睜眼瞎蒙受綠帽子之苦，我一定要砸死你這個狗日的石一路！」說時遲那時快，拿起身邊的拖把桿子就對著石一路的腦袋打了下去。幸虧是石一路腦袋一偏，砸著了肩膀。肩膀也不是那麼硬實，哐啷一聲疼痛鑽心。石一路傷痛難忍，石一路痛哭流涕，說：「要是先前我還有點猶豫的話，你們今天的所作所為可是徹底把我們逼上了華山一條道。好夫妻無情傷害，好鄰居不惜屈打成招，其結果必然是把肥肉送到敵人的嘴裡去呀！命呀，命呀，杯弓蛇影也能牽強附會，牽強附會也能信以為真。不是我想要你的漂亮婆娘，是你非要把漂亮的老婆拱手相讓往我這邊趕呀！」

李二道火了，說：「我不砸死你誓不為人。一個是潘金蓮，一個是西門慶，明明是混蛋流氓還巧言惑眾！」石一路哪裡招架得了，又挨了好幾棒子。一場仗下來兩敗俱傷。石一路外傷累累，李二道傷透了心。李二道本來就有神經兮兮的毛病，這場仗下來更像真的是讓石一路給他戴上了綠帽子的那個樣子。綠帽子可不是好戴的，早晚非要氣死，早晚非要憋死呀！縮頭的烏龜，吃氣的王八，中國的男人可是最忌恨最不願意碰上這樣的糟心事呀！

兩個男人打了個難分難解，兩個女人也是毫不示弱。雖說是老一套沒有新意，女人和女人鬥可是一見就怒從心頭來，一鬥就恨從血裡湧。先是文鬥後是武鬥，拉拉扯扯就來到了居委會。居委會小地方擠滿了人，來看熱鬧的人倒是一大堆。一半說林能能言過其實虛張聲勢，一半說陳嬌嬌花枝招展招惹是非。新時代新風尚，不再拘泥於一種說教。居委會的領導也是鋼球抹油又圓又滑，各打五十大板混淆視聽。扯不清，理更亂，氣得兩個人都說了草雞話：「砸鍋賣鐵也得另闢蹊徑，堅決不再住這個鬼地方！」

要臉的人永遠要臉，生氣的人永遠生氣。陳嬌嬌思前想後，不寒而慄。沒有的事讓這個林能能給弄了個滿城風雨，讓她心難平氣難消。陳嬌嬌自言自語地說：「說漂亮人是菩薩沒人相信，說漂亮人是孽障論點明確論據充分。不講理的國家不講理的世俗，男女說說話也是不行。漂亮人幹啥啥該死，漂亮人說啥啥倒楣。送東西就是自己給自己臉上抹黑，打掃衛生就是自己給自己掘墳。好人不能做，好話不能談，漂亮人招風名不虛傳。漂亮人幹啥啥不對，漂亮人幹啥啥倒楣。漂亮反被漂亮誤，挖心掏肺也枉然。漂亮是卑賤的吃氣包，漂亮是倒楣的下三濫。好事不可能沾上邊，孬事可是能繞十道不會繞九道。」

當然，當然，林能能也是滿嘴是理，林能能也是滿街喊冤。自己的老頭子和人家陳嬌嬌越套越近乎，咋想也是心裡的天秤不再平横，咋想也是咽不下這口下三濫的窩囊氣。在她看來：「如今的社會已不再公道，連居委會都或明或暗公開給姦夫淫婦進行開拓。要是從前，要是過去，階級情，民族義，愛恨分明，伸張正義，誰家不是一哄而上把姦夫淫婦往死裡打呀？誰家不是齊心協力把狗男賤女往死裡去罵呀？想不到如今社會黑了人也變壞，還有不少人趁機說了些埋汰自己的一些混帳話。甚者還有人戴著有色眼鏡說自己是女李逵，說自己是女武大郎，你說氣人不氣人？你說恨人不恨人？這些人真是良心全都讓狗吃了，這些人真的是把是非曲直全都搞亂了。明明是老頭子讓人家偷了，還讓人家說了些埋汰自己的話語。這樣的社會，這樣的倫理，老實人不倒楣那才怪呢！既然社會這麼明目張膽地讓老實人吃虧，既然社會公開地讓老實人上當，既然社會已經發展到這麼個不可理喻的地步。俺可不能當老實人，俺可不能受這個氣，就是天塌下來也要和這對狗男女拼一死活！」

男的遇上事憋屈在心裡活活難受，女的遇上事逢人就說，逢人就講。連說帶罵，林能能的火氣越生越大。連哭帶叫，陳嬌嬌的冤越訴越冤。這就是事實，這就是歷史，是是非非全靠各自去為各自去討個公道。不會說的人肯定是不占理，不會說的人肯定是埋汰貨。燃起了的戰火，攪壞了的人心。氣恨頭上來了她們都是難以自控，氣恨頭上來了她們都是恨不得把對方往死裡去說，往死裡去打。想起來也是怪可惜的，好好的鄰居，好好的日子，為啥出現了這麼個不可調和的鬥爭局面？才多大的事呀，就出現了這麼個不共戴天的一個僵局。僵局，僵局，你恨死我，我恨死你。唇槍舌劍，節節升級。喪失理智，騎虎難下。一個樓道過日子，再想恢復到昔日的寧靜，再想退一步，再想過上先前的太平日子，怕是沒了這個可能。互鬥，惡戰，攪和得兩個家庭小日子都不再有了昔日的安寧。明明是寬宏大量啥事也沒有，實際卻是讓一石激起了千層浪。越波及越深遠，越鬥爭越水火難容，越衝突越難以收場。

你狠我更毒，你凶我更不是好欺負的種。兩家人就這麼著種下了仇恨，就這麼著埋下了禍根。說起來也是笑話一個，林能能小題大做，李二道防衛過當，兩個人把沒有的事說了個亂七八糟，鬧了個滿城風雨。說了個亂七八糟，鬧了個滿城風雨。圖一時的痛快，把對方鬧了個臭風撲身的同時，無形中就先使自己也處於了被損害的不利的地位。好好的配偶讓人家偷了，咋說也是丟人現眼，咋說也是顯示出自己的不光彩的那一面呀！不利的地位，不光彩的形象，尤其是讓人聯想到不般配的婚姻，尤其是讓別有用心的人說成是癩蛤蟆吃了天鵝肉，可是最容易傷害弱者要強要自尊的心呀！

別看林能能李二道鬧開裡都是挺凶，都是挺占理，事後可也不是什麼好滋味呀！配偶讓人家偷了還落人口實，這才是聰明一世糊塗一時，這才是弄巧成拙一失手成千古恨。林能能李二道自以為有把握能把對方置之死地，自以為自己是為正義而戰，沒想到炮彈沒等到發射出去就先讓後座力搞亂了自己的陣線。誰受誰的氣天註定，李二道越是出手狠，林能能越是說話毒，就越是先傷害了自己。因為自己成了新時代的被人小看的武大郎，因為自己成了新時代被人譏諷的癩蛤蟆吃了天鵝肉。配偶讓人家偷了，還落下讓人們恥笑的話柄。真是說不出的愚蠢道不完的苦，真是要多窩囊有多窩囊呀！欲知端的如何，下面就讓在下細說紛紜。

§6 窩心病才是最致命的病

自從兩家人大打出手之後，自從兩家人撕破臉皮之後。石一路的人身自由徹底沒有了，經常是受到妻子的種種限制，經常是受到老婆的各項懷疑和追問。一天，林能能又在拷問起了石一路。林能能說：「老實說，是不是今天又和三樓的那個狐狸精會面了呀？」石一路狡辯著說：「沒有，確實沒有。」林能能說：「真的沒有嗎？沒有臉紅什麼呀？我好像是看到廣場假山上有兩個狗男女鬼鬼祟祟在偷情，難道不是真的？難道是我看走了眼嗎？」石一路還真是經不起林能能再三敲詐，不得不說：「在廣場假山上散步，碰上了陳嬌嬌在那裡領著孩子玩耍。」林能能生氣了，說：「不是說不讓你再上假山上去玩嗎？你怎麼又去了？偌大一個廣場，不會在平坦的地方散散步嗎？假山上光有女人領著孩子玩耍你不知道嗎？醉翁之意不在酒，打死也不會改的混帳玩意。兩個有情人見了面說了些啥？是不是又嚼舌根說我這說我哪呀？」石一路說：「沒有，絕對沒有，只是寒暄一下而已。」林能能說：「兩個老相好的見面能那麼簡單嗎？鬼才相信。老實說，還說了些啥？」石一路說：「我們確實是說了些互相安慰的話，說了些應該注意的事項，說了些儘量避免讓人誤會的話。為了家庭，為了孩子，都說以後倆人儘量少接觸，以免引起不必要的麻煩和誤會。」林能能說：「真是這樣嗎？真是這麼自覺嗎？母狗調腚公狗上性，能控制得了嗎？」石一路狡辯說：「你怎麼老是這麼愛低級趣味？我是那種人嗎？人家陳嬌嬌是那種人嗎？」林能能說：「一個眉飛色舞一個相見恨晚，一個狐媚惑主一個迫不及待，姦夫淫婦碰到一塊能有好嗎？」

不管石一路如何辯解，林能能還是徹底灰心了，還是徹底惱怒了，罵著說：「下三濫的玩意，不要臉的東西！老實說，倆人又說了些啥呀？罵沒罵我？不老實說我可是和你沒完沒了。」石一路被逼上了犄角，不得不說：「哪能說個什麼呀，無非就是說讓您搞了些捕風捉影，讓您搞了些栽贓陷害。嗚冤叫屈呀，還有啥事呀？說你和李二道純是無中生有，說你和李二道純是神經病。把我們兩個弄了個滿城風雨，讓人家背後都指指點點的。」

林能能說：「我早就料到你們狗嘴裡吐不出象牙來，見了面不嚼舌根那才怪呢！說我們神經病，的確是說對了。水有源樹有根，讓你們這個折騰法我們能不犯神經病嗎？你們偷偷約會，你們暗通款曲，說不定還在背後搞什麼海誓山盟呢，說不定還在背後幹出什麼更加不要臉的事來呢！說弄出神經病還是輕的，說不定哪一天還讓你們給活活地氣死呢！好好的日子，好好的家庭，摻進了浪男賤女邪魔作祟，摻進了氣難平心不順。文明之家，禮儀之邦，沒想到老年來還碰上了這樣的老不正經傷風敗俗的糟心事。丟人呀，敗興呀！一把年紀的人還這麼不著調，辱沒祖宗，糟蹋後人呀！」

石一路徹底認輸了，說：「你愛說啥就說啥吧，我真是那樣的人不早就和你離婚了嗎？我只是對著美女說了些實實在在的話，說了些引以為戒的話。就引起你無窮無盡的指責，就引起你超乎尋常的胡思亂想窮追不捨。人家漂亮就是漂亮，這可不是光我一個人說她漂亮。人家勤快俐落就是勤快俐落，這可是有目共睹的事呀！一個人做了好事就得有人誇，這才能助長發揚正氣打擊歪風邪氣呀。我身為一個共產黨員，身為一個國家幹部，說些實在話，說些心裡話，有啥不可以呢？況且又都是一把年紀的人了，又不越過雷池半步，到底是你怕什麼呀？越怕越出事，越鬧越有鬼。讓全小區的人都對著俺倆背後指指點點的，你難道就光榮了嗎？你難道就舒服了嗎？杯弓蛇影，牽強附會，到頭來害人害己。你看你，把好好的鄰里關係搞成這個樣。說別人老不正經，你就臉面光彩了嗎？沒有的事說了個滿城風雨，在傷害我們的同時，你這不是自己也給自己戴上了綠帽子嗎？戴啥帽子不比戴綠子好呀？西門慶給武大郎戴上綠帽子，是武大郎吃虧還是西門慶吃虧？是武大郎丟人還是西門慶丟人？聰明一世糊塗一時，自己給自己戴上綠帽子，自己把自己弄到了一個尷尬的境地。綠帽子是好戴的？在栽贓陷害別人的同時，自己把自己先弄到了一個極其不利的地位。意氣用事，喪失理智。害人害己，咎由自取。捕風捉影，無限上綱。錯上加錯，越弄越糟。今天懷疑明天拷問，沒有事不也成了有事了嗎？」

「什麼混帳邏輯？什麼狗屁理論？站在流氓的立場上才會給流氓混蛋們進行說話。做壞事的還成了英雄？西門慶還比武大郎偉大？只有不要臉的人才說這樣的混帳話。」林能能要強的人永遠要強，林能能厲害的人永遠厲害，林能能自以為為正義而戰的人越說越高嗓門大聲音地說：「沒有事我能拷問嗎？有事我能不拷問嗎？狗日的石一路，倒好像是我把你們逼到了一起，真是不講良心的人淨說些蠻橫無理的混帳話。肉麻的吹捧，瘋狂的舉動。一把年紀的人還有這麼大的騷勁，誰看了能不生氣？誰看了能不反擊？不拷問能行嗎？主觀不知道自我檢點，客觀還挺會找原因的。石一路，你老實說說，沒有風吹，哪有樹搖？你們無話不談，你們相見恨晚，誰看不出來？不是我以大局為重，不是我進行正當自衛反擊，你心思你們倆就幹不出更荒唐更下賤的事來嗎？鬼才相信。我本來是想視而不見聽而不聞，我本來是不想管你們這些丟人敗興的私孩子事。可你們能有自我節制的表現嗎？可你們能有那份覺悟嗎？到了這種再三提醒的地步倆人還是賊性不改，還是秘密約會。如此這般賊膽包天，如此這般不可救藥，下場不是可想而知嗎？如此這般心心相印，如此這般情意纏綿，還能再生出什麼好事來嗎？狗東西，賤胚子，做了不可饒恕的下三濫的壞事還想不讓人家說，天下哪裡還有這樣的混蛋邏輯？天下哪裡還有這麼好欺負的人？還能等到你們睡到一個被窩裡我們才能說話嗎？還能等到你們氣死我們我們才去進行反擊嗎？」

說到這裡，林能能氣瘋了，林能能氣傻了，繼續賭著氣，繼續罵著說：「狗日的東西，下賤的胚子，想不到天爺爺瞎了眼生出您這麼倆私孩子東西。一個婀娜多姿，一個君子好逑，湊到一塊想幹什麼不是一目了然嗎？牽著不走打著倒退，越是反對越是來勁。看來我今輩子是倒了大楣了，看來我今輩子是非死在您倆手裡不可啦！」林能能把話說到這個地步，說到非死不可，石一路徹底草雞了，說：「我投降，我認輸，你說咋著就咋著吧！我再也不敢和陳嬌嬌見面了，我再也不敢和陳嬌嬌說話了。」

看到石一路做出讓步，看到石一路繳槍投降，林能能這才慢慢地緩過神來。她說：「不准你再上假山上和陳嬌嬌秘密約會，不准你再和陳嬌嬌說一句話，不准你心裡再天天念念不忘那個狐狸精。」又說：「眼不見心不煩。堅決搬家，堅決不再住這個鬼地方。」石一路滿應滿許，石一路真害怕林能能再一次把他鬧個沒完沒了，石一路真害怕讓林能能再繼續搞出些窮追不捨胡攪蠻纏子虛烏有的事。尤其是害怕人家美人無緣無故地再次跟著他受到牽連，受到傷害。趕緊說：「人老了，啥也不怕就怕整天生氣。氣大傷身，氣大損命呀！好容易熬到盛世太平，好容易熬到吃穿不愁。沒想到讓你鬧了個雞犬不寧，沒想到好日子比當年的艱難日月還不好過。」

林能能可是不這樣認為，林能能可是繼續充滿著怨恨和無奈，說：「不好過也是讓你們糟蹋的。好好的家庭，好好的日子，沒想到弄出了這麼個傷風敗俗，辱沒祖宗，糟蹋後人的喪門子事。」林能能一個勁地說自己能了一輩子，說自己為老石家奮鬥了一輩子，說自己女強人名聲在外，沒想到讓您這倆個老騷貨給毀了自己和家庭的光輝形象。只見她咬牙切齒地講，只見她氣急敗壞地說：「這年頭欺負一般人雖說是家常便飯，欺負到女強人頭上還真是天下少見。我林能能是啥人難道你石一路也忘了？也不知道了？外號鐵娘子，人稱柴契爾夫人，光憑這兩個響噹噹的稱謂就知道您倆這是太歲頭上動土，就知道您倆這是來自我找死。幹這樣下三濫的事也應該自己先看看自己能吃幾碗乾飯，欺負到老娘頭上真是瞎了您的狗眼呀！原以為從工作崗位上退下來安度晚年一了百了，沒想到平地起雷讓您搞出了這麼大一個定時炸彈。老來俏，瞎胡鬧，這可是不吉利的悲曲喪門歌上咱家裡來唱呀！一日縱敵千日為害，大是大非決不妥協。該死就死，該活就活，我可是不能吃您這倆個混蛋王八蛋的氣。甯為玉碎不為瓦全，決不能讓您這兩個流氓破鞋陰謀得逞，決不能讓您這兩個畜類私孩子玩意幹出更加死不要臉的骯髒事。尤其是眼前你這個手下敗將石一路，無用一輩子還膽敢想花花事，你想欺負糟蹋老娘我，別說是門，就是窗戶也不會給您留著一扇呀！」

說的是挺痛快，講的是挺厲害。林能能給石一路弄了個臭流氓下三濫的同時，也是眼看著自己把自己也弄到了被遺棄被侮辱的地位。還用說嗎，窩心呀！被遺棄被侮辱的地位，理直氣壯地反擊的同時，可是也把自己弄到了一個相當尷尬的境地呀！不是嗎？潘金蓮偷男人，武大郎窩心呀！林能能別看嘴上硬，心裡卻是十分的寒呀！這麼能的人，這麼厲害的人，還後院起火，真是讓人家看了熱鬧呀！想到這裡，她林能能更加惱怒地說：「哪一點對不起你這個狗日的？哪一點比那個騷女人差？」越說越氣，一個勁地後悔退休以後放鬆了對私孩子老頭子的管制，一個勁地後悔退休以後沒有把這個該死的陳世美盯死盯緊。只見她氣急敗壞地說，只見她憤怒無比地罵：「人是苦蟲，你不厲害他才放肆。姑奶奶的本事可不是吹的，天是老大我是老二。我是啥人？我說是個一還沒見有人敢說個二呢！」在她看來，從嚴治國和從嚴治家一個道理，無用的人才吃小人的氣。林能能決心把全部本事都對著眼前這個該死的石一路施展出來，對他窮追不捨，對他嚴加管教。限制住他的所有人身自由，治他個口服心服，弄他個磕頭求饒。

只可惜什麼事情都是有個度，只可惜矯枉過正反而引來了物極必反。狗急了跳牆，人急了口是心非。林能能越是厲害越是逼著石一路的心離她而去，這一點和李二道逼著陳嬌嬌的心離他而去完全是一個道理。在石一路看來，沒有的事讓臭婆娘給弄了個滿城風雨，還讓人家李二道把自己揍了一頓，上哪裡去找這樣的混帳之事？上哪裡去找這麼蠻不講理的人？他在心裡說：「老實說吧，感情這玩意可不是逼出來的，感情這玩意可不是嚇出來的。天天動嘴動舌，日日惡臉相向，我不對你灰心那才怪呢！」石一路口問心心問口：「到底是做了什麼錯事呀？不就是和美人說了幾句話嗎？為啥就這麼沒完沒了？自己挨了窩囊，還讓人家美人跟著一塊遭殃，確實於心不忍呀！啥也不怨全怨自己當初找錯了人，找了個女強人沒有一點人情味。抓住一點不及其餘，斤斤計較不考慮後果。把俺搞了個威信掃地，把俺搞了個滿城風雨，往後的日子還怎麼著過？一個樓道過日子，怎麼這麼愛胡惹火事？天下本無事，完全是自己人和自己人搞了個過不去呀！」

想到這裡上來了強脾氣，石一路真是恨不得徹底來和林能能來個了斷，真是恨不得趕快和陳嬌嬌搞個結合。只見他深有感觸地說：「不是怨自己花心，是老婆惡劣的處事風格把自己逼到了物極必反的程度。不比也得比，不想也得想。一個對我這麼好，一個對我這麼惡。種豆得豆，種瓜得瓜。到頭來你給我什麼，到頭來我就給你什麼。天天瞎胡鬧，日日搞懷疑。物極必反，逼上梁山。人心都是肉長的，人心都有一桿秤。順理成章，水到渠成，起碼是在心靈的天秤上不該發生的事情全都發生了。說一千，道一萬，全是你林能能惡劣的處事風格讓我把你擺在了厭惡的位置，全是你林能能欺人太甚的惡劣行徑讓我把人家陳嬌嬌擺在了心的中央。」

石一路越這樣想，越這樣做，越和林能能弄不到一塊去，越貌合神離。越弄不到一塊，越貌合神離，林能能心裡越生氣，越發作個沒完沒了。林能能越發作個沒完沒了，石一路越和她貌合心不合。如此這般惡性循環，把林能能可是給害慘了。皮球越拍打越蹦躂，林能能的氣憤越生越大。林能能不吃屈的性格，不服輸的人，咋想也是落不下這個心中的火，咋咽也咽不下這口憋屈人心的窩囊氣呀！自己的丈夫讓人家偷了，好像還是人家滿嘴是理。自己的丈夫讓人家偷了，好像還是優勝劣汰的必然現象，好像還是自己有了天大的缺陷，好像還是自己配不上自己的丈夫。利劍雙刃，名不虛傳。林能能大張旗鼓地讓石一路陳嬌嬌丟醜的同時，林能能這個時候才發現自己也給自己也營造了絕對的一個尷尬境地。不是嗎？自己的丈夫讓人偷了，自己的不光彩比當流氓破鞋的人也好不到哪裡去呀！西門慶大流氓，武大郎心裡窩囊呀！

別人挨窩囊還動靜小些，女強人挨窩囊天下皆幸災樂禍偷偷地恥笑呀！勢利小人，啥難聽的話也趁此機會去到處說，去到處廣播。聽到這麼多明目張膽挖苦自己的竊竊私語，聽到這麼多毫不顧忌惡毒攻擊自己的捕風捉影正在街談巷議，林能能這才看清楚周圍的人到底是些啥人。全都是恨人不死呀，全都是用心不良呀！草莽小人就是草莽小人。自己當女強人昔日裡讓她們黯然失色，讓她們過著憋屈的日子。憋屈的日子嫉妒的心，她們可是巴不得你女強人家裡出個什麼事呀，她們可是恨不得你女強人家裡遭個大殃呀！看到女強人遭到天理報應，這些人可是打心裡樂呀！這個說：「在外頭欺負同事，在家裡窩囊丈夫。強過了天，強過了地，到頭來天爺爺開眼不讓你倒大血黴那才怪呢！」那個講：「女子無才便是德，老老實實伺候好丈夫比啥都強。在外頭爭強好勝，在家裡橫行霸道。強，強，強，強出了個什麼結果呀？強出了個後院起火，強出了個眾叛親離。不是嗎？連一個被窩裡睡覺的人都和你離心離德，連四鄰八舍都對你冷嘲熱諷，不是對你惡劣的處事行徑做了個最好的總結嗎？不是對你狂妄的做法做了個絕妙的諷刺嗎？行下春風，迎來了秋雨，該發生的事情終於發生了，該報應的事情都現世現報了。再讓你厲害，再讓你囂張，到時候可是讓天爺爺長眼給你算了個總帳呀！」

世態炎涼，人心險惡，只有到了你遇上事的時候這些愛嫉妒的人才上來了本事，才信口一說，才胡亂編排。倒楣的人兒冷落的心，林能能終於是嘗到了草野小人給自己帶來的敵對鄙視和冷嘲熱諷。黑雲壓城，狂風勁吹，啥缺德話這個時候也有人敢說出口。幸災樂禍，世態炎涼，隨波逐流的人可是大有人在。好像是有千萬隻眼睛都在恥笑著她林能能，好像是所有的人都看了她林能能的熱鬧。丟了人，敗了興，還讓世界都說自己天理昭彰，還讓人人都說自己咎由自取。這才是不講理的國家，這才是不講理的街坊。混帳的國家，混帳的街坊，就是這麼著趁人之危，就是這麼著發洩私憤。想不通呀，想不通，人們到底是吃錯了什麼藥？怎麼都昧著良心說些不倫理的話呢？難道耍流氓搞破鞋有理？難道紅杏出牆光榮？難道糟蹋破壞人家家庭的壞人成了時代寵兒？

偏激的群眾偏激的心，說來這些群眾也確實太過分。人家家裡出了事，還有這麼多人跟著一塊來給人家來搞瞎起哄，搞湊熱鬧。丟下成見，撇開恩怨。如果設身處地為她林能能想一想，如果站在她林能能的立場上來考慮這個問題。她有啥錯呢？難道不是該死的兩個浪男賤女給帶來的不幸嗎？不批評浪男賤女反而埋汰受欺辱的人，她林能能確實咋想也是想不通這個事呀！男人讓人家偷了還遭人奚落，別說女強人，就是一般人也確實是咽不下這口下三濫的窩囊氣呀！

這是什麼世道呀？這是什麼道理呀？競爭的世界，強有啥罪呀？奮鬥的世界，能就該死嗎？不講理的老天，不講理的世界，為啥讓實幹拔尖的女強人落了個這樣可悲的下場？為啥讓女強人辛辛苦苦一輩子落了個牆倒眾人推的淒慘狼狽局面呀？明明是女強人受到侵犯，明明是女強人受到傷害，為啥還都不給她說理了呢？為啥還都不給她說個同情話了呢？難道耍流氓有理？難道第三者插足成了時代潮流？想不通呀，想不通，這些見不得人的下賤事，這些耍流氓的狗東西，咋說也不能比女強人更得人心更順民意呀？世界再糊塗也不能糊塗到讓流氓破鞋坐大堂呀？想不通呀，想不通，竟然讓人家浪男賤女害了自己世界還都說自己不怎麼樣。這是什麼世道呀？這是什麼道理呀？好壞不分，是非顛倒。天大的冤枉天大的恨，林能能咋能吃下這個黑白顛倒的污衊之詞呢？咋能咽下這個欺人太甚的窩囊氣呢？一輩子逞能，一輩子好強，到頭來落了個冤枉沒人同情，落了個有理沒人給說個理的可悲下場。天呀，這可如何辦呀！這麼多人給自己往頭上潑髒水，這麼多人借此發洩對女強人的不滿，這不是成心來氣死她林能能這個女強人嗎！

吃了虧，還遭人們指指點點，還讓人們信口一談，這是什麼混帳世界呀！

林能能可是咋想也想不通，林能能可是咋咽也咽不下這口窩囊氣。一個勁地說：「我一個女強人，我一個鐵娘子，哪一點有錯？哪一點對不起您街坊四鄰？街坊嫉妒的心理，四鄰骯髒的手法。見到俺家裡出了事，一個個露出了猙獰面目。」

林能能恨了遠的，再罵近的。林能能指著石一路的鼻子，就徹底發作了起來：「狗日的東西，下賤的胚子。老娘哪一點配不上你這個百無一能的石一路？我不淘汰你你還反過來淘汰我，真是不自覺的人幹不自覺的事。陳嬌嬌到底是好在哪裡？一個臭娘們，一個破家屬，怎麼能和自己這個號稱柴契爾夫人的鐵娘子相比呀？自己既有工資又有本事，為啥還讓她一個破家屬臭娘們捷足先登挖了牆角？難道真的是美能攻無不克？難道真的是嬌能征服所有男人的心？」

不說不生氣，越說越心寒。看到石一路不以為然的樣子，看到石一路根本就沒把她的話往心裡去裝。林能能徹底沒戲了，林能能被徹底擊垮了。好像是丈夫的心離開自己越走越遠，好像是自己徹底走到了被遺棄的歲月。她在心裡說：「不承認也得承認，原來女人的本事真的不在於威震四海，原來女人的本事真的不在於所向披靡。說穿裡吧，原來女人的漂亮才是籠絡男人心田的最銳利的武器。哪怕是陳嬌嬌就比自己漂亮那麼一點點，哪怕就是席上高到炕上。說句老實話吧，不服不行呀！別看陳嬌嬌漂亮不了自己多少，狐媚惑主的樣子可是明顯地比自己擁有著吸引男人們的無窮魔力呀！光憑一個個臭男人色眼迷迷地不住一住地偷看她陳嬌嬌的那個樣子，就能知道她的厲害了，這個妖女人像是勾魂一樣地把一個個臊男人的魂都勾了去了呀！」

想到這裡，林能能又上來了火氣，罵著說：「明明是白骨精，天下的人還為啥看不清其醜惡的靈魂？啥也不怨，就是全怨男人們一個個都這麼下賤，見不得漂亮女人給個好臉。尤其是陳嬌嬌這個狐狸精，眉目傳情，滿身騷勁，把他們的魂都勾引到爪哇國去了呀！這麼大的騷勁，這麼大的吸引力，哪能不出事呀？」林能能看在眼裡明在心裡，對於這個妖女人陳嬌嬌的魔力可是更加不敢低估。尤其是從石一路對女妖精陳嬌嬌赤裸裸地獻媚上，以及明目張膽地給她陳嬌嬌說好上，就讓她林能能更是知道陳嬌嬌的厲害，更是知道自己處在不利的地位呀！

她說：「一個媚眼向外，一個婀娜多姿，自己家裡不後院起火那才怪呢！」想到這裡，看到那裡，林能能的底氣還真是就這麼著洩了一多半了呢！她說：「天呀，這可怎麼辦呀？別人說啥全是放屁添風，起不到關鍵作用。說穿裡吧，俺怕就怕在自己良苦用心得不到俺那口子的回應，怕就怕在俺那口子的心離開自己越走越遠呀！牽著不走打著倒退，管的越多，效果越差呀！」管也不是，不管也不是，一下子就讓她林能能心灰意冷，一下子就勾引起了她林能能的心攪疼病。心攪疼，好難受，林能能情不自禁地就有了朝不保夕的那種感覺。她說：「難道自己真的非要死在這倆人手裡不可？鬬又鬬不住，打又打不回，這可怎麼著辦呀？」

林能能左思右想，總覺著老年來還真是碰上了這麼個要命的難解的題呢！想到這裡，看到哪裡，林能能別看嘴上硬，心裡可真的是十分的空虛呀！空虛，擔心，也不能就此認輸，也不能丟了女強人的臉面呀！她說：「誰正義誰不正義不是一目了然嗎？受糟蹋的人給幹邪魔作祟的人讓路，說得過去嗎？做人可不能不要原則了呀，做事可不能徹底沒了哈數了呀！」想到這裡，林能能不服輸的性格，林能能不會也不可能低頭的脾氣，又上來了。前進一步生，後退半步死。所有這一切非逼著她林能能走向死角不可，所有這一切非逼著她林能能去做出最後的拼命一搏呀！

只可惜，林能能表面的強硬掩蓋不住心裡的疼，咋說咋覺著自己是碰上了一個傷心爛肺的窩心病呀！只見她哀歎著說：「自己有一萬個好，肯定也有一個不好。要是真好，患難與共的丈夫為啥起了異心？為啥這把年紀還想離開自己而去喜新厭舊另謀新歡呀？是不是自己平日裡真的做得太過分了呀？」做下虧心事，就怕鬼叫門，林能能想到這裡越想越來了陰暗，想到這裡林能能的心又一次得了怦怦亂跳的心攪疼。天呀，這可怎麼辦呀？要多難受有多難受，林能能一下子就有了被丈夫和世界淘汰的感覺。不服行嗎？真好，真能，是無論如何也不會出現這種尷尬的局面呀？想到這裡心力交瘁，林能能徹底軟了下來。不服行嗎？怨聲載道也是有一定的原因的呀！女強人不再強硬，女強人第一次低下了尊貴的頭。要強的女強人也有脆弱的時候，惡劣的環境逼著她林能能不脆弱也得脆弱，不講理的世道逼著她林能能不認輸也得認輸。強，強，強，強了個啥呀？強了個愛人的心離開自己而去，強了個平常敗在自己手裡的人趁機說風涼話呀，強了個有仇的報仇有冤的報冤趁勢發洩怨恨呀！

別看女強人，別看鐵娘子，想不到也得面對眼前的尷尬局面，也有這麼十分脆弱的一天。林能能號稱鐵娘子，以前從沒有嘗到過敗的滋味，今天沒想到落到了這般狼狽的田地。自己的丈夫心裡裝著別的女人，還無可奈何，還讓人家說了風涼話。真是要多丟人有多丟人，真是要多窩心有多窩心呀！別看世上都說西門慶壞，最不願意當的人可是武大郎呀！要命呀，窩心呀，想到這裡林能能徹底沒了底氣。只見她罵天咒地，一個勁地說，一個勁地罵：「不講理的國家，不講理的世俗，竟然發展到欺負女強人的瘋狂地步。優勝劣汰，勝者王侯。第三者插足成了時代潮流，而且是輪到了自己頭上。世界變了，人心壞了。讓人家操弄了還讓世界都笑你醜陋，笑你無能。我是真醜嗎？我是真無能嗎？我就沒了反擊的能力了嗎？女強人，鐵娘子，咋說也不能當個下三濫的貨呀，咋說也不能就此說了草雞話呀！」士可殺不可辱，林能能越想越覺著吃了陳嬌嬌的洗腳水，林能能越想越點燃了自己非拼命不可的火爆脾氣。她說：「就是死，也不能就這麼著白白地便宜了這兩個下三濫的玩意呀，也不能白白地吃這兩個壞東西的氣呀！攔路奪愛，壞了人倫，難道還讓它弄假成真嗎？難道還讓它欺負到底嗎？」林能能心裡的怒氣越憋越足，林能能越說越是擺出了非拼命不可的架勢。是的，理反了，人可不能也跟著反了呀！理反了，人可不能就這麼著也喪失人格低頭認輸任人欺侮，任人糟蹋呀！氣越生越大，恨越恨越深。林能能不服輸的性格徹底啟動，林能能惱羞成怒的舉動越來越多。晴天刮大風，陰天下梅雨，林能能從此不再有從前那種心平氣和豔陽高照的好日子過了。

與老石家大同小異，老李家也是一個勁地鬧。自己給自己戴上了綠帽子，李二道的日子也是比那黃連還苦呀！李二道一會兒埋怨世道不好，一會兒埋怨家常倫理徹底變了。他說：「世俗變了人也在變，本來是該罵陳世美，本來是該罵潘金蓮，沒想到還有人趁火打劫捎帶著罵起了俺這個窩囊廢。甚至還有人強詞奪理說是因為有了俺這個窩囊廢的丈夫才讓老婆去偷人。天呀，這是什麼世道呀，該是羞恥的不嫌羞恥，該是同情的不再同情。世道變了人心也在變，捉姦捉雙反而暴露出自己醜陋低能，反而說自己癩蛤蟆吃了天鵝肉，反而說老婆鮮花插到了自己這堆牛糞上。天呀，這是個什麼世道呀？社會變了人心變，都說可不能讓武大郎再窩囊潘金蓮的事舊戲重演，說什麼男無能就擋不住鳳凰另謀高枝。天呀，這是什麼屁話呀，不同情弱者反而同情紅杏出牆的人，簡直就是不講理的人們專說不講理的話，簡直就是公開鼓動女人去亂倫呀！」

說到這裡，讓李二道的心徹底碎了。思前想後不能自控，李二道又是怨天又是恨地。水有源樹有根，歸根結底還是怨這些亂嚼舌根的人，歸根結底還是恨那個該死的石一路，恨那個該殺的臭老九呀！罵不完，恨不盡，李二道一個勁地說：「物質世界喪盡人倫，花花世界是萬惡之源。別看華夏古國都是禮儀之邦，別看龐大中國都是仁義之鄉。可是擋不住改革開放，可是擋不住金錢利益的誘惑侵蝕，可是擋不住對漂亮女人的非分之想，可是擋不住對落伍者的埋汰糟蹋。想當年身無分文一身正氣，想當年工人階級頂天立地，想當年把臭知識分子一批再批天下才沒有了邪魔作祟，想當年大老粗可是頂天立地無人敢欺呀！如今時代變了人心也在變，到處都是標榜金錢萬能，到處都是對知識和漂亮盲目追求。勞動人民不再吃香，出大力的成了社會底層最下賤的人。天呀，這是個什麼世道呀？勢利小人遍地都是，老百姓也是最先看不起老百姓。一個個崇洋媚外，一個個重權重勢。窮困成了老鼠過街人人喊打，勞動成了下賤的代名詞。當個工人成了下九流，當個職員成了被埋汰被欺負的重點對象。有本事的三妻四妾也是合理，大老粗娶了個漂亮媳婦不是說鮮花插到牛糞上，就是罵癩蛤蟆吃了天鵝肉。天呀，這是個什麼世道呀？社會底層的人也是自己糟踐自己的人，也是不再給弱者說說公道話。蒼天呀，大地呀，難道真的是有錢就能使鬼推磨？難道真的是優勝劣汰大老粗就只剩下死路一條？難道娶了個漂亮媳婦就活該當活王八吃別人的氣？不講理的國家不講理的世俗，簡直就是非要把大老粗往死裡逼，簡直就是不再給勞動人民留個活路呀！」

說到這裡不能自控，李二道真的是恨不得把整個世界都砸個稀巴爛。吃氣的王八倒楣的鬼，啥也不怨全怨自己不爭氣。李二道口問心心問口：「為啥早年不去讀個書？為啥早年不去裝模作樣混個假文憑？」李二道後悔莫及，李二道捶胸頓足。吃也吃不出香，睡也睡不出穩。李二道看啥啥也是不順眼，李二道幹啥啥也是幹不出勁。說自己沒讀書給自己惹來不幸，說漂亮老婆給自己帶來麻煩。咋想咋不對勁，李二道徹底陷入了深層次的自責和危機。說什麼時代不容他這樣的人，說什麼社會開放徹底害了他這樣的人。堂堂七尺男兒讓臭老九給鑽了空子，讓白臉黑心的懦弱書生攔路奪愛。優勝劣汰又於心不甘，只見他一個勁地叫，一個勁地罵：「大高個為啥反而成了武大郎？這個世道為啥徹底變了？這個世界為啥徹底黑了？」李二道一根筋的脾氣咋想也是想不通自己受的這份窩囊罪是啥混帳道理給造成的，李二道憋屈得活活難受真是死的心都有了呀！

陳嬌嬌也是滿腹的冤屈，也是滿肚子的恨。她看到的可是和李二道看到的不一樣的社會，她看到的可是這個世界都這樣公開糟蹋窩囊漂亮人。捕風捉影，無以復加。反覆折騰，沒完沒了。陳嬌嬌徹底認輸了，陳嬌嬌徹底灰心了。與有職稱有頭銜的林能能家直來直去的鬥爭策略恰恰相反，陳嬌嬌可是轉入了真正的攻心戰。經過反覆折騰，經過任人評說，陳嬌嬌算是徹底草雞了，陳嬌嬌算是徹底認命了。攤上這麼個窩囊廢的老頭子，攤上這麼個四六不分的糊塗丈夫，徹底把一鍋好菜給攪亂了。加上不講理的國家不講理的世俗，總是有人拿著漂亮人說事，總是有人和漂亮人搞過不去。陳嬌嬌幾年來通過不懈努力剛剛為漂亮爭取來的一點地位，一點市場。一下子又讓林能能和李二道給打沒了，給打垮了。沒有的事說了個枝枝葉葉，捕風捉影搞了個滿城風雨。滿城風雨，無以復加。再加上中國人愛拿陳世美潘金蓮說事，漂亮和讀書人兩相結合，可是讓別有用心的人找到了切入點，找到了攻擊她的惡毒話語呀！

陳嬌嬌口問心心問口：「俺倆人不就是說了幾句話嗎？是個鄰居還不能說個話了嗎？況且這個說話還是因為李二道胡惹火事引起的。漂亮人招風名不虛傳，平白無故搞了些子虛烏有。」陳嬌嬌咋想也是想不通，陳嬌嬌咋想也是恨天恨地呀！在她看來這個世界是不打譜讓漂亮人有個活路，在她看來這個世界真的是和漂亮人具有不共戴天的深仇大恨呀！不講理的國家不講理的世俗，總是拿著漂亮說事，總是認為漂亮人該死。人只要是長的漂亮就啥骯髒事也能碰上，這就是中國的特色社會，這就是封建舊禮教紮根的禮儀之鄉。陳嬌嬌情不自禁地對這個世界恨個沒完沒了，真是恨不得一下子就砸爛這個醜惡的舊世界呀！水有源樹有根，陳嬌嬌恨了遠的，再恨近的。陳嬌嬌咋想也是恨這個該死的林能能，陳嬌嬌咋想也是恨這個該死的李二道。在她看來，林能能扮演阿慶嫂，李二道扮演胡傳奎。精的精過了力，傻的傻過了頭。這倆人要是弄到一塊，一個聽風是雨點火就著，一個捕風捉影虛張聲勢，還真是後患無窮呢！想到這裡上來了警惕，陳嬌嬌不得不低下尊貴的頭，陳嬌嬌不得不改變以前的處事風格。

不再對丈夫大呼小叫，陳嬌嬌哀求著李二道說：「孩子又離不開人，你看孩子又讓人不放心，咱總是還得吃飯吧？你去和點面，擀點麵條行不行？」李二道滿應滿許，說：「哪有不行的道理？」李二道大高個幹活冒冒失失，一會兒就挖面把瓢子崴斷了邊沿。更可氣的是一不小心和麵還把陶瓷盆給摔裂了一條長長的裂紋呢！天呀，這是傷了多大的天，這是害了多大的理。幹了這麼點點活，就出這麼多的紕漏，讓陳嬌嬌眉頭緊鎖。陳嬌嬌忍了又忍，說：「熗熗鍋，煮麵條。別煮生，也別煮過火。」李二道知道自己老是掌握不住火候，心裡忐忑不安。氣又大，火又旺，眼看著煮面的水就沸了出來。手忙腳亂，趕緊舀了一舀子涼水去揚湯止沸。李二道顧東顧不了西，一不小心左腳把腳下的油壺也給踢倒了。天呀，一壺高級花生油瞬間倒地，好好的油撒了個滿地都是。

陳嬌嬌一看這個亂，一看花生油流了一地，不得不說：「油壺用完為啥不蓋上蓋？」李二道無言以對。陳嬌嬌真是恨不得把李二道砸死的火勢，說：「都怪俺說你，不說能行嗎？你這塊活木頭幹啥能讓人放心呀？千囑咐萬數量還是光出差錯，不數量還不知道弄到那步田地呢！」李二道捶胸跺足，李二道一個勁地說：「我無用，我該死。」陳嬌嬌罵不絕耳，說：「這個熊樣還不老老實實，還疑神疑鬼，還胡惹火事，能行嗎？驢就是驢，工具就是工具，想半路改弦易轍能行嗎？聽人家說胖你就喘，聽人家說啥你就信啥，到頭來不是這裡出錯就是那裡捅樓子。一家人家過日子，光聽別人家的人咋呼還不過年也過錯了嗎？李二道，你老實給我聽著，不是你這段時間老是聽從別人家的人調遣哪能亂了咱這個家？如果你死心塌地聽從我的安排，哪能光讓你胡思亂想？哪能光讓你弄出這麼多笑話和麻煩？你在假山上冤屈陷害了人家石一路，我能不腆起臉來給人家賠情道歉？給人家說說話你就想歪了道。一個女強人罵街，一個傻大個大打出手。兩個人配合的是挺好，只可惜全是防衛失當，全是庸人自憂，全是錯上加錯。沒有的事給搞了個滿城風雨，你說你缺德不缺德？給俺搞了個人不是人鬼不是鬼，你就好了嗎？如此下去，照此發展，還咋著讓你老婆見人？咱老李家的日子還怎麼著過？沒有的事弄了個杯弓蛇影，而且是讓你越看越覺著啥也有問題。本來就有疑神疑鬼的毛病，現在更是讓你神經錯亂，更是讓你和林能能穿上了一條褲子。正道不走，就走邪門歪道，認為老婆給你戴上了綠帽子。鬼鬼祟祟，不幹正事，悄悄地跑到二樓進行竊聽打探，暗暗地尾隨著老婆進行盯梢。你心思我不知道，其實啥也沒瞞過我的眼。大老遠看到假山上的我和石一路在一起說了一會話，你就神經錯亂，你就借題發揮。撒謊掉屁，信口一說，說我陳嬌嬌見了石一路不笑不說話，說石一路見了我眉飛色舞。圖一時的痛快，不考慮後果，還執迷不悟繼續往死路上去弄。越是杯弓越是蛇影，就這麼著自己給自己戴上了綠帽子，就這麼著自己和自己搞了個過不去。要是你老老實實，要是你死心塌地地和我一心一意過日子，聽從我的安排，哪能亂到這步田地？想當年，在我的正確領導下，咱家哪一點比別人家差？看如今，讓你這麼一胡鬧，自己先把自己搞亂了陣腳。咱家哪一點還能跟上人家？醒醒吧，別再一步錯步步錯了，別再把沒有的事到處亂說亂鬧啦！」

聲聲入耳，句句動聽，誰受誰的領導天註定。李二道聽了老婆的一席話，還真是悟出了一個道理，說：「打是親罵是愛，這個古語一點不假。都說你陳嬌嬌數量丈夫有點過分，沒有你這個當妻子的數量我還真是一天也沒辦法活了呢！不是這裡出錯就是那裡捅樓子，連我自己這陣子也是少心淡腸沒了活的勁。邪魔作祟，神經錯亂。我該死，我有罪。是我自己搞亂了自己的家庭，是我自己搞亂了自己，把本來太平的小日子讓自己疑神疑鬼小題大做帶進了死胡同呀！」痛定思痛，李二道情不自禁又反向思維，說：「聽人話，吃飽飯，執迷不悟死路一條呀！該是奴隸成不了主人，越是掙扎越是滅亡的快。」

李二道一個勁地說：「不應該呀，不應該，魯莽的性格南轅北轍。打在石一路身上，傷在老婆心上，這可是個不爭的事實。強扭的瓜不會甜，是自己給這倆人造成了機會。怨天怨地全怨自己，是自己把這倆人逼到了一塊。」想到這裡更加具體，一個勁地說一不該假山上意氣用事把石一路罵了個狗血噴頭，二不該偏聽偏信聽信林能能的話披掛上陣去搞廝殺。要是自己不胡惹火事，哪能讓妻子偷男人的消息不翼而飛？哪能讓老婆的心離開自己越走越遠？李二道懊悔不已，自責的心越壓越重。

只可惜李二道小孩的脾氣，什麼事情都是三分鐘的熱度。李二道壓也是白壓，自責也是白自責。一根筋的腦袋永遠一根筋，轉來轉去又情不自禁地回到老冤家死對頭石一路的身上。他在心裡問：「是誰先發壞呀？是誰先對著俺的妻子動了心思呀？賊眉鼠眼的樣子，不是圖謀不軌還是什麼？」想到這裡又上來了本事，想到這裡李二道又上來了強脾氣。一個勁地在心裡罵老婆婦人之見，一個勁地在心裡說老婆頭髮長見識短上了臭老九假斯文的當呀！怨之深，恨之切，越想越後怕。要是妻子真的是把心交給那個臭老九，哪可怎麼辦呀？李二道又是怨又是怕，唯一對眼前這個現實能做出的解釋就是階級仇民族恨，因為他一輩子就是受的這個理論的教育。李二道在心裡想：「階級敵人就是階級敵人，這些人永遠是無產階級的死對頭呀！當年簡單幼稚，當年意氣用事，文革中圖一時的痛快小看和得罪了這些臭老九們。水有源，樹有根，現在才知道時代變了啥都變，現在才知道現世現報，現在才知道讓這些自己從前欺負過的人找到了報仇雪恨的大好機會。」

一根筋的人就是一根筋，在他李二道看來：「臭老九就是臭老九，就是穿新鞋也是走老路，啥時候也不能對這些人掉以輕心。出身決定命運，胎裡帶來的毒，啥骯髒事他們這些臭老九也會幹。花花腸子，歪歪心眼，哪朝哪代不是壞在這些人手裡呀？想當年摧枯拉朽搞史無前例的文化大革命時，把臭老九批了個體無完膚。讓無產階級揚眉吐氣，天下才沒了邪魔作祟，天下才沒了偷雞摸狗的花花事。只可惜打不死的毒蛇後患無窮，沒想到改革開放到底是讓他們這些臭老九們鹹魚翻身又找到了報仇雪恨的大好機會。想不通呀，想不通，明明是社會主義社會，明明是工人階級當家作主，為啥還要搞改革開放？為啥還引進西方的先進技術和腐朽沒落的資產階級的生活方式？一個臭老九，一個老九臭，打著罵著還邪魔作祟，放開手腳還不是徹底讓他們搞亂了無產階級的這個天下？這些人一遇上挫折就投降變節，這些人一遇上富裕就腐化墮落。天生的賤骨頭，絕對的成事不足敗事有餘的壞東西們呀！這些人明明是藏在革命隊伍的蛀蟲，為啥還把他們吹捧上天？為啥還讓他們一個個爬扯上各級的領導崗位？縱敵一日，禍害萬年。壞人囂張好人受氣，工人階級大老粗可是徹底被逼到窮途末路了呀！」尤其是想到社會對純老粗的鄙視和唾棄，尤其是想到綠帽子讓他憋屈得這麼難受和無奈。

想到這裡，看到那裡，李二道徹底沒了活的勁，說：「過時的理論沒了市場，吃喝玩樂攪亂了倫理道德基本防線。講又講不過，說又說不贏。搞花花事的人飽讀詩書千萬卷，還真的是能說會道得天時更得地利呢，還真是說啥啥也是瞞天過海頭頭是道呢！」

說到這裡徹底灰心，李二道繼續哀歎著說：「大老粗真是大老粗，咋辯也辯不過這些喝墨水喝了幾十年的狗崽子們呀！大老粗真是大老粗，吃了虧還落人口實。真是時代不容自己，讓人家操弄了還落了個裡外都不是人。」李二道從此徹底悲觀厭世，真的是產生了生不如死的那種心理反應，真的是產生了來日不長的那種感覺。

李二道恨了遠的再恨近的，啥也不恨就恨老婆的心離開自己而去，啥也不恨就恨這個時候老婆還向著人家石一路說話。咋辦呀，難道世界真的把自己逼上絕路？難道妻子真的離開自己另謀新歡？想到嚴重就是嚴重，李二道越是害怕越是出錯。李二道越是出錯越是讓陳嬌嬌對他更加看不起，陳嬌嬌越是對他更加看不起越是讓他李二道徹底沒了活的勁。一個巴掌拍不響，兩個巴掌都來拍還不把李二道一拍一個死嗎？

就這樣，李二道說傻不傻，說精不精。自己把自己一步步地往絕路上去逼，往絕路上去弄。說到這裡讓人心寒，說到這裡讓人惋惜。李二道可憐的人兒還真是無事找事，還真是作繭自縛自尋末路。過時的理論還逮住不放，好好的老婆不會享受，自己和自己搞了個過不去。進又不能進，退又不能退，好好的人兒光剩下自怨自歎，光剩下自虐自殘這一條路。怨之深，恨之切，李二道唯一可以去的地方恐怕也就是只有他的墓地地。好好的家庭，好好的日子，自己把自己弄到了這麼個無法挽回的狼狽境地。

§7 氣大傷身讓林能能一命歸西

想想這個事，想想這個理，好好的日子卻不能好好地過，好好的人卻讓些扯不清理更亂的陰影給籠罩著。滿腹無奈，感觸頗多，石一路終於還是認為有必要用敞開自己的心扉，用互相說說心上的話的方式，用徹底交交心的坦率做法，力求化解先前那些杯弓蛇影弄出來的誤會和無奈。石一路當過領導，知道要化解矛盾必須從源頭上說起，必須交心，必須誠心，於是就掏心窩子的話對著他老婆說了起來：「心靜才能氣平，明理才能長遠處事。想起來也是一件非常平常的事，沒想到卻出現了誤解，卻出現了層出不窮的猜疑和愈陷愈深的麻煩。你想想，樓道裡出了個美女，鄰居家出了個佳人，能不讓人特別心動嗎？能不讓人多看幾眼嗎？如果美到極致，如果千古一絕，能不讓人牽腸掛肚嗎？能不讓人心理的天秤發生一定的傾斜嗎？愛美之心人皆有之，遇上佳人就說佳話。當然，當然，國情有別，不能一概而論。慎重起見，憂慮再三，多數中國人不敢也不善於感情外露。也就是說一般人遇到這種情況都是藏在心裡，都是不願多談。不願多談不一定不去多想，說到底這些人才是些偽君子，才是些膽小怕事還居心叵測卑鄙齷齪的無恥小人。偽君子，口是心非，膽小怕事，兩面三刀。說的不做，做的不說，歸根結底恐怕這些人也沒有本事情景交融洋洋萬言。我石一路可是不一般，我石一路可是不平庸。飽讀詩書千萬卷，絕對有能力給漂亮來個畫龍點睛，絕對有本事給佳人來個詳略得當。天生的佳人一定是獨一無二，絕對的美麗一定是天生地造千年一遇。這麼漂亮的人誰能碰上？這麼心善貌美的人上哪裡去找？碰上了不說說道道豈不是枉為一個識文解字的明白人？如果個個都是眼高手低，如果人人都是事不關己，豈不是光有千里馬不見伯樂？豈不是金子老是埋在土裡永遠見不到光天化日？事之源，禍之根，想不到就是這麼著做了點該做的事就讓你林能能說我石一路走錯了第一步，說我迷惑上了狐狸精。」書呆子，惹火事，當著老婆的面還對陳嬌嬌的讚美之詞溢於言表，當著老婆的面還把對陳嬌嬌這樣肉麻吹捧的話語說了個天花亂墜。天花亂墜，毫無遮攔，能不讓老婆火更火氣更氣嗎？能不讓老婆暴跳如雷嗎？書呆子，惹火事，真是太歲頭上動土，真是沒事找事呀！都說做人要實話要實說，都說說話要誠心想見，其實有些話可是不能實話實說，尤其是當著老婆這個女強人的面更不能說這些奉承誇獎別人家女人美的話呀！老婆林能能是什麼人呀，難道不知道嗎？自尊心特強，和所有偉大的人物一樣聽不得一丁點反面意見呀，容不下任何比自己強的人呀！當著老婆的面給別的女人評功擺好，況且這個人還是她耿耿於懷的人。當著老婆的面給別的女人大唱讚歌，不是別有用心還是什麼呀？不是頭腦發昏還是什麼？石一路本來是想消除和老婆的歧見，本來是想從源頭上說個清楚，道個明白，沒想到說出了些讓老婆更加傷心要命的話語。老婆忌諱什麼他就說什麼，真是打鐵的不會看火色呀！

傻子就是傻子，呆子就是呆子，石一路可是不看也沒有看到林能能的氣不打一處來的憤怒表情，繼續一條道跑到黑地說：「別看我對美人讚不絕口，可是絕對沒有非分之想，這一點你也應該對我有一個起碼的認定。想當年當校長掌權的時候多少美人對我逢迎巴結，我還不是巋然不動嗎？我還不是潔身自好嗎？正派的人不會去做偷偷摸摸的事，光明磊落的人拿得起放得下。言而總之一句話，該做什麼不該做什麼我心裡還是能把握住這個分寸的。我總覺著應該幹點正事，我總覺著應該坦然面對眼前的人和事。敢於直言是中國知識分子的天性，見了特別好的人和特別好的事可是非要以實就實仗義執言呀！」又說：「人是熱血動物，愛美之心人皆有之。雖說不是見一個愛一個，特別漂亮的人要是碰上誰能不心血來潮？誰能不激動一時？又越不過雷池半步，憑啥不讓秉公而論？憑啥把對美的感受窩在心裡憋得活活難受呢？憑啥不把人家的無私奉獻給予充分肯定和熱烈讚揚呢？」書呆子，想的是挺好，說的是挺美，字裡行間滲透著對美人的瘋狂推崇和超常讚譽。言過其實就讓人起了憂慮之心，一個鼻子兩個眼，人和人到底差到哪裡去呀？過分看好反而暴露了自己的真實用心，真是沒事找事呀。石一路好像是明人不做暗事，好像是啥都講到明處，好像是天真無邪。其實卻是不打自招，其實卻是讓家庭陷入了更深層次的危機。

別看一個被窩裡睡覺，只可惜林能能是啥人石一路卻是不是那麼非常清楚。別看一個被窩裡睡覺，對林能能的理解石一路卻是浮皮潦草。林能能到底是個什麼樣的人呢？說穿裡吧，聰明過力，想像力特強，她才不把什麼事情看的那麼簡單化。在她看來，姦夫淫婦哪個自己說自己去偷過人？壞人哪個不是一個比另一個說的更美？色眼眯眯地偷轉圈，垂涎欲滴的樣子，還說自己坦然處置，誰敢相信呀？明明是大尾巴狼還喬妝打扮成小山羊，明明是用對付傻瓜的辦法來愚弄自己的老婆，還說自己秉公而論，還說自己處事坦然。林能能一聽就來氣，再聽就冒火。在她看來，花言巧語掩蓋不了圖謀不軌的邪惡用心，赤裸裸的對別人家的女人進行讚美更是直接戳疼了她陳嬌嬌愛面子圖虛榮的自尊心。色狼就是色狼，騷貨就是騷貨，騙得了別人可是騙不了她林能能這個入木三分的眼睛和料事如神的精明呀！公開地去說別人家的女人花容月貌無與倫比，公開地去給別的女人評功擺好，這不是此地無銀三百兩還是什麼？這不是屁股坐歪歪裡還是什麼？林能能一聽就來氣，再聽就冒火。而且是忍無可忍，而且是怒火萬丈雷霆萬鈞般地又發作了起來。

惹火事，窩囊人，眉眼向外不向內，石一路這才是自己給自己找來了麻煩事。打鐵的也不會看火色，老婆忌諱什麼他就說什麼。對別的女人讚不絕口，對別的女人垂涎三尺，不是別有用心還是什麼？不是沒事找事還是什麼？忍無可忍，退無可退，林能能終於還是徹底憋不住了，氣哼哼地罵著說：「下三濫，賤胚子。漂亮是漂亮點，也不至於像你說的那麼言過其實。一個鼻子兩個眼，人和人到底能差到哪裡去呢？過分的看好就是立場有問題，神經病才神使鬼差讓你看走了眼。蠟燭兩頭燒，有人喜歡就有人生氣。李二道疑神疑鬼，你又見一想二，能不白虎犯象？能不挑起事端？能不天下大亂？」

石一路更加不服這個理，說：「啥年代了還來這一套？娶了個漂亮媳婦還想不讓別人看？人又不是東西，還能藏起來？還能掖起來？況且都是一把年紀的人了，男女說說話有啥不行呀？」林能能說：「站在西門慶的立場上流氓也是滿嘴是理，你屁股坐歪歪裡難道不是事實嗎？你們眉來眼去，你們相見恨晚，其配偶但自是個有血性的誰能吃得下這口窩囊氣呢？誰能容忍這個明目張膽的互相偷情呢？誰能容許綠帽子往自己頭上去一個勁地去戴呢？老實告訴你吧，扯淡的事情別看到處都是，老不正經可是天理難容。越是老年人越是講究要頭要臉，越是一把年紀越是要給年輕人做出表率。如果你不懸崖勒馬，如果你不嚴加自律，把老娘惹火裡肯定讓你吃不了全都兜著走！婚外情如同熱油進水，絕對炸鍋，絕對牽一髮而動全身。而且是惡性循環，而且是回天無力毀滅性的打擊呀！」又說：「看在眼裡氣在心裡，哪個女人容許男人媚眼向外？如此這般發展下去，光看見別人家的女人好，這不是蓄謀不軌還是什麼？這不是紅杏出牆還是什麼？肉裡是不是容不得刺？眼裡是不是容不得沙子？愛情是單一的，愛情是排外的。有她無我，有我無她，我可是不容許你再給她大唱讚歌，我可是不容許她這個狐狸精再來咱家搞第三者插足！」

石一路說：「神經病，人家是那種人嗎？要是她胡搞亂倫還能等到今天嗎？漂亮是個喜，漂亮是個福，漂亮人絕對珍惜自己的名譽和貞節，漂亮人絕對瞻前顧後以大局為重。當然，當然，世上的人和事不是一樣的，總是有人想歪了道。一般人對漂亮推崇備至，二般人對漂亮談虎色變。正是這些二般人的神經質，才把漂亮往最壞處去想，才把漂亮往最孬處去說。正是這些二般的人推波助瀾，世界才有了惡意中傷，天下才有了紅顏禍水。捕風捉影，信口開河，到頭來把漂亮說了個惡貫滿盈，到頭來把漂亮說了個千刀萬剮。詆毀別人漂亮的名譽，同時也暴露了自己醜陋的心。防衛過當，寧錯無漏，最終倒楣的不僅是人家漂亮人，還有自己個人。不信，你就等著瞧。仔細想想，俺不就是說說話嗎？俺不就是互相高看一眼嗎？又不越過雷池半步，為啥指責不斷？為啥窮追不捨？說到底，不是我和陳嬌嬌毀了咱這個家，是你們頭腦發漲疑神疑鬼，是你們把好好的罐子往壞裡去摔。李二道疑神疑鬼，你又見風是雨。一個女強人虛張聲勢窮追不捨，一個傻大個寧信其有不信其無。兩個人算是徹底把沒有問題的事搞成了個栽贓陷害，搞成了個屈打成招。城門失火殃及池魚，最終倒楣的恐怕也跑不了自己。」

林能能氣瘋了，林能能氣傻了，說：「花言狡辯，掩蓋不了自己的花花腸子歪歪心眼。字裡行間赤裸裸地對別人家的女人說好，還說自己行端坐正，真不知道天下還有羞恥二字呀！」石一路他可是書呆子只認死理，說：「又不越過雷池半步，怕您娘的個鬼呀！」林能能可是不認同石一路這個自我詭辯的話語，可是不相信石一路這個騙人的說辭。她可是知道感情這玩意可不是光玩虛的，她說：「別自欺欺人啦，乾柴遇上烈火，哪有不燒的理呀？」石一路還是繼續那麼傻裡傻氣，石一路還是繼續那麼天真無邪。罵林能能庸人自憂，說林能能神經失常等等指責的話語。看到石一路書呆子如此簡單幼稚，看到石一路如此鬼迷心竅一條道跑到黑，林能能徹底激起了自己心中的怒火。林能能越說越來氣，林能能越說心裡越是憋著滿肚子的火。好好的丈夫公開說別的女人好，不是圖謀不軌還是什麼？氣上加氣，恨上加恨，林能能不得不翻騰開先前的歷史陳帳，不得不又一次揭騰起了石一路先前幹的哪點子事。

林能能陳芝麻爛穀子，一股腦兒全都端了出來，說：「事不講不知，理不說不明，人的偉大可是讓效果和事實壘起來的呀！想想這個家，哪一點不是我林能能的心血？你石一路對家庭有什麼像樣的貢獻？」林能能說了又說：「從兒子上學到兒子成家，你石一路淨幹了些啥？淨幹了些沒用的。會當官的會通權達變，會當官的會看風使舵，盡可能把個人的利益最大化。行下春風才有秋雨，你給人家一升人家才還你一鬥。你可好，狗屁不通，迂腐呆板。書呆子，一根筋，你光知道搞丁是丁，你光知道搞卯是卯。搞的是挺公正，可沒了撿便宜的人，可沒了再給你巴結送禮的人。會用權的人會玩弄權術，丁點的好處也會有人對你生死相報感恩不盡。你可好，呆頭呆腦不善變通，權錢交易的路徹底堵死。讓你該得到的好處一點也沒得到，讓你該為下的人一個也沒為下。當校長十幾年光知道抓所謂的正事正辦，光知道抓教育質量，光知道抓升學率。抓了芝麻丟了西瓜，到頭來給別人作嫁衣裳。教學質量的提高讓各門代課的老師撈了油水，得了大獎。升學率的提高讓學生和家長們都得到了實惠。你石一路得到了個啥？得到了個狗屁！把成績歸了別人，把窩囊留給自己，啥好事也沒有弄上。書呆子，傻老帽，淨抓些沒用的。到頭來啥好處也沒撈到不說，反而讓抓後勤的副校長李學成小恩小惠奪了天下。在臺上就做事呆板落了個無人幫孤家寡人，下了台更是抓了瞎到處碰壁。到處碰壁，寸步難行。比如說平常有個事，當過領導的人上單位上要個車可是小菜一碟呀，可是應該不成問題呀，為啥到了你這裡就不行了呢？為啥平常有事時你上學校一輛車也要不來了呢？家裡裡外外哪一件事不是全靠我林能能親自出馬？哪一件事不是全靠我林能能佈置張羅？別說有事上單位上去要一輛車，就是要十輛車俺單位也是滿應滿許。這個差別你難道也看不出來嗎？這個事實難道不是搧你的耳光嗎？無用一輩子還不嫌丟人，如今人老珠黃還敢想入非非，還敢想搞花花腸子歪歪心眼毀了咱這個家。別人家的老婆漂亮你也敢去摻和？別人的老婆能幹還非要等著你這個窮酸不倒的書呆子去仗義執言？真是滑天下之大稽呀！安分守己的正道你不去老老實實地走，媚眼向外的花心腸可是讓你徹底走了歧途奔了末路呀！別人的老婆你去說好，還大言不愧說是為佳人正名正言。說輕了你是老不正經，說重了你是死不要臉。家花不香野花香，屁股坐歪歪裡難道還看不出來嗎？老不正經，死不要臉，辱沒祖宗，糟蹋後人。如此這般發展下去，不是男盜女娼還是什麼？不是丟人敗興還是什麼？正事不幹光想歪事，不是專來禍害咱老石家這個文明之家還是什麼？一個媚眼向外，一個投桃報李。一個老不正經，一個死不要臉。一個正道不走，一個邪魔作祟。就這麼著，不該發生的事情全發生了。眼看著就讓您這倆私孩子丟殺咱老石家的人，眼看著就要讓您這倆私孩子來敗了咱老石家的興。此可忍孰不可忍？此可讓孰不可讓？難道讓螻蟻之穴決了大堤？難道讓苦心經營一輩子的家庭毀於一旦？」

石一路真是書呆子，本來是想和老婆交心反而讓老婆抓住了話柄，反而讓老婆氣更大，火更火。公開地為別人家的女人說出些肉麻的話語，可是讓林能能氣不打一處來，可是讓老婆抓住了反擊他的正當理由。讓無可讓，忍無可忍，林能能把石一路又一次罵了個狗血噴頭，約法三章徹底限制了石一路的所有人身自由。她說：「再讓你窗戶裡頭看，再讓你樓道裡頭瞧，有老娘在你就別想幹這些花花事。流氓家庭啥也能幹，知書達理的家庭可是容不得一丁點歪歪心眼，那怕是剛見苗頭也是不行。」宜將乘勇追窮寇，不可沽名學霸王。林能能先把石一路的感情外露徹底結紮，再騰出精力對付三樓的那個狐狸精。

狐狸精是那麼好打的嗎？人家也是滿嘴是理，人家也不是好欺負的種。陳嬌嬌一口一個身正不怕影斜，一口一個乾糞沒法抹到人身上。事實也確實如此，確實是人家陳嬌嬌有一千個理由說明自己行的端，確實是人家陳嬌嬌有一萬個根據說明自己坐的直。只見她陳嬌嬌總是義正言辭地罵著說：「純是您媽的胡說八道，純是您媽的信口雌黃。拿不到根據抓不到把柄，污衊人還真是明目張膽放肆之極。天有眼，神有靈，污衊好人就不得好死，糟蹋好人就不得好活。」

林能能可是不服這個理，說：「發誓賭咒，掩蓋不住自己醜陋的德行。詛咒俺不得好死，詛咒俺不得好活，到頭來你可是不得好下場。看看您家一個個那個熊樣，要文憑沒文憑，要官銜沒官銜，正道走不通也只有走歪門邪道的那個本事。走歪門，幹邪事，不得好下場。天爺爺長眼，讓您那一窩子私孩子個個都跌入谷底，永世不得超脫。混帳的東西，私孩子玩意，幹了些什麼誰不知道呀？母狗調腚公狗上性，勾引的別人家的男人魂不守舍，勾引的別人家的男人不再安分。陳嬌嬌，我問你，不是你投桃他石一路咋能報李？不是你顯擺他石一路如何著迷？你窮騷情罄竹難書，你裡勾外連不長好心眼，把個人幸福建立在別人痛苦基礎之上。蒼天有眼，神靈有靈，到頭來一定會讓你得到應有的報應。讓您那一窩子人也不是人，鬼也不是鬼。明明是偷情勾引得俺家的漢子眼睛光色瞇瞇地偷轉圈，明明是對自己的丈夫不怎麼樣還說自己行端坐正，誰家肯信呀？難道非要捉姦在床？難道非要嚴重到不可收拾的地步你才肯低頭認罪？好好的男人不再老實媚眼向外，好好的女人含苞欲放吸引的野蜜蜂嗡嗡亂叫。一個垂涎欲滴，一個含苞欲放，難道這不是明目張膽地搞婚外情嗎？難道這不是明目張膽地搞婚外戀嗎？」

陳嬌嬌當然也有她的理，說：「說說話就是搞婚外戀？鄰邦相助就是搞婚外情？真是不講良心的人淨說些昧良心的話。拿不到根據抓不住把柄，憑空想像也能說出口嗎？一個樓道過日子，本來就是你敬我讓，本來就是鄰邦相助，沒想到讓你們鬧出了這麼些捕風捉影的私孩子事。憑什麼說人家勾引您的男人？憑說個話嗎？憑送點東西嗎？憑俺辛辛苦苦地去掃掃樓道嗎？這些能拿到桌面上來嗎？這些能講出口嗎？庸人自憂，信口雌黃。一個工作人，一個女強人，這麼點點水平嗎？拿不到根據抓不到把柄，信口雌黃難道也能大顏不愧？栽贓陷害難道也能堂而皇之？好好的鄰居無情傷害，好好的丈夫亂加污衊。如此這般發展下去，這天下怎能還有太平？給俺弄個丟人敗興，您臉上就增了光？給俺弄個滿城風雨，您就揚了名？上哪裡去說我也不是偷男人的貨，上哪裡去說石一路也不是幹流氓事的人。真要是想幹花花事還能等到今天？對人要有個基本的認識和評價，可別幹些不著調的事讓人笑掉大牙呀！」

林能能自知陳嬌嬌還沒嚴重到鐵板釘釘的那種地步，林能能自知還真沒抓到過陳嬌嬌什麼過分的真憑實據，林能能確實也自知陳嬌嬌真的還沒有發展到那種非常嚴重的地步。但心裡卻不服氣，說：「事情不消滅在萌芽狀態還等什麼？一個有情一個有意，誰看不出來？感覺的東西不去抓住，真到事上豈不晚了？防患於未然難道錯了？會說的就是會幹的，巧言的就是惑眾的。說出話來滴水不漏，你陳嬌嬌真是一個阿慶嫂。光憑這一點就應該對你劃江而治，就應該對你早早提防。說的冠冕堂皇，幹的無恥下流，打著紅旗反紅旗的貨呀！總之，你這樣的人真難纏，你這樣的人真陰險。花言巧語是招搖過市，花枝招展是用心歹毒。你搞嘩眾取寵，你搞拉攏腐蝕。醉翁之意不在酒，一看就知道是別有企圖。散發著野菊花的芬芳，明目張膽地搞『你看我好我看你更好』的男女私下往來。窮騷情，亂彈琴，移情別戀，不再安分，這才是問題的根本，這才是真正的老鼠屎早晚非要弄壞俺老石家的一鍋湯呀！」

強人強到底，強人強到死，林能能單刀直入地繼續說繼續講：「喬妝打扮就是別有用心，笑顏逐開就是圖謀不軌。會說的就是會幹的，巧言的就是惑眾的。好好的家庭起了波瀾，好好的日子危機四伏。母狗調腚公狗上性，看來你陳嬌嬌是非要把俺老石家這個家給害定了，看來你陳嬌嬌是非要來把俺老石家這個家庭給糟蹋完了不可呀！聰明人見微知著提前預防，糊塗人讓狐狸精鬼迷心竅不能自拔。沒有根據不一定不是事實，有些東西就是先有感覺後有顯現。比如說水，感覺冷它就結冰，感覺熱它就融化。近朱者赤，近墨者黑，靠著浪女就出賤男。天呀，這可怎麼著辦呀，難道眼睜睜地就讓這兩個狗男賤女來禍害完俺老石家這個家？我可是咽不下這口惡氣，我可是不能吃這麼個天大的冤屈呀！」只見她咬牙切齒地賭著氣說：「砸鍋賣鐵，堅決買一二〇的大房子離開你這個狗日的，離開你這個老騷貨，離開你這個狐狸精！」陳嬌嬌說：「滾，趕快滾！你不走，我也走，和你這樣的人住在一起倒了八輩子楣。沒有的事說了個滿城風雨，好好的鄰里關係弄成了一團亂麻。」林能能可是覺著自己滿嘴是理，林能能可是認為自己受到了絕對冤屈。繼續說她那陳嬌嬌在家裡欺負糟蹋丈夫斑斑劣跡，繼續罵她那陳嬌嬌在外頭媚眼向外的種種下賤舉動，繼續痛斥她那陳嬌嬌在外頭勾引野男人學壞的瘋狂表現和邪惡企圖。

女強人就是女強人，林能能就是林能能。讓她所說的臊男賤女惹出來的這個火，氣出來的這個煩，可不是一星半點。一不做二不休，要搞就要搞徹底。林能能辦事不搞拖泥帶水，林能能辦事不搞刀下留情。別看私下裡人們都對女強人說三道四，公開的場合可是沒有那個人敢站出來給她唱個反調，起碼是表面上都得裝著對有緋聞的人恨之入骨。林能能正是看準了這一點，才找到了她發作的大好機會。借著人們對陳世美的怨恨，借著人們對潘金蓮的憎惡，林能能把陳嬌嬌沒有的事還真的是又一次說了個枝枝葉葉亂七八糟呢。信口一說，登峰造極，林能能對待她所認為的第三者可是心狠手毒，可是無所不用其極呀！又是說這，又是說那，林能能把陳嬌嬌老輩子的人也胡亂編排惡毒攻擊，也罵了個一塌糊塗。儘管陳嬌嬌當場也進行過針鋒相對地堅決反駁，可是沒法阻擋住人們對她這個靚女人不滿的噓聲和叫罵聲。中國的風俗，中國的理，人自要是長的太漂亮，就是給她造謠也是能暈倒一片呀。

有本事的人就是有本事，林能能順勢而為，林能能得寸進尺，林能能越罵越是罵出了新水平，越是罵出了新花樣。林能能擺出一幅受委屈的樣子，還真是得天時更得地利。宜將乘勇追窮寇，不可沽名學霸王。一不做二不休，林能能一定要把陳嬌嬌搞個臭氣薰天，搞個無臉見人。潘金蓮臭，西門慶壞，天底下的人可是最恨第三者插足破壞家庭安寧呀！借著這個東風，借著這個輿論，林能能一個勁地挖苦著陳嬌嬌說：「別自欺欺人了，一個死不要臉，一個眉目傳情，還說沒有的事，誰能相信呀？別人說走可是真走，你說走鬼才相信。孔雀東南飛，五里一徘徊。量你這個熊樣的到死也是窮命使死鬼，量你這個老騷貨到老也只配住趴趴屋呀！」林能能徹底把陳嬌嬌一家一損到底，再三罵著說：「陳嬌嬌你一家啥文憑也沒有，啥官銜也沒有，不住趴趴屋還能住個啥呀？別看長得賊漂亮，眉宇之間可流露出一幅無法掩飾的窮酸相呀！老一代窮酸不倒，新一代一蹶不振，根裡帶來的毒呀！」

陳嬌嬌當然也不是善茬，說：「你可不窮相，滿臉疙瘩肉，滿嘴淨胡言亂語。血口噴人，說嘴跌嘴，恐怕有點好處你也享受不了幾天，不信你就等著瞧。命裡沒有強求不得，東西多了不是燒作壽就是禍害後。再說不當官的人家多的是了，當個屁官有啥了不起呀？損人折福，壞人損壽。天爺爺有眼，早晚讓你得到應有的報應。不說人話，就沒有好事，不信你就等著瞧。大房子是好住的嗎？好日子是燒包能享受得了的嗎？說人者先克命，害人者先害己。驕傲到天上就等於是人走到天盡頭，說不定又是個沒福的人去給有福的人做嫁衣裳呢！」林能能說：「讓你這個有福的去等著吧，猴年馬月。」

林能能可是說一不二，說走就走，說搬家就搬家，女強人幹事不搞拖泥帶水。說起來也是巧巧結合，高職稱正趕上住寬敞明亮的大房子。石一路論資排輩恰逢其時，林能能敲鑼打鼓喬遷新居。不是吹的，林能能棋高一籌，林能能臨走不會再給陳嬌嬌留個什麼好，臨走和陳嬌嬌再一次徹底撕破了臉皮，鬧翻了天。在她看來，把她陳嬌嬌給的這個氣非要全都抖摟出來不可，不抖摟乾淨可是沒法再活。說到這裡好有一比，說到這裡好有一說。厲害人就是厲害人，不好惹的人就是不好惹的人。陳嬌嬌碰上林能能這樣愛生事的人，這樣要強的人，說起來陳嬌嬌真是倒了八輩子黴呀！八字連個撇也沒有，就讓林能能給說了個亂七八糟，給說了個惡貫滿盈。說了個無人不知，說了個無人不曉。謊言千遍就是真理，況且還能捕風捉影。總之，不服也得服，誰受誰的欺負上天註定。巧借東風，巧借著人們對陳世美潘金蓮的恨，林能能把陳嬌嬌給弄了個跳到黃河徹底洗不清了，徹底把陳嬌嬌說成是一個專門破壞別人家家庭安寧的妖女人了呢！

話又說回來，理能來回講。如果站在林能能的立場上去考慮，她又有啥不對呢？世人都恨陳世美，世人都罵潘金蓮，聽見這些狗男賤女又來傷害善良家庭的安定團結，哪個人能不氣憤？哪個人能不憎恨？哪個人能不挺身而出與其殊死一戰？與其一鬥到底？從這點上來說，林能能確實是得人心者得天下，確實是咋幹咋有理。林能能師出有名，林能能變本加厲。林能能大打出手，林能能無所不用其極。這口氣不出白不出，這個理不講白不講。在她看來，明目張膽地偷漢子，明目張膽地窩囊人。這個氣，這個火，可是非要發作發作不可呀！在她看來，明目張膽地偷漢子，明目張膽地欺負人，還想讓她溫良恭儉讓，還想讓她息事寧人，天底下哪有這麼多好欺負的人呀？

添枝加葉，連罵帶說，受紅杏出牆傷害的人咋說也是理直氣壯，咋說也是正當防衛呀！光說真事難解其恨，免不了說些捕風捉影。只見她林能能又是說陳嬌嬌曾經虐待過李二道的老人，又是說陳嬌嬌花枝招展有野男人若干。一會兒罵著說：「騷女人，千人騎，萬人馱。」一會兒說著罵：「見了男人不笑不說話，賊眉鼠眼不長好心眼。」反正是不再在一個樓道過日子了，反正是您先惹著俺。有的也說說，沒的也道道，非讓你陳嬌嬌幹的那些破壞家庭安寧的事抖摟徹底，抖摟乾淨不可呀！管她有管她無，說出來心裡就痛快。壞了她陳嬌嬌的名聲事小，保住俺老石家的團結安寧才是重中之重。林能能一氣生百恨，林能能越罵越有理。把漂亮說成是個女妖，把陳嬌嬌說成是紅顏禍水。添油加醋，罵天咒地。臨走不留好，總算是給陳嬌嬌弄了個臭名昭著，總算是出了出積壓在心頭多年的那口悶氣呀。

當然，當然，適宜的氣候才種出茂盛的莊稼。當然，當然，眾人拾柴才能火焰高。光林能能一個人的力量畢竟是有限的，加上個別人也是推波助瀾，加上多數人也是愛傳弄緋聞。才讓林能能的片面之詞暢行無阻，才讓林能能的誇大之詞威力無窮。真乃是一人講，真乃是萬人隨。真乃是一處傳，真乃是到處說。越傳越多，越多越說越是沒了遮攔。到頭來添油加醋以至於發展的比林能能說的還露骨，到頭來亂誇張以至於比小說寫的還熱鬧。到頭來徹底把石一路弄了個萬人唾罵，到頭來徹底把陳嬌嬌弄了個臭不可聞。這就是事實，這就是歷史，不服也得服。這就是強人的厲害，這就是漂亮的歸宿，不認同也得認同。天外有天人外有人，一物治一物，一點不假呀！正所謂沒本事的人欺負多少也沒事，正所謂有點本事的人惹上一個就倒楣。號稱鐵娘子，人稱女強人，行人處事可不是一星半點的水平。誰讓你陳嬌嬌惹火上了她這麼個女強人，即便不讓你死也得讓你脫層皮呀！林能能不僅雷聲大，雨點也不小。明人不會做暗事，女強人就是女強人。不僅出手狠，而且行事也是十分的惡毒。

雄赳赳，氣昂昂，厲害人就是厲害人。該出手時就出手，林能能總算是沒白吃陳嬌嬌給的這口窩囊氣。宜將乘勇追窮寇，林能能更加說話有聲擲地有音地到處宣揚著說：「今天雖說是沒把你陳嬌嬌置之死地，起碼也是讓你體無完膚，起碼也是讓你無臉見人。妖女人，賊心腸，和誰搭鄰居也別和這樣的人挨著住。描眉畫目，眉目傳情，啥骯髒事也肯幹呀！大房子，這可是徹底脫離了貧民窟，這可是徹底和陳嬌嬌劃清了楚河漢界。有身份的人和沒身份的人可是不能魚龍混雜，咋說俺也是離開了你陳嬌嬌這個狐狸精。眼不見心不煩，糟心事好歹地做了個了斷，搞了個終結。」

到處去說到處去講，咋說也好像是吃了虧的人說話順風順耳，她說：「你陳嬌嬌做了壞事就生壞果，做了惡人就有惡報。有的事都在說，沒的事也都在講，這就是人心所向，讓你陳嬌嬌這個出了名的賤騷貨放到太陽底下見見太陽吧！讓你徹底原形畢露，讓你徹底遺臭萬年。批倒批臭，再加上搬家離你遠遠的，這才是未雨綢繆萬全之策。離開你這個狐狸精光靠俺那個書呆子還能幹個啥？還不是無源之水？還不是無本之木？只能是油盡燈滅不了了之呀！」女強人，強女人，彷彿是自己給自己修了一條抵禦外侵的萬里長城，彷彿是自己把自己苦心經營的這個家裝進了萬無一失的保險箱。她說：「滿城風雨，風雨滿城，輿論的壓力可是不可小視。過街老鼠人人喊打，兩個老騷貨還敢繼續往來嗎？還敢繼續偷情嗎？」又說：「老鼠過街人人喊打，量她也再沒有了這個賊膽，量他也沒有了這個機會！」

說歸說做歸做，天下的事可不是光是按照林能能自己的如意算盤去撥動。林能能把人家陳嬌嬌罵了個狗血噴頭，把人家陳嬌嬌說了個罪惡滔天。只可惜言過其實反而露了餡。事實都是那麼明擺著的，不可能把人家陳嬌嬌弄到哪裡去呀！相反，林能能把人家陳嬌嬌罵了個狗血噴頭的同時，把人家陳嬌嬌說了個罪惡滔天的同時。到頭來，自己也不是全都是好。什麼事情也是有個兩面性，一場惡仗下來，林能能並非全都是便宜。到頭來林能能別看嘴上硬，實際上自己心裡也是寒，也是虛呀！自己給自己戴上了個綠帽子，先從氣勢上就矮了下來。畢竟是老頭子讓人家偷了，畢竟是後院起了火，畢竟是自己先受到了傷害和侵略，畢竟是自己先處於了武大郎的劣勢地位。遭到侵略，遭到背叛，總是也有點不光彩之嫌呀！心裡寒，神經亂。神經亂，心裡寒，惡性循環。好好的男人讓人家偷了，咋說也是件不光榮不體面的事。而且張揚了出去，而且無人不知，而且無人不曉。光憑這麼大的聲勢，光憑這麼大的動靜，就讓她林能能丈夫被人偷了的事搞了個天下無人不知，搞了個天下無人不曉。無人不知，無人不曉，這可是一件事情兩頭找原因的事，這可是讓有腦筋的人不懷疑也得懷疑的一件事呀！人們在痛恨第三者的同時，情不自禁地懷疑林能能的為人處事是不是有問題？這麼能，這麼好，為啥丈夫離她而去？人又漂亮又有本事，為啥還讓一個家屬娘們奪了天下？加上風言風語，加上對林能能有意見的人不斷發出不利的內幕消息，以至於到後來給她林能能造謠生事的人也是不在少數。七嘴八舌，風言風語，讓林能能越來越是處於了不利地位，讓林能能越來越落了個豬八戒照鏡子裡外都不是人的一個下場了呢！丈夫讓人偷了，還讓人家借機說事說出了自己好多不是。丈夫讓人家偷了，還讓人家當成不怎麼樣的典型到處宣傳。天呀，受到侵略的人還遭到眾人的一致污衊誹謗，你說讓林能能的心憋屈不憋屈？你說讓林能能的人窩心不窩心？

其實，啥也不怪全怪自己。林能能攻擊別人的事多麼厲害，到頭來糟蹋自己的事也是多麼徹底。自己把別人搞了個滿城風雨，自己也把自己搞了個風雨滿城。滿城風雨，風雨滿城，簡單的事情複雜化。圖一時的痛快，不考慮後果，林能能鼓搗來鼓搗去，最終把自己也陷到裡頭去了呀！自己的丈夫讓人偷了，難道不是也丟了自己的臉？難道不是也給自己戴上了綠帽子？這麼能，這麼強，為啥還後院起火？為啥還戴上了綠帽子？逼著街坊四鄰起了懷疑，逼著對自己有看法的那些人亂嚼舌根。嚼舌根，糟蹋人。糟蹋人，窩囊心。真是賠本的買賣，真是引火焚身，真是得不償失呀！動靜越大說自己不怎麼樣的人越多，說自己不怎麼樣的人越多越是讓林能能心裡越憋屈得活活難受呀！所有這些讓林能能先是高興後是後悔，所有這些讓林能能先是主動後是被動。打狐狸非但沒徹底打死狐狸，反落了個滿身臊。不利的環境，憋屈的心。林能能要強的人可是不願吃這個絕對的冤屈呀，林能能要強的人可是不願受這個糟蹋人的後果呀。林能能咋想咋不對味，不由得讓她氣血攻心，而且是惡性循環。

轟轟烈烈的表面，窩窩囊囊的心，天下的事就是都具有這麼個兩面性發展的必然趨勢。家有女強人從表面上看來就是不一般，輸了裡可是沒有輸了外。強人強到底，強人強到死，說一不二的林能能到底還是又撐起了老石家的這片天。林能能說話擲地有聲，威風不減當年，跺跺腳地球也得晃動三下呀！只可惜林能能表面不落下風，其內心可是受到了無法彌補的創傷。表面上順著自己說的人別看不少，私下裡說自己不怎麼樣的傳言可也不是一星半點。滿城風雨，風雨滿城，沒想到也讓她林能能飽受了偏見之苦。特別是還有人說她林能能是個母夜叉，還有人說她是個母老虎，還有人說她沒有一點女人味，還有人說了她個亂七八糟。

所有這些還真是讓她挺難堪，還真讓她是挺丟人呢！一個家庭主婦，一個拿得起放得下的女強人，怎麼混到和女李逵等量齊觀的地步？怎麼和女武大郎牽扯到了一起？總之，不利的傳言鋪天蓋地，讓林能能一時半會兒還真是無可奈何，還真是豬八戒照鏡子裡外都落了個不是人了呢！林能能一輩子沒吃過任何人的虧，沒想到吃了陳嬌嬌的虧還落人口實。殘酷的環境，蠟燭兩頭燒的社會現實。讓她林能能咋能不氣？讓她林能能咋能不急？一輩子要強，一輩子要好，吃了陳嬌嬌的虧還挨了她的窩囊。思前想後，百味雜陳。林能能總覺著一百個煩，總覺著一萬個恨。雖說是喬遷新居一了百了，可咋想也是有逃跑之嫌，咋想也好像是喝了陳嬌嬌的洗腳水，咋想也好像是吃飯吃進了一顆蒼蠅那樣反胃難受呀！

再說，管得了表管不了裡。再說，事實也不是全都順著她林能能自己的如意算盤去撥動。自己的丈夫讓人偷了，沒想到還有人趁勢說了自己一些亂七八糟。你說寒心不寒心？你說惱火不惱火？再說丈夫也不是那麼好管的呀，你有千條妙計，他也有一定之規呀！說穿裡吧，自己的丈夫是啥人難道不知道嗎？書呆子，一根筋，牽著不走打著還倒退的種呀！總之，石一路是那麼好管嗎？石一路能不是人在曹營心在漢嗎？能不為讓她婆娘給他搞得這個丟人敗興繼續懷恨在心嗎？

能不繼續和她陽奉陰違嗎？能不繼續和她三心二意嗎？所有這些，讓她林能能徹底失意了，讓她林能能徹底神經失常了呀！

她說：「狗日的石一路，狗日的陳嬌嬌，讓我吃了虧還落人口實，這倆人不氣死我怕是不會散夥呀！前世的仇家，今世的對頭，不是冤家不聚頭。狹路相逢勇者勝，這年頭可不能當老實人。陳世美給我的這個火，狐狸精給我的這個氣，不發作出來肯定沒有好日子過呀！」天天大呼小叫，日日和石一路血戰疆場。手下敗將畢竟是手下敗將，林能能收拾個石一路可是小菜一碟。只可惜管得了天不等於管得了地，管得了裡不等於管得了外。終於有一天，不順心的事硬是讓她林能能徹底坐不住了。說起來也許是天意使然，果然是彆扭人的事接踵而至。彆扭人的事，窩囊人的心，非要讓她林能能氣不順心難平，非要讓她林能能重新披掛上陣又搞廝殺。爆竹是讓人點燃的，強脾氣是讓事逼出來的。林能能不久就被再二再三的不順心的事推上了風口浪尖，重新站到了鬥爭的第一線。

兒子石小路花八千元買了輛嶄新摩托車，騎了沒兩天就打爛了曲軸連桿。這麼差的品質還真是少見，無可奈何就到處去找人，銷售商說是操作不當，消協說銷售商不賠他也沒有辦法。穿著連襠褲，欺負老實人。消協和銷售商簡直就是狼狽為奸，把責任全都推給消費者。林能能說：「欺人太甚哪還了得？正常行駛又沒換擋有啥操作問題？別人不懂俺還不懂？既沒爬坡又沒超載，行駛中突然壞了還不是質量問題？八千元就這麼著打了水漂？欺負人還能這麼明目張膽？」林能能先是罵兒子石小路不爭氣任人宰割，後是罵丈夫石一路縮頭烏龜頂不起這個家。佘太君掛帥也是逼得，男無能就逼著女的披掛上陣去搞廝殺。林能能口出一言駟馬難追，她才不相信正不壓邪。她說：「你消協弄不出個所以然就吊死在你消協的門前，欺負俺可是瞎了您的狗眼！」軟的怕硬的，硬的怕愣的，沒想到消協也是怕不要命的。看到這個女人這麼厲害，消協這才知道吃柿子應該撿著軟的捏。前番吃了銷售商的煙替銷售商說話理所當然，今番見了女強人見風使舵隨機應變也是明哲保身萬全之策。翻手為雲覆手為雨，一百八十度度大轉彎是因為正趕上三一五就得為消費者說話。責令銷售商全面負責，零配件費用實報實銷。修理費也是有一說一，有二說二。老娘們的本事可不是吹的，徹底扭轉了被動局面，徹底讓消協和銷售商見了世面。老娘們的本事可不是吹的，再一次驗證了她一輩子還沒有嘗到過敗的滋味。這場惡仗下來體重都掉了二十多斤，難啃的骨頭也是非啃不可！

接下來林能能又打了幾場硬仗，又是總暖氣管道不能埋在她家的樓道口過，又是小菜窖堅決不能拆絕對不能扒。說什麼老百姓這麼點好處也不放過，當頭的一個小院為啥也是可以獨善其身？也是可以逍遙法外？說什麼天下不公就應該合起夥來堅決造反，上哪裡去說也是多數人的利益應該兼顧。看到上面執意已決，林能能帶頭站在施工一線和幹活的工人們決一死戰。一不做二不休，不要命的方式倒在了施工現場。誰敢在她身下施工她就拼命，徹底給施工人員來了個聲嚴厲色，徹底給施工老闆來了個以死相逼。軟的怕硬的，硬的怕愣的，是個正經八百的人都怕不要命的。老娘們的本事可不是吹的，硬是讓社區領導者的決策修改屈服在了她的腳下。這裡頭當然也確實是有社區領導的不當之處，但歸根到底還是因為她林能能的本事真大。換上別人再正確也是一個零，因為在這之前還沒有一次讓下面牽著上面的鼻子走過。

便宜沒有白占的，收穫不見得就比付出大。這裡折騰那裡動肝火，林能能最終還是得了肝癌而且是晚期。住院兩個月剛剛見好，林能能一出院就說要去南方旅遊一下見見世面。上有天堂下有蘇杭，昆明海南島不去可是不行。今輩子的事今輩子了，可不能等到下輩子再去補課。這一折騰可不要緊，林能能回來沒幾天就水腫變消瘦，眼看著就病入膏肓，沒多少日子就一命歸西。

一代精英，天下女傑，當年這個人人敬仰的林能能，當年這個人稱她為柴契爾夫人的鐵娘子，就這麼著英年早逝啦！強過了天，強過了地，原來是便宜沒有白占的，原來是得了別人的便宜反而折損了自己的壽。拿著自己的命去和不順心的事硬碰硬，到頭來顧此失彼，到頭來提前滅亡。更確切地說，是抓了芝麻丟了西瓜，是得不償失。好好的樓房，好好的日子，還沒等到完全享受就提前走了。說來也是氣人，林能能完全應驗了陳嬌嬌對她的惡語詛咒，完全應驗了陳嬌嬌對她的痛斥警告。好好的人提前死了，完全是給別人做了嫁衣裳。你說可惜不可惜，你說可氣不可氣。現在看來，陳嬌嬌氣頭上的話也有哲理，不服也得服。要是林能能早聽陳嬌嬌的忠告，要是早早預防，哪能鑄成大錯特錯？哪能提前夭折？只可惜自視清高的林能能氣恨頭上來了，可是聽不進別人的任何忠告。況且這個人還是她所說的冤家對頭，她才絕對不相信這些放屁的話，她才絕對不會把對方的忠告當成苦口良藥。事實可是最好的老師，事實可是無法改變的一個現實。好好的日子提前結束，好好的人提前走了。這才是性格決定命運，這才是厲害反被厲害誤。敵人支持的我們就堅決反對，不見得就是普遍真理。林能能別看死的確實可惜，但歸根結底應該說還是怨她自己。丁點的事也是看的比命還重，丁點的虧也是不肯去吃。到頭來算了總帳，到頭來吃虧更大。這麼個年紀就提前死了，連中國人的平均壽命也沒達到。丟掉成見，撇開恩怨。這麼能幹的人死這麼早，讓誰說也是惋惜不已呀！

§8 神經錯亂讓李二道嗚呼哀哉

別看林能能確實也有不當之處，死的這個時候人們還是都只記住了她的敢沖敢打和大無畏的鬥爭精神。死者為大，一死百了，在這個最悲痛的時候人們沒必要也不可能再對她有任何指責的話語。偉大領袖還有不少錯誤，對普通老百姓出身的人為啥還能那麼過分的求全責備呢？思前想後肯定主流，林能能還是得到大多數人的一致認同和絕對肯定。非常的人就是非常，厲害的人就是厲害的人，林能能咋說也是個非常的人，要不為啥人稱她為鐵娘子柴契爾夫人？要不為啥都叫她女強人？林能能咋說也是了不起的一個女中英傑呀！街談巷議皆是稱讚，追悼會上更是只剩下歌功頌德，只剩下一片讚美之詞溢於言表。說句老實話，不著是林能能聲名顯赫，哪有這麼多人慕名而來給她送葬？不著是林能能敢為人先，哪個有種的敢硬碰硬？林能能不止一次地挽救了弱勢群體的整體利益，林能能百折不撓的大無畏精神徹底地保住了老石家這個完整的家。別看女強人英年早逝，可是死得其所，可是功不可沒。要是別人說不定早就讓第三者插足，說不定早就讓陳世美潘金蓮式的人物弄毀了老石家的這個家呢！功勳卓著，無人能比。林能能不僅不吃臊男賤女的氣，還把她們先打了個落花流水。一人當關萬人莫敵，一出手就把敵人打了個措手不及。讓她的敵人老鼠過街人人喊打，讓她的敵人既無招架之功又無還手之力。正是林能能的頑強不屈，正是林能能的先聲奪人，才好歹地沒讓騷男賤女對老石家的危害再往深層次繼續發展。

兒子石小路誰也不佩服就是佩服媽媽。媽媽是天，媽媽是地，他在媽媽的追悼會上痛哭流涕地說：「不著是媽媽高瞻遠矚，不著是媽媽奮力一搏，爸爸還不早就喜新厭舊讓狐狸精敗壞了俺老石家這個家。媽媽一輩子衝鋒陷陣，媽媽一輩子光明磊落，咋說也是功比天大呀！臨死還給俺買上一二〇的大房子，連同十八萬元的存摺都簽字畫押讓爸爸做出了必要的承諾。只要爸爸他賊心不死膽敢另謀新歡，只要爸爸他色魔肉欲蓄意傷風敗俗，房子存摺就全都是俺這個當兒子的。這一點可是不能含糊，這一點可是不能做出任何妥協讓步。老石家的東西永遠歸老石家的後人所有，別人家的人想來爭鬥也沒有。上知五百年，下看五百載，媽媽才是最英名最有遠見的當家人。媽媽口口聲聲都是理，媽媽字字句句都是真。

千囑咐，萬叮嚀，說什麼家裡出了花心人不做防備要吃虧。對於那個千人指萬人罵的老不正經的陳世美式的老東西，你們千萬要記住要繼續和他鬥，要繼續和他爭。不要抱著丁點兒僥倖，不要抱著丁點兒幻想。只要他賊心不死膽敢舊病復發，只要他死不要臉膽敢另謀新歡。特別是又和陳嬌嬌那個狐狸精糾纏不清，就讓他光著屁股滾出咱老石家這個家！咱老石家的人可不是好惹的，咱老石家的人可不是吃素的。只要他膽敢和騷娘們陳嬌嬌鬼混在一起，全家就要和他誓不兩立，全家就和他不為蒸饃饃也為爭口氣鬥個你死我活！」兒子這麼狠的心，兒子這麼惡的語，讓石一路聽了光有出的氣沒有進的氣。

兒媳婦景先茹更是誰也不崇拜就是崇拜婆婆。既然婆婆為正義獻身，既然婆婆能把陳世美式的公公打了個不開壺威信掃地。她更是要發誓繼承其遺志，她更是要發誓固守陣地，她更是要發誓捨生取義，她更是要做到未雨綢繆及早預防。為了全家，為了老石家的未來，戰鬥到最後一口氣也是應當的。人活一口氣，鳥爭一粒食，保護住老石家的既得利益責無旁貸義無反顧。顧不了那麼多人情面皮，原則的東西決不妥協，決不退讓。由表及裡，由淺入深，景先茹直截了當地就對著公公石一路咆哮如雷般地說了又說：「婆婆的死是給你敲響了警鐘，婆婆的死絕對是讓你逃脫不了干係。窮騷情，亂彈琴，到底是把婆婆推到了風口浪尖，到底是把婆婆的命給害死了。年輕人不走正道貽誤終生，老年人老不正經妨家害後禍害無窮。如不痛改前非，再苦的果子也等著你去吃。只許你老老實實，不許你死不要臉邪魔作祟。膽敢花花腸子想歪歪事，我可是要繼承婆婆的衣缽，我可是要和你一鬥到底。讓你再一次老鼠過街人人喊打，讓你再一次雖生猶死活受折磨。讓你活著萬人罵，讓你死了下地獄。」兒媳這麼毒的話，兒媳這麼惡的語，讓石一路聽了同樣也是光有出的氣沒有進的氣。

孫女石小惠更是動情，孫女石小惠更是直言不諱。說爺爺石一路花花腸子歪歪心眼，也還在繼續危害著老石家這個家。小小年紀還存在著迷信，說爺爺石一路繼續牽著不走打著倒退，說爺爺石一路繼續色迷心竅邪魔作祟。預言狐狸精早晚要進她們這個家，預言有可能奪走她的親媽。不宣而戰是理所當然的，因為家裡有個披著羊皮的大色狼就是她的爺爺。

看到悲痛就是悲痛，想到危害就是危害。眾人也是千夫一指，眾人也是全都站在了老石家後人的這一邊。好好的女強人英年早逝，個個都有了要說的話語。都說：「法律也是需要修改，擦邊球為啥能夠僥倖取勝？氣煞人為啥得不到應有的追究？明明是王八瞅蛋對上了眼，明明是幹出了出格的事。為啥還說沒有捉賊捉贓？為啥還說沒有捉姦捉雙？原先苗頭的東西為啥不能一抓到底？為啥好人讓壞人活活氣死？怨之深，恨之切，對敵人的放縱就是對自己的犯罪，到頭來可是讓忠貞不二的女強人吃了大虧，上了大當呀！壞人逍遙於法律之外，好人可是壯志未酬身先死。現在還有啥說的？人死了就是充分的絕對證據，氣煞人就是絕對的罄竹難書。雖說是六十多歲壽終也不能算小，只是好好的一個女強人就這麼著英年早逝。讓誰說也是惋惜不已，讓誰說也是應該為死者討回點公道呀！好好的一個女強人讓一對破騷貨臭流氓活活氣死，讓誰說也是竇娥冤，也是冤竇娥呀！」

天呀，是非自有公斷，歷史自有眾論，老百姓就是最愛給老百姓自己說話。女強人死的這麼慘，女強人死的這麼早，咋說也是讓人們氣憤不過，咋說也是讓人們惋惜不已呀。大家罵著說，人們說著罵：「窮騷情，亂彈琴，石一路一把年紀也不知道瞻前顧後以大局為重，到底是把自己老婆的人命給糟蹋完了。該死的石一路倒是不死，不該死的林能能卻是死了。法治社會可有啥好？讓這些狗男賤女鑽了空子。氣煞人也是法律管不著，也是打了擦邊球。你說是冤不是冤？你說是恨不是恨？好人遭殃，壞人漏網，這口氣可讓活著的人怎麼去喘？如果社會再不引以為戒，誰家還會萬年太平？看看老石家女強人的悲慘結局，防患於未然可是千該萬該。」光罵石一路還不解恨，捎帶著把陳嬌嬌也搬騰出來越罵越凶。都說：「不著是陳嬌嬌之流漂亮過人，哪有這麼多負情漢情難盡意難忘來破壞家庭安寧？紅顏禍水一點不假，漂亮人早晚要害一家再誤一家！今番讓老石家死了女強人，管保讓老李家的頂樑柱李二道也活不了幾天！」

天呀，詛咒人也不怕傷天害理，林能能死了沒幾個月果然是李二道也住進了醫院。看到一輩子陳嬌嬌漂亮過人，看到一輩子陳嬌嬌都是對著李二道嘟嘟囔囔發洩不滿，又看到李二道也確實是因此憋屈出病倒在了醫院的病床上。街坊鄰居全都是歎息憤怒的目光，全都是對李二道同情憐憫的淚花。親眼所見，哪裡有假？眾口一詞，都說找啥樣的老婆也不該找這麼個狐狸精。都說漂亮女人果然是是禍不是福，都說綠帽子讓李二道憋屈得活活難受到底是憋屈出了病。好好的丈夫不當人待，妨作得老李家一家人家過日子永遠不見起色，更別說還讓老石家的女強人也死在了她的手下。好像是千仇萬恨找到了原點，人們都是順著李二道疑神疑鬼的思路罵起了臊男賤女。聽風是雨，推波助瀾，李二道更是不飲自醉，更是神經錯亂。神經錯亂，瘋話連篇，李二道淨是說了些自哀自歎的滿腹無奈，李二道淨是說了些悲觀厭世的懦夫之見。

世態也是同情弱者，聽風是雨越說越多。明裡指桑罵槐，暗裡罵不絕耳，又一次把陳嬌嬌推到了風口浪尖。美人的嬌嬈眾矢之的，嚼舌根的人真是越來越多。不點名的批評比點名的批評還更要直截了當，讓陳嬌嬌聽在耳裡寒在心裡。眾言可畏一點不假，道聽塗說的消息比無線電波傳的還要更快，還要更帶有感情色彩。人多勢眾一點不假，一個嘴咋能說過那麼多蠻不講理的嘴呀？蒙冤受屈，有嘴難辨，靚麗的陳嬌嬌可是咋想咋受不了這麼個天大的冤枉天大的屈，可是咋想咋受不了這麼多糟蹋自己的污蠛之詞呀！她含著淚說：「別人發壞是受了蒙蔽，你李二道天天霸佔著俺難道也換不來你半句良心話嗎？」陳嬌嬌說也是白說，道也是白道，李二道可是比眾人還更親身飽嘗過臊男賤女的危害，可是更加氣不打一處來，可是更加話越說越多。陳嬌嬌看到李二道也是胡言亂語，看到李二道也是不說良心話。陳嬌嬌似乎是徹底怒不可遏，似乎是徹底找到了發作的充分理由。她說：「漂亮女人可有啥好？連至今還在霸佔著自己的丈夫都在昧著良心說瞎話。」忍無可忍，退無可退，天大的冤枉天大的恨，陳嬌嬌當著眾人的面就放聲哭訴著說：「別人說啥是不瞭解情況，難道你李二道的良心也讓狗吃了嗎？李二道，你這個該死的，你是不是活膩煩了呀？你死就死吧，為啥臨死還給我嚼舌根？為啥臨死還不給我留個好？你也該掏出心窩子說句良心話，我陳嬌嬌哪一點對不起你？色魔獸欲，性欲超人，我哪天不讓你親個夠？我哪天不讓你愛個透？讓你糟蹋了一輩子還不散夥，臨死為啥還要給我捏造些莫須有的罪名？我是和別人偷個情還是和別人睡個覺？明明是一天到晚讓你霸佔著我，還說這個那個來冒犯。正事不想就光想些亂七八糟的事，存心自己給自己找過不去，存心污衊俺的貞潔，存心讓俺老李家好好的日子沒法再好好地過。世上確有陳世美，世上確有潘金蓮。問題是借著這兩個人的壞名聲，打擊迫害的良家婦女可不是人一個，可不是人兩個呀！俺和石一路至今也是沒有這個那個事，至今也是一身清白，卻讓您借著打擊陳世美潘金蓮的幌子給徹底栽贓陷害了。世人光聽說陳世美潘金蓮的惡，卻不知道借著惡人的名聲冤枉的人可不是人一個，可不是人兩個呀！」

鬼迷心竅的人就是鬼迷心竅，李二道才不相信陳嬌嬌這一套自我辯解的一面之詞。騙誰呀？李二道一氣生百恨，李二道立馬就上來了本事，上來了膽量，用切身體會訴說著自己的絕對冤屈和無奈。他說：「一日被蛇咬，終生怕井繩。我可是知道和漂亮人生活在一起的淒慘和苦澀。漂亮人是個惡魔，漂亮人是個凶煞，娶個漂亮老婆反而害了我呀！是你讓我天天都擔驚受怕，是你讓我天天挨數落。漂亮人心氣高，漂亮人得隴望蜀。一會兒看著這家好，一會兒看著那家高。時代變了人也變，媚眼向外不向內。埋怨俺這也不是，埋怨俺那也不行，嚇的俺幹啥也幹不好。天長日久，日久天長，俺又不是傻瓜，俺咋不知道這裡頭的竅？俺咋不知道這裡頭的妙？原來是和俺同床異夢，原來是和俺搞了個人在曹營心在漢。強扭的瓜不會甜，不般配的婚姻該死。一句話，光得到你的身，沒得到你的心。見了俺怨聲載道埋怨不斷，見了人家情投意合說不完的知心話。當面一套背後一套，屁股坐歪歪裡誰看不出來呀？吃氣的王八，倒楣的鬼，啥也不怕就怕老婆媚眼向外呀！我早就勸你別聽花花腸子歪歪心眼的石一路瞎捭闔，我早就說別把朝三暮四的陳世美引狼入室。說下天來你也不信，說下天來你也不改。現在可好了，引狼入室，姑息養奸，不該發生事終於是全發生了。明修棧道暗渡陳倉，不該幹的事讓你全幹了。明裡說人家石一路時代驕子，暗裡和人家石一路情意纏綿。籬笆不牢竄進了狗，或者說蒼蠅專叮有縫的蛋，全都讓您給驗證了。先是眉目傳情，後是相見恨晚，接著就是拿別人的長處和丈夫的短處去搞比較。心裡的天秤不再公正，自自而然就偏離了正確航向。你和石一路王八瞅蛋對上了眼，明目張膽地眉來，明目張膽地眼去。打不退，罵更來。打斷骨頭連著筋，咋打也是藕斷絲連。剪不斷，理更亂。讓俺大男兒活受屈辱，讓俺大男兒沒臉見人。讓俺好吃的也吃不出味，讓俺好嘗的也嘗不出香。讓俺大丈夫雖生猶死，活受折磨。全心全意的給你付出，全心全意的給你效勞，沒想到落了個武大郎的淒慘下場。你心裡裝著別的男人，讓俺的心還往哪裡去平？堂堂七尺男兒，讓誰能咽下這口憋肚子氣？讓誰能受下這份窩囊子罪？我恨這個天，我恨這個地，我恨當初不該不知道自己吃幾碗乾飯，我恨當初不該找你這麼個漂亮卻不適用於普通人家的賤女人。一個漂亮，一個低能。相形見絀，世人側目。任人評說，無情謾罵。鮮花插到了牛糞上，啥難聽的話也是有人說，啥難聽的理也是有人講。讓我成了牛糞，讓我成了被埋汰打擊的醜陋對象。讓我成了癩蛤蟆吃了天鵝肉，讓我自慚形穢無地自容呀！」

陳嬌嬌放聲痛哭，說：「李二道，沒想到你還有這麼一派胡言亂語。一個被窩裡睡覺還說沒得到我的心，純是您媽的昧著良心說瞎話呀！四女一男咋來的？

沒想到鮮花插到了牛糞上，沒想到讓你得了便宜我還受埋汰，你這個狗日的良心全都讓狗給吃了。」看到陳嬌嬌悲痛欲絕，知己人還是說了公道話，說：「李二道你白披了張人皮，無事生非，自己和自己找過不去。假山之遇不是你庸人自憂哪能錯怪了人家石一路？沒有你胡惹火事哪有陳嬌嬌給石一路賠禮道歉？不是你胡惹火事，哪有以情感情？沒有以情感情，哪有一系列的誤會和麻煩？錯上錯，亂上亂，才有了你的杯弓蛇影，才有了你的神經兮兮。究竟你老婆是啥人難道你心裡沒有一桿秤？誰不知道你老婆愛子女愛的如命？誰不知道你老婆和你一心一意過日子？她給你打裡打外你不知道？她和別人逢場作戲還不是為了給你排洩責任？要是都和你這個熊樣到處去胡亂得罪人，到處去胡亂惹火事，您老李家的門還能開不能開？日子還能過不能過？又不賣身又不亂來，和別人說說話有啥了不起？一心一意和你過日子，白天讓你親個夠，夜夜讓你愛個透，你為啥還是這麼不知道滿足？你為啥還是這麼不知道感恩？不知道感恩還算罷了，為啥還要胡言亂語糟蹋好人？為啥還要信口雌黃惡意中傷？糟蹋中傷別人情有可原，糟蹋中傷和自己過了多半輩子的老婆子，你就不怕傷天害理？你就不怕天打雷劈？」

李二道口服心不服，李二道咋想也是覺著自己十分委屈，因為他眼前總是浮現著陳嬌嬌和石一路熱情說笑的陰影。他說：「一個媚眼兮兮，一個色眼迷迷，讓俺看在眼裡氣在心裡呀！媚眼向外誰不害怕？三心二意誰能容忍？得到人的身沒有得到人的心，我可是覺著難以形容的窩心呀。改革開放啥都好，就是崇洋媚外敗壞了整個社會的風氣。亂愛，亂倫，開放，搞活，這些混帳王八蛋的話語和名詞，上當吃虧的可都是俺這些平民老百姓的普通家庭呀！製造差別，偏袒學而優則仕的混帳邏輯。跟著洋人說洋話，把臭老九一下子又吹捧上了天。上頭刮什麼風，下頭下什麼雨。這種情況之下，誰家還看得起勞動？誰家還看得起大老粗？勞動成了下賤，書本知識被過分渲染。知識分子被不適當地過分推崇，勞動人民又一次徹底地被打入了另冊。啥也是靠文憑，啥也是憑職稱，啥也是看官銜。光玩虛的，不抓實的。石油幹將一個個被徹底邊緣化，讀書做官論借屍還陽。有權的呼風喚雨無所不能，無權的寸步難行步履維艱。不是光俺自己的老婆看不起俺，連我自己也是看不起自己呀！啥官也沒混上，啥待遇也享受不著。被時代遺棄了的人還找個美如天仙的老婆，讓誰見了誰不品頭論足？讓誰見了誰不說個二話？世不容我，更不容我找了這麼個最漂亮的老婆。娶了個不般配的老婆，才讓老鼠過街人人喊打，才讓我天無一日寧。我也知道老婆沒有錯，我也知道老婆沒胡搞亂倫。社會搞了個絕對的分配不公，逼著老婆的心離我而去還不是明擺著的事嗎？啥也不怨全怨這個該死的社會，是社會把臭知識分子又吹捧上了天，是臭知識分子又把我們工人階級重新打入了十八層地獄。臭老九，老九臭，屁功勞也沒有建樹，屁實際也沒有搞出。有的只是高高在上的俸祿，有的只是享不完受不盡的榮華富貴。萬丈高樓平地起，四化建設平步青雲。哪一點不是俺勞動人民的汗水和心血？哪一點不是俺勞動人民智慧和發明？實踐出真知，勞動出智慧，光靠書呆子書生意氣那點空中樓閣到底是能幹個啥？幹了些分配不公，幹了些不勞而獲，幹了些社會主義大樹爬滿了蛀蟲。看看眼前這個該死的石一路不是最好的說明嗎？石一路幹了些啥？石一路有啥了不起？你讓大家都說說看，不會鑽井，不會採油，只憑當了個孩子王，只憑有了個文憑就平步青雲。別人種樹他來乘涼，別人辛苦他來享受。我出了大汗，我受了大累，我四十年的辛勤努力不如他風刮不著雨淋不著的一個天天逍遙的人。我在鑽井隊受了多大的苦呀？我在作業隊受了多大的累呀？我搞出了多少石油呀？我做出了多大貢獻呀？有功不賞，無功受祿，啥好事都讓人家那些書呆子們奪去了呀！我南征北戰，我衝鋒陷陣，我老年來還戰鬥在油田公安戰線這個最要害的工作崗位上，我老年來還誓死保護著油田和人民的生命財產的絕對安全。我只是沒有文憑，只是沒有當官，就啥好事也論不上。我只是沒有職位和權力，就一切努力化為灰燼，成了徒勞。不服氣呀，不服氣呀，我衝鋒陷陣，我功勳卓著，只是沒有混個正科級，就淪落成了天涯淪落人。人不在時亂腳踢，老婆的漂亮和我的落魄成了人們的下酒菜。又是說鮮花插到了牛糞上，又是說癩蛤蟆吃了天鵝肉，成了人家埋汰我的見面語。所有這些，讓我活的還有什麼勁？讓我生的還有什麼趣？老婆的漂亮和我的落魄形成了鮮明的對照，讓我活得要多窩囊有多窩囊呀！娶了個好老婆卻不能給她帶來稱心如意的待遇，比左鄰右舍都差了許多。出了力，受了罪，就是升官發財的路把自己擋了個嚴嚴實實，搞了個不可逾越。論職稱分房子，論官銜拿待遇。出大力的成了傻老帽，成了別人作威作福的奠基石。無職稱人所側目，無官銜是下九流。這種氣候之下，自己還娶了個天仙，還娶了個美女，誰不嫉妒？誰不埋汰？誰不吹冷風？誰不說風涼話？不般配的姻緣該死，不合時宜的結合任人信口開河，亂加指責埋汰。這種情況之下，綠帽子我不戴誰戴？窩囊罪我不受誰受？順理成章，情理之中，我一個大高個被說成是武大郎。是是非，非是是，是非曲直全都這麼著搞顛倒了呀！天下真的黑了，世道真的不可救藥了，我真的是該死了呀！」

陳嬌嬌哭了，陳嬌嬌瘋了，說：「混帳邏輯，自虐自殘！人家那不般配的夫妻多的是，也沒見有你這麼神經不正常的。一個鍋裡摸勺子，我和你風雨同舟過了多半輩子，難道還不知道我的心嗎？我要是早有異心，還能等到今天？不看僧面看佛面，為了家庭，為了孩子，我也絕對不會見異思遷，我也絕對不會和你三心二意。為了孩子，為了家庭，你千萬別再胡思亂想，你千萬別再繼續挖空心思糟蹋作賤自己。大千世界包羅萬象，少一斑成不了世界。得了便宜的人不一定全都是好，吃了虧的人也不一定全都是孬。沒見老百姓都窮死，光見有權有勢的達官貴人腐化墮落成了萬人恨，成了階下囚。吃一暫長一智，沾了什麼樣的光往往又吃什麼樣的虧。嬌貴的人不一定就全是好，艱難困苦往往激人奮進，往往讓人學好。富也不一定長富，窮也不一定長窮，世界萬物都是在情不自禁地向著自己的反面進行演變轉化。看淡名利，看淡享受，平平常常也有天倫之樂。孩子是你的，老婆是你的，別人再嚼舌根也改變不了這個絕對的事實。孩子和你親，老婆和你愛，就是今輩子你比誰也不差的命，就是今輩子你比誰也不少的福。再說都是退休的人了，還能活幾天？想些亂七八糟還有啥用？說些胡言亂語還有啥好？執迷不悟死路一條，心胸開闊前途光明。」

這麼好的老婆，這麼知心的話語，讓李二道百味交加，他說：「說說容易做起來難。啥也不怨全是怨我自己，我不該娶你這麼漂亮的老婆，我配不上你。無功受祿，寢食難安，癩蛤蟆吃了天鵝肉呀！我一錯百錯，我真的是該死了！世上本無事，全怪庸人自憂之。我胡惹火事，我咎由自取。我神經錯亂弄了個一塌糊塗，我錯上加錯弄了個一籌莫展。我後悔莫及，我憋屈得好是難受呀！我萬念俱灰，我一敗塗地。家不容我，世不容我，我只有一死拉倒呀！」

說到做到，李二道眼看著就一天不如一天，眼看著就一時不如一時。雖說是對老婆表面上不再抱怨，心裡還是充滿了絕對的怨恨。尤其是揮之不去的陳嬌嬌和石一路在一塊親密說話的場面栩栩如生，讓他恨死了那個石一路，當然也恨這個陳嬌嬌。愛鑽牛角尖的人到死也還是鑽了牛角尖，總認為老婆的媚眼向外全是因為社會把臭老九寵壞了，全是政府政策把工人階級害苦了。在他看來，臭老九，老九臭，當年文革沒把他們這些人徹底消滅，今天可是讓他石一路這個臭老九給了自己一個徹底完全的打擊報復呀。啥也不怨全怨這些臭老九們，這些人老輩子就不幹人事，新時代更是把他們全都寵壞了。啥也不怨全怨這些臭老九們，全是石一路這個臭老九、這個老不正經的把他的一鍋好菜給攪壞了。怨之深，恨之切，李二道神經錯亂不能自控，李二道高燒不退瘋話連篇。以後發展到天天怨天怨地，以後發展到日日牢騷滿腹。硬是說石一路和他老婆偷情使他蒙冤受屈，讓他生不如死。吃氣的王八，倒楣的鬼，中國的男人最忌恨的就是婆娘給自己戴上了個綠帽子呀！尤其是想到千人指責萬人罵，都說他是癩蛤蟆，都說他是武大郎，更是覺著整個世界都不可救藥了，更是覺著所有街坊四鄰都成心要彆扭死他李二道呀。想到這裡，恨到那裡，李二道一個勁地哀歎他老李家咋這麼倒楣？一個勁地說他大高個咋能吃這個明目張膽的虧？怨之深，恨之切，李二道眼看著就病越來越重，眼看著就骨瘦嶙嶙。病來如山倒，說完人就完。李二道一天不如一天，李二道一時不如一時。臨情末了，唯一不變的還是他李二道的於心不甘，還是說他那些咒天罵地的話語。說什麼若是活著沒能把石一路生吞活剝，死了變成鬼也是要讓石一路一家不得好活，也要讓讓石一路一家徹底噩夢連連，也要讓石一路一家徹底沒了好下場！天呀，啥也不怕就怕啥事也往心裡去裝，啥也不怕就怕啥事也往心裡去藏。謊言千變還成了真理，何況李二道說的多數還是親身經歷，多數還能捕風捉影。李二道光這樣想，光這樣鬧，真的是把人們的神經全都徹底綳緊了起來。人們都讓李二道瘋話嚇蒙了，人們都讓李二道的狂言瘋語徹底震驚了。恐懼的人們迷信的思想，人們都說恐怕到他李二道死後有可能真的是化作冤鬼，真的是有可能陰魂不散。陰魂不散，為非作歹，說不定真的會讓老石家陰霾彌漫，說不定真的會讓老石家不得安生呢！迷信的思想，迷信的人，而且是一傳十十傳百，而且是都給李二道說著些推波助瀾的話語，而且是都幫著李二道詛咒起了臊男賤女。只可惜，所有這一切助紂為虐的共同作用，所有這些幫著李二道罵臊男賤女的話。非但沒有減輕李二道的病症，更加助長了李二道的神經錯亂。更加讓李二道上來了瘋話不斷，更加讓李二道上來了病魔纏身。

說來也是性格使然，李二道高大的漢子，丁點的心。疑神疑鬼，處處設防。防來防去，徒勞無益。到後來，李二道心病徹底擴展成了身病，待到確診又是一個癌症晚期。癌細胞已經完全徹底搞了擴散，五臟六腑全都潰爛。可憐的李二道娶了個嬌妻反受其害，杯弓蛇影沒一天能夠過上個消停日子，六十出頭就嗚呼哎哉！人死了，恨還在，臨死一臉怒容，臨死雙目圓睜。人多嘴雜，這個時候說啥難聽話的都有。大家都說李二道確實是含恨辭世，要不為啥死後還瞪著兩隻大眼睛？要不為啥咋弄也是不能瞑目？都說他李二道對石一路陳嬌嬌倆人確實恨之入骨，光憑死不瞑目的兩隻大眼睛就知道真的是這倆個人確實在背後裡幹了對不起他的事。都說他李二道確實白活了，都說他李二道確實冤死了。都說他李二道真的是倒了血楣，不該找這麼個妖精老婆。都說他李二道死了肯定是陰霾不散，都說他李二道肯定是死了變成鬼也要伺機報復這兩個該挨刀的狗男女。

總之，人命大如天，一個個情不自禁，一個個捕風捉影，都為李二道的死鳴冤叫屈。在她們看來，漂亮真是個鬼，漂亮真是個魔，漂亮到底是把李二道作賤死了。當然，當然，這些話都是恨陳嬌嬌的人說的，因為她們從老輩子的人那裡就種下了對漂亮人的憎惡和憤恨。一份漂亮一份災，十份漂亮十份禍，全都驗證了。歷史就是這麼驚人的相似，歷史就是這麼殘酷的無情。漂亮是禍不是福，不服也得服。用鮮血和生命換來的這個鐵的事實，絕對是個絕對真理呀！這麼好的丈夫，這麼高大的人，硬是讓漂亮多事的老婆給憋屈死了。要是李二道當初娶個醜八怪的老婆，哪會淪落到這步田地？

只可惜說下天來也是白搭，只可惜愛美之心人皆有之。就是再倒楣，就是再不幸，也是讓人們在找對象的時候，讓男人們情不自禁地把漂亮放在第一位。古今中外，概沒例外。年輕人如此，老年人也好不到哪裡去。別看嘴上都把漂亮說了個罪惡滔天，每個男人的心裡卻掩飾不住對漂亮的熱切渴望。寧食仙桃一口不食爛杏一筐，這才是男人們的基本特性和絕對追求。只可惜李二道吃了拿了也是還不滿足，也是還杯弓蛇影，也是還雞蛋裡頭挑出骨頭。看似對妻子忠貞無比，實則糟蹋起人來天下第一。好好的日子，好好的老婆，就是非要弄出個蜚短流長，就是非要傷害這個，再傷害那個。老婆明明在自己手裡，還說這個那個來冒犯。李二道疑神疑鬼沒一天能過個消停日子，娶個漂亮媳婦反而讓他成了精神負擔。別人偷看一眼他的老婆，他也渾身都感到不舒服。好好的人失去常態，他不死那才怪呢！

§9 情思夢想同病相連

聽到李二道死了，石一路由衷的悲傷，當然他是因為心系著任人糟蹋任人評說的心上人陳嬌嬌的這個原因。他多麼想借此機會去見一見可愛的陳嬌嬌，他多麼想親自去給她說上幾句安慰的話語。當然，塞翁失馬焉知非福，這句話好像是又找到了它的現實用場。李二道死了，並非全是壞事。倒像是死了一個胡猜疑亂嚼舌根的人，倒像是一了百了，倒像是讓他石一路情不自禁地感覺著和陳嬌嬌靠得更近了。靠得更近，想得更深，本來是應該理直氣壯地去給李二道送送葬，順便和心上人陳嬌嬌說上幾句知心話，起碼也是表示一下自己對心上人的關懷和安慰呀！想了又想，念了又念，心中有鬼，行動遲緩，石一路最終還是猶豫再三沒有敢去給李二道送葬。是的，自己怎麼敢去呢？要是有人滋事生非，要是李二道的孩子們也順手牽羊搞個牽強附會，要是李二道的孩子們也借題發揮搞個徹底發壞，當場給他石一路一個下不了臺那可怎麼辦呀？世上的事可是有好多錯綜複雜的牽扯說不清道不白呀，自己這一去說不定正好讓人家找到了出氣的一個下家呢！李二道是一個出了名的愛嫉妒愛猜疑的小心眼子的人，自己也確確實實在心裡偷偷地愛上了陳嬌嬌，這可是渾身是嘴也說不清道不白的一個讓人懷疑的基本點呀！無法回避的事實，無法掩蓋的愛慕之心，讓石一路咋想咋也是覺著不敢輕舉妄動。雖說是自己確實沒有越過雷池半步，可讓疑神疑鬼的李二道到底還是死在了這個事上，這可是不爭的事實呀！水有源樹有根，李二道的後人如何看待他石一路不是顯而易見嗎？想到這裡，石一路又是怕又是愧，和心上的人又是近在咫尺又是遠在天涯。無可奈何又於心不甘，石一路迷迷糊糊就進入了夢鄉。

夢見日所思，石一路到底還是夢見了憋屈致死的李二道。只見他李二道瞪著雙凶煞惡神般的眼睛，非要來和自己討還血債。似真非真，似假非假，睡夢中的石一路迷迷糊糊地也不知折騰了多少時神，反正是覺著又讓李二道把他自己打了個遍體鱗傷。跑也跑不動，打也打不過，再看看李二道那個狠勁，掄起家中現成的一個鐵鍬就朝著自己的腦袋又打了過來。天呀，嚇死人啦，石一路知道自己非死在李二道這個凶煞惡神手裡不可呀！想到嚴重就是嚴重，於是就拼命跑，於是就拼命叫。哭聲越來越大，叫聲越來越響，最後竟然連石一路自己都聽到了自己那嚇人的自我求救之聲。自己都聽到自己的喊叫之聲，石一路這才慢慢地把自己從夢中驚醒了過來。

人醒了，夢不退，石一路眼前好像還是站著凶煞惡神般的李二道，好像是李二道還在繼續和自己糾纏著不散夥。這可怎麼辦呀，石一路從此夜夜嚇得夜不能寐，日日嚇得心神不寧。再這樣下去不出神經病那才怪呢，石一路走遍了所有公家醫院，石一路拜訪過所有私人診所。大同小異，最終確診基本上都是一個腔調。公家的醫生說他得了心裡疾病，私人的醫生說他有可能是做過虧心事。一家鼓勵他端正心態，另一家鼓勵他放下包袱勇敢面對。殊途同歸，這兩家醫生都再三提醒著他說：「共產黨員還怕邪嗎？鬼怕惡人，你越怕越有事。」從此石一路真的是膽大了好多，再遇上這樣的夢就拼命反抗。

說來神奇，你硬他就軟，好像是睡夢中的李二道也拿他無可奈何。更可喜的是還在夢中夢見到了陳嬌嬌，而且是陳嬌嬌還站在了他石一路這一邊，幫著他對付這個冤魂孽鬼李二道。石一路本來就從醫生那裡得到了底氣，再加上夢中的陳嬌嬌從中支援配合，讓他石一路果然是迎來了柳暗花明。說來也是蹊蹺，一物治一物，是貓就避鼠，陳嬌嬌收拾李二道可是小菜一碟。見到李二道賊心不死，見到李二道人死了還陰魂不散，夢中的陳嬌嬌就氣不打一處來。罵著說，說著罵，罵他李二道不是個好東西，罵他李二道不該糾纏著人家石一路不放。誰受誰的欺壓天註定，陳嬌嬌不費吹灰之力就罵得他李二道且戰且退。誰受誰的威懾天註定，從此只要是夢裡夢外石一路再見到那個凶煞惡神般的李二道，石一路就口中念念有詞地叫著陳嬌嬌的名字，叫她趕快來幫自己的忙。一念叨陳嬌嬌的名字，一叫陳嬌嬌前來幫忙，好像是真的就來了陳嬌嬌，好像是就真能幫著石一路驅邪避妖，好像是就真能把李二道的陰魂驅散。一物治一物，是貓就逼鼠，石一路就是這麼著靠著陳嬌嬌的英名和震懾力來對付夢中來不斷作亂的李二道，重新過上了安穩的日子。

得人之利感人之恩，況且陳嬌嬌還是他石一路自己夢寐以求的人。從此石一路自自而然由衷地感激和佩服著陳嬌嬌，有了更進一步的渴望和幻想，感情日益親密和纏綿。日有所思夜有所想，石一路三日兩頭在夢中和陳嬌嬌說不完的情道不完的愛。想不到李二道死了還是陰魂不散，還是弄巧成拙，還是又幹了一件倒上橋的賠本買賣。在夢中給石一路陳嬌嬌牽線搭橋，在夢中給石一路陳嬌嬌創造了訴說衷腸的大好機會。

說到這裡有了奇遇。同樣的人做同樣的夢，天下的事竟然有這麼無巧不成書的事。陳嬌嬌也是在不斷地做著噩夢，也是夢見林能能上她這裡來胡攪蠻纏，也是夢見石一路和她在一起共同反擊著林能能的瘋狂報復，也是兩個人齊心協力把林能能的陰魂徹底擊敗，也是從此讓自己做夢光夢見自己的心上人石一路。說到這裡讓人感慨，兩個有情人真是上天註定的一段半路姻緣，連做夢都是齊心協力共同反擊著自己的共同敵人，共同訴說著自己的心上話。

說歸說做歸做，輿論的壓力可是不敢小視。鰥男寡女本來是應該名正言順地互相往來，石一路還是沒有敢去找陳嬌嬌。一是怕他李二道的那些兒孫們逮著他往死裡揍，二怕是又弄出個什麼意外風波讓世人亂嚼舌根。當然，當然，陳嬌嬌更是沒有這個厚臉皮，就是想死石一路也不敢偷偷地給他打個電話。剛死了配偶還在守孝，這個時候千萬別再鬧出緋聞，千萬別再讓人亂嚼舌根鬧個滿城風雨呀！

當然，當然，嘴裡不說心裡可是光想，兩個有情人都恨不得馬上就睡到一個被窩裡去。渴望已久的愛情，渴望已久的心，咋能壓抑了再壓抑？咋能束縛了再束縛？雖說是莫須有的緋聞把她們害得不輕，可到底是讓該死的人先於她們離開了這個世界。人死了就有人進行說道，人死了就有人進行埋怨，陳嬌嬌石一路咋說也是有點不地道不光榮的嫌疑，咋說也是背著惡名讓世人背後亂加指責亂加埋怨呀！當然，當然，人死了並非全是壞事。好歹的配偶死了一身輕，給鰥男寡女眼看著就換來了結合的大好機會。只要過了喪期，只要閒言碎語少了，天爺爺一定會開眼讓兩個有情人終成眷屬。因為這倆個有情人先前確實是沒做出什麼份外的事，而且是現在她們還是誠心相愛。

雖說是老年人的黃昏戀阻力重重，雖說是半路重新組合肯定是讓兒孫們千般阻攔萬般反對，兩個有情人還是信心滿懷。畢竟離目的地越來越靠近了，畢竟自己的事法律上說讓自己做主。說歸說，做歸做，輿論的壓力可是不敢小視。苦苦等待，日夜煎熬，啥時候是個頭呀？於是就相思病，於是就病相思。誠摯的愛情，真摯的心，陳嬌嬌石一路異處同心說著同一句話：「真摯的愛情是阻擋不住的，就怕自己先沒了定心。誠摯的愛情不怕晚，蒼天不負有心人。錯過了一村又一店，可不能再錯過這個最後的金玉良緣呀！」

人老了，心不老，因為天生的性欲繚繞在她們的血液中循環流動。情難盡，意難忘，兩個老東西閑出來的力氣，吃出來的張狂。一個越想越是心急火燎，一個越急越是心猿意馬不能自控。尤其是石一路，比年輕人也不差多少呀。天天急鬧得抓耳撓腮，夜夜急鬧得夜不能寐。長長的天，難熬的夜，人想人的滋味誰能知道該有多麼難熬呀？人老了，心不老。吃出來的強壯，閑出來的力氣，老年人越憋屈越強烈的性欲需求和年輕人真的是也不差分毫呀！

§10 一個越強一個越倔

死者長已矣，活著的人可是要吃要穿要起碼的基本生活需求呀。尤其是孤男寡女，從夫妻二人突變成一個人，突然的變化咋說也是十分的不習慣，十分的不適應。天長日久，尤其是孤零零的男人們更是耐不住寂寞，更是耐不住孤單。說起來也是人們心理情感上的需求，說起來也是人們本能的對異性的強烈渴望追求。別看人老珠黃，別看成了個老來廢，別看單位上都不再用了，老傢伙們可是還都有那麼一種不服老的精神永駐長存著呢！上班是不行了，閑著沒啥事可幹，咋說也是還太早呀。說來荒唐，老傢伙們好像是閑出來的力氣日積愈盛，好像是吃出來的張揚越來越狂，人老了還個頂個的精神頭十足愈發是不減當年了呢！說來也是怪如今社會的小康盛世，說來也是怪當今生活的過於富足。反正是生活好了啥都好，老傢伙們一個個甚至還有點超乎尋常的老當益壯呢，還有點返老還童青春重現了呢！說來荒唐，一把年紀的人也還是陽氣不衰渾身是勁，也還是性欲旺盛憋屈得騷勁十足呢！憋的難受就是老騷情，胡思亂想就是下九流。人老心不老，兩眼色兮兮，啥丟人的事也會去想，也會去幹呀。尤其是孤獨的男性老人，突然的喪偶憋屈得騷勁更是大了許多倍之多，甚至還弄出好些丟人敗興的笑話來呢！老來騷，出洋相，讓自家的後人們可是覺著十分的丟臉不舒服呀，讓自家的後人們可是落了個極其尷尬的不利局面呀！尤其是那些要頭要臉的兒女們，一個個氣急敗壞，一個個憤怒之情溢於言表。為了家庭，為了名譽，這些要頭要臉的兒女們不得不對自家那邪魔作祟的老年人的這種反常現象橫加批評，亂加指責。個別嚴重者還鬧了個一黨專政，不斷辱罵，不停斥責，限制住老年人的人身自由。更甚者還意氣用事大打出手，給老年人造成無法彌補的各種傷害呢！

當然，上述情況不能一概而論。管得了的無情摧殘，管不了的洪水氾濫。別看老年人中的多數人正常婚戀倍受歧視，不要臉的老流氓幹啥可是暢行無阻一路順風。看看人家趙光榮，眼看七十多歲都老掉牙了還窮騷情亂彈琴。一個純老粗，一個爛工人，老婆死了沒兩天就和漂亮美麗的職工醫院一朵花李大夫弄到了一起。一百個稱心一百個滿意，妻貴夫榮趙光榮老年來總算是圓了雙職工的夢。雙職工，雙職工，表面的鮮豔內裡的苦，沒想到半路苟合的雙職工才是狗咬尿泡空歡喜，沒想到半路苟合的雙職工更是吝嗇小氣不讓亂花一分錢。工資只許進不許出，省出錢來貼補女方的兒女。不為利也為利，要不半路裡嫁給你這個臊老頭子到底是為了個啥？倒楣活該，活該倒楣，趙光榮除了洗衣做飯，就是忙不完的累活髒活。拿著工資來當臭苦力，讓趙光榮老年來成了一分錢都撈不著的上門女婿。趙光榮自己的五個孩子二個還沒有結婚，不再也無能力關顧全都推給社會讓單位頭疼。半路夫妻新鮮了不到兩年，正好趕上李大夫鬧病住院三個多月。趙光榮性欲旺盛難以自控，又在舞場上找了個二十多歲的小姐搞大了肚子。天呀，怎麼這麼大的騷勁？怎麼這麼恬不知恥？生米煮成熟飯讓人家女方賴住不放，無可奈何趙光榮又和李大夫割地賠款好說好散，才好歹地又和這個年輕貌美的小姐匆匆忙忙辦理了個老夫少妻的特殊婚姻。類似趙光榮這樣的老流氓屢見不鮮，讓人們見怪不怪習以為常。

要說油田寬容的不得了可也不是那麼回事，對於書香之家出身的石一路的再婚再戀可是橫挑鼻子豎挑眼指責一片。因為他老婆死的不明不白，因為傳說他以前和漂亮鄰居陳嬌嬌曾經有染。階級仇民族恨摻和在一塊，一個個添油加醋，一個個捕風捉影，一個個罵不絕耳地說：「石一路，老騷貨，自己的老婆是咋死的誰不知道？那麼好的老婆死於非命，還不是全怪你自己想入非非惹來的禍。難道氣死老婆還不散夥？難道還非要老樹新花徹底弄毀了老石家這個家？」說到這裡人們上來了激動情緒，一個個連諷刺帶挖苦地繼續說：「少怕俏老怕臊，只要有了不照條道子的老的，肯定也就有了不合常規的蹊蹺喪門子事等著來敗壞您這個家。看看你石一路那個熊樣，看看你石一路的那個德行。見了漂亮女人就邁不開步，一把年紀還恬不知恥追求什麼愛情至上。可氣的人淨辦可氣的事，和當年曾經在一個樓道住過的有夫之婦也暗暗偷戀。窮騷情害死了自己的老婆林能能，亂彈琴害死了對方的丈夫李二道。好好的家庭慘遭重創，好好的日子不再好過。血淋淋的教訓，活生生的教材，就看你石一路吸取不吸取這個教訓。」

對於公公石一路的所作所為，對於公公石一路的未來發展，兒媳景先茹更是懸著的心越揪越緊。她說：「前番婆婆在世時公公他就不守夫道，婆婆死了他就能好自為之？知其一，明其二，肯定不是個省油的燈呀！」說到這裡，想到那裡，她景先茹愈想愈氣地罵著說：「公公老來臊，公公瞎胡鬧。臊死了結髮之妻還是不知道吸取教訓，還是一如既往光想幹那下三濫的事。好好的家庭，好好的日子，為啥非要弄出個西門慶看上潘金蓮？為啥非要弄出個辱沒後人的骯髒事？

一般家庭尚且罷了，受過高等教育的人也要死不要臉？也要執迷不悟？也要一意孤行？簡直就是不可思議，簡直就是臨死不留個好的畜類老人。況且自己還是個頭面人物，況且自己還當過中學校長，怎麼這麼不循規蹈矩？怎麼這麼不知羞恥？你不要臉難道也不給孩子們留個臉面？老不正經荒唐透頂，子教三娘理所當然。婆婆死了不能白死，歷史教訓深記不忘。生命不止鬥爭不息，放縱錯誤就是犯罪。俺這個當兒媳婦的可是知道孰輕孰重，俺這個當兒媳的可是要把好最後的這一個關口。該讓步的堅決讓步，不該讓步的絕不退讓。公公前番老不正經害死婆婆罄竹難書，今番再不思悔改就是癌症發作毒瘤蔓延，就是把一家人的未來往絕路上弄。打著不走牽著倒退，你越說不行他越堅持。既然說下天來也是不聽不信，兒媳管公公撕下臉皮也是應該的。」

兩軍相鬥勇者勝，景先茹憋足了勁非要把公公石一路往死裡說，非要把公公往死裡整。本來街坊鄰居們就全不說石一路一個好，看到景先茹又擺出這麼個拼命的架勢，私下裡有人就勸著石一路說：「你兒媳是針尖你可別當麥芒，頂風船可不是你這把年紀的人所能幹的事。前街老劉頭想再婚讓兒女們打了個鼻青臉腫，後街老孫頭和官寡婦咋說也不能分離，讓兒媳一氣之下找了幾個年輕人將兩個老東西光著腚吊到了樹上。財產是自家的，親情是排外的，沒想到兒女們反對老年人再婚一家比一家更推陳出新，更手毒心狠。說起來也不能全怪年輕人這麼凶煞惡神，如今競爭上崗，如今優勝劣汰，環境逼著她們大處著眼小處著手。減員增效，打破鐵飯碗，嚇破了她們的膽。拼死拼活地幹，還在單位上不一定落好。工資不多，罰多獎少。七扣八扣，剩下寥寥。稍有紕漏，立馬處罰個沒完沒了，直至砸了鐵飯碗開除公職清退拉倒。公家的飯不怎麼好吃，年輕人才瞪大了眼明搶暗奪老年人的這點點積蓄和剩餘財產。年輕人個個都這麼視財如命，都這麼挖空心思搶奪老年人的財產，全都是讓該死的社會給逼出來的。中國的社會，中國的現實。越生越窮，越窮越生。僧多粥少，競爭越來越是激烈。這種情況下，全家人就是一個戰鬥堡壘。什麼事情，什麼困難，全靠一家人抱團才能巧度難關。你的也是我的，我的也是你的。一家人一家情，從你結婚生子的那天開始，你就失去了人身自由，你就背上了家庭負擔。在一家人享受天倫之樂的同時，也就給你套上了無法掙脫的生活枷鎖，壓上了難以推卸的家庭責任。一家人一家心，從你建立家庭那一天起，掙的每一分錢都應該說是家庭的公共財產。沒有錢沒有財那是沒有辦法的事，有了錢有了財就不能哪一個人自己隨隨便便胡亂花銷胡亂支配。家有千口主事一人。您老石家媳婦當著家，兒子主著事，就是一家人作為一個核算單位的集中表現。國有國規，家有家法。大大小小的事，在您家裡沒她們這兩個人的點頭可是啥也不能行呀！老有所為，老有所長，孩子們貪圖的可是你那點必不可少的退休錢和家庭財產公共積累。這麼大年紀，上班都不能上了還有啥用？幸虧還有點積累，幸虧還有點退休金。正是看到這筆財富的重要性，她們才對你日益看重，她們才對你嚴加防範。表面上對你好全是假的，看中你的錢財可是不爭的事實。花花腸子歪歪心眼，你想另謀新歡可是她們最不願意看到的事呀！別說你石一路還有一大筆存款，別說你石一路還有寬敞明亮的大房子，就是光為了你那個不斷增長的退休金，她們知道你重新續弦背叛自家的家庭也會火冒三丈，也會暴跳如雷呀。老年人一人忍，全家順，全家好。老年人一旦貪圖情感之需盲目追求自己的心上人，帶來的可是全家無休止的爭吵，可是招致全家鬥個魚死網破沒完沒了呀。這個道理我不說你也會知道。清心寡欲，自虐自殘。縱使有一千個不好，可有一個好。這就是兒孫和你親，這就是全家和你愛。要是你想幹個花花事，要是你這把年紀還非要搞個有情人終成眷屬。敢把醜話說到前頭，你一輩子苦心經營的這個家將面臨全面內戰和徹底崩潰呀！」嚇人的話就是嚇人，石一路一下子就讓這個話嚇出了一身冷汗。瞻前顧後，不寒而慄，石一路又不得不歎著氣說：「為了這個家，為了兒子和孫女，我可不敢輕舉妄動啦！忍了吧，認了吧，丟了六十快往七十上數的人了咋著還熬不過去呀？」

說說容易辦起來難，沒想到老傢伙孤獨的日子還真是難熬。石一路一個月能耐得住寂寞，兩個月就徹底忍耐不住了。好好的人眼看著就要與世隔絕，處境越來越是淒慘和荒涼。男人們見了他石一路怕沾惹上臊唯恐躲避不及，女人們見了他石一路更是怕沾惹上腥及早避而遠之。石一路成了眾人眼裡的妖魔鬼怪，一個孤男人過日子還真是要多難有多難呀！好心的人捎話給景先茹，說：「可不能讓老頭子孤獨死，最好給他說個老伴。如今社會講究老來俏，國家給退休人員發兩個錢燒作的一個個不知道自己是姓個啥，甚至七老八十也爭著湊熱鬧——說媒續弦。錢是命，利是因，要不人家那女的為啥還肯嫁給你這麼個臊老頭子？同樣是錢是命，同樣是利是因，自家家裡的後人可是不願意把到嘴的肥肉給了半路裡來吃軟飯的人。這一干涉可不要緊，於是乎就出了好多熱鬧。以前是天不怕反對李二嫂衝破世俗半路改嫁，現在是李二嫂以天不怕之道反治天不怕之身，不讓她的老人老樹結子開出新花。一樣的手段，一樣的殘忍，鬧得老百姓家裡雞飛狗跳一團亂麻。為了保護弱者的合法權益，國家才三令五申一個勁地強調說誰反對老年人再婚就是大逆不道，必要時繩之以法。順潮流者生逆潮流者亡，你景先茹聰明人可別幹這個糊塗傻事，可是要認清當前這個時代潮流。不讓老年人再婚輕則萬人唾罵，重者上廣播上電視丟人現眼臭名遠揚，這樣的傻事可是千萬不能幹。再說老頭子活一個月就有一個月的退休金，讓他高興，讓他痛快，說不定活個長命百歲讓他的退休金日積月累攢個金山銀山呢！生不帶來死不帶去，他一死啥好東西還不都是您老石家的。這個便宜帳你聰明人咋還看不出來呢？這個便宜事你為啥不趕快去做呢？」沒想到這幾句話可是說到了點子上，景先茹漂亮精明心有靈犀一點就通，她自言自語地說：「婆婆活著時公公就不守夫道，婆婆死了他就能悔過改新？鬼才相信。雖然躲過了初一，說不定就躲不過十五。何不來個將計就計？何不來個因勢利導？」

現代社會物質第一，有錢有勢才能讓一家人成為萬山叢中一點紅。看看人家老石家，不說是首富也是小康。一二〇的大房子，十八萬元的存摺。石一路還有一個月近三千四百元的退休金，有幾家能比？金錢萬能一點不假，哪個女人改嫁不願意找這麼個數一數二的殷實人家？又有知識又有金錢，夫貴妻榮誰不眼饞？

聽到景先茹給公公鬆綁，來給石一路說媒的人都擠破了她們家的門子。多多益善正好挑選，這可是讓景先茹有利可圖喜出望外。她才不相信從這麼多寡婦娘們中找不到一個稱心如意的繼母婆婆。什麼事情也是在人，精明的人拾草打兔子兩相兼顧。考慮來考慮去乾脆來個強強結合，說不定還能賺上一把。大海撈針誰說撈不著？景先茹從一大堆說媒的人口中摳唆出了兩根金條。一個是芳心玲地質所老牛的遺孀，家裡有海外關係光存款百萬還多。芳心玲的兩個女兒也是會鑽營的貨，一個搞商店一個搞學前教育，家裡啥也缺就是錢不缺。另一個叫花正豔更是條件優越，兒子是公安局長呼風喚雨，女婿是正處級幹部工作在石油總公司。雖說花正豔是一個家屬娘們，有這麼好的兒女恐怕是要天上的星來吃也有人會給她弄下來吃呀！

明明是好卻不一定讓人人說好，明明是福卻不一定人人都能享受得了。知根知底不走彎路，什麼階級說什麼話。石一路一聽到說芳心玲花正豔這兩個人的名字就頭疼腦熱，他可是知道吃慣冷飯的人最怕吃燙手山芋。當過中學校長啥消息能知不道？只見他談虎色變，只見他大驚失色地回絕著兒媳說：「芳心玲誰家不知？自己的親老公還不讓在一個床上睡覺。花正豔更不是個東西，暴戾的脾氣說打就打說罵就罵，她的老頭子還不是讓她給活活地氣死的嗎？要說別人是誰也能行，這兩個母夜叉堅決不幹！」天呀，這是什麼屁話呀，景先茹一口氣上不來差點氣死，強忍住怒火又挑選了好幾個。只可惜，毛病多的人就是毛病多，石一路不是嫌這個醜就是嫌那個長得不爭氣。石一路一把年紀的人還書呆子氣十足誰也看不上，還追求沒有名堂的虛無縹緲。

「醉翁之意全不在酒，葫蘆裡賣的什麼藥誰不知道？」唇槍舌劍也是逼得，兒媳婦罵公公理所當然，景先茹說：「自己說話不算數打自己的嘴。你不是說『要說別人是誰也行，這兩個母夜叉堅決不幹』，現在選東選西弄了一個遍，為啥別的全是選不中？老不正經，死不要臉，這也不行那也不中，還不是忘不了陳嬌嬌那個狐狸精。陳嬌嬌妨作死婆婆可是事實？陳嬌嬌作賤死李二道可是事實？前車之覆難道不是後車之鑒？難道非要讓陳嬌嬌這個喪門星再來糟蹋妨作完咱老石家這個家不可？一日為仇終生為恨，咱老石家和這個陳嬌嬌可是命裡相克心裡也不可能相隨。這個妨夫敗家的女禍害千萬不能要，趁早死了你那份賊心思吧！」石一路說：「啥年代了還搞封建迷信那一套？你景先茹惡言惡語也不怕傷心爛舌頭，好好的一個陳嬌嬌就硬說成是個狐狸精，這和舊社會污衊婦女的惡言惡語有啥區別？社會文明，時代進步，美麗漂亮天下推崇。漂亮是個喜，漂亮是個福，誰家不是選漂亮的女模特當成門楣打出廣告？漂亮能長臉，漂亮能舒心，娶了漂亮的女人才是門上插花，中了頭彩。」

「中了頭彩？」景先茹才不相信這套天真幼稚的話，說：「一把年紀也不嫌羞恥，鬼迷心竅才不知好歹。明明是害還說成是利，明明是來搶咱老石家的東西還說是中了頭彩。巧言惑眾能哄騙人幾天？適用的不要硬要不適用的，娶這麼個狐狸精可是要付出慘重的代價呀！自古都說漂亮可是害人的源，自古都說漂亮可是吃人的魔，這個嚴重的後果可是不能低估呀！害了李二道，吃了俺婆婆，這可是個不爭的事實。年輕人鬼迷心竅不知深淺，老傢伙還這麼簡單衝動天下少見。陳嬌嬌狐媚妖嬈，老百姓講話這可是引火招風的種，這可是掃把星生下來就是禍害天下的破爛玩意。這樣的人要是進了咱家的門，那可是等於夜貓子進了咱家的宅，等於老石家末日來臨呀！」

石一路說：「啥年代了還來這一套？」石一路可是不信這一套污衊陷害漂亮人的混帳之詞。石一路可是覺著自己知書達理，石一路可是覺著自己滿腹經綸。絕對有本事來戳穿這些對美人栽贓陷害的惡毒話語，絕對有能力來批駁這些無稽之談。石一路絞盡腦汁據理力爭，石一路苦思冥想羅列事實。一是說陳嬌嬌的美，二是說陳嬌嬌的好。說了個頭頭是道，講了個天花亂墜。在他看來，她又是愛勞動又是愛清潔，又是溫柔又是體貼，天下再也沒有比她更好的人。娶了這麼個漂亮媳婦情投意合百年和好，娶了這麼個美人花香月圓福壽雙全。石一路癡人說夢，石一路豪情滿懷。把美人說了個無與倫比，把美人說了個天下第一。

景先茹可是不相信這些情人眼裡出西施的混帳話，景先茹可是一看就能看出他公公石一路中了美人計不能自拔。一個勁地說她公公石一路隻因身在此山中才不識陳嬌嬌的廬山真面目，一個勁地說她公公鬼迷心竅才讓自己幹了不該幹的事。她說了又說，她罵了又罵：「吃著盆裡的，看著碗裡的，漂亮人有幾個不是朝三暮四的種？漂亮是個鬼，漂亮是個魔。不信你就等著瞧，陳嬌嬌早晚會讓你笑也笑不音，陳嬌嬌早晚會讓你哭也哭不出調。害死了李二道，害死了俺婆婆，這筆帳，這個仇，難道也能忘了？老實告訴你吧，只要你賊心不改，只要你一意孤行，娶了這樣的喪門星女人，肯定是喪門子事一個連著一個。」相反的人永遠相反，對立的人永遠對立。石一路說陳嬌嬌一句好，景先茹肯定有十句說陳嬌嬌孬的話在那裡等著去說。

說鬼就見鬼，說魔就眼睛冒金花。沒想到景先茹一說到死人的事，就瞬間視線模糊，就立即頭暈地旋。視線模糊，頭暈地轉，心裡自自而然就有了不吉利的預感。心裡有煩，嘴上就說，只見她景先茹聲嚴厲色地警告著公公石一路說：「啥人不行你就選啥人，就是火炕也敢奮不顧身一個勁地直往下跳嗎？你自己找死誰稀罕管，只是怕城門失火殃及魚池，只是怕讓老石家一家人從此噩夢不斷沒了好運呀！所以說俺反對你找這樣的狐狸精絕不是干涉你的婚姻自由，而是為一家人的正義和生存才奮不顧身，才孤注一擲，才和你一鬥到底呀！」

天呀，兒媳的話可是上綱上線，兒媳的話可是與美人不共戴天的一個宣戰書呀！只可惜，說下天來也是白搭，石一路還是小和尚下山去化齋，還是讓「老虎」徹底鑽進了他心裡不能自拔。前番苦過度就讓他急鬧得火急火燎，今番一提親更是讓他再也耐不住寂寞了。說到這裡還真是有了插曲，說到這裡還真是有了前奏。不早不晚，今天早晨石一路起來鍛煉身體就在廣場上遇見了陳嬌嬌。陳嬌嬌還是那麼小鳥依人，陳嬌嬌還是那麼勾人心魂。當著那麼多人的面，雖說是兩個人沒有敢直接說話，可是從陳嬌嬌的眼色之中石一路就知道她還暗戀著他。美人真是美人，眼睛也會說話，表情也能傳神。直勾勾的眼睛，直勾勾的心，好像是對著他石一路說了又說：「讓滿城風雨陷害了這麼些年，現在各自的對象都死了還不趁早結合到一塊？還猶豫個啥？機不可失失不再來，大好機會豈能放過？」看在眼裡想在心裡，最先沉不住氣的可是石一路這個老男人，可是石一路這個老情種。因為他渾身都充滿著壓抑不住的雄性激素，因為他比陳嬌嬌更想早日結合，因為他比陳嬌嬌更急了許多萬倍。

硬的不行，就來軟的，石一路最終還是想出了個萬全之策。請客送禮，拉攏關係，這可是時代潮流，這可是靈丹妙藥。情急之下，何不用上一下？發動親戚，發動朋友。紛紛來，紛紛去。都是來給石一路當說客的主，都是來給景先茹做思想工作的人。難剃的頭誰不發愁？不好對付的人誰敢對付？一個個身負重托而來，一個個卻是心懷毫無把握之心。受人之託，成人之事，來的人都是千人一律地對著景先茹說：「給人一步路，自己一片天，圓圓他的美夢也算是積德。他愛她，她愛他，一見鍾情為啥不能相結合？」

磨破嘴皮也是白搭，思想工作可不是那麼好做的。景先茹一聽就來氣，再聽就冒火，回絕了所有來說情的人。用不著遮遮掩掩，景先茹就當面鑼背面鼓直截了當地就罵著公公說：「不可救藥的畜類東西，朽木不可雕的私孩子玩意！和尚不是和尚，姑子不是姑子。老不正經，邪魔作祟。這個時候還託人說媒？這個時候還敢舊情不忘？難道婆婆白死了？難道李二道白死了？難道還要她陳嬌嬌來徹底毀掉咱老石家這個家？我說不行就是不行，找天爺爺來說情也是白搭。」

石一路可是不認這個孬，可是不服這個輸。不認這個孬還有啥用？不服這個輸還有啥法？刀把子攥在兒媳手裡，你石一路說啥也白搭，兒媳景先茹說啥才是啥。石一路無可奈何，回到自己的屋裡自哀自歎著說：「好好的女人被說成是女妖，簡單的事情複雜化。所給的不是所需的，所需的不是所給的。自己咋這麼倒楣？自己咋這麼晦氣？自己的事情為啥不能自己作主？老年人再婚為啥讓兒媳給當著個家？」石一路忍了初一忍不了十五，眼淚汪汪，一個勁地哀歎著說：「天下有情人為啥不能結成眷屬？棒打鴛鴦的事為啥層出不窮？」終於是有一天石一路徹底忍耐不住了。找著了機會，忘記了自我，石一路大男兒也不怕丟人，跪在兒媳面前哀告了起來。

他說：「當公公的給你下跪，就說明我是掏出心來和你說話。我愛她，她愛我，請求你們成全了俺倆的好事吧！存摺是您的，大房子是您的，俺倆啥也不要……」還不等石一路說完，景先茹就氣急敗壞地罵了起來：「婆婆的遺言咋說的？這些東西本來就是我們老石家留給兒孫的，還用著你來許願？還用著你來賣好？」石一路癡心不改，繼續說他那愛情誓言，繼續說他那生死相許。感天動地，眼淚汪汪，只可惜全是對牛彈琴。

在景先茹看來，狐狸精要是進了咱老石家的窩，等於夜貓子進了咱老石家的宅。夜貓子進了宅，可是要死人呀，可是要敗家呀！死人的事誰不怕？敗家的事誰能容忍？說個臭老伴重要還是一家人的未來重要？待到回天無力的時候，待到萬念俱灰的時候，再後悔可是全沒用了呀！想到嚴重就是嚴重，事關未來馬虎不得，景先茹突然要命般地心疼了好大一陣子。再看看公公那個熊樣，兒媳疼痛鑽心他也看不出來。兒媳眼看著臉色蠟黃，兒媳眼看著快不行了。石一路打鐵的也不會看火色，兒媳眼看要命了他還跪在那裡不起來，還在哀告，還在癡心妄想，還在一說再說。

景先茹忍無可忍，景先茹氣上加氣，強忍著巨疼說了起來：「這麼大年紀還這麼癡情，折騰得兒媳都犯了心臟病了為啥還是不肯散夥？難道非要氣死我不可嗎？」說到這裡上來了脾氣，景先茹更加沒好氣地說：「一個臭娘們，既沒有糧票又沒有身價，咋值得你如此超常發揮？不吃工資不是事實？拖兒帶女誰家不怕？這麼大的負擔還看不出來嗎？超出常情就是邪魔作祟，這麼大年紀還對利害得失沒有個起碼的看法分析嗎？陳嬌嬌兒孫滿堂沒有一個是省油的燈，一個個虎視眈眈來踅摸咱老石家的東西誰看不出來呀？這樣的人家也敢聯姻，肯定是上輩子作孽今輩子來償還呀。鬼迷心竅，不知好歹，好好的兒子也不愛了？好好的孫女也不疼了？鬼迷心竅，這不是破財敗家的命還是什麼？這不是自尋末路還是什麼？老實告訴你吧，感覺的東西就是預兆，一招不慎滿盤皆輸。醜話說到前頭，見到這個陳嬌嬌我就犯神經，我就氣不打一處來。有她無我，有我無她。你若是置若罔聞，你若是一意孤行。若是引起連鎖反應，若是讓咱老石家徹底搞個雞飛蛋打，看你還咋著向世人交代？你不信我可是信，我這幾天做夢都全是些不吉利的夢。夢見咱家那大房子牆倒屋塌，夢見俺婆婆被砸得血肉模糊沒了人樣。」說到嚴重就是嚴重，接著景先茹像是要命般的全身疼痛。全身疼痛，心裡難受，心上有煩嘴裡就說：「好夢不當真，孬夢多兌現。是災躲不過，托夢是捎信，看來狐狸精是非要來敗壞咱老石家這個家不可了呀！」

石一路可是不信這個邪。別看一把年紀，卻是稚氣不改，繼續一往深情地說：「說夢是騙人，嚇人是目的。啥年代了為啥還是扮演這老一套鬼把戲？連農村爛婆娘臭潑婦的這些手段也用上了。欲加之罪何患無辭，依我看不是人家來禍害咱，是咱家的人犯神經。你婆婆自尋煩惱送了命，難道你也要步她的後塵？你婆婆活著時俺可是光想入非非，可是沒敢幹任何份外的事，想給俺扣帽子傷天害理！你婆婆死了還不給俺倆鬆綁？我們可是正當的老年人再婚另嫁，老年人再婚再戀的正當合法權益誰想阻擋誰就沒有好下場！阻攔正常就是不正常，破壞老年人絕佳的結合就是王母娘娘人為地製造天河。到頭來牛郎織女天下憐，到頭來王母娘娘天下恨。」

兒媳婦瘋了，兒媳婦傻了，說：「我是王母娘娘？您是牛郎織女？怎麼攤上這麼個不通人性的公公呀？自己是啥人誰家不知道呀？前番死人的事難道忘了？趨利避害有啥不對？那麼多好的為啥不要？這麼個仇家為啥還當成寶貝？難道全家的興衰都不當一回事？殘酷的歷史教訓豈能忘了？婆婆讓她害死誰不知道？李二道讓她氣死誰不明白？明明是害還不避諱，牽著不走打著倒退的貨。殺母之仇敗家之恨，事關未來妥協不得，馬虎不得呀！」景先茹放聲地哭，放聲地罵，說：「夢裡夢見牆倒屋塌，砸得婆婆血肉模糊，不是不吉利的預兆還是什麼？說下天來也是不聽，什麼不行就要什麼，狐狸精纏身不能自拔呀！冤家路窄，邪魔作祟，老石家離完蛋真的是不遠了呀！」

石一路跪了半天等於個零，他這才知道私孩子兒媳淨幹私孩子事。拿著做噩夢來說事，還真是能蒙蔽一部分群眾的眼睛。拿著一家人的未來說事，讓誰不是有了後顧之憂？這才是處心積慮彆扭著他石一路和陳嬌嬌的絕佳結合，這才是千方百計想拆散這樁絕好的鴛鴦婚姻。他石一路在心裡想：「想給的不是所要的，所要的不是所給的。想給俺鬆綁是假，彆扭俺正當的結合才是真實目的。」石一路想到這裡來了強脾氣，孤注一擲也是逼得。石一路義正詞嚴地反駁著兒媳說：「王八瞅蛋對上了眼，誰家不是要找個意中人？對不上眼的結合叫拉女配，強扭的瓜不會甜。臭銅味哪有甜蜜結合？王漢喜借年可是唱遍大江南北。以錢畫線是封建陋習，強拉硬拽是窩囊人生純潔的心。甜蜜的愛情不怕窮，吃糠咽菜心也甘。沒見有錢人講鍾情，只見牛郎織女隔河望。真情無價，愛情第一。可不能讓物質第一辱沒了它的純真，辱沒它的貞潔。孝順老人就是讓老人順其自然，為啥時時刻刻彆扭著俺倆的絕佳結合？給人一步路自己一片天，為啥好事非要人為地向壞處去想？為啥非要人為地製造生死界線？為啥說俺一結合老石家就離完蛋不遠了？」

說下天來也是白搭，景先茹還是基本原則堅決不變，說：「只顧抽象抓了表面，只要虛無丟了實際。東西丟了暫且不顧，死人的事你可如何解釋？婆婆死了難道白死？李二道死了難道不知？一日為患終生為害，知道昨天就知道明天。只要你膽敢和狐狸精糾纏個沒完沒了，就知道老石家離完蛋近在咫尺。只要你膽敢和狐狸精念念不忘賊心不死，我就敢和你一鬥到底，我就敢和你與命抗爭！」

天呀，人真是個命，很簡單的事情複雜化。景先茹這回可是徹底搞了個上綱上線，而且是生死相許，而且是一鬥到底。石一路沒想到自己咋這麼倒楣，明明是婚姻自主，卻讓兒媳搞了個深嚴壁壘，搞了個此路不通。這年頭哪個當官的不是感情外溢？這年頭哪個有錢的不是朋友多多？石一路自己當了回子官啥也不是不說，還成了軟柿子，還成了該辦的事情可望而不可及。明明是正當的合法權益自己還做不了主，明明是自己的事還得讓兒媳來搞了個獨斷專行封建專制，搞了個生死相許，搞了個此路不通。你說這口氣還咋著去喘？你說這個事還咋著去辦？前面有一個厲害夫人林能能束縛住自己的手腳沒敢越過雷池半步，今番這個兒媳景先茹更是青出於藍更勝於藍成心讓他石一路錯過那一村又錯過這一店。

想到這裡上來了強脾氣，石一路他可是忘不了陳嬌嬌的美，他可是不願當新時代的梁山伯再做出無謂犧牲。生命誠可貴愛情價更高，就是死也要死個價值相當。絕對要自己掌握住自己的命運，絕對要娶個稱心如意的人。不靠神仙不靠皇帝，全靠自己解放自己。開誠佈公，最後通牒，石一路完全忘記了自己已經這麼大年紀，還大顏不愧地叫喚著說：「年輕時窮過度沒趕上金玉良緣，空活百歲惋惜不已。老年來才趕上富裕生活，為啥不能讓有情人終成眷屬？寧吃仙桃一口，不食爛杏半筐，這可是我的基本原則。我今天可是非要癩蛤蟆想吃天鵝肉，非娶陳嬌嬌不可！」

天呀，石一路欲火正旺不能自控，聲嘶力竭鬧天鬧地。他才不願意讓林能能管了多半輩子，再讓景先茹變本加厲繼續作賤，永遠摧殘。愛情的力量勢不可擋，老年人更知道感情的慰藉不可或缺。誰反對他和陳嬌嬌的再婚就是死敵一個，誰反對他和陳嬌嬌的結合只有拼命。衝破重重阻力反對世俗，就是親兒親兒媳婦反對也要血戰到底！石一路神經病發作起來就沒完沒了，就竭斯底裡。說什麼這場鬥爭才是一場真正的神聖之戰，說什麼說不定和當年李二嫂改嫁一樣劃破長空，說什麼說不定為老年人的再婚真的是爭了一口氣，因為自己站在了絕對正確的一邊。

兒媳婦景先茹更是肩負著全家的未來和希望，她可是不信正不壓邪。她說：「一家人的意見為啥不聽？趨利避害難道錯了？原則的東西高於一切，可不能讓老石家多年基業功虧一簣徹底完戲！婆婆死了就是原則，一家人反對就是根本。」什麼上綱就說什麼，好像是黨國存亡在此一舉。景先茹的本事之大可不是吹的，安上喇叭，到處廣播，把公公石一路說了個荒唐透頂，把公公石一路罵了個狗血噴頭！明人不做暗事，景先茹再三再四地說：「不是不給你找合適的對象，是你鬼迷心竅拒絕了所有金玉良緣。這麼大年紀還老不正經，這麼大年紀還往死裡去弄，真是成心來禍害老石家這個文明之家呀！」

罵下天來也是白搭，兒媳管公公畢竟差了一截。當年林能能管石一路管不住心還能管住身，只可惜今天景先茹既管不住石一路的心又管不住石一路的身。腿長在石一路的身上，他往哪裡走你咋能管著？若是公公石一路王八吃秤砣徹底鐵了心，他不要臉你有啥法？還能給他盯梢？還能給他捉姦？再說就是捉姦捉雙抓住又有啥用，畢竟石一路死了夫人光棍一條，他和陳嬌嬌再婚可是有法律允許的通行證呀！

再大的難題也擋不住志在必奪的人，鐵娘子的兒媳也是鐵娘子。景先茹可是不認這個輸，景先茹可是不認這個孬，她說：「兩軍相戰勇者勝，誰厲害誰就佔先。婆婆敢硬碰硬的作風才保留住俺老石家這個家，才免於第三者介入。難道到俺這一輩就都熊了？就都狗屁不是了？俺可是不服這個輸，俺可是不認這個熊。婆婆被砸的血肉模糊的夢托給俺就是讓俺知道事情的厲害性，婆婆被砸的血肉模糊的夢托給俺就是讓俺不要再對臊公公抱著任何幻想。新仇舊恨歷歷在目，他對俺下最狠的毒手俺為啥不能把他往死裡去整？宜將乘勇追窮寇，不可沽名學霸王。與害人的下三濫陳世美式的公公一鬥到底決不手軟，決不妥協！」

年輕人的天下，年輕人的理，年輕人說不行大概也就是不能行。年輕人確實也有年輕人的理，一窩子雞還絕對容不下外來的雞吃它的食，難道一家人就容忍進來個白吃白拿的外來人嗎？況且這個人還是她們所說的第三者，況且這個人後面還跟著不安好心的一大幫子不孝兒孫。年輕人說不行大概也就是不能行，石一路畢竟是有前嫌沒法說清，陳嬌嬌畢竟明擺著要引進一幫子累贅來消耗他老石家的東西。想到嚴重就是嚴重，景先茹恨之又恨地罵著說：「說俺反對老年人再婚純是無稽之談，俺給他說前說後說了一大堆誰不知道？該要的不要，不該要的硬是要，不是自找彆扭還是什麼？不是自找不自在還是什麼？讓大家聽聽，讓大家看看，這麼大年紀還折騰個啥勁？一把年紀，找個老實巴交過日子的有啥不好？現代社會講究實際，利害可是一家人最先要考慮的第一要素。再說漂亮不漂亮這把年紀還有啥勁？還不是做一樣的事？能省不省豈不是傻瓜一個？年輕人無知追求外表，老年人難道還看不破這裡頭的竅？好看的不中用，中用的不好看，講究實效才是首當其衝的第一要素。」

不是東風壓倒西風，就是西風壓倒東風，老石家這一家人還真是一個固執一個難辦。少數人對石一路的同情不敢講到當面，讓石一路越戰越是孤軍奮戰。相反，多數人兼顧家庭整體利益，讓景先茹越戰越是滿嘴是理。加上多數守舊的人對石一路的不可思議冷嘲熱諷，正好讓景先茹一往直前信心滿懷。

一個越戰越勇，一個誓死不改。是騾子是馬拉出來遛遛，石一路越強景先茹越倔。老石家的戲就是這麼著越唱越陷入僵局，越唱越水火不容。

§11 天撮地合

天下的事就是無巧不成書，老天爺只要看中的結合就非要給她們安排個結合的路子不可。說起來也許是天意，陳嬌嬌一家自從李二道死後還真的是有了個揭不開的鍋，還真的是有了個難解的題了呢！紅顏薄命一點不假，老李家一家人家過的那個窘迫的日子就是偏偏讓這個十分漂亮的陳嬌嬌趕上，偏偏讓這個十分美麗的陳嬌嬌攤上。李二道活著時退休金不覺著多，死了後還真是覺著絕對的少了呢！人一死一了百了，李二道死後的下個月國家立馬就切斷了他那退休金的繼續供應。沒了退休金，沒了經濟來源，如今老李家連柴米油鹽醬醋茶的錢都成了絕對的一個大問題。時代變了人也變，如今家庭要說是贍養老人純碎是掛在嘴頭上，尤其是贍養沒有退休金收入的孤獨老人簡直就是成了一個絕對的問題。在這方面，老李家的子女更是一個典型中的典型，更是一個馬尾栓豆腐連提都沒法提的一個真實例子。別看能幹的女人一個人也能拉扯十個兒女長大成人，狼心狗肺的兒女十個也養活不了一個娘呀。話從來回講，理從正反說。說起來也不能全怪人家陳嬌嬌的兒女們不行孝道，怪就怪沾老人的光吃老人的飯成了時代潮流。別看當年窮過度鬧饑荒差點把這批老年人全都餓死，如今活下來的這批老年人老年來還真是熬到了洪福齊天的大好晚年呢。只要是有個工作，只要是退休後能吃上個退休金，就裝進了萬無一失的保險箱。啥也不用愁，啥也用不敗，越老退休的待遇越優厚，越老退休的錢越騰騰地往上長。爹有娘有權當自己有，年輕人可是找到了這個吃飯不花錢的公共食堂。老傢伙們一個個退休金都相對的這麼高，兒女們不吃老人還吃誰？錢越多，事越忙，老年人自己把自己又弄成了兒孫們的後勤部長。爹親娘親不如香噴噴的飯菜親，爸好媽好不如不要白不要的金錢好。中國的天地中國的理，如今的老年人因為擁有相對優厚的退休待遇在家庭中的地位空前提高。只可惜李二道一死百了，如今老李家的飯局隨著李二道的去世一下子全都給搞沒了。沒了錢，沒了起碼的物質生活基礎做堅強後盾，那可是讓老李家一家人比塌了天也差不到那裡去了呀！這種情況之下，若是剩下個女老人沒工作沒有退休金，而且還非要兒女們拿錢來贍養，該是多麼大的一個反差呀！一下子從對年輕人的實惠變成負擔，你想讓這個本來就窮困兮兮的兒女們可怎麼接受得了呀？可怎麼能負擔得起呀？

別看老年人說話拐彎抹角怕得罪兒女，年輕人說話可是直來直去毫不掩飾，毫無顧忌。陳嬌嬌的兒女們把眼前的困難看得比天還大，把不滿的話語可是直截了當地就說到了陳嬌嬌的臉上。她們說：「能生不能養的老糊塗東西。當初一日，沒有本事養你可少生點呀！看看人家那孩子少工資多的人家，和咱一比該是多麼大的一個反差呀？生就生吧，為啥一生就生了一大群呢？能生不能養，不是缺德還是什麼？能生不能養，不是作孽還是什麼？」聽到這裡還真是讓兒女們抓住了理呢，說到這裡還真是怪陳嬌嬌當初一日為啥生養了這麼多的兒和女。說來也是全怪陳嬌嬌漂亮人幹啥也是愛逞能，她年輕時重男輕女，非要生個兒子給老李家傳宗接代。生，生，生，一下子就生下了一男四女。又加上陳嬌嬌李二道對小兒子偏疼偏愛，徹底激起了女兒們的攀比心理。既然對小兒子這麼嬌生慣養，這麼偏袒，這麼要啥給啥，徹底激起了女兒們的火。難道女兒不是人？難道女兒就該死？從此，女兒們和爹娘的關係也是徹底搞砸，也是不求奉獻只求索取。亂套，亂套，徹底亂套，老李家從根子上就打下了個不孝順老人的一個底子。一日種仇終生為恨，啥時候一家人的關係也是見利忘義撕撕咬咬互相攀比，互相爭搶打鬧。如今兒女們都婚後生子每家三口，加在一起正好十五口。大大小小這麼多人，兒女們就是都怕自己沾爹娘的光沾少了。攀比之心這麼嚴重，於是乎就都爭先恐後上老人這裡來沾光撈便宜，於是乎就成了標標準准的吃老族。吃老喝老不養老，典型的不孝子女拿爹娘的錢物無情掠奪盡情享受。油瓶倒了不知道豎，稍有伺候不周還發脾氣。連四鄰八舍的人都對她們這些兒孫們看不下眼，罵她們這些孩子簡直就是些七狼八虎私孩子。

說是七狼八虎私孩子也確實是名不虛傳，消耗起東西來可不是一個小數。吃了拿了爹娘的東西還是都不知道滿足，總害怕自己得到的便宜比別人少。說起來也是不能光怪陳嬌嬌一家人家的子女這麼財迷轉向，確實是世道險惡把她們徹底坑害到了今天這麼荒唐透頂的一個地步。說來也是陳嬌嬌的兒女們聰明反被聰明誤，一個個越折騰越是窮，一個個越想好越不得好。陳嬌嬌的兒女們越折騰越是窮，越窮越是耍賴皮，於是就都死心塌地地來吃老人。李二道活著時兒女們吃喝無憂風光無限，還不是多虧了李二道近三千元的退休金。如今老頭子一死一了百了，三千元的虧空讓誰拿也是很難拿。明擺著的日子需要花錢，明擺著的虧空讓人頭疼。陳嬌嬌的兒孫們平均每人每月吃喝兩百元不能算多，加起來那個月也少不了三千元錢的生活費呀！三千元，三千元，給孩子們貼補別看不覺著多，讓孩子們掏腰包可是個天文數字呀！

說到這裡讓人疑惑，難道陳嬌嬌的兒女們都沒工作？難道陳嬌嬌的兒女們都不掙錢？說出來也不怕世人笑話，原來是一家不知一家的難。世道紛雜莫衷一是，陳嬌嬌的這些兒女們還真是都有她們自己的坎坎坷坷，都有自己的麻麻煩煩呢！也許是漂亮惹來的禍，反正是陳嬌嬌偏偏遇上了這麼些紕漏不斷的兒和女。說來也是都怪她們自己走錯了路，別看陳嬌嬌的兒女們一個個本事都不算多麼大，想一步登天的夢可是都做得不算小。新興市場讓大女婿炒股賠掉了腚，惡習不改讓二女婿愛賭博一腚饑荒。三女婿馬尾栓豆腐更是不能提，搞了個提前買斷幹啥買賣也是不能賺錢。四女婿正趕上買高價大房子提前消費，饑荒壓得他喘不出氣，正在拆東牆補西牆。兒子李小道最小最是生不逢時，搞了個協議工低人半截。李小道一處不趕趟處處落人之後，住在四五的摟房裡還是個頂樓。這麼多孩子這麼多糟心的事，不逼爹娘還能逼誰？

打開窗子說亮話，兒女們到底還是對著陳嬌嬌說出了要說的話：「社會主義不養閒人，改革開放遍地開花。即便是夕陽的餘暉，也要照到要照的地方。在傾慕者的眼裡，在迷戀者的心裡，那裡才是你不敗的容顏盡情綻放的地方。晚來的情，遲來的愛，伴隨著夕陽的餘暉，走向那夢寐以求的老年人的婚姻殿堂。老來的愛，晚來的情，伴隨著太陽的餘暉才能放射出自己應有的光芒！」一半是玩話一半是實情，原來是逼著母親改嫁另攀高枝。嫁不出去是沒辦法的事，嫁得出去為啥還死要面子活受罪？嫁個一般人家還能弄個吃穿不用愁，嫁個官宦之家還不是享不盡的榮華受不完的富貴？明擺著的利益，明擺著的好，一致同意老母親再煥發青春做出最後的一次貢獻。雖說是吃軟飯不是六十開外的人所能幹的事，老母親的漂亮可是遠近有名，可是不減當年呀！對付粗俗的人肯定不行，對付石一路這樣的書呆子十拿九穩綽綽有餘。讓石一路三千多元的退休金再發揮餘熱，老母親和他喜結良緣騰出的七〇房正好解決李小道的住房難題。一切的一切都講得這麼開門見山，一切的一切都講得這麼合情合理。想必是兒女們都早就都對母親和石一路的緋聞耳熟能詳，或者說對母親和石一路的花花事早已讓她們洞若觀火瞭若指掌。事情既然已經講到了這個份上，陳嬌嬌不同意也得同意，況且嫁給的是自己的心上人。計議一定不能更改，子女們分好工說幹就幹。大女婿負責放哨，二女婿負責站崗。其餘人原地待命，應付個緊急情況。小兒子李小道得利最大應該付出最多，讓他親自出馬負責老母親的來回接運。

別看是強扭的瓜卻是十分的甜，陳嬌嬌石一路這一次見面可是絕對的春風洋溢，可是絕對的才子佳人打心裡樂。不著是天爺爺長眼讓老李家的孩子們遇上這麼些難解的題，咋說好事也不會來的這麼快。情人相見打心裡樂，先是陳嬌嬌小嘴好張口難開。機不可失失不再來，只見她羞羞答答地先開了腔：「日日想，時時念，正在愁著找個啥辦法有情人終成眷屬的時候，想不到機會說來就來。看到我命苦，看到你孤獨，我那些孩子們可是看不下眼。商量來商量去，她們才一致同意來架鵲橋。孝順老人就是要讓老人過好餘生，感情的慰藉別看是老年人可是也不能少。老年人再婚可不是光為了錢，情投意合彼此相愛可是最關鍵。看到你的好，想到你的長，尤其是看重了你的為人處事最適合於俺的心意和追求，所以才登門入室把話來進行挑明。謀事在人成事在天，俺那些孩子們就一致同意來撮合咱倆的這樁婚姻。機會是難得一遇的，千萬別辜負了她們的一片熱心腸。機不可失失不再來，大好機會千萬要把握住。正當的結合，正當的男婚女嫁，可是既符合個人心願又符合國家法律政策條文明確規定。大好機會不可失去，過了這個村可就再也沒了這個店。做夢你不是說俺倆還有一段黃昏戀夫妻緣嗎？我這些孩子們的撮合正好稱了你的願呀！」

石一路巴不得陳嬌嬌說出這樣的話，趕緊說：「做夢娶媳婦，天上掉餡餅，沒想到好事說來就來。趕快結婚，馬上結合，你是知道我想你都快想瘋了呀！機不可失時不再來，誰猶豫誰就是王八蛋呀！」陳嬌嬌說：「聽說你兒媳景先茹堅決不同意，聽說你兒子石小路也是百般阻擾。聽說你孫女石小惠還有迷信思想，說我是狐狸精會害死她奶奶還會早晚再害死她娘。」哪壺不開提哪壺，陳嬌嬌這可是說到了石一路最頭疼最有顧慮的要害之處。看到石一路面露難色，陳嬌嬌又繼續說：「社會也是容不下漂亮的人，誰漂亮誰就成了眾矢之的，誰漂亮誰就成了卑鄙齷齪的替罪羊。這個說美麗是掃把星，那個說漂亮是害人精，簡直就是不怕爛嘴嚼舌頭，把我說成是破門敗家的魔和鬼。眾言可畏，說邪有鬼，你娶了我難道不害怕？真的是人到了倒楣的時候，真的是人到了喝涼水也塞牙的時候，哪可怎麼辦呀？前番拿著林能能和李二道的死給咱說事，今番又說我狐狸精妨作得一家不得濟，又禍害得一家不得好。欲加之罪何患無辭，這麼些對漂亮有成見的人都說著別有用心的話，繼續成心往死裡糟蹋俺這個漂亮人呀。她們一個個吃飽裡撐得亂嚼舌根，她們一個個不懷好心惡語相加。還真是讓人有了前怕虎後怕狼的重重顧慮，還真是讓人有了身上不冷心裡寒的不安之感。看看您一家人一個個那個驢脾氣，真的是一條道跑到黑都非要撞個頭破血流，非要拼個魚死網破，哪可怎麼辦呀？」

難踢的球都傳給了石一路，這可是考驗石一路是英雄還是狗熊的試金石。面對這麼多傷心爛肺的私孩子事，石一路何嘗不頭疼，他在心裡想：「再猶豫就是徹底無望，再猶豫就是大好機會失之交臂，我可不能再幹這樣的傻事了呀！男子漢大丈夫頂天立地，在心上人面前可是不能說半句含糊的話，可是不能有半點鬆動的意思。鬆一鬆，落一丈，美人要是再因此離開自己而去，那可是憋屈孤獨的日子徹底過個沒完沒了呀！」想到嚴重就是嚴重，石一路唯物的人可是不唯心，或者說石一路旺盛的性欲需求徹底激起了他那強烈的不妥協思想，他說：「好好的結合硬說不好，這是哪門子混蛋道理？以前是反對兒女們自由戀愛封建包辦，現在是反對老年人的正當結合。我算是把這個世界全看透了，啥時候也是沒不了攔路虎，啥時候也是沒不了絆腳石。雖說是我那些孩子們堅決反對，決定的因素可是全靠我們兩個當事人自己做主。行的端，立的直，法律允許的東西我想她們再阻止也阻止不了。當然，當然，既然是攔路虎，既然是絆腳石，就會有可能把我們往死裡去逼。就是往死裡去逼，該堅持的還是要堅決堅持。追求愛情不怕挫折，刀山敢上火海敢闖。我心裡只有你一個，為了你我啥也可以犧牲。前半世不般配的姻緣苦壞了我，你的處境也是和我差不多。苦命的人兒黃花菜都涼了才湊到一塊，難道還再聽信這些無稽之談？難道還聽見螻蛄叫就不敢再去種莊稼？老年人再婚是老年人的合法權益，誰敢反對誰就活該去死。我的兒媳和前妻林能能穿著同一條褲子，她願上絕路上走我有啥辦法？原先是怕你顧慮重重下不了決心，既然到了今天這個地步還猶豫個啥？心心相印就是絕佳婚配，情投意合就是天賜良緣。芙蓉花好綠葉相襯，郎才女貌天撮地和。人生機緣不怕晚，夕陽紅才是人生最嬌豔最有人情味的一道夕陽晚景呀！」

有文才的人就是會說話，陳嬌嬌被感動得哭了，說：「漂亮是漂亮點，只可惜漂亮人把青春獻給了不該給的人。眼看古來稀才找到心上人，不知還能不能給你帶來甜蜜和愉悅？不知還能不能給你帶來幸福和圓滿？既然你對我肝腦塗地，我對你就是死也是在所不惜呀！」石一路說：「你的美貌讓我傾心，你的善良讓我感動。還有你的講衛生，還有你的愛勞動。漂亮人幹啥啥利索，漂亮人幹啥啥亮麗。這麼好的美人都不說好，真是不講良心的人淨說些昧良心的話語。雖然我人老珠黃不如當年，可是慧眼識珠能分出個短長。你上半輩子受的冤屈我下半輩子一定要全力償還，願效犬馬之勞，原結秦晉之好。」

心中有鬼，低人半截，陳嬌嬌還是如負重壓壓得透不過氣。她可是認為有必要把話說深說透，想了想，她說：「愛人可是要付出代價，越是美麗越是苛刻。醜陋低下暢行無阻，美麗漂亮往往受到反面理解，甚至是栽贓陷害，甚至是冤屈至死。一份漂亮一份災，十份漂亮十份禍。要是碰上處心積慮，要是碰上冤家路窄。非但不會讓咱倆好，說不定還會給咱倆弄個棒打鴛鴦強行分離，說不定還會讓咱弄個生不如死呢！到時候天怒人怨，到時候屈打成招，哪可怎麼辦呀？」

石一路可是知書達理，石一路可是不信這個邪，說：「什麼年代了還看舊黃曆？不做虧心事就不怕鬼叫門，乾糞沒法抹到人身上。」陳嬌嬌可是輕鬆不下來，繼續說：「我那一窩子兒孫也不是省油的燈，用心不良說到明處。我前頭說她們支持老年人再婚再嫁是給她們戴個高帽，實際情況是她們支持老年人的再婚再嫁是另有所圖。她們可是玩世不恭正在倒楣一時，她們可是最渴望得到個救濟錢解解燃眉之急。七狼八虎等著上你這裡來沾光撈點小便宜，小兒子李小道等著要住我那七〇的房。況且我還不吃工資，這麼重的負擔一下子壓給你讓我確實於心不安。既然我給你帶來不少負擔，怕是讓您那斤斤計較的兒子媳婦及其孫女無法容忍。待到牽一發而動了全身，待到你反悔的時候我可怎麼辦呀？」

石一路解開衣服露出胸膛，恨不得剖腹開膛讓陳嬌嬌看看他的心，說：「空想階段就備受責難，真到事上難道退卻？只要能讓我得到你的身和心，就是死我也心甘情願。死都不怕還捨不得雞毛蒜皮？真是你窗戶欞子裡看人把我看扁。不怕你七狼八虎都來我這裡吃喝撈便宜，不怕你小兒子占了你的房。就怕我得不到你的心，就怕我得不到你的身。只要你死心塌地跟了我，不怕邪風吹，不怕惡浪打，更不怕罎罎罐罐全打破。哪怕是窮到王漢喜又去借年，哪怕是鋪著狗皮蓋蓑衣，我也只有你！我為你生，我為你死，砍了骨頭扒了皮，決不說一句反悔的話語！」

天呀，石一路這下子真是把話說到家啦！陳嬌嬌動情了，陳嬌嬌感動了。這麼有學問的人，這麼炙熱的感情投入，讓她陳嬌嬌忍不住抱著石一路親了一口又一口。美人的親可不是一般的親，美人的愛可不是一般的愛。石一路這才是一下子品嘗到了美人柔軟的肉身和絕對的愛。從頭熱到腳，骨頭都酥了。男人就是見不得女人給個好臉，特別是最漂亮的心上人給了這麼一個親密的吻，石一路真不知道說什麼好。母狗調腚公狗上性，石一路立馬得寸進尺，非要脫衣解帶，非要飽嘗禁果。

正在石一路露出廬山真面目的時候，正在石一路獸性大發的時候，陳嬌嬌美人的心像是六月的天說變就變。想到不好就是不好，陳嬌嬌聲嚴厲色地叫了起來：「粗俗的人往往感情衝動不能自控，沒想到你石一路一個大知識分子也是這麼一種貨呀！說嘴的郎中不治病，要是你光嘗不買讓我吃了啞巴虧可上哪裡去說呀？」只見她心裡煩，只見她臉色變，故意挑逗著石一路說：「知識分子人人都是陳世美，知識分子個個都是兩面派。用著人時啥好話也會說，用不著人時立刻就翻臉無情把你往垃圾桶裡扔。遇上好事就假公濟私，遇上困難就出賣同志，這可是您知識分子的一貫通病呀。雖說是這些說法不能一概而論，考驗你忠誠不忠誠的事可是就在眼前。待到你舉家反對時，待到社會壓力不堪重負時，你變了心我可怎麼辦？歷史的教訓不可忘記，真到事上啥人也有呀！」

石一路迷惑了，石一路收斂了，石一路狡辯著說：「放心吧，我男子漢大丈夫敢作敢當，我男子漢大丈夫頂天立地。雖說是知識分子確有通病，但我石一路絕對是個例外的例外。我愛你無怨無悔，我愛你無私無邪。別說只是部分吃喝之失，就是再大的損失，就是赴湯蹈火，我也在所不辭呀！敢指天敢說地，我對你有一點異心也天打雷劈！」話說到這個份上陳嬌嬌還能說個啥，話說到這個份上陳嬌嬌似乎是一顆石頭落了地。在她看來，石一路知書達理無所不能。在她看來，石一路當過領導看事全面。既然石一路這麼擲地有聲說話有音，絕對不會讓她的漂亮繼續蒙冤受屈，絕對不會讓她陳嬌嬌吃虧上當。覺著踏實的人就完全開放，只要開放的人就不再拘泥。陳嬌嬌情感的防線完全放開，甚至是女人最寶貴的那個玩意都想貢獻給他石一路的那個樣子都擺了出來。陳嬌嬌滿眼裡都流露出對石一路的強烈的愛，渾身都流動著對石一路感激的血。含情脈脈，鮮花綻放，美麗的陳嬌嬌又一次把石一路的魂勾引到爪哇國去了。母狗調腚，公狗上性，石一路這次才是徹底弄上了性。強烈的性愛，絕對的衝動。眼看著石一路就不能自控撲了上去，眼看著倆個人就擁抱到了一塊，眼看著就大功告成要行房事之樂。

只可惜，美人的心還是堅如鋼，美人的臉還是冷如霜。她有她的想法，她有她的難言之隱。一定要搞個物賣其值，一定要搞個牢靠的——不見鬼子不掛弦。

決不能讓狡猾的人只嘗不買，決不能睜著眼睛再上個大賊當。陳嬌嬌精明的人就是精明，該把的關絕對要把持得住。只見陳嬌嬌拿起身邊的掃把就打了過來，高喊著說：「前進一步死，後退半步生，不到時候花不開！」一步之差萬里之遙，又讓石一路心急火燎的心沒了半點辦法。陳嬌嬌明言快語擲地有聲，說：「明天就登記，後天就上床，沒想到你快到古稀之年也還是這麼如饑似渴迫不及待！」石一路說：「我一分鐘也不想等了，下午就登記，晚上就上床！」

陳嬌嬌辦了手續開了證也還是不讓上床，一定要看看石一路是不是個負心漢，一定要看看石一路對愛情有多純真。不到火候飯菜燒不出味，陳嬌嬌知道女人最值錢的時刻就是那事前的一瞬間。可望而不可即也是一種引魚上勾的本事手段，心急火燎才能讓大男人心甘情願乖乖受縛。固守不讓也是萬般無奈形勢所迫，不吃工資的女人可是要把持好這最後的一個關。說好聽的是不見英雄花不開，說不好聽的就是不見鬼子不掛弦。好鋼一定要用在刀刃上，這個火候可是非得要把持住才是正事，才是本事。誰讓她陳嬌嬌漂亮人可是沒吃個工資來呀，沒有糧票的人可不能和有糧票的人一樣粗心大意放鬆警惕。可不能讓人家先嚐後買，或者是光嘗不買，再上個大賊當。別看都說小娘們賊漂亮，別看都說漂亮的魔力征服世界。女人們一旦讓男人們占了身立刻就身價大跌，立馬就讓人小看。正是知道這裡頭的圖窮匕首現的奧妙，陳嬌嬌才讓石一路急鬧得像熱鍋上的螞蟻一樣圍著她團團地轉。

說到這裡讓人感慨，原來漂亮的本事可不是都那麼簡單，只有獨具匠心的人才能把愛情的火玩弄到爐火純青的那種地步。雖說都是水靈靈的好菜到處都有，價錢賣好賣壞可是差了去了。精明的人處處精打細算，誰會賣誰才能賣個好的價錢。說到這裡讓人感慨，說到這裡讓人不佩服也得佩服。陳嬌嬌人精就是人精，陳嬌嬌能耐人就是能耐人。陳嬌嬌頭髮長，見識也不短。陳嬌嬌玩弄石一路可是玩的可全是關鍵點，可全是小心眼。小心眼，關鍵點，越玩越讓石一路圍著她的身子轉，越玩越在石一路的眼裡顯示出她陳嬌嬌的漂亮過人無人能比，越玩越讓石一路覺著她是人間極品魅力無窮。

§12 樂極生悲

莫名其妙的原因，兩個人辦了手續開了證陳嬌嬌也還是有一種不踏實的感覺。喜的是有情人終成眷屬，悲的是這個老年來喜結連理的消息傳騰出去後不知道大家認同不認同。以前就有那麼多流言蜚語曾經到處流傳，恐怕到現在也是側目而視的人不在少數。想到嚴重就是嚴重，想到不好就是不好。陳嬌嬌心血來潮惶恐不安，對眼前她和石一路的結合總是有一種偷來的那種感覺。眼看丟了六十往七十上數的人，況且各自都有了拖家帶口的一大幫子兒孫。一把年紀還幹這樣的新鮮事，咋說也是有一種不地道不光彩的憂慮在她陳嬌嬌自己腦子裡不停地轉圈呀！況且家裡家外還有那麼多反對的聲音，前妻前夫的陰影也是揮之不去，她們生前嫉妒和害怕她們日後結合到一起，沒想到還真的是讓她們的冤家對頭走到了一起。來之不易的結合，讓陳嬌嬌滿肚子的心事不由得湧上了心頭。

陳嬌嬌思今追昔先開了腔：「從第一次見面我就一種是一家人的那種感覺，

沒想到真的是人到了夕陽紅的時候才圓了咱的夢！」看看這裡看看哪裡，像是自己的又不像是自己的，總是有一種不踏實的忐忑不安之感。石一路倒好像是善解人意，搶著說：「不是咱的還是誰的？按職稱分的大房子你還懷疑？存摺還能長了腿？工資卡還能任人拿？死人還能管著活人？兒孫們再有本事也是一個零呀，還能搶班奪權提前享受？還能巧取豪奪沒了人味？走到哪裡咱也不怕，咱可是政府機關批准的正當結合。」陳嬌嬌這才如夢初醒，趕緊隨聲附和著說：「結婚證，大鋼印，這可是受到國家法律保護的正當結合。房子不是咱的還是誰的？東西不是咱的還是誰的？難道兒孫們還敢來明火執仗地來搶咱的東西？量她們也沒有這個膽。正當的結合正當的享受，況且還受到國家法律的明文規定和絕對保護。」石一路豪言壯語更是一大筐，讓陳嬌嬌瞬間就完全消除了腦子裡一度曾經出現的不踏實的擔憂之心。

踏實的人幹踏實的事，陳嬌嬌嘴裡一百個稱心心裡一萬個願意，恨不得對石一路貢獻出自己的所有一切，包括女人最值錢的那個玩意。兩個人老年來才找到心上人，才找到結合的這麼一天，咋說也是來之不易，咋說也是激情滿懷。一家人就應該幹點一家人的事，況且男人和女人之間最本能的那點東西就是互相渴望互相需求。陳嬌嬌今天可是要來唱個真戲不再牛郎織女遙河相望，只要他石一路敢來求她陳嬌嬌就敢來讓。說穿裡吧，今天她陳嬌嬌可是不準備再搞什麼引而不發，今天她陳嬌嬌可是不準備再搞什麼固守不讓。辛辛苦苦等待了這麼些年，火急火燎的性欲需求和強烈的佔有欲讓她陳嬌嬌一點也不比石一路差到哪裡去呀！

寬敞明亮的房子讓林能能拾掇得這麼金碧輝煌，連兩個年頭也沒有住滿，讓陳嬌嬌不無感慨地說：「林能能一輩子逞強，林能能一輩子逞能，沒想到心強命不隨，操扯來操扯去原來是給俺陳嬌嬌做了嫁衣裳。要是她不自尋煩惱，要是她大度容人，哪能得病？哪能早喪？心強命不隨，機關算盡反而誤了卿卿自己的性命呀！」石一路也是感觸頗多，也是忍不住地說：「我也是早勸她大度容人，我也是早警告她不要自尋煩惱糟蹋身心，只可惜她就是那個命。過於小家子氣，就難以擺脫杯弓蛇影的老毛病。看來是你這個有福的催走她那個沒福的。」兩個人一塊說：「天地撮合，有情人終成眷屬。」

陳嬌嬌喜笑顏開，要多美有多美。石一路再看看陳嬌嬌的美，再看看陳嬌嬌的笑，石一路魂又一次被勾引到了爪哇國去了。他真不敢相信世上竟有這麼漂亮的人，六十多歲還美貌不減。亭亭玉立不減當年，黑髮飄逸讓人心醉。遠看無懈可擊，近看光彩照人。看到美麗就是讓人激動滿懷，看到漂亮就是讓人入迷陶醉，石一路情不自禁地說了又說：「這麼漂亮的夫人不能享受，李二道胡思亂想糟蹋了自己的身心。世上本無事庸人自憂之，疑神疑鬼糟蹋了愛妻的感情。到頭來逼著妻子起了異心，到頭來竹籃打水一場空。海上無風三尺浪，李二道硬是把肥肉拱手相讓給了我石一路。世上的事真有點怪，明明是在自己手裡還硬說是別人來冒犯。結果弄巧成拙，結果適得其反。」說著說著就春心蕩漾，說著說著就上來了性衝動。男人們的性就是這麼來的急，男人的性就是這麼來的快。別看人老了也是強烈的性欲心急如焚，說憋不住就憋不住。石一路垂涎欲滴，石一路不能自控，恨不得馬上脫衣解帶就要上床。

陳嬌嬌也是真有點囉嗦，事到臨頭才說自己事前必須先上趟廁所。上趟廁所，洗洗手，想不到這麼個時間就讓石一路的好事黃瓜菜全都涼了。陳嬌嬌回來後情不自禁地摸了摸石一路那個鬼地方，說：「心有餘力不足，軟綿綿的，像是個小蠶豆粒，咋能交媾？咋能起樂？人過三十日過午，六十多歲的人還有什麼戲？」一語道破天機，不起性的家什越想用越是不頂用，真是讓人掃興，真是讓人大失所望！越急越不行，石一路惱恨自己的那個家什竟是這麼不能堅持，竟是這麼來去匆匆。無可奈何，石一路沮喪著臉說：「無用的家什真是無用，沒想到自己的這個家什竟是這麼不爭氣，真到事上竟是橫豎都挺不起來了呢。」折騰了半天還是一個零，石一路立馬就恨鐵不成鋼地洩著氣說：「瞬間的本事。剛才還好好的，為啥轉眼就不行了呢？」懊悔莫及，惱恨不已，石一路急鬧得又是抓耳又是撓腮。

陳嬌嬌還是大度容人，調侃著說：「花了這麼大本錢卻是無用，現在反悔還來得及。書呆子只能動嘴不能動手，和大老粗在這方面可是不能同日而語呀！」一箭雙雕，一語雙關。陳嬌嬌又像是埋怨自己，又像是埋怨石一路。人有這個本事就沒那個本事，人無完人，金無赤足，誰也不是碧玉無瑕，誰也不是絕對完人。在陳嬌嬌看來，殺殺石一路的威風也是形勢所迫，免的自己的那個家什要是年老乾癟不再起性，肯定是讓石一路大失所望，肯定是讓石一路責難無邊抱怨無窮。你不行可不能怪我，陳嬌嬌把難踢的球踢給石一路理所當然。

石一路呢，他可是不服這個輸，他可是不認這個孬，繼續賊心不死地說：「頂破重重阻力換來了個啥？無用的東西真是無用，到嘴的肥肉卻享受不著。」千方百計，百計千方，還是不行。事實勝於雄辯，不中用的家什丟人敗興。石一路這才知道自己的那個家什不是那種硬挺的貨，肯定是比身高馬大的李二道差了許多。況且又是一把年紀的人，咋想咋不像個事，咋想咋不對味。想到不行就是不行，石一路整個人好像是立時就蔫不唧了，整個人好像是立即就洩了氣了。石一路嘴裡說心裡想：「這麼好的美人享受不了，難道我比李二道還要薄命？」

還是陳嬌嬌會見風使舵，趕緊安慰著石一路說：「知識分子也搞粗俗？年老了難道還和年輕人一個樣？你那個家什不行我是不會計較，我可不是光為幹粗俗的事而來的。我愛你可是因為你遠見卓識，我愛你可是因為你老驥伏櫪。若是大人物也搞低級趣味，哪裡還會有什麼真情實意？哪裡還會有什麼甜蜜愛情？我那個家什要是等於個零，你能不能保證永遠愛我？」

石一路這才羞愧滿面，意識到一個大知識分子還不如一個婦道人家更有遠見，趕緊說：「一石擊破水中月，我可不是追求低級趣味的那種貨。我愛你的美麗，我愛你的善良，我愛你的愛清潔講衛生。你的漂亮讓我看在眼裡記在心裡，雖說是我已經年老體弱性功能大大減退，可還是愛美之心有增無減。你的美讓我傾心傾意，你的好讓我佩服得五體投地。經過暴風雨的洗禮才讓大自然更加清澈明亮，經過愛情的考驗有情人才終成眷屬。我雖然年老體弱，我雖然大不如前。

我還有一雙愛你的眼，百看不厭。我還有愛你的一雙手，摸摸哪裡也是欣喜若狂的幸福享受，也是觸電般的美妙感覺。我還有一顆愛你的一顆鮮紅的心，得到你如同吃糖吃蜜。粗俗的人只講肉欲，高雅的人兼收並蓄。」

陳嬌嬌這才知道自己的心沒有白費，陳嬌嬌這才知道自己的美沒有白長。這麼好聽的話語，這麼誠摯的愛，李二道哪裡會說？陳嬌嬌嘴裡說心裡想：「讀書人就是和大老粗大不一樣，知書達理，心明如鏡。我愛你也是用心，我愛你也是如鏡。天可鑒，地可督，我要是有半點不盡心的話，天打雷劈天誅地滅！」石一路更是動情，抱著陳嬌嬌親了個沒完沒了。心愛的人兒激起心愛的人兒同樣渴望的心，陳嬌嬌立馬也像是觸了電，也像是動了情，說石一路這方面也好那方面也不孬，說石一路比李二道不知好了多少萬倍。陳嬌嬌的手嬌美細嫩，摸摸石一路的臉摸摸石一路的腰，咋摸咋感慨，咋摸咋甜美。石一路的手也是不甘寂寞，觸到陳嬌嬌的胸觸到陳嬌嬌的背，肌膚滑潤清心透肺，尤其是抱著美人歸的感覺讓石一路像是喝了二鍋頭那樣渾身發熱，整個身體都好像是騰雲駕霧般地飄了起來的那種美妙感覺。

兩個人多年的願望終於兌現，陳嬌嬌嬌嫩的肌膚讓石一路徹底沉迷陶醉。

一個是乾柴一個是烈火，湊到一起還真的是讓石一路又一次弄上了性。天氣又熱衣服又礙事，兩個人索性把衣服全都脫光。赤條條來赤條條去，石一路恨不得把整個身心都沉浸到陳嬌嬌的肉體裡面去。那個衝動，那個愜意，讓他的整個心臟都砰砰地跳動。接著就是渾身發熱，接著就是滿身騷動。天助神幫一點不假，石一路沒想到那個剛才還無用軟綿的家什一下子又興奮了起來。興奮起來，硬的要命，一下子堅挺起來還經久不衰，比當年的李二道還強了十分。陳嬌嬌更是數一數二的淫浪，林能能連她的零頭也跟不上。陳嬌嬌把石一路抱得死緊死緊的，恨不得把他的整個身子都吸了進去。天呀，怎麼這麼來勁，彈性更強柔性更上乘，性工具一浪接一浪上來了難以描述的自我衝動，上來了難以言喻的高度興奮。陳嬌嬌的那個家什這麼大年紀不僅不乾燥乏味，反而釋放出潤滑劑有滋有味。天呀，兩個人真的是換來了天撮地和人間美味。你來我往不能自控，唧唧唔唔死去活來。高潮迭起，興奮無比。眼看就要機關槍騰騰發射，眼看著就要把和諧來個圓滿結局徹底宣洩。沒想到薑還是老的辣，沒想到石一路可不想這麼快就提前結束這場好戲。石一路鴛鴦戲水引而不發，沒想到後勁更強更是來勁。加上陳嬌嬌十分配合，十八般武藝來回迴圈有滋有味。在那若即若離的時刻，勾引出了兩個人的情難盡意難了難分難捨。尤其是在那大海探底的時候，讓陳嬌嬌心碎，讓石一路骨酥肉麻徹底陶醉。天呀，眼看著就要合而為一，眼看就要美妙絕倫。一個如醉一個如癡，沒想到人生的極致到六十多歲才得到徹底爆發，才得到完全品味。年輕人講究烈馬脫韁盡情享受，老年人講究共和同樂萬年長存。單打獨奏不算圓滿，共存共榮才是人間摯愛極樂世界。天下美酒數陳釀，沒想到人生六十多歲才情更濃味更香一舉奪魁。等了這麼多年才結合到一塊，光憑這個長時間的等待就孕育著非同尋常。正所謂千年的鐵樹才開花，正所謂真摯的愛情情深意長美滋美味。

樂極生悲一點不假，兩個人光知道如饑似渴的親熱卻忘記了反鎖門這個最要緊的事。說時遲那時快，鑰匙也沒聽到轉動，門也沒聽到響，一下子進來了人一對。一個是兒子石小路肺都氣炸，一個是兒媳景先茹連罵帶說：「沒想到兩個老不正經光天化日之下就幹這麼下流的事。大天白日之下就敢偷情，你們還是人不是人？以前說您胡搞亂倫百般抵賴，現在堵在了床上還往哪裡去逃？還往哪裡去說？婆婆林能能是咋死的？李二道是咋死的？人贓俱在兩個老東西還有啥話可說？畜類東西，下賤胚子，這麼個年紀也是騷勁十足，這麼個年紀也是胡搞亂來！」石小路更是怒不可遏，一把就把石一路拉扯下床。一絲不掛，丟人現眼，兩個光腚猴暴露出了最醜的一幕。六十多歲的人當著兒子兒媳的面當面出醜，其狼狽的場面可想而知。

石一路趕緊站起來用毛巾被遮擋掩醜，陳嬌嬌趕緊忙活著穿衣。石小路怒火萬丈，罵著說：「幹這個事還用著一絲不掛？真是蹊蹺百怪！你們不要臉難道也不給兒女們留臉？傳騰出去還讓俺當兒女的咋著為人？青天白日脫光衣服幹不要臉的事，這可是傷風，這可是敗俗，這可是給咱老石家帶來晦氣呀，這可是給老石家帶來好事不出門壞事傳千里呀！」陳嬌嬌終於找到了說話的時機，搶著說：「雖說是丟人卻不犯法，前幾天俺倆已經開出了結婚證。看到您老爹孤苦伶仃，鰥男寡女走到一塊可有啥錯？老年人再婚是國家規定的合法權益，怎麼說讓您臉面無光？怎麼說能給全家帶來晦氣沖天？不要把沒有的事拿來說事。以前我們確實沒做什麼出格的事，現在我們確實也是先辦手續後相結合。不可能辱沒祖宗，不可能糟蹋後人。」

句句上綱聲聲入耳，還真是個不好對付的貨。兒媳景先茹這才想起婆婆的死確實有屈，兒媳景先茹這才想起婆婆遠見卓識的話：「巧言的就是惑眾的，惑眾的就是巧言的。講的冠冕堂皇，幹的無恥下流。對於那個千人指萬人罵的陳世美，你們千萬記住繼續和他鬥，繼續和他爭。只要他膽敢舊病復發就讓他光著屁股滾出咱老石家這個家！只要他膽敢和狐狸精鬼混在一起，全家就要和他誓不兩立，就要和他一鬥到底！」不是吹的，景先茹俐落人不會幹拖泥帶水的事。今天景先茹搶佔先機把兩個老東西堵在床上，咋說也是理直氣壯，咋說也是逮著收拾兩個騷男賤女的天賜良機。

居高臨下勢如破竹，趁著陳嬌嬌羽翼未豐，趁著她今天丟人現眼無人幫腔。一不做二不休，景先茹斬釘截鐵地說：「婆婆的遺囑是咋說的？只要陳世美賊心不死，就和他搞個徹底拜拜，就和他搞個小蔥拌豆腐一清二白。一二〇的房是兒子的，十八萬元存款是兒子的，這個可是不能含糊一點的原則問題。口說無憑怕出變故，幸虧婆婆生前遠見卓識還立下文書讓人們都一個個做出了簽字畫押。當然，當然，不完備的地方不是沒有，我看附帶還是要再加上了一條新的批註，爺爺負責孫女上大學的錢。爺爺親，爺爺愛，難道這個爺爺白叫了？當面鑼背面鼓可是要說個牢靠話，含糊一點也是不行。」

石一路老實人倒不財迷，什麼條件也不成問題，只是希望老年人再婚的合法權益得到家人的絕對尊重。石一路再三再四地說：「錢財是身外之物，生不帶來死不帶去，一把年紀的人不會把這些東西看那麼重。你婆婆林能能的話金科玉律，條條件件堅決照辦。孫女上大學的錢不成問題，讓我拿十決不拿九。」急不可耐，越快越好，景先茹真是俐落人不幹拖泥帶水的事，說：「趕緊給我房產本，趕緊給我十八萬元的存摺，孫女上大學的錢好說好散，四年大學少不了四萬，下個月就從退休金裡逐月扣除。」光屁股的石一路這才找到了下臺的臺階，趕緊說先去穿衣，趕緊說立馬兌現。兒媳急他更急，石一路還沒有徹底穿好衣服就迫不及待地交出了兒媳婦所要要的所有東西。

小夫妻真有本事，小夫妻真有遠見。為了滴水不漏，為了把事辦牢，不一會就電話傳來了老鄉朋友一大堆。把今天的事情搞了個添油加醋，把兩個老東西說了個臉面無光。當著眾人簽字畫押，誰想反悔誰是王八！眾人也是偏心眼子，都說石一路老不正經，都說石一路幹了死不要臉的事。對待陳嬌嬌更是一百個看不上，都說漂亮人十個九個不是什麼好東西。偏心的人們偏激的理，人們越說越氣不打一處生，都說：「陳嬌嬌這麼多孩子還守不住寡，真是個臊娘們死不要臉。兩個人一把年紀也不嫌害羞，沒明媒正娶搞個儀式就敢上床尋歡作樂。有一就有二，有二就有三，還不知道倆人背後偷幹了多少次這種死不要臉的事了呢！死了林能能，死了李二道，過去說您您倆都死鴨子嘴硬硬是死不認帳，今天人贓俱在還往哪裡去狡辯？不怪孩子們光和你們鬧，還真是兩個人都不怎麼地道。老實巴交過日子的硬是不要，騷男賤女湊到一起能有什麼好？難道還要來給孩子們做出個更大危害？難道還能讓您徹底把老石家這個家糟蹋完嗎？一不做二不休，知道昨天就知道明天，該防範的堅決防範。雖說是東西不是萬能的，到了這個地步，到了這個時候，多得到一點是一點。東西來的容易嗎？辛辛苦苦奮鬥了一輩子，可不能便宜了她陳嬌嬌那些王八羔子們呀！當著眾人搞個財產公證，陳嬌嬌隻身一人啥東西也沒有帶來。隻身一人就是隻身一人，沒有權力說三道四。」說完這個狐狸精，大家這才眾目睽睽盯著石一路，讓他大男兒當眾表個態。石一路真是個書呆子，這個時候還是愛情至上，這個時候還是光抓虛的不抓實的。說什麼只要尊重老年人的合法權益啥條件他也能同意。傻子就是傻子，呆子就是呆子。別看石一路飽讀詩書千萬卷，只可惜萬變不離其宗的還是他那老一套，還是他的愛情至上，還是他的生死相許。眼看著家裡的東西讓兒子兒媳全都霸佔了，只見他石一路這個時候還一個勁地說：「生不帶來死不帶去，一把年紀的人可是不把東西看得那麼嚴重。」

明顯地讓步，明顯的虧。接下來可是屎殼郎搬家，接下來可是倆人趕緊滾蛋。幸虧陳嬌嬌還有點腦筋，哭哭啼啼說是不公，她在心裡想：「難道還讓俺倆上俺那七〇的房裡去住？難道還讓俺賠了夫人又折兵？難道還讓俺那小兒永遠住在四五樓房的樓頂？難道還讓俺正當的婚嫁弄成偷人？弄成養漢？」她在嘴上說：「合法夫妻難道是賊？半路夫妻難道該死？難道漂亮就是非要千人指萬人罵？難道啥罪也是讓俺去承當？按職稱分的大房子不是應當讓俺老年人住嗎？個人存款為啥全都歸兒？死人為啥管著活人？辦事不公可有啥好？」漂亮過人，凡事逞強。陳嬌嬌吃這麼大的虧肯定是於心不甘，只見她立馬就起誓詛咒地罵著說：「強扭的瓜不會甜，事做絕命來補。巧取豪奪不是生病就是得災，咋著吃進去就咋著吐出來。說不定又是一個忙也白忙，說不定又是一個沒福人給有福人做嫁衣裳呢！」

「這麼毒的話，這麼惡的語，詛咒人的話這個時候也能說出口，真是個狗嘴裡吐不出個象牙來的貨呀！」聽到陳嬌嬌詛咒人的話語，讓人們一下子全都氣憤填膺，齊聲說：「剛過門就說出些妨天妨地的話，這個家咋能還有好日子過？」

都說：「狐狸精不除沒有個好，剛進門就想爭奪東西。幸虧林能能早有預見，要不還真是讓她搞翻了天呢！」儘管人們一個勁地訓斥謾罵，陳嬌嬌說下天來也是不走，她說：「可不能把俺趕到露天地裡，上哪裡去說俺也不怕討個公道。上政府？上公安局？哪個有種的不敢馬上就去！正當的婚姻，正當的結合，為啥還把俺往死裡逼？嫁雞隨雞嫁狗隨狗，為啥把俺弄了個身無立錐之地的狼狽下場？」

景先茹還是知趣的人，關門打狗也要預防狗急跳牆，趕緊叫人又另立文書。原先的條件一成不變，一二〇的房歸兒子石小路永不反悔，附加上一條就是兒子石小路現住的小五〇的房才是老不正經的窩。不平等的條約也得簽字，誰讓你陳嬌嬌姍姍來遲？誰讓您兩個老東西今天幹了死不要臉的事？過去都說小媳婦往往要受厲害婆婆的治，今天的對聯可是要非要倒著去貼。有本事的小媳婦收拾婆婆公公心狠嘴硬，脅迫就範也是讓兩個老騷貨逼出來的萬般無奈呀。捉賊捉贓捉姦捉雙，小媳婦景先茹懲治半路遲來的後媽陳嬌嬌可是得天時更得地利。當然，當然，欺負老年人還不能說是大得人心，畢竟大房子是按職稱分來的，畢竟存摺裡多數也是石一路這個老東西前半輩子奮鬥來的血汗積累。

話又說回來，理能反著講。把老東西們統統趕出去，好像也是人之常情，好像也是被逼無奈。因為她們老不正經，因為她們裡勾外聯。這麼大年紀還另謀新歡，這麼大年紀還窮騷情亂彈琴。咋說也是不合常理，咋說也是丟人現眼。既然另謀新歡就是丟了兒女們的臉，既然老不正經就是敗了老石家的興，所以對這樣的人就用不著再講半點客氣。物質雖說不是萬能的，到了這個地步，到了這個時候，當兒女的也只能是多撈一點是一點。可不能把到嘴的肥肉都便宜了外來人，況且這個外來人還是曾經禍害過她們家的狐狸精。

§13 父子對話

別看得到了那麼多東西，別看把倆老東西打了個屎殼郎搬家滾蛋走人。年輕人還是滿肚子的委屈，年輕人還是滿肚子的怨恨。在她們看來，老石家出了這樣老不正經的糟心事，丟人呀，敗興呀！死不要臉，偷情讓人逮著，做事讓人碰上，這可是讓老石家這個書香之家徹底觸了楣頭帶來背運呀！啥也不怨全怨她們這些當兒子兒媳的自己放鬆了警惕性，啥也不怨全怨她們這些當兒子兒媳的管理過於松懈。畢竟是她們當兒子兒媳的沒管住老傢伙的綱也沒管住老傢伙的目，才讓她們鑽了空子，才讓她們偷偷苟合，才讓她們生米煮成了熟飯。什麼混帳玩意呀？什麼私孩子東西呀？該要的不要不該要的硬要，牽著不走打著倒退的貨。那麼多合適的對象硬是不要，非要選了個下三濫的破爛玩意領進了老石家的家門，甭管咋說也是怨這個不地道的老不正經的陳世美式的公公幹了不該幹的事呀！眼看著咱老石家好好的日子好像是就沒法再好好地過了呀，因為讓不該介入的人介入了呀！不該介入的人介入了，這可是會把咱老石家的錦繡前程和如意算盤全都攪和亂裡呀！

事關未來，馬虎不得。石小路滿嘴是理，石小路滿腹怨恨，對著石一路這個老不正經的老人家就有了一百個大道理需要大講特講。只見他掏心掏肺般地對著石一路說了起來：「年輕人尚且注意分寸，老年人為啥不知道深淺？性的問題是不是應該嚴加控制？風言風語的事是不是需要多加防範？偷偷摸摸，鬼鬼祟祟，一把年紀的人還幹出這麼些死不要臉的事，不著是讓俺碰上還不知道鬼混到哪年哪月呢！正道不走，邪魔作祟，這麼大年紀還窮騷情亂彈琴，難道不覺著丟人嗎？難道不覺著敗興嗎？你不要臉難道還不給孩子們留臉？一把年紀，土已埋到了多半截的人，為啥非要幹些不著調的事？為啥非要幹些丟人敗興的骯髒事呢？」

石一路說：「正正當當的結合，正正當當的男婚女嫁，有啥丟人不丟人？愛情的力量勢不可擋，逼迫越是兇恨反抗越是猛烈，壓抑越是殘酷渴望越是持久。俺不是不尊重您年輕人的意見，是你們帶著有色眼鏡看我們老年人的正常婚姻戀愛。正是由於你們的不斷倒行逆施，正是你們無所不用其極，才讓俺轉入暗箱操作。情投意合的人硬是給擋在門外，不遂心願的女人倒是給說了不少。所要的不是所給的，老年人被逼無奈才走上了這步下下之棋。要是你們早給俺鬆綁，要是你們早對俺倆的結合不橫加阻攔，家裡多了這麼個俐落的靚女人給拾掇著有啥不好？再說七情六欲誰能沒有？正常性愛為啥不能讓碰？雖說是虛無的東西可有可無，渴望已久的兩個人湊到一塊和一個人就是大不一樣呀！她愛我，我愛她，如魚得水，如夢成真呀！天賜良緣，絕佳的婚配，情感的需求得到了十二分的滿足呀！感情的慰藉看似可有可無，實則意義重大，實則非有不可。老年人老年來找到個情投意合的心上人，如同又一次煥發出了青春活力。我愛她，她愛我，生活有味了，勁頭上來了，情趣啟動了。質量提高了。她愛我，我愛她，兩個有情人碰到一塊情意融融熱血沸騰呀！讓我說句誇張的話吧，兩個渴望已久的心上人走到一塊，這才是大地回春熱風吹，這才是說不完的甜蜜道不完的喜。人老心不老，枯樹長新枝。老年人情感的需要雖不能說是第一位的重要，恐怕也得說是不能或缺的一種心靈慰藉呀！」

石小路說：「窮騷情，亂彈琴。一把年紀還這麼恬不知恥，真是老不正經死不要臉。也不看看自己的年紀和身份，滿嘴裏對那個賤女人肉麻的瘋狂吹捧，渾身散發著徹底失態的醜陋表現。拖兒帶女一大幫，丟人現眼也不知道羞恥。牽扯著利害，牽扯著親情，幹些不著調的事必然是牽一髮而動全身把咱老石家這個家搞個親痛仇快禍害無窮呀！一步錯步步錯，一處結怨處處生圪節。我媽是咋死的？李二道是咋死的？這個事實如何解釋？新仇舊恨歷歷在目，豈敢忘了？豈能不防？一日為仇，終生為恨，這樣的人進了咱老石家的門可是凶多吉少後果不堪設想呀！陳嬌嬌妨天妨地的摸樣，陳嬌嬌窮坑難滿的兒女。到時候讓咱老石家一定會哭也哭不出音，到時候一定會讓咱老石家唱也唱不出調，到時候肯定是讓咱老石家一錯百錯，到時候肯定是讓咱老石家鑄成無法饒恕的惡劣後果呀！窮騷情，亂彈琴，明明是害，還說成是利。真是鬼迷心竅，真是不知死活呀！看看東家，看看西家，哪家老人不是本分做人？哪家老人不是趨利避害？一把年紀不是事實？老不正經誰家不恨？天下老實過日子的女人一大堆，為啥就是偏要挑選這麼個冤家對頭來掃一家人的興呢？為啥就是偏找這麼個狐狸精來壞了咱老石家的大好未來呢？」

石一路反駁說：「你媽性格剛烈死了怨我？李二道疑神疑鬼死了怨我？咋說也不能再把這些牽強附會的原因拿來信口胡說。心態放正才能坦然面對各項事務的內在矛盾，尊重客觀事實才能正確處理世上人與人之間的正常關係。一味地片面污衊人家，一味地過分強調自己，本身就是誤入歧途鉆了牛角尖呀！兩個孤獨的老人，她需要我，我需要她，湊到一塊取長補短有啥不好？有啥不應該？你們可好，完全顛倒了客觀事實，完全抹殺了老年人的本能需求。帶著不可告人的目的，昧著良心說些混帳瞎話。說瞎話，編織無窮無盡的仇恨，這才是徹底斷送一家人利益的根本原因。她愛我，我愛她。她有心，我有意。情意濃濃的兩個人，心心相印的兩個人，為啥不能有情人終成眷屬？為啥不能半路結合安度餘生？給人一步路，自己一片天，待人處世就是要寬宏大量多為老年人去設想設想才是正事。得人心者得天下，強扭的瓜不會甜。你們該要的東西我們全都做出了應有的讓步，難道不是照顧了全家的整體利益？我們再二再三地做出讓步，為啥你們就是不知道讓讓步？為啥你們就是不能做出點點妥協和犧牲？老年人起碼的需求難道也是硬性不給？一把年紀的人也有情感方面的實際需求，想壓抑是壓抑不住的。社會進步，生活提高，老年人也有老年人的需，老年人也有老年人的求。一見鍾情就是情，相見恨晚就是愛。年輕人一見鍾情就是絕佳婚配，老年人追求心靈的慰藉也是人生的一種正常現象呀。年輕人追求愛情交口稱讚，老年人追求愛情就成了下三濫？出發點錯了啥也錯，千萬別執迷不悟繼續倒行逆施自相殘殺啦！要我說，晚來情，黃昏戀，遲來的愛情更珍貴，一點也不比年輕人差到哪裡去。機會是可遇不可求的，頂破重重阻力兩個有情人好容易才終成眷屬。是好不說好，是利看不見。戴著有色眼鏡看世界，好好的事情全都讓您給弄反了，全都讓您給弄亂了。將心比心，也應該設身處地地為俺老年人想一想。老年人活一輩子容易嗎？老年人也有自己情感和心靈上的各種切身感受和應有需求。人老了，不圖吃，不圖穿，就圖個感情的慰藉得到個充分的滿足。好容易找到這麼個情投意合的人，好容易找到這麼個志同道合的老來伴。真情實意的愛，徹頭徹尾的情，絕對是最佳婚配，絕對是最優組合。既然是絕佳的結合，既然是最好的姻緣，為啥不讓去牢牢抓住？為啥不讓去大膽索取？難道還是非要繼續讓違心的婚姻去繼續憋屈老年人的心？難道還是非要繼續棒打鴛鴦硬性分離？老年人一輩子正趕上極左風潮搞窮過度沒享著福，好容易熬到太平盛世，好容易暮色蒼茫才享受到人生最佳姻緣。孝敬老人就是要順其自然，機會來了為啥不讓老年人去勇敢面對？難道還要讓俺老年來做新時代的苦行僧？難道還要讓俺老年來做新時代的僧行苦？這麼好的結合，這麼甜蜜的姻緣，為啥還讓您橫挑鼻子豎挑眼亂加阻攔？夕陽的餘暉襯托的整個天下都金碧輝煌，就能充分說明越是老年人越是渴望晚年來過個幸福的晚年，越是希望老年來找個知己的伴侶。這麼好的姻緣可遇而不可求，機會來了難道還能讓俺繼續路過錯過？難道還要讓俺因噎廢食硬性分離？開放的中國才有了開放的政策，老年人再婚才得到鹹魚翻身，才得到政府的大力支持和堅決維護。鹹魚翻身橫掃過去的碌碌無為，鹹魚翻身才讓枯樹發芽萬象更新。時代進步，萬物復甦。整個世界都在兼容並蓄。大自然才呈現出了萬物爭春和勃勃生機。大江滔滔百舸爭流，濃情密意才有可能粉墨登場，才有可能夢假成真。別人家亂愛成風也能容忍，為啥到了咱這裡就非要把老年人遲來的真愛弄成丟人敗興？弄成群起攻擊？弄成老不正經？難道到嘴的肥肉硬是不讓吃？這是哪門子混蛋邏輯？明明是改革開放不再拘泥，明明是性的問題登上了大雅之堂，為啥還是非要搞了個封建沒落的清規戒律一大堆？為啥還是非要人為地製造生死界限？有滋有味的性愛為啥還是得不到應有認同？雞蛋裡頭為啥非要挑出骨頭？難道只許年輕人山珍海味，難道就不許老年人臨死前再喝半碗湯嘗點點腥？」

石小路可是不愛聽這些老掉了牙的愛情讚歌，反駁著說：「要頭要臉的人幹要頭要臉的事，不要臉的人才說一大堆老不正經的話語。一世英名毀於一旦，晚節不保誰家不恨？奮鬥一輩子是為了個啥？不就是為了給全家留下個好？不就是為了給兒孫們謀取個長遠利益？該去忌諱的不去忌諱，該去委屈的不去委屈。片面強調老年人的空中樓閣，實際可是置一家人的根本利益於不顧。一把年紀也不嫌害羞，這個時候還恬不知恥說什麼合法權益，這個時候還死不要臉說什麼甜蜜結合。想想自己的責任吧，想想自己的年齡吧，別拿著沒臉當官做了。兼顧兒孫兼顧家庭，這才是老年人晚年的幸福所在。你可好，老來情，遲來俏，把全家的整體利益當成了兒戲，把全家的認同程度置若罔聞。偷情讓人抓住，做事讓人碰上，寒磣不寒磣？丟人不丟人？不就是那麼點子事嗎？為啥還那麼過分追求？為啥還那麼以偏概全？好像八輩子沒見過女人的樣，簡直就是獸性發作，簡直就是荒唐透頂。窮騷情，亂彈琴，丟了老石家的人，敗了老石家的興。一把年紀的人還這麼色魔獸欲，真是個老混蛋荒唐透頂，真是個老騷貨不可理喻呀！」

石一路說：「滿嘴噴糞，不講道理。正常的結合，正常的性愛，有啥丟人？絕對的佳人，絕對的激情，有啥不行？我愛她，她愛我，為啥不能盡情投入？為啥不能激情奔放？甜蜜的婚姻，絕佳的結合，為啥不能盡情享受？為啥不能淋漓盡致？乾柴碰上烈火，為啥不能盡情燃燒？為啥不能越燒越旺？」石小路罵著說：「滿嘴肉麻的瘋狂話語，恬不知恥的自我表白。邪魔作祟，忘乎所以。鬼迷心竅，死不要臉。含蓄是人類的進步，外露是畜類的本能。先別說階級仇民族恨讓咱家死了女當家人，就是單純考慮老年人再婚再戀引起的利害得失也得要三思而後行呀！一輩子奮鬥來的東西容易嗎，到嘴的肥肉豈能讓別人家的人來咱老石家連吃帶拿？再糊塗也不能糊塗到這種地步，再愚蠢也不能愚蠢到裡外不分呀。自己的兒孫自己的愛，自家的東西自己要捍衛。晚來情黃昏戀，再親再愛也是比不上自己苦心經營了一輩子的骨肉情呀！聰明一世糊塗一時，這把年紀還胳膊肘向外拐不知道個裡外。醒醒吧，覺悟吧，得不償失就是挫傷兒孫的心，賠本的結合就是傷害全家人的情。東西來的容易嗎？奮鬥一輩子，好容易得來這麼一點點物質積累，可不能就這麼著白白地便宜了老李家那些用心不良的狼崽子們呀！」

石一路說：「找對象可不是找財產，王八瞅蛋對上眼就是姻緣。在你們滿眼裡清規戒律一大堆，其實就是啥也看不見只看見錢。一個個財迷心竅，一個個見利忘義。喪心病狂，處心積慮，為了一己之利竟然不顧老年人的正常身心需求。用心良苦，滿嘴歪理，妄圖給俺搞個不稱心的牽強附會，妄圖給俺搞個窩心的拉女配。光搞你們的見錢眼開，侮辱了俺老年人對愛的合理追求。電視上一個勁地三娘教子，一個勁地說再婚是老年人正當的合法權宜，為啥您總是置若罔聞？為啥您總是偷樑換柱？為啥您總是反其道而行之？醉翁之意全不在酒，鬧來鬧去全是私字在你們腦子裡作怪。你們要了那麼多東西又有啥用？想當年我啥也沒有還不是混了個節節上升？混了個正氣凜然？東西是好事也是壞事，富人家的孩子有幾個能夠出類拔萃？有幾個能夠奮鬥成材？萬貫家產過眼雲煙，自己不行啥也是零。生不帶來死不帶去，無用的人才把物質利益看得比命還重。偏激的人才淨幹偏激的事，無用的人才光知道享受老人家的財產搞窩裡鬥。窩裡鬥，瞎胡鬧，不讓俺老年人好您自己也就沒有個什麼好，得了這方面的便宜就會吃那方面的虧。讓蠅頭小利攪亂了的不僅是俺當老人的正常生活，最終還搞壞了您自己的正常心態，還搞沒了您自己的遠大志向。不該得到的東西巧取豪奪，不該有的仇節節升級，正常的家庭關係變成了冤家對頭。一處結怨處處生圪節，到頭來只能是自相殘殺，到頭來只能是悲劇收場！不讓您的老人好自己能有啥好？皮之不存毛將焉附？一個勁地糟蹋老人，一個勁地編織罪狀。無窮的抱怨，無休止的糾纏，最終倒楣的不僅是老人，恐怕還有你們自己。丁點的利益也看到眼裡，丁點的虧也是不肯去吃。到頭來必然是事與願違，到頭來必然是兩敗俱傷徹底完蛋。」

停了停，想了想，石一路又接著說：「自古就說生命誠可貴愛情價更高，這可是放之四海而皆準的名言絕句。生命誠可貴愛情價更高，這可是沒有年輕人和年老人的不同劃分和另樣標準。既然能讓青年人追求愛情嬌豔嫵媚，為啥就不能讓老年人再情投意合安度晚年？年輕人講究衝破牢籠追求婚姻戀愛自由，老年人為啥還是非要人為地進行殘酷壓抑和封建包辦？電視裡天天演反對老年人自由戀愛的反面教材不厭其煩，甚至都鄭重其事地把它都寫進了保護老年人正當權益的國家法律條文。三令五申就是不聽，光明大道硬不讓走，你們才是任意胡鬧誤入歧途，你們才是一葉障目不見泰山呀！」

石小路說：「不合適宜的人說了些不怕丟人的話，真是一把年紀也不知道啥叫羞恥二字。理不說不明，事不說不知。水有源樹有根，是您這倆個老不正經的捅了馬蜂窩才讓咱全家紛紛亂呀！死了俺母親，死了李二道，難道不是前車之覆？難道不是後車之鑒？一人樂全家哭，一人笑全家悲，這個事實你咋著向世人進行解釋？只顧一時的痛快，不考慮一家人長遠的利害得失。只顧一人的感受，不考慮全家的感情容忍程度。雞是搞飛了，蛋卻也是搞砸了。這個事實難道看不見？這個道理難道也搞不清楚？這就是一著不慎，這就是滿盤皆輸，這就是當局者迷旁觀者清呀！那麼多合適的硬是說成是拉女配，一看就知道是糊塗人幹了鬼迷心竅的愚蠢傻事。說穿裡吧，拉女配說不定才是明智之舉，搞包辦說不定才是鸞鳳和鳴。因為這裡頭集結著全家人的利害得失，因為這裡頭包含著全家人的智慧和精明之總滙。一葉障目不見泰山，所以才讓你幹出親痛仇快的糊塗傻事。娶個妖女人就是禍，娶個掃把星就是災，到頭來殘酷的結局早晚會讓你知道鍋是鐵打的。死了一個，又死了一個，難道還看不出這裡頭的惡劣發展趨勢？難道還看不出這個妖女人包藏的險惡用心？死人的事難道不怕？敗家的女難道也是敢要？命裡帶來的毒，漂亮招來的災，不信你就等著瞧。愈是漂亮愈是金玉其外敗絮其中，越是漂亮越是禍害一方糟蹋一地。古今中外概沒例外，誰碰上誰就身敗名裂，誰碰上誰就噩夢連連不得好下場。說下天來你也是不信，就知道你這是前世的冤家今世的對頭來作賤俺當兒孫的錦繡前程，來作賤俺當兒孫的正常生活。好好的日子不再好過，好好的家庭摻進了氣不和，摻進了心不順。天呀，這個事實難道不顧？這個災難難道不怕？難道真的是窮命使死鬼？難道真的是好日子走到了天盡頭？老不正經，死不要臉，這可是老年人最忌諱的變態之舉動呀！哪麼多過日子的好女人你為啥不去選？鬼迷心竅才讓你看花了眼，才讓你迷上了狐狸精，才讓你惹火得全家人心煩意亂神經失常，才讓你鬧得全家家無一日寧呀！陳嬌嬌啥東西難道不知？她才是真不拿自己的老公當一棵蔥的人。要是她早拿李二道當個人待，哪能讓李二道自暴自棄？哪能讓李二道得了疑神疑鬼的病？陳嬌嬌漂亮過人，陳嬌嬌天生麗質，是能安於平凡？還是能守住婦道？一看就知道，她陳嬌嬌狐媚妖嬈才讓老李家不得安寧。再看就明白，陳嬌嬌嫋娜多姿才讓你起了圖謀不軌之心。媽媽是咋死的？李二道是咋死的？雖說不能說是殺人滅口的直接原因，可咋說也是由您倆引出了這些一系列不幸，可咋說也是讓您倆推脫不掉其中的干係呀！事出有因，前因後果，才有了血淋淋的教訓銘記在全家人的心頭之上。巧言代替不了現實，詭辯掩飾不了罪惡。血淋淋的教訓，無法挽回的損失，讓誰說咱與這個妖女人不是不共戴天之仇？讓誰說這個禍家殃後的孽障不是又來禍害咱老石家這個家呀？找上這樣的人別說過日子，光眼見就煩就沒法使咱老石家這個家再有個太平日子，就再也沒有了咱老石家先前心往一處想勁往一處使的團結氛圍。」

石一路反駁說：「強盜邏輯，混蛋道理，真乃是欲加之罪何患無辭呀！信口開河也不怕傷心爛肺，捕風捉影也不怕天理昭彰。你媽媽無端猜疑，李二道自尋煩惱，她們死了純是怪她們自己心胸狹窄，她們死了純是怪她們自己自虐自殘。明擺著的內因不去查找，牽強附會的外因倒是找了不少。不惜利用過去的迷信思想來說事，真是枉費共產黨把你培養了這麼些年。你媽媽杯弓蛇影死了也能怪我？李二道疑神疑鬼死了也能怪陳嬌嬌？我們是越了什麼軌？我們是出了什麼界？她們生前把我們搞了個憑空捏造，本身就是正道不走奔了歧途末路。說我們是陳世美潘金蓮，說我們害死了她倆。搞了個滿城風雨，搞了個意氣用事，到頭來害人害己才讓她們提前死了。事實勝於雄辯，不是我們越軌害了她們，而是她們無事生非糟蹋了俺的名譽，糟蹋了俺的身心。敗壞了俺的名譽，糟蹋了俺的身心，讓俺人不是人鬼不是鬼這麼些年呀！天爺爺有眼，做缺德事的人遭到報應，到頭來才害人者先害己，才讓她們提前夭折。事不從根上去找，永遠是混蛋邏輯，永遠找不到正確的原因，永遠找不到問題的癥結。」

石小路說：「咋著叫出軌？咋著叫出格？一個眉來一個眼去，難道不是病之根？難道不是禍之源？不是你們倆瞎胡鬧窮騷情哪能讓她們疑神疑鬼？哪能讓她們心胸狹窄？再說第三者插足難道還少？眼看家庭悲劇就演到自己家裡她們能不害怕？她們能不拼命防衛？一句話，沒有風吹哪有樹搖？所以說一切罪責都是起源於你們倆人幹了非分的事才牽一發而動了全身。仔細想想，沒有你們的老不正經哪能禍起蕭牆？哪能死人的事再一再二？哪能風言風語？哪能街談巷議？哪能人所共憤之？哪能世所共討之？」石一路說：「一派胡言，上哪裡去說我也是有理。我們以前沒做出格的事有案可查，今天的結合絕對是光明正大無容置疑！」

石小路說：「沒做虧心事是自欺欺人，是掩耳盜鈴。實踐是檢驗真理的唯一尺規，效果可是說好說壞的唯一標準。出格的人逍遙，安分的人提前死了，這就是鐵的證據，這就是絕對的罪惡事實。把自己的幸福建立在一家人的痛苦基礎之上，把一家人的感情無情傷害。你們幹的這些沒屁股眼的事，法律雖說是不能追究，道德的譴責可是永遠都沒完沒了。氣死人雖說是不能讓您去償命，雖說是讓您打了擦邊球，親仇家恨可是永遠都能記憶猶新，永遠讓兒孫們都不能原諒。有身份的人幹有身份的事，不要臉的人才幹損家害後的糊塗傻事。看看人家，看看咱，差距是多少難道不知？年輕人偏激容易出錯，老年人為啥還敢冒天下之大不韙幹不該幹的事？狐狸精誰家敢偷看一眼？掃把星誰家敢以身相許？不去趨利避害，該忌諱的不去忌諱。家裡死了人還不散夥，一日縱敵終生為患呀！說下天來也是不信，一意孤行豈不是找更大的不自在？一家人說不行你偏說行，一條道跑到黑豈不是要把咱老石家這個家搞個徹底玩完？豈不是把老石家這個家要搞個徹底砸鍋？」

石一路說：「您媽自尋煩惱糟蹋了自己的身心，李二道無事生非死了活該。不分青紅皂白任意栽贓，拿著感情當成政策，出發點都錯了還能有什麼正確可言？什麼樹開什麼花，什麼階級說什麼話。把美麗說成是狐狸精，把漂亮說成是掃把星，不是別有用心還是什麼？這和舊社會對漂亮婦女的污衊有啥區別？失之毫釐差之千里，揀了芝麻就丟了西瓜。把是是非非徹底顛倒，把私利看得比命還重。這才是您的病根，這才是您的禍源呀！，」

石小路說：「眾人皆醉唯你獨醒？當局者迷一點不假。過分的追求就是偏離了正確的方向，不合常規的追求就是陽光大道不走走了歧途奔了末路。年輕人娶妻是為了繁衍生息，老年人再婚純是瞎湊熱鬧胡扯雞巴蛋。一不要你留種二不要你傳後，既然是可有可無的事為啥還這麼當真？還這麼堅持？我就不相信你不娶這個騷女人就活活憋死，我就不相信她這個狐狸精能給你帶來什麼幸福？能給你帶來什麼愉悅？命裡沒有強求富裕，她蓄意來掠奪咱老石家的東西誰看不出來？

一拃沒有四指近可是事實？明火執仗地來搶咱老石家的東西還看不見嗎？到底是自己的後代近還是半路的夫妻愛？到底是自家的兒孫對你親還是別人家的兒孫對你愛？只有一葉障目的人才說糊塗傻話，只有鬼迷心竅的人才辦些親者痛仇者快賠了夫人又折兵的混帳事。人無三分利誰肯起五更？陳嬌嬌她不看中你的物質利益她能嫁給你？黃鼠狼給雞拜年能有好心？你們半路夫妻除了添亂還有什麼正經樂趣？既不需要你繁殖又不需要你留後，狗屄上的瘤子純是多餘呀！再說，既然一看就是個賠本的買賣，到底折騰得還有哪門子勁？東西不是萬能的是不假，可也不能任人來咱老石家吃大戶，可也不能任人來咱老石家一分為二呀！」

石一路說：「說來說去還是擺脫不了財迷心竅，說來說去還是羅鍋上樹。交個朋友還得抽根煙，來個親戚還得管頓飯。人家漂亮人嫁給咱就光讓人家喝西北風？光讓人家白出力？人家的子女就不許進咱家的門？你沒聽說愛屋及烏？我愛她就愛她的一切。相反，你們可是恨屋及烏。不僅恨她，也恨起了我。難道我不是您的父親？難道我不是養育了您？難道說大房子我不是都給了您？難道說十八萬元的存摺我不是也給了您？連孫女上大學的錢都劃歸我管，這麼大的讓步不是事實？啥都給你們了還不滿足？還不散夥？我找個老來伴就成了歷史罪人？我找個老來伴就活該去死？上哪裡去說我找個老來伴也不是什麼過分的事，這可是有國家法律條文明確規定的一點權力，這可是老年人的正當合法權益。再說婚姻的價值你知道多少？絕對的情投意合才是絕對的愛，真摯的愛情永遠第一。她愛我我愛她，這可不是用金錢所能左右的，這可是俺下半輩子的幸福所在。梁山伯祝英台以死相隨，難道不是說明了愛情無價？沒有生命力的愛情等於僵屍，有意義的愛情再苦也甜。我一輩子受委屈您能看不出來？兩個有情人人老珠黃才碰到一起。明明是喜相逢，明明是鴛鴦對，為啥您還是對如此的真愛橫加干涉？亂加批評？亂加污蠛？轉來轉去羅鍋上樹，轉來轉去還是為錢。錢也給你們了，房子也給你們了，為啥還是沒完沒了？為啥還是窮追不捨？老實告訴你們吧，別把我們逼急了。狗急跳牆，兔子急了也咬人。愛情的力量勢不可擋，衝破牢籠的愛情更是執著熱烈，更是百折不回。在我看來，這樣的愛情有滋有味，這樣的愛情勢不可擋。一加一不僅是大於二，簡直就是鈾原子的聚合反應——威力無窮呀！」

石小路說：「死不要臉，老不正經。言過其實就是心態失常，粉飾無恥就是荒謬透頂。見異思遷是人之劣根，過分追求不合時宜的個人所需就是傷老石家一家人的心，就是滅老石家一家人的興。到頭來玉石俱碎，到頭來竹籃打水一場空。人又漂亮又吃工資，我媽媽哪點能比陳嬌嬌差？正是你的胡思亂想，正是你的鬼迷心竅，才讓她提前夭折。說到死人誰不氣憤？人命關天誰家能不對老不正經深惡痛絕？你做的這些醜事讓誰說不是不著調呀？事業能不斷追求，愛情可是不能不斷更新。一更新就鬧出節外生枝，一節外生枝就鬧出家庭不和麻煩不斷。媽媽的慘死是冰凍三尺非一日之寒，是你錯誤的理論導致了今天這個悲慘的結局。自古就有色空女禍之說，果然是種下苦瓜就吃苦果。年輕人犯這樣的錯還無力回天，你人到老年重蹈覆轍還不是自找難看？還不是把老石家一家人的未來引向了功虧一簣？引向徹底玩完？當局者迷一點不假，明明是累贅還當作金香玉，明明是害你還當成是掌上明珠。你咋這麼傻？你咋這麼沒數沒目？你付出的代價是多少你知道不知道？整老徐娘不帶糧票，又得管吃又得管住。老李家那些七狼八虎也不是省油的燈，個個都是虎視眈眈地來踅摸咱老石家的東西。他們的到來，等於是引狼入室，等於是連吃帶拿鬼子進村。鬼子進村，三光政策，一下子會把你一生追求的富裕生活推向吃光用光，步入一貧如洗。體面的人生重吃二遍苦，中產階級又一次淪落成窮光蛋。人家改革開放都是一心一意往上奔，你卻因色致空重新回到解放前的水深火熱。孰輕孰重一目了然，瞪著眼睛去上了個大賊當。」

又說：「感情的傷害可是不能低估，向了遠的害了近的，一家人的親情一下子好像是出了五服可是個不爭的事實。明明是咱老石家一碗飯吃得有滋有味，現在讓老李家一窩子狼崽子齊打火地來坐收漁利，讓誰不是火冒三丈？讓誰不是暴跳如雷？海上無風還三尺浪，有風行船肯定要遭大殃。文明家庭樣樣要好，為啥非要娶個死對頭？為啥非要找個不自在？你看你老樹新花搞了個滿城風雨，搞了個臭名遠揚，到底是知道不知道？到底是值得不值得？好好的財富讓別人家的人來坐享一半，是瘋還是傻？是愚還是呆？胳膊肘向外面拐，親痛仇快難道不是事實？老石家眼看就要倒了血黴，老石家如同熱油進水徹底炸了鍋呀！媽媽的死起了個壞頭，老石家走上了牽一髮而動全身的不得安寧之路。如果病不從根上除，如果你不立即採取果斷措施改邪歸正，更大的禍害也是就在眼前。識時務者為俊傑，浪子回頭金不換。一意孤行就是自絕於家庭，堅持錯誤就是自絕於世界。堅持虛無就是虛無，一錯再錯就是量變質變一步步走上懸崖絕壁，跳下萬丈深淵。待到霸王兵敗烏江渡，再想回頭可是徹底晚了呀！」

石一路可是不服這個理，說：「牽一髮而動全身純是誇大其詞，彆扭強姦老人的合法權益才是你們的真實用心。過去是天不怕反對李二嫂寡婦改嫁不擇手段，現在是兒女們反對老年人應有的正當婚戀大打出手不遺餘力。過去是封建舊枷鎖坑害年輕人婚姻自主，現在是財迷心竅的年輕人又反過來一股腦兒對著自己老人的再婚再戀無情摧殘，大打出手，無所不用其極。老年人自由結合有啥不對？老年人誠心相愛有啥不行？一加一大於二誰看不出來？互相幫助，互相攙扶，省去了多少鬱鬱寡歡？省去了多少孤立無援？她俐落，我能幹，兩個人強強結合有啥不應該？有啥不吉利？是好不說好，是利看不見。還栽贓，還陷害。用心何其毒？用意何其惡？極端的人才幹極端的事，偏激的人才只講偏激的理。拿著漂亮來說事，拿著好人硬往壞處去說。抱著害人的目的出發，最終也只能是蒼天有眼害人者先害己。總而言之一句話，反對老年人正當結合的人到頭來只能是搬起石頭砸自己的腳，絕對沒有好下場，不信你就等著瞧。難道你媽媽不是走了極端自取滅亡？她拿著捕風捉影當成政策，好罐子破摔咋能不碎？難道你們也是非要步她的後塵？非要壞事做絕？非要窩裡鬥自相殘殺？非要好罐子破摔自取滅亡？」

石小路怒火萬丈，說：「是我們找不自在還是你硬往火坑裡跳？第三者插足也能容忍？移情別戀也是貞潔愛情？混蛋透頂。不著是我媽奮力一搏你還不是早就成了陳世美？死人的事難道不是親仇家恨？喜新厭舊做出朝三暮四的事難道不是萬惡之源？咱家的肉喂老李家的蛆是不是鐵的事實？執迷不悟死路一條，榆木疙瘩才死不開竅。賊眉鼠眼的偷情誰沒看見？圖謀不軌的用心誰不知道？背著牛頭還不肯認贓？姦夫淫婦誰家不恨？一把年紀還恬不知恥，不是您窮騷情亂彈琴哪有這麼多丟人現眼的骯髒事？別人家老人為啥都不學壞？為啥你人快七十才知道愛情無價？窮騷情，亂彈琴。老樹新花可是辱沒祖宗，老不正經可是禍害後人。種莊稼還講究個節氣，秋後的高粱茬子發芽再旺也是一個零呀！一把年紀還有啥戲？沒有內功哪來外需？丟人敗興不嫌寒磣？您不要臉難道還不給孩子們留個臉面？」

石一路更是不相信這些惡意攻擊老年人再婚再戀的混帳話語。他可是知道人想人的滋味炙熱難熬，他可是知道陳嬌嬌才是他的真愛讓他得到了無與倫比的甜蜜享受。他說：「老一輩的人以前沒有好的條件活活受罪，現在生活提高鹹魚翻身，為啥把老年人正常的婚戀又說成是千萬條罪？我愛她，她愛我，這和年齡搭什麼邊？這和季節交什麼界？把年輕人說成一朵花，把老年人說成豆腐渣。出發點錯了啥都錯，還能說出個什麼合情合理的正常話語？」感觸深的人才說感觸深的話，只見他石一路又是說沒有愛情的婚姻沒滋淡味，又是說人到老年才知道栗子啥味。看到兒子對他不屑一顧，更是越說越是沒了遮攔。他說：「老年人不僅知道一見鍾情水乳交融，還知道心靈互感意味深長。老年人不僅知道一見如故相見恨晚，還知道患難夫妻恩重如山。老年人對愛情的理解深刻細膩，比年輕人強了千倍萬倍。如今生活好了壽命延長，西洋人耄耋之年還追求不斷。中國六十多歲的人才剛剛擺脫家庭和社會各項重負，七十沒到為啥不能學習西洋人活個瀟灑？活個自在？」

石小路可是不相信這些反季節的狗屁理論，說：「越老越荒唐，越老越不著調。一人忍，全家順，小不忍則亂大謀呀！一家人的利益重還是你一個人的獸欲重？人過三十日過午，秋後的螞蚱咋蹦躂也是逃脫不了垂死的命呀！」石小路越說越生氣，不得已才揭起了他爹的老底。只見他反覆說：「一輩子謹小慎微，一輩子光明磊落，老年來為啥反而光說這麼些死不要臉的話呢？權衡利弊是正常人的正常思維，失去理智才讓你老年來淨幹些不著調的事。一把年紀，啥虧沒吃？

啥教訓沒碰到？況且還當過中學領導，況且還為人師表，更應該知道自我珍重，更應該知道瞻前顧後兼顧全家人的利害得失呀！你年輕時代啥也沒有，大學畢業又讓四人幫給弄了個臭老九一臭十好幾年。快三十歲還找不找對象，哪時你咋不談愛情至上？不著是我媽瞎了眼，你恐怕到現在也是光棍一條。不著是改革開放窮人翻身，不著是國家給你發幾千元退休金，誰能擺你這個死老騷貨？」

石一路可是不認同這樣的污衊之詞，石一路更是滿嘴是理，說：「正是四人幫的迫害才荒蕪了青春，現在好了才需要補課。」石小路繼續嗤之以鼻，說：「什麼也可以補課就是感情是個例外。年輕人一張白紙，追求愛情純潔美麗交口稱讚。老年人拖兒帶女一大群再談什麼愛情至上可是精人犯了糊塗病，可是挖自家的肉傷兒女們的心，可是糟蹋了全家的幸福和未來。眼裡容不得沙子肉裡容不得刺，家族的純潔和生活的檢點可是做人的最根本的一項基本原則。別人家的女人不能亂用，尤其是像陳嬌嬌這樣眉目傳情的騷貨誰沾上誰就倒楣，誰沾上誰就噩夢連連沒有好事。以前死人的慘痛教訓戳疼了咱老石家的心，以後更淒涼的下場也好不到哪裡去呀！吃了黴飯就得跑肚拉稀的腸胃疾病，娶了狐狸精就壞事連連厄運不斷。正像是少年玩物喪志不會有好的前途一樣，老年人不學好更是上樑不正殃及後代。老不正經少不如作，或者說城門失火殃及池魚。照你這樣的一意孤行死不悔改，肯定是更大的災難也要不期而遇，肯定是更大的不幸也要接踵而至。人在做天在看，做了花花事就會中了老天爺布下的一環扣一環的連環計。不信你就等著瞧，老不正經，死不要臉，輕則陷了祖上的墳，重則絕了後人的路，老天爺可是不怕你頑固不化把窮騷情往極端演化。人在做天在看，瓢潑大雨可是專瞅住你的破屋頂。」又說：「向了遠的害了近的，眼裡容不得沙子肉裡容不得刺。親情的排外和紅杏出牆的邪惡可是冤家路窄不共戴天呀，可是非鬧個人仰馬翻你死我活呀！另謀新歡就是對結髮妻子的無情背叛，喜新厭舊就是對苦心經營了一輩子家庭的徹底摧殘和無情傷害。老不正經就是蒼蠅叮上了有縫的蛋，糟蹋了自己的蛋黃養育了別人家的蛆。只要你賊心不死，只要你花心不斷，我們就和你親情全無，我們就和你不共戴天！」

說下天來也是白搭，石小路對老子發出這個最後通牒也是枉然。石一路可是十八頭牛拉也拉不回來，他可是不願聽信污衊老年人正常婚戀的這些混帳之話。他反駁著說：「一派胡言，滿嘴放屁！生死相逼是人為劃線，殘酷鬥爭是文革遺患。我就不相信老年人心心相印會讓世界毀於一旦。老年人談情說愛是一種正常心理需求，絕對不會也不可能影響兒女的正常生活和正常享樂。百花爭妍是大自然美麗的一種正常反映，落日的餘暉也是一種客觀的現實必然顯現。是自然就有存在的理由，中午飯晚飯都是飯。同樣是人生所需為啥偏廢？為啥把老年人的正當婚戀說成是大逆不道？為啥還喪心病狂把老年人的正常結合說成是萬惡之源？栽贓污衊老年人就是不讓老人過上正常晚年生活，人為畫線就是胡扯雞巴蛋。不讓俺好您就也沒有個什麼好，您才是懸崖勒馬刻不容緩！不是我們老不正經，是你們讓低級趣味的私利擋住了你們的眼睛，是你們讓因噎廢食走了極端。老年人再婚再戀絕對是拾遺補缺破鏡重圓的時代進步，一加一大於二誰看不出來？明明是老樹新花風景亮麗，為啥非要說成是毒草來個窮追不捨斬盡殺絕？世上鴛鴦成雙入對，為啥人到老年非要孤苦鬱悶形單影隻？年輕人可以大魚大肉，老年人為啥還是只能食糠咽菜又回到一九六〇年的饑腸轆轆活活受罪？明明是漂亮為啥說成是女妖？明明是人上人為啥說成是狐狸精？這是哪家的混蛋邏輯？這是哪國的惡毒思想？」

說下天來也是白搭，父子倆都是非要鑽牛角尖、非要認死理的貨。老年人再婚可有啥好？過慣了窮過度的人多數還是習慣委曲求全，多數還是習慣以和為貴，多數還是把兒孫當作自己的天當作自己的地。一亂百不順，誰家不害怕？臨死不留好，誰家能不恨？總之，世道可是不大贊成這個老騷情惹火得家庭紛紛亂的石一路。一人忍，全家順，石一路飽讀詩書千萬卷為啥不明這個理？現代社會講究實際，扯扯耳朵腮動彈。改革開放向錢看，讓誰吃虧誰肯幹？到嘴的肥肉被別人家的人來連吃帶拿，天下哪有這樣胳膊肘向外拐的人？天下哪有這樣明目張膽找虧吃的貨？

說到這裡真相大白，這才是極端的老年人碰上了極端的兒女。似乎是兒女們更知道東西的重要和唯一性，所以才引來了生死之戰。與年輕人恰恰相反，石一路似乎是人老了反而更知道孤獨的無奈，所以才讓他追求了虛無縹緲，所以才讓他認識到愛情比命還重。父子倆先前還有礙於親情講究點分寸，越到後來越是唇槍舌劍往死裡把對方去鬧，越是往死裡把對方去恨。

只見那老子只認死理，說是有理走遍天下都不怕。只見那兒子可是要頭要臉，兵臨城下非要子教三娘維護一統天下，非要把老子吃的非分之食咋著吃進去就咋著吐出來。無可奈何，矛盾升級，石一路對兒子說出了最後通牒的話語：「你冒犯我就是無視法律，就是犯罪，上哪裡去說我也不怕你！」兒子石小路更是個孔老夫子要維護家庭血脈的純潔，要維護社會道德的自律，要維護老石家全家人的既得利益，說：「一個人的見解高還是全家人的意見對？都說不行就是不行，執迷不悟死路一條。一個家屬娘們，一個狐狸精，讓你失去常態，讓你六神無主。過分堅持就是自裁，一意孤行就是找死，不治治你的狗毛病我就不再姓石。」要知端的如何，且看下面分解。

§14 各吹各的號

石一路老實人也搞起了唯心，沒話找話地自我說了起來：「富貴在天，生死有命。不是你的爭也白搭，是你的想不要也是不行。李二道疑神疑鬼一命歸西，撇下個老婆無人管再去嫁人有啥稀奇？可憐我書香之家倒生不出禮儀之邦傳承的忠實信徒，一個個鍋腰子上樹錢（前）上緊，一個個淨說些見利忘義的混帳話語。老年人再婚合理合法的正當權益得不到維護，片面強調自己的個人利益只能是弄個親情全無，只能是搞個自相殘殺一敗塗地。我根本就沒幹什麼越軌的事，讓她們說了個罪惡滔天，讓她們說了個死有餘辜。處心積慮編織罪狀，主觀臆斷顛倒是非。沖衝殺殺讓林能能提前夭折，杯弓蛇影讓李二道死於非命。兒媳景先茹看來更是一個容不下人的私孩子玩意，什麼事情也是愛往絕路上弄。性衝動誰家能沒有？誰家的兒女碰上不是雙眼一閉？誰家兒女碰上不是大事化小小事化了？而她呢，卻是唯恐天下不亂，卻是用心歹毒恨不得把老年人的私房事抖摟個無人不知無人不曉，卻是推波助瀾恨不得把小事弄大大事弄糟。虛張聲勢搞了個滿城風雨，貪得無厭搞了個巧取豪奪。把老年人的身心無情摧殘，把老年人的財產恨不得全部獨吞。把自己的幸福建立在老年人痛苦的基礎之上，還變本加厲不說人話，還喪心病狂往死裡繼續去一個勁地糟蹋老人。孬話說盡，壞事做絕，私孩子兒媳淨幹些沒人心眼的混帳之事。也不怕傷天害理，也不怕天打雷劈遭到報應。」

陳嬌嬌更是氣不打一處來，夫唱婦隨般地附和著石一路說：「好好的日子，好好的結合，為啥非要昧著良心往死裡去把俺鬧？把老年人氣死又有啥好？皮之不存毛將焉附？老年人再婚本來是合理合法的正當權益，她們為啥大庭廣眾之下就公佈咱倆的隱私？乘人之危脅迫就範，把老年人的肉硬是往自己身上安可有啥好？命裡沒有強求不得，不是名正言順的享受咋說也是讓人看不順眼。明明是老子的房子和存摺硬奪了過去，年輕輕的就提前享受也不怕天打雷劈，也不怕傷天害理！」

隔牆有耳，沒想到兩個老東西說這些話的時候正好讓剛剛走到這裡的兒媳景先茹偷偷地聽了個一清二楚。本來就心懷仇恨，本來就在心裡裝著對兩個老東西偷偷苟合的滿腔怒火，景先茹更是聽不得兩個老東西背後對她的任何污衊之詞。一聽就上氣，再聽就冒火。兩個老不死的，原來是背後裡偷偷地嚼她的舌根。她可是聽不得老不要臉們的這些污衊誹謗之詞，她可是知道老石家的東西就是應該歸老石家的後人所有，她可是知道半路裡殺出個程咬金來想掠奪她老石家的東西就得拼命捍衛。只見她氣勢洶洶地反駁著兩個老東西說：「喬妝打扮掩蓋不了狼子野心，花枝招展掩蓋不了圖財害命。半路裡來搶奪俺老石家的東西，咋說也是讓人氣上加氣，咋說也是讓人恨上加恨。老石家的存摺不給老石家的兒孫給誰？老石家的房子不給老石家的後人給誰？難道還能讓你這個騷狐狸精明搶暗奪來吃了獨食？難道還能讓你陳嬌嬌這個喪門星來個鵲巢鳩佔喧賓奪主？」景先茹越說越氣罵了起來：「改革開放啥都好，就是第三者插足令人氣上加氣恨上加恨。老東西，混帳玩意，讓你這個死不要臉的臊公公你自己說說看，兒子也上進，孫女也要好，咱老石家好好的家庭哪點不好？為啥老不正經看上了個狐狸精？為啥窮騷情把一家人的好日子搞得紛紛亂？人過六十眼看就油盡燈滅，為啥還有勁頭搞窮騷情亂彈琴？騷情來騷情去可是兔子先吃了窩邊草，不僅禍害了一個被窩裡睡覺的人，還徹底糟蹋了兒孫們的感情和身心。婆婆林能能咋死的？李二道咋死的？俺老石家的臉是咋丟的？俺老石家的心是咋傷的？難道不是老不正經惹來的禍？紅杏出牆草菅人命，好好的一家人禍事不斷。難道不是前因後果？難道不是天大的危害天大的罪？死了一個，又死了一個，難道還要再三再四？難道還要繼續讓它為非作歹做出更大的危害？奮鬥一輩子，好容易熬到改革開放，好容易全家才得到了這麼一點點財富積攢。東西來的容易嗎？不給子孫還能給誰？臊公公，下三濫，明明是老石家的東西為啥還想拱手相讓給一個外來人？況且這個人還是個第三者，是個讓我們全家走向滅亡的冤家對頭。陳嬌嬌，你這個臊娘們，沒費吹灰之力，憑著早已褪色的容顏，就想來坐享其成俺老石家全家人集體奮鬥得來的勝利成果。天下哪裡還有這麼便宜的事？天下哪有這麼好欺負的人？喬裝打扮，狐媚惑人。裡勾外連，吃孫喝孫，領著一群私孩子畜類孩子們明目張膽地來享受俺老石家的家庭財產。忍無可忍，氣無可氣，是個知道好歹的能不讓您氣火？能不讓您氣瘋？哪個有種的能咽下這口欺人太甚的窩囊氣？臭名昭著，婊子養的，和這些不恥於人類的下三濫鬥難道不是理所當然？難道不是名正言順？好好的日子剛見富足，沒想到這個時候就來了個喪門星，沒想到讓她這個騷狐狸精來徹底敗壞了俺老石家這個文明之家！」

景先茹說到這裡難以自控，尤其是想到公公退休金這兩年眼看著不住一住地騰騰地往上長。前年還是三千多元，幾年間就成了四千八。照此下去，公公的退休金下年就有可能長到五千多元呀！這麼多的退休金自己一家人卻享受不著，全便宜了陳嬌嬌這個狐狸精，全便宜了老李家那窩子狼崽子。一想到這裡景先茹就心裡五味翻騰，就要多難受有多難受。想到嚴重就是嚴重，想到利益就是利益，景先茹一想到老石家這麼大的利益損失就疼痛鑽心不能自控。景先茹邊罵邊說：「殺才東西，畜類玩意，到嘴的肥肉便宜了別人家的人，你說讓誰能不火冒三丈？你說讓說能不氣瘋氣傻？天呀，這是個什麼世道呀？這是個什麼公公呀？十年河東十年河西，沒想到這幾年教育戰線發了橫財，走了大運，工資待遇比公務員也不差分毫。公公四千八百元退休金還說要長，恐怕五千元也只是下年的事。天呀，這個心裡的不平衡可是能要我們老石家的命呀，這可是當初誰也沒有料到的一件大事呀！天上掉餡餅自己的人卻撈不著，肥肉掉到不該得到的人手裡是啥滋味呀？況且這個人還是個狐狸精，況且這個人還是個第三者插足氣死婆婆的冤家對頭。此仇不報非君子，此恨不雪誓不為人！」接著就要衝上去和公公決一死戰，擺出了一幅非要拼命不可的兇狠架勢。

「吃著盆裡，看著碗裡，上哪裡去找這樣的貪得無厭的歹毒小人？」陳嬌嬌更是滿肚子的火，陳嬌嬌更是滿嘴裏都是訴不完的屈，說：「你罵我狐狸精就是該死，你貪得無厭就是促壽。有本事的人上社會上去撈遊刃有餘，沒本事的人才只知道一個勁地要爭奪享受父母的遺產搞窩裡鬥。父母還活著您就爭這爭哪，一看就知道是個不孝之徒。又不是缺吃又不是缺穿，霸佔老人的東西為啥這麼大的邪勁？不該享受的提前享受，欺負老人可有啥好？」

「這樣的話也能說出口，剛過門就大言不愧自稱父母？」陳嬌嬌的話讓她景先茹一聽就冒火，讓她景先茹再聽就冒氣。景先茹忍無可忍，景先茹肺都氣炸了，說：「你這個熊樣的還敢自稱父母？真是恬不知恥呀！第三者插足也是可以堂而皇之？你氣死李二道難道不是事實？你氣死我婆婆難道也是可以逍遙法外？你用下三濫的手段勾引的我公公色迷心竅難道不是絕對的事實？你破壞了俺老石家的安定團結還不允許我們正當防衛？還不允許我們正當反擊？沒做出丁點貢獻就來坐享其成，況且還是個攪事精罪孽滔天。五千元就白白地便宜了你這個娼婦嗎？讓誰說也是天理難容，讓誰說也是不應該讓你這個狐狸精陰謀得逞，讓誰說你也是來俺老石家家裡吃了不該吃的份外之食呀！」

陳嬌嬌可是不怕蠻不講理，故意要氣死景先茹的火勢，說：「憑空設想也能定罪？栽贓陷害也不怕天打雷劈？嫁雞隨雞嫁狗隨狗，我嫁給石一路就是石一路的妻。結婚證，大鋼印，合法的手續合法的妻。身正不怕影斜，明人不做暗事。不怕你滿嘴噴糞，不怕你瘋狗亂咬。正當的男婚女嫁，正當的老年組合，走到那裡我也不怕。讓大家說說，讓各位聽聽，我不是石一路的合法妻子？石一路不是您的父親？我不是您的繼母？法律也能更改？天地也可以倒置？嫁雞隨雞嫁狗隨狗，別看我住在趴趴屋裡可是名正言順的石一路的妻子，可是受到國家法律的明文保護。誰敢說我不是石一路的合法妻子？五千元退休金我不能享受誰能享受？當然，要是你公公安分守己清心寡欲，要是你公公能和你一樣財迷心竅視錢如命，肯定是肥水不流外人田。只可惜你公公偏偏是個熱血男兒，偏偏有七情六欲，你公公偏偏耐不住寂寞又有啥法？你公公偏偏願打願挨你有啥法？況且是老年人再婚再戀合理合法，況且是有國家法律條文明確規定。身正不怕影斜，我可不是怕事的軟骨頭！」

聲聲入耳，句句動聽，陳嬌嬌還真不是個好對付的貨呢。景先茹沒法了，一時堵了壺嘴。景先茹嘴裡說，心裡想：「看來陳嬌嬌這個狗日的狐狸精是非要來氣死自己不可呀！看看以前，想想以後，俺景先茹就知道陳嬌嬌可不是個好惹火的鳥。婀娜多姿，口蜜腹劍。多少人都讓她殺人不見血，多少人都敗在了她的手下，多少人不是讓她氣死就是讓她氣病呀！」想到這裡，看到那裡，不好對付也得對付，難道還能讓她陳嬌嬌殺遍天下無敵手？欺負一般人雖說是家常便飯，欺負到俺這個要頭要臉的兒媳頭上俺可是不能低這個頭，可是不能認這個輸。一句話，景先茹可不是能認輸的種，景先茹可不是吃別人氣的人。雖說不像婆婆鐵娘子那麼厲害，那麼全面。起碼也是鐘鼓樓的麻雀見過世面，起碼也是滾刀肉死難纏，纏死你。

景先茹說：「狹路相逢勇者勝，可不能讓她陳嬌嬌這個騷狐狸精氣焰囂張占了俺老石家後人的上風，奪了俺老石家全家的公共財產。」只見她景先茹堵塞的壺嘴立馬打開，張口就罵，閉口就急，使出了她的渾身解數，甚至是使出了她吃奶的力氣。一不做二不休，扳倒葫蘆灑了油。啥難聽就說啥，啥荒唐就罵啥。景先茹真乃是女中豪傑，十八般武藝樣樣精通。有的也說說沒的也道道，一會兒就把陳嬌嬌說了個亂七八糟。觀點明確，論據充分，什麼惡毒就說什麼。壞了她陳嬌嬌的名聲事小，保住俺老石家的幸福安寧才是重中之重。滿口噴糞，也是形勢逼出來的。誰對不起俺，俺就對不起誰。是她陳嬌嬌捷足先登先搞了俺家的第三者插足，是她陳嬌嬌用心不良先壞了俺老石家的家庭和諧安寧。一口一個狐狸精，一口一個下三濫。又是掃把星，又是攪事精，現成的壞名詞不用白不用。只見她景先茹惱羞成怒，只見她景先茹勢不可擋，絕對使出了潑婦罵街的看家本領。總而言之一句話，景先茹啥難聽的話也說，啥屎盆子一個勁地往陳嬌嬌頭上去扣。說來罵人也是一個人的本事，說來罵人也是一個人的才能。景先茹罵人還真是罵出了新花樣，景先茹罵人還真是罵出了新水平。機關槍一個勁地騰騰發射，為的是從氣勢上先搶佔住她老石家的制勝高地。景先茹搬騰出十八般武藝，使勁詛咒，使勁謾罵。罵起了陳嬌嬌的祖宗，道出了平常不敢說的那些話語。你看她景先茹那個狠勁，你看她景先茹那個凶樣。簡直就是潑婦罵街，簡直就是無以復加，真是恨不得把陳嬌嬌撕個粉碎方解她的心頭之恨呀！

陳嬌嬌呢，也不是好欺負的種，也是撕破臉皮對著罵的貨，她說：「你不給我好我也不給你好，你厲害我也不是怕事的人。」陳嬌嬌越說越是暴怒不止，越說越是連罵帶說：「什麼東西，什麼玩意，年紀輕輕的就潑婦罵街，年紀輕輕的就蠻不講理。貪得無厭就是找死，污衊作賤老年人就是促壽。該是自己的房子住起來心安理得，不該是自己的房子從老年人手裡硬搶硬奪傷心爛肺不得好下場。大房子是好住的？存摺是好拿的？我就不相信你欺負老年人得來的這些東西能讓你好到哪裡去。不憑勞動所得，不搞正當享受，只能助長道德淪喪歪風邪氣，只能助長欺老滅少人所公憤。本來是一家人，本來是你敬我愛，卻讓你搞了個誓不兩立，卻讓你搞了個本末倒置。老年人再婚可有啥罪？讓你把俺倆搞了個人不是人鬼不是鬼。你平白無故公佈個人隱私，你壞事做絕就不行別人正當反擊？白日做夢！」

天呀，動靜越鬧越大，吸引了好多人都來勸架，都說：「這樣的事要說是出在個流氓家庭，這樣鬧這樣爭還情有可原。問題是石一路的家是個知書達理的文明之家，怎麼這麼斤斤計較？怎麼這麼不可調和？怎麼這麼婆婆媽媽？東西是死的，人是活的，為啥一葉障目不見泰山？留得青山在不愁沒柴燒，千萬別搞個魚死網破同歸於盡呀！」景先茹可是不認同這個各打四十大板的一面之詞，景先茹可是不相信這個不堅持原則的片面之話，說：「你們家若是出了個第三者插足也能熟視無睹？狐狸精反覆糟蹋你們也是可以容忍？我就不相信我沒有道理，我就不相信天下人都糊塗到好壞不分的這種地步。正當的防衛，正當的限制，俺可是受到狐狸精禍害的人不得不進行這個堅決的反擊之戰呀！」

陳嬌嬌更是滿街喊冤，說：「合理合法的夫妻，正正當當的結合，被宣傳成大逆不道，被污衊成十惡不赦。拿了存款，拿了房子，孫女上大學的錢還得從石一路退休金裡扣。這麼苛刻的條件還不散夥，到底是要鬧到什麼地步？合理合法的婚姻遭到無情摧殘，莫須有的罪名鋪天蓋地對著俺一個勁地進行宣洩。難聽的話語毫無遮攔，詆毀了俺的名譽，破壞了俺的正常生活。難道我不是新時代的竇娥冤？難道我不是新時代的冤竇娥？林能能自尋煩惱死了怨我？李二道疑神疑鬼死了怨我？她們活著時給我和石一路捏造罪名，本身就是正道不走走了歪門邪道。我和石一路是偷過情還是拉過手？捕風捉影也能定罪？任意栽贓也是罪惡？她們活著時讓我們難堪被動，好好的人被說成是蓄謀不軌，好好的事被弄成丟人現眼。難道她們死了還讓我們繼續蒙受這個不白之冤？難道她們死了還能管著我們正當的再婚另嫁？自由戀愛是永恆的主題，婚姻自主更是受到國家法律的明確保護。沒想到現代社會現代文明反而讓年輕人金錢至上不講公道，沒想到老年人再婚再戀變成了被埋汰被打擊的鬥爭對象。兒女們為了物質利益橫加干涉老人的合法權益，甚至不惜把自己的老人往絕路上逼。要了房子要了存款，還想要工資卡？還想要俺的命嗎？這個被顛倒的歪理必須徹底更改，可不能讓它繼續變本加厲永遠糟蹋蹂躪老年人啦！結婚證可是白紙黑字，合法的婚姻為啥在咱老石家橫挑鼻子豎挑眼遭到如此厄運和非議？我和石一路情投意合心心相印，難道不是天生地造的一對鴛鴦夫妻？雖說是半路夫妻黃花菜都涼了才碰到一塊，可是情投意合，可是誠心相愛，可是合理合法的正當結合。是好你們不給好，是路你們不讓走，這是哪家的混蛋邏輯？別人家結婚後能享受的待遇我們為啥不能正常享受？明明是一家人血肉情，明明是一家人情誼深，卻被當成冤家對頭往絕路上逼。所有這些難道不是對老年人正常婚姻生活的無恥摧殘？難道不是對國家法律的嚴重侵犯？」

景先茹更是不能自控，罵著說：「自己是個什麼人難道不是一目了然嗎？青春飯早已是讓李二道吃光喝盡。人到六十萬事介休，半路苟合還有什麼臉面說什麼鴛鴦夫妻？窩裡夾拿的是誰家的種哪個不知？褲襠裡生的是誰家的後哪個不曉？七狼八虎難道不是你親生親養的？老李家的香火是不是你燒的？見錢眼開見異思遷，明火執仗來搶俺老石家的東西誰看不出來？再說一日為妻終生為夫，你養了那麼多兒女咋能改嫁？空了李二道的墳可是缺了八輩子的德，空了李二道的墳讓老李家後代不得安寧是不是傷天害理？李二道在墳裡是不是等著你去合葬？不念前情是不是有悖常理？再說俺老石家根本不缺你這樣的賤貨，就是死了也沒有你的葬身之地。聰明人應該知進知退，趕快滾回去守著你那七狼八虎才是正事呀。」

陳嬌嬌可是不相信這些陳詞濫調，反駁著說：「封建的糟粕也要遵循？迷信思想也堂而皇之？人死了還不允許妻子正常改嫁？難道殘害婦女的戲這個年代還要再繼續演再繼續唱？」景先茹說：「倫理道德永遠沒錯，道德標準可不是因時而異呀！」空費嘴舌能有啥好，景先茹靈機一動計上心來，她在心裡想：「說十遍沒用的不如幹一件有用的，攔其流不如斷其源。金錢萬能永遠沒錯，經濟掛帥時代潮流，可不能讓五千元白白地便宜了你這個狗日的陳嬌嬌呀！」

舌戰取勝自古有之，會演黑臉就會演白臉。景先茹接著又是纏著公公石一路非要工資卡，接著就是非要和公公討個近乎。細語纏綿真有節奏，論點明確論據充分。她說：「自家的指頭連著自家的心可不是吹的，外來的人可不能讓她當咱老石家這個家的家。親公公，公公親，孰親孰疏難道一個知書達理的人還看不出來？對待這個狐狸精能管她飯就是已經相當不錯，一個整老徐娘還能值幾個大錢？一把年紀啥也不是，為啥還讓她獨攬五千元的經濟大權？把工資卡交到我的手裡，該買什麼不該買什麼讓我給您把住個關。省得她陳嬌嬌胳膊肘淨往外面拐，省得她陳嬌嬌那七狼八虎都來爭搶爭奪咱老石家的現成飯。嫁雞隨雞嫁狗隨狗，她陳嬌嬌要是真的想死心塌地地跟著咱老石家的人過日子，她陳嬌嬌要是真的不是為了掠奪咱老石家的錢財而來的，就應該真的把經濟大權交出來。圖個清心，圖個肅靜，乖乖地和咱老石家的人一心一意過日子。」

景先茹把話說到這個份上，還真是逮著了問題的最關鍵的一環。您陳嬌嬌石一路不是說自己是純潔的愛情嗎？您倆不是說自己不為錢財而來的嗎？能不能把退休金交出來，這可是個最說明您對愛情是否真摯的試金石。這把年紀還說是純潔的愛情，鬼才相信呢。不為錢也是為錢，要是沒有這麼多的退休錢陳嬌嬌能嫁給你這個騷老頭子石一路嗎？誰信呀？說穿裡吧，人為財死鳥為食亡，現代社會物質利益的重要性對社會的底層人尤為突出，尤為重要。底層的人，講究實際的心。半路苟合的老來夫妻永遠都是過來過去兩半子，永遠都是自家偏向著自家的那一窩子。說穿裡吧，人心都是肉長的，兩個老東西再好也是割捨不掉自己和兒女們的骨肉情。明裡爭，暗裡奪，所有半路苟合的兩口子，一切矛盾還不都是起源於各自都有各自的偏心眼子嗎？石一路要是明事理，石一路要是知道半路夫妻過來過去兩半子的這個不爭的現實，聽兒媳的話肯定是肥水不流外人田，肯定是拉近和自己那親骨肉的親和情。要是石一路真這麼做，量她陳嬌嬌也黔驢技窮無可奈何。也就是說，只要他石一路也來硬的，也和兒媳一樣精明過人，把工資卡讓兒媳控制著，就會斷了向她老李家那一窩子流錢的路，就會讓她陳嬌嬌乾著急也毫無辦法，就會讓她陳嬌嬌也逼上梁山。欺負外來人，逼迫人家就範雖然有點缺德，可也是萬般無奈呀，可也是非幹不可呀！到了這個地步，到了這個時候，不搞一統江山還搞什麼？順勢而為，因勢利導，精明人做事瞻前顧後以大局為重呀！石一路就是真的把退休金交給兒媳景先茹來掌管著，量她陳嬌嬌也不會還有什麼拿手好戲，量她陳嬌嬌也沒有什麼本事再來搞反抗。她的房子已經給了她的小兒子，再想回去已經沒了退路。乘人之危，脅迫就範，多麼好的一步上上之棋，多麼好的一個最佳轉機。裡外夾攻，雙管齊下，肥水不流外人田，該得到的女人還跑不了，該得到的好處還一點也少不了，何樂而不為？石一路但自是個懂事的就應該知道兒媳這一步棋的高明之處。把退休金讓兒媳掌管著，起碼是堵死了老李家那些狼崽子們的非分之想，起碼是讓老石家兒孫們擔心財產外流的心一顆石頭落了地。把退休金讓兒媳掌管著，該遠的遠了，該近的近了，肯定是小日子越過越一條心，肯定是小日子越過越紅火。一舉雙得，一箭雙雕，掃清了往後的障礙，消除了彼此的嫌隙。起碼是讓老石家的小日子重新過上安逸團結的新生活，起碼是讓兩個老東西和老石家的兒孫們不再兵戎相見。說到這裡讓人感慨，說到這裡讓人佩服。景先茹還真是棋高一籌，景先茹還真是女中豪傑。聽她的話肯定一勝百勝，起碼是省去了好多老一輩和小一輩互相不信任的麻煩事呀！

只可惜，書呆子還是書呆子，胳膊肘向外拐的石一路這個時候也是不會向裡拐。傻瓜還是傻瓜，木頭還是木頭，石一路連兒媳景先茹的一個零頭也跟不上。總之，石一路還是說他那一見鍾情的瘋話傻話，還是說他那愛情至上的陳詞濫調，還是挖心割肉也要站在陳嬌嬌一邊的天真誓言。醉翁之意不在酒，殺才東西畜類玩意。好像是離開這麼做他石一路就失去了一切，好像是離開這個退休錢他石一路就失去了做人的起碼底線。前頭說是為了愛情，後頭又捨不得這個退休錢，真是以自之矛攻自之盾，真是徹底暴露出了他石一路葫蘆裡賣的到底是什麼藥呀！聰明一世糊塗一時，石一路愛情的宣言走進了死胡同，書呆子自己搧了自己的嘴巴。嘴上說是為了愛情實際還是為了錢，騙人的鬼把戲不攻自破。半路苟合已經丟了老石家的人，這個時候想再要錢還不是徹底露出了自己的馬腳和底線？還不是徹底讓自己走向被動和無奈？

說句老實話吧，半路苟合還想要經濟大權，還想要好處占盡，恐怕天下哪裡也沒有那麼便宜的事。按照中國小家庭的邏輯，按照中國小家庭的現實。家庭財產是家庭成員積多年之心血奮鬥來的集體成果，每個家庭成員都是理所當然的擁有人。半路進來的妖女人毫無奉獻，不用細說也是毫無分享這個物質基礎的半點權力。老老實實啥事沒有，想要爭奪這個財政大權那可是絕對挑起戰火呀！老石家的東西就是應該歸老石家的後人來管，這可是問題的關鍵之關鍵，這可是當家主事的兒媳的最後防線。想要這，想要哪，想要的正是老石家最忌諱的擁有權。擁有權，擁有權，這可是老石家的生命線呀。一句話，想要的正是兒媳不想給的，安撫不好這個咄咄逼人的兒媳的心，你石一路陳嬌嬌就是得到退休金也不會有個什麼好。不信你就等著瞧吧，寧為玉碎不為瓦全，兒媳景先茹可不是能成全別人半個好事的貨，兒媳景先茹可不是好惹火的種。雖說是她景先茹沒有婆婆林能能那麼出類拔萃，可也是難纏的種，一旦認準的事就和你鬧個沒完沒了。退休工資卡如果不老老實實交出來，就是死也要變著法子和你鬧。別人使不出來的手段她景先茹可是能使出來，不信你就等著瞧。石一路老傢伙連兒媳景先茹是啥人也全然搞不清楚，這個時候還固執己見，這個時候還不把退休金老老實實地交出來，真是該讓步的時候不知道讓步。

該讓步的時候不知道讓步，該交權的時候不知道交權。按照景先茹的處事方式，肯定是讓你吃不如作，肯定是讓你吐不出來也咽不下去。天呀，死難纏，纏死你，在這點上景先茹可是比林能能也差不到哪裡去呀！你不讓我好，我也不讓你好。天天找彆扭，日日和你纏，鬧不死你那才怪呢！總之，人和人堅決作對，人和人往死裡鬥，那可是最要命的一個兇險處境呀！啥也不怨全怨你石一路，既然是為了愛情就不應該再為了錢去和兒媳搞爭執。嘴上說是為了愛情又捨不得錢，兩全其美的事情上哪裡去找？

說到這裡讓人感歎，石一路真是聰明一世糊塗一時，一把年紀的人爭這爭那還有啥用？夠吃夠穿不就行了嗎？老老實實過兩個人的太平日子有啥不好？錢再多還不是給別人作嫁衣裳？攤上這樣的兒媳，錢再多還不是事更亂？事更亂還不是啥也等於一個零嗎？老糊塗，老混蛋，聰明一世糊塗一時。口口聲聲說是為了愛情，真到事上為啥又讓錢搞亂了陣腳？真是抓了芝麻丟了西瓜，真是榆木疙瘩死不開竅。說穿裡吧，石一路真是個書呆子分不出四六，真是讓有心機的兒媳鼻子都氣歪歪了呀！

看到石一路繼續死牛蹄子不分瓣，看到石一路繼續胳膊肘向外面拐。景先茹強忍住怒火，繼續喋喋不休。景先茹恨鐵不成鋼，景先茹不服這個輸，進一步講明其利害關係，妄圖力挽狂瀾，妄圖拉回公公的心。她說：「半路夫妻過來過去兩半子，是個有良心的都是向著自己的親骨肉。陳嬌嬌一個整老徐娘本身就不值幾個大錢，逼到她犄角她才會知道自我反思，才會知道誰家的肉也不能硬往她自己兒女身上去安。既然她一貧如洗隻身而來，就讓她靠邊稍息不能握有大大小小的控制權。咱老石家的人說一是一，咱老石家的人說二是二，這才是合資企業的起碼規矩和正常做法。她吃著俺的可以容忍，她用著俺的可以不說。就是不能再讓她胳膊肘再向外面拐，就是不能讓咱老石家的東西再便宜了她老李家那些七狼八虎私孩子們。」

話說到這個份上雖說是不大中聽，也不能不說是景先茹說出了最發自肺腑的萬全之策。設身處地想想吧，陳嬌嬌的兒女是些啥東西誰家不知？一個個都是白養了，這麼大年紀的老娘都一退六二五全推給老石家來管。不讓她們養陳嬌嬌的老已經是便宜了她們，還想來老石家佔便宜，還想來老石家揩油水，天下哪裡有這樣的便宜事？狼崽子就是狼崽子，用不著和她們講半句客氣話。如果讓石一路陳嬌嬌說出這樣絕情的話這倆人肯定是抹不開這個面子，借著景先茹的手堵住這個口子豈不是一箭雙雕？豈不是一勞永逸？堵住和陳嬌嬌那些不孝兒女來往的路子，兩個老東西騰出精力徹頭徹尾地愛，徹頭徹尾地好，有啥不好？

只可惜，天下的麻煩事就是不能少。只可惜，天下的人可是各有各的如意算盤。兩個老東西別看嘴上說是為愛而來，別看嘴上說是不為金錢。實際可不是那麼回事，實際可不是光有愛就萬事大吉。體面的人生體面的路，沒有最起碼的物質基礎可是不能行。啥都讓兒媳控制著，陳嬌嬌和石一路這一輩子不是白活了嗎？讓步也得給自己留著充分的余地，讓步也不能連原則都不要了呀。咋說也是有身份的人辦有身份的事，可不能讓景先茹把自己的後半生全都擠對死呀。狠毒莫過婦人心，吃虧一次不能吃虧永遠呀。要是她景先茹真的黑了心，要是她拿了退休金後再要啥啥不給，兩個老東西還不是徹底抓了瞎？前車之覆後車之鑒，可不能再瞪著眼睛上這個大賊當呀！

想到嚴重就是嚴重，石一路似乎是書呆子也是忘不了先前的慘痛教訓，石一路似乎是老實人也是忘不了上當一次不能上當永遠。果然是還不等到陳嬌嬌說出個子丑寅卯來反擊景先茹，石一路就先是聽不慣兒媳這種話，就先是坐不住了。豈但聽不慣，一聽就來氣，再聽就冒火。只見他理直氣壯地大聲訓斥著兒媳說：「大房子還不如意？存摺還不滿足？孫女上大學的錢都劃歸我來管，你們難道永不滿足？你們也有工資，你們還有獎金，為啥光想來霸佔俺老年人這麼一點點錢？活命錢你也要來搶？到底還讓俺活不活？」石一路為了得到陳嬌嬌，受盡了侮辱，受盡了摧殘，現在剩下的唯一的手段就是退休金。退休金兒媳也想來給沒收，一下子讓他對兒媳的厭惡無以復加。石一路心裡想嘴裡罵：「狠毒莫過婦人心，得了房子得了存款，孫女上大學用的錢也是俺這個當老人的來承擔，上哪裡去找這麼狠毒的人？刮地三尺還不滿足？還想來拿去俺的退休金，難道俺奮鬥一輩子光便宜了您？難道俺花一分錢也得讓您控制著？前面的付出沒落出半個好，後面的當難道還上？」

說到這裡石一路徹底對兒媳絕望了，這回他可是不能再退讓半步了。一屁股就坐到了景先茹的對立面，說：「上哪裡說你也是太過分，拿了房子拿了存款，還讓我負擔孫女上大學的錢，這麼苛刻的條件還不滿足？一生積蓄都便宜了您，沒想到還落不了一點點好，沒想到還讓您把俺弄了個豬八戒照鏡子裡外都不是人。光拿光要還不散夥，還把老人說了個一無是處，說了個亂七八糟。事做絕，心傷透，這個時候還想讓我交出工資卡，是不是想徹底把俺擠對死？工資卡就是養老金，上哪裡去說也是歸俺不歸您。」

景先茹可是大惑不解，同樣大聲地訓斥著公公說：「要吃給您吃，要穿給您穿，只是不讓您把錢流到不該得到錢的老李家。這有啥不對？這有啥不應該？怎麼能把你們擠對死？說你呆果然傻，書呆子幹不出什麼精明事。做買賣誰家願意吃虧？把這個老女人糊弄著睡個覺不就萬事大吉了嗎？你對她再好還不是個零嗎？前老婆後漢子過來過去兩半子可是事實？不留後手如何能行？她有不軌之心你看不出來？她那七〇的房便宜了她兒子可是事實？她有七狼八虎還在虎視眈眈地踅摸著咱家的東西，肆無忌憚地上咱家裡來吃孫喝孫，咱能不害怕？咱能不生氣？害人之心不可有，防人之心不可無，哪家人家老人再婚不是受到種種限制？江白毛因和保姆有一腿，兒子才只給他一千元的生存空間。李清白再婚更是受到種種限制，最多才每月拿到八百塊錢生活費。更知趣的要算孫老虎，還有那個王老五，從五十多歲就情願獨身不再另找，省出錢來貼補兒女。全世界的人都給這些人評功擺好，難道不是人心所向？這樣要頭要臉的人比比皆是，你為啥不和這些正經八百的人站在一起？你看你，拿自己的親骨肉不當一回事，拿李二道的後人當成嫡出。你到底是糊塗還是發昏？胳膊肘為啥專門向外面拐？自己的兒孫要你點東西難道不是應當的？」

說下天來也是白搭，石一路他才不再上這個大賊當，他在心裡說：「分明是虐待老人還當成經驗，天下哪有這麼卑鄙無恥的人？果然是滿堂兒女不如半路夫妻，光知道打自己的如意算盤。東西全給你們落了個啥？落了個不講道理，落了個良心喪盡。把俺說成是男盜女娼，把俺逼到無路可走。嫁雞隨雞嫁狗隨狗，為啥不拿繼母當個人待？況且陳嬌嬌還是俺夢寐以求的人，別說讓她掌管五千元經濟大權，就是挖心割肉俺也毫不猶豫，也是毫不二乎呀！她給我的可是甜蜜，她給我的可是幸福，俺的後半輩子的幸福生活可是全都依靠著她呀！」

石一路思前想後意志堅定，一錘子買賣把事說絕說死：「誰親誰疏一目了然，你們年輕人滿眼裡光是要財產。滿堂兒女財迷心竅，親兒子不對我好我也誓不兩立。利益至上實在可惡，愛情第一絕對堅持。老年人再婚是正當需求，我石一路的一半就是她陳嬌嬌的一半。你們既然能受我的一切，陳嬌嬌的孩子為啥就不能來喝點刷鍋水？就不能多少來沾點點光？難道讓你們把俺無情傷害的同時也讓陳嬌嬌的子女和我們形同陌路？人家吃了我的還說個好，您吞占了我那麼多財產又幹了些啥？幹了些無情摧殘，幹了些傷天害理。」

石一路越說越是志存高遠，滿腦袋裡都是別人家的孩子明事講理，滿肚子裡都是士為知己者死。想到這裡不能自控，石一路故意挑逗著兒媳說：「兒子兒媳既然把俺往死裡逼，為啥不和知己的心上人搞個同心同德？為啥不能和後妻的子女搞個熱熱乎乎？」說到這裡上來激動，他說：「陳嬌嬌和別的女人可大不一樣，我可是老年來才得到豔福。既然她對我好，我就應該對她好。別說是讓她沾點點小光，大光給她也是應當的。」說到事上感情外露，你離不開我我離不開你。石一路不願離開陳嬌嬌半步，石一路把陳嬌嬌看得比命還重。陳嬌嬌也是激起了火，陳嬌嬌也是心血來潮，立馬就用兩隻手摟住石一路的脖子親了又親。感情是逼出來的，感情是演出來的。既然該得到的東西讓兒女們強行霸佔，既然該有的兒女情變成了仇家，也只有讓晚來的真摯的愛情慰藉老年人冰冷的心。親了又親，愛了又愛，這可是國家法律給老年人最後的一點慰藉，最後的一點權力和享受。

景先茹可是看不起老樹新花當眾騷情。景先茹忍無可忍，景先茹氣急敗壞，直截了當就說公公的是老不正經，直截了當就說陳嬌嬌的是老騷貨。說兩個老東西大庭廣眾之下就搞了些窮騷情亂彈琴，純是他媽的神經病來禍害老石家這個文明之家，純是在傷風敗俗壞了人倫。

你越罵，我越行，正當夫妻幹啥能不行？合理合法的結合，正正當當的婚姻，受到兒媳和兒子的百般阻擾，萬般迫害。咋說也是滿肚子的苦水，咋說也是滿肚子的怨恨。有了氣有了冤就憋屈得活活難受，憋屈的活活難受就要發作。管你說這管你說哪，受壓抑的人只要激情奔放就烈馬脫韁。她愛著他，他愛著她，合理合法的夫妻幹啥能不行？你看不慣是你的事，就讓你幹生氣沒有辦法。景先茹越說不好，石一路陳嬌嬌越做給你看。親了又親，愛了又愛，兩個老年人激情的奔放一點也不比年輕人遜色半分毫。在石一路陳嬌嬌看來，正當的情愛正當的親昵，你看不順眼是你自己的事。不光做，還在說。說什麼甜蜜的愛情不享受白不享受，說什麼不吃栗子咋能知道栗子啥味。

說到激動就是激動，石一路一下子像是犯了神經，乾脆抱起了美人徹底親吻。抱在一起，親在一塊。還在說，還在進行著她們痛快淋漓的精彩表演。石一路一個勁地訴說著他對陳嬌嬌的愛是海枯石爛心不變，一個勁地訴說著他對陳嬌嬌的情是任憑風雨吹，任憑駭浪打，千秋萬代永不變。陳嬌嬌也是你景先茹越看不慣我越當眾給你表演，進行著和石一路大體一樣的瘋狂表演，感情外露。兩個人好像是為了她們的後半輩子的幸福生活，就必須對著兒媳翻臉無情淨說些瘋天瘋地的話。說什麼誰想拆散她們的結合決不答應，誰想要她們的工資卡只有拼命。幸福的婚姻真誠的愛，說什麼當眾表演也是讓不講良心的兒子兒媳逼出來的。幸福的婚姻甜蜜的愛，說什麼誰想拆散她們的這個黃昏戀就和誰往死裡對著幹。

感情這玩意真是演出來的，感情這玩意真是逼出來的。景先茹越是反對，陳嬌嬌石一路兩個有情人越是激動不已，越是男歡女愛高潮迭起經久不衰。來之不易的愛情，越是摧殘越是像梅花一樣頂破重重寒雪蓬勃綻放，越是惡劣的環境越是逞強鬥豔顯示自我。你離不開我，我離不開你，唧唧唔唔好像是比梁祝還要親密了十分之多。

看到陳嬌嬌如此賣弄風情，看到石一路這般色迷心竅，景先茹可是沒這份欣賞的感情。不僅沒有這份欣賞的感情，而且是打心眼裡噁心反胃，恨不得使出渾身解數把兩個老東西棒打鴛鴦，恨不得把她倆個該死的都一棒子徹底打死。眼不見心不煩，眼一見心更煩。這麼大年紀還這麼死不要臉，這麼大年紀還這麼大的騷勁。景先茹氣急敗壞，景先茹氣不打一處來，景先茹眼看就要被兩個老東西氣死的那種火勢。

你越氣我越幹，不怕邪的人專幹赤裸裸的事。男歡女愛是夫妻的本能，看見有氣可是全怪你自己多管閒事。石一路親著陳嬌嬌的臉，陳嬌嬌往死裡把對方抱。兩個人當眾騷情，兩個人老不正經。看在眼裡氣在心裡，景先茹氣瘋了，景先茹氣傻了。她今天可是倒了大黴，滿以為奪回公公退休金五千元的經濟大權，沒想到啥也得不到還落了個老傢伙倆人公開臊性大發逞性妄為，故意想氣死她呀！

逞性妄為，當眾騷情，看來是兩個老東西故意想來氣死她景先茹一點不假。逞性妄為，當眾騷情，讓要頭要臉的景先茹一下子有了不祥之感。景先茹在心裡說：「老樹新花，邪魔作祟，這可是辱沒後人，可是糟蹋未來。」景先茹像是吃了蒼蠅一樣反胃難受，景先茹無可奈何人又於心不甘。景先茹憋不住了，景先茹使出她最後的殺手鐧。只見她先是嚎啕大哭，後是悲痛欲絕不能自控。人生有淚不輕彈，景先茹氣血攻心，景先茹氣急敗壞。景先茹氣急敗壞碰頭撞地，景先茹碰頭撞地尋死覓活。嘴上罵，心裡煩，景先茹痛哭流涕外加聲嘶力竭般地哭叫著說：「我是活不成了，我非死給您這兩個老東西看看不可。騷情臊到這個份上，這不是成心壞了人倫？這不是成心辱沒後人？老石家徹底完了，老石家徹底完了呀！」

一哭傳萬家，一悲天下憐。兒媳要是尋了短見，那可了不得呀！好心人愛息事寧人，先罵老的後說小的，大道理說了一遍又是一遍。大家磨破嘴皮，只可惜按捺哪個也是按捺不住。雙方都是只認死理的貨，雙方都是落不下火的種。眾人操碎了心，說這個不行說那個也不中，慌聽好像是哪個的道理也是千真萬確。真乃是棋逢對手將遇良才，真乃是花花腸子歪歪辦法。你那裡治我這裡壞你，你不讓我好我也不讓你好。

大家按捺那個也是按捺不住，大家最後都洩氣地說：「冤家路窄，狹路相逢，說下天來也是枉然。好好的家庭起了波瀾，你那裡壞我我這裡治你。好好的家庭，好好的日子，多添了一個人就多添了好多的事。前世的冤家今世的對頭，你讓我活不自在，我讓你過不如作。你不給我好，我也不讓你好。以眼還眼，以牙還牙。一個是水一個是火，這樣的家庭針尖對麥芒沒法調和，不鬥個你死我活怕是不會散夥呀！」

§15 真的是窮騷情臊到了點子上

景先茹年輕貌美堪稱人精，要是石一路有她的個零頭也不會把好事弄砸了鍋呀！好好的事情弄到今天這個十分糟心窩火的地步，還不是全怪公公石一路這個沒主意的傻瓜蛋，還不是全怪公公石一路這個少腦筋的書呆子。景先茹心裡有煩嘴裡就想說，憋屈了兩天後終於是又去找著公公石一路直截了當地就罵了起來：「老騷貨，賤骨頭，白活了這麼大年紀。年輕人尚且知道同床異夢，老年人再婚還不是逢場作戲糊弄著一個女人玩一玩嗎？陳嬌嬌一個整老徐娘還有啥勁呀？她糊弄你你就應該糊弄她，糊弄著睡個覺解解癢癢荒渡歲月有啥不行？陳嬌嬌人在曹營心在漢誰看不出來呀？她的心頭肉還不是她那七狼八虎一窩子？你那心頭肉還不是親兒親孫女？只要你有樣學樣，只要你以陳嬌嬌之道反治陳嬌嬌其身，只要你胳膊肘不再向外面拐，把房子存摺都交給自己的後，把工資卡讓俺這個當兒媳的給您當著個家。弄出個生活費來和陳嬌嬌鬼混一下，咋說也是聰明人會辦光棍事。與陳嬌嬌耽誤不了敘敘舊情，還肥水不流外人田，兩全齊美的事情你為啥不能幹？」景先茹越說越是情理兒子滿嘴是理，景先茹越罵越是恨鐵不成鋼的那種十分惋惜的樣子。

停了一會，想了一會，景先茹忍不住又罵了起來：「臊公公你純是一個他媽的書呆子。這個時候還愛情至上，這個時候還相見恨晚，精人犯了糊塗病。還嫌俺說你，還嫌俺嘟囔，不是一家人咋說一家話？到了事上自己的人不說誰家還會說？白上了個大學，白當了遭子中學校長，白披了一張人皮，誰遠誰近都分不出來，誰真誰假都看不明白。牽著不走打著倒退的貨，越說越是死牛蹄子不再分瓣。癡心郎空有一個健全體魄，連三歲孩童的智力也跟不上，滿嘴裏都是對一個賤女人荒唐透頂的肉麻吹捧。整個身心都交給了不該給的人。本來是幾塊錢就能辦的事，公公你可是年薪六萬全都白搭上。六萬元可是個什麼數，三年就又能攢上個十八萬呀！照此類推再搞個十年八年，積攢個金山銀山也是不在話下呀！天呀，到嘴的肥肉卻便宜了人家外來人，到嘴的肥肉自己卻撈不著，你說是傻還是愚？你說是呆還是昏？這麼多錢都白搭上還不散夥，還恨不得把心頭肉也是讓她陳嬌嬌該咋挖就咋挖。一家人的親情一筆勾銷，倒是和冤家對頭絲絲入扣。為了一個賤女人不惜割斷與全家的血肉之情，不惜幹出些讓親者痛仇者快的糊塗傻事。說下天來也是白搭，榆木疙瘩還死不開竅。說下天來也是枉然，這樣的下三濫還上哪裡去找？」不管石一路聽進聽不進她的精明勸諫，景先茹可是話匣子一打開就沒完沒了。她可是抱著僥倖心理，她可是希望榆木疙瘩能夠開竅。她可是希望榆木疙瘩開了竅，來個懸崖勒馬，來個改弦易轍讓老石家好好的家庭重歸於好。

只可惜說也是白說，只可惜講也是白講。到頭來景先茹還是對牛彈琴，到頭來石一路榆木疙瘩還真是沒法開竅。石一路可是為愛而生，石一路可是為愛而來。這麼漂亮的第一美人，這麼能幹的賢慧妻子，為啥連這麼個最基本的需求兒媳也是不想讓人家陳嬌嬌來享受享受？沒收了工資卡，沒收了唯一的基本生活來源，起碼的所需還得讓您這個當兒媳的給控制著。上哪裡去說恐怕也說不過去呀？上哪裡去講恐怕也是不正常呀？非人的待遇非人的禮，花一分錢也讓您控制著，這和對待犯人有啥區別？進了咱家的門就是咱家的人，為啥把人家當賊防？為啥不能讓人家享受咱家正常的生活待遇？甜蜜的愛情交融的心，能同甘苦就應該同富貴。屈辱的待遇非人的禮，一家人為啥這麼喪心病狂地糟蹋人家陳嬌嬌？

別說陳嬌嬌肯定接受不了，俺這個當丈夫的可是咋說也是於心不忍。心愛的人兒嫁給了自己，難道是讓光人家來找罪受？難道是光讓人家來找虧吃？

想到這裡上來了強脾氣，石一路情不自禁地罵著兒媳說：「生命誠可貴，愛情價更高。這麼好的姻緣上哪裡去找？這麼好的女人為啥一家人不把她當人待？這麼好的女人為啥不能讓她正當享受？這麼好的女人為啥不能讓她過上正常妻子的正常生活？一日夫妻百日恩，半路夫妻晚來情，俺可是後半生全要依靠著她呀。」石一路思前想後主意已定，石一路越想越是覺著陳嬌嬌才是他的重中之重，說：「女人的身心女人的命，全部身心都交給了咱，咱為啥還狼心狗肺步步緊逼幹些沒良心的事？」想到嚴重就是嚴重，石一路在心裡罵著說：「狼崽子就是狼崽子，兒媳才是為了一己私利不惜無所不用其極。先不說你把錢財看得多麼重要，光說沒收了老年人的房子，沒收了老年人的存摺，就已經空前絕後，就已經駭人聽聞。好好的老人被驅趕到趴趴屋裡，光憑這一點就知道你人有多惡，心有多壞。孫女上大學的錢也劃歸俺當老人的來管，現在又步步緊逼弄到工資卡上面來，真是越來越沒了人味。」欺人太甚，只有反抗。在他石一路看來，這麼好的姻緣，這麼來之不易的結合，經過暴風雨的洗禮才更加顯示出它的珍貴無比。

石一路不僅看不慣兒媳的混帳做法，反而是忍無可忍退無可退。繼續講他那愛情宣言，繼續講他那對陳嬌嬌的誇獎吹捧之語，說：「陳嬌嬌可不是一般的女人，她給我的可是幸福，她給我的可是甜蜜。別說讓陳嬌嬌管著俺的退休金，就是挖心割肉我也心甘情願呀！」

見到公公適得其反，見到公公毫無交出工資卡的那個意思，看到公公繼續說些死不長進的話，景先茹的氣自然是越生越大。她罵著說，她說著罵：「朽木不可雕的混帳東西，正道不走專走邪道的畜類玩意。半路婚姻可有啥好？好好的家庭摻進了心不和氣不順，簡直就是埋下了窩心炸彈，簡直就是讓一家人的日子沒法再好好地過了呀！好好的東西便宜了別人家的人，讓誰能咽下這口冤枉氣呀？讓誰能吃下這麼個天大的虧呀？」看到公公榆木疙瘩不會也不可能開竅，她更加洩氣地說：「誰家不是半路夫妻過來過去兩半子？尤其是人過六十還窮騷情個啥勁？丟人呀，敗興呀，但自是個懂氣的，誰家不指責公公你石一路這個傻種？書香之家，還曾經當過中學校長，怎麼幹這麼個賠了夫人又折兵的傻事？又是雙職工又是和睦之家，讓一個妖女人的介入江河日下。死了親的來了後的，抓了虛的丟了實的。這麼多的退休金便宜了那個圖謀不軌的妖女人，能不讓人氣憤嗎？能不叫人心疼嗎？一家人指責萬家人唾罵，你幹的那點子事到底是值的還是不值的呀？」

街談巷議也是都站在景先茹一邊，畢竟是七狼八虎都來明吃暗拿老石家的東西毫無遮攔毫不掩飾，畢竟是老石家的東西就不應該讓外人家的人來連吃帶拿。向了遠的害了近的，叫誰說也是你石一路胳膊肘向外拐逼著兒孫們起來和你撕破臉皮，逼著兒孫們和你說些難聽的話語呀。這年頭東西來的容易嗎？到了嘴的肥肉豈肯讓別人家的人來白吃白拿？小數嗎，年薪六萬呀！六萬，六萬，上哪個去找到這麼大一筆數字的錢財呀？

說到這裡還真是需要加個小注，說到這裡還真是可別光說人家年輕人財迷轉向。看看東家，看看西家，誰家老人不是把退休金都貼補了自己的兒孫？誰家老人不是恨不得把全部積蓄都便宜了自己的後人？自己不容易，就知道孩子不容易，溺愛兒孫是這一代老年人的共同特點。再說牛尚且有老牛舐犢之情，難道一個人還不如牛？東西再多也是自己的，寧願爛裡也不能讓外人家的人享受一星半點呀！在這點上可是不能學習雷鋒發揚風格，為了兒孫犧牲一切貢獻一切才是時代推崇的學習榜樣。輿論就是輿論，民心就是民心，大是大非面前就是有人敢站出來說說自己的肺腑之言。

只見甲氣呼呼地站出來說：「別人都恨不得給兒孫當牛做馬，恨不得把天上的星都弄下來給孩子們吃。你石一路這麼大年紀還裡勾外連，這麼大年紀還另謀新歡，真是少有的混帳玩意。眼裡容不得沙子，肉裡容不得刺。一家人一家心，多添了一個外來人就多添了好多麻煩事。害人之心不可有，防人之心不可無。陳嬌嬌有那麼多窮坑難滿的兒女，不防備咋行呀？在這種情況之下，工資卡給你沒收裡讓兒媳控制著有啥不對？小數嗎，年薪六萬呀！老實告訴你吧，退休金在幾十塊錢的時候算是個養老錢，如今退休金這麼多可是成了家庭必不可少的一份重要公共財產來源呀！您兩個老東西要那麼多錢幹啥呀？難道不是明擺著去便宜陳嬌嬌那窩子狼崽子嗎？大房子過繼到兒女名下有啥不行？大房子怎麼能讓陳嬌嬌鳩占鵲巢？大房子怎麼能給半路裡來的妖精住？大房子是石一路和林能能奮鬥半輩子的共同財產，讓誰說也是不能便宜了那個妖女人呀。如果讓陳嬌嬌住上大房子，如果你石一路死在她前頭，還不是徹底便宜了老李家那些狼崽子嗎？不比不知道，一比嚇一跳呀！不是嗎？在人家那老的都盡其所有都來貼補自己兒女的時候，你石一路卻想著把這些積累了一輩子的東西打了水漂，想便宜了別人家的人，孩子們能不氣嗎？子女們能不說嗎？人到夕陽紅的時候就要保持好晚節，要處處事事以兒孫的利益為出發點。有一份光，發一份熱呀！一個中心兩個基本點，這可是這個時代老年人綱領性的行動指南呀。人到老年的中心點就是孩子，人到老年的基本點是個人盡可能地多給兒孫做出貢獻，盡可能地減少個人的任何費用。不這樣做就是不隨潮流，不這樣做就是沒了人味。這把年紀還不適當地強調自己，還窮騷情亂彈琴，還把錢財拱手相讓給別人家的人，能行嗎？能不讓子女和你反目成仇嗎？一切的一切都要以自己的家庭和後人為考慮問題的出發點才行呀，眼看快死的人千萬別給孩子們添亂添堵找麻煩呀！」

這樣的話聽的多了就有了同感，這樣的話聽的多了就有了恨意。有些人甚至懷疑石一路天生就是一個沒人味的種，是個給兒女添亂的貨，是個給兒女添堵的私孩子玩意。這麼大年紀還愛情至上，還裡勾外連，真是少有的混帳東西！說到這裡上來了轟動效應，接著乙就帶頭罵著說：「一把年紀還窮騷情個啥勁？是不是老年來得了性瘋狂病？死不要臉，下三濫的玩意。活著不留好，死了下地獄呀！」人們不說不來氣，人們越看越扎眼。在她們這些旁觀者看來石一路簡直就是人類的殘渣，簡直就是正道不走走了歧途奔了末路。眾口一詞，千人一語，都勸著石一路說：「孩子是未來，孩子是希望，千萬別把自己和孩子們的關係擺在對立的位置。現在反悔還來得及，執迷不悟死路一條。聽人勸吃飽飯，執迷不悟後果不堪設想呀！因老失小，因虛害實，這樣的例子可是比比皆是呀！忍了吧，讓了吧，小不忍則亂大謀，可別捅下天來沒了咒念呀！」

石一路可是不認同這個扭曲的道理，石一路可是不贊成這個偏執的見解，他說：「屈辱的待遇荒謬的理，讓步也不能讓步到喪失了做人的起碼底線呀！正正當當的結合，恩恩愛愛的夫妻，為啥拿人家美人不當人待？為啥拿人家美人當賊防？」在石一路看來，別看世界是物質的，精神需求也是不能或缺的。人家美人把人生最珍貴的東西都貢獻給了咱，咱為啥為了一點點蠅頭小利去傷害人家美人的自尊心？想不通呀，想不通，石一路徹底陷入了迷茫之中。他說：「人為什麼都這麼自私？人為什麼都這麼狹隘？真摯的愛情，真誠的心，咋說也不能光讓咱享受人家美人的肉體窩囊人家美人的心呀。好容易暮色蒼茫才遇到知己，好容易人到老年才得到豔福，可不能讓這些兒孫的私利搞砸了俺自己純潔的愛情，搞毀了俺自己下半輩子的幸福姻緣呀。來之不易的愛情，沁人心脾的享受。讓我老當益壯，讓她梅開二度，讓我們老年來真正品嘗了人生的樂趣。是好不說好，是福看不見。沒想到社會不拿我們的結合當人待，沒想到孩子們拿我們的結合當成了下三濫。這個冤枉可向誰訴？這個歪理可向誰來要個更正？世界黑了難道我們也都黑了？世界完了難道我們也都完了？我們為啥不能自強不息活個瀟灑？我們為啥不能衝破世俗活個自在？」想到這裡上來了逆反之心，想到這裡上來了反抗精神。於是就愈是壓抑強烈愈是反抗頑強，於是就愈是牽著不走愈是打著倒退。石一路一個勁地說：「可不能像李二道那樣把愛憋屈在心裡，可不能像李二道那樣憋屈出病死個不明不白。愛情是天生的，愛情是地造的。愛情是拆不開的，愛情是街市上冬天賣的甘蔗越咀嚼越有甜味，越有甜味越是吃個沒完沒了。等了這麼些年才碰到一起，守著現成的愛情，難道還是不讓正常享受？難道還是不讓正常品嘗？」

石一路癡心如醉，石一路不能自控。情人眼裡出西施，在石一路眼裡看來陳嬌嬌才是他的心肝，才是他的唯一，才是他的一切。這個時候的陳嬌嬌呢，也是和石一路一樣有著相似的逆反心理，也是讓眾人的側目激起了火，也是把石一路當成她的唯一，也是把石一路當成了她的一切。女為知己者容一點不假，喬裝打扮的陳嬌嬌立馬就精神抖擻亢奮了起來。無獨有偶，一模兩號，石一路也是拾掇得穿戴整潔幹練無比。好像一個是英雄難過美女關，好像另一個是見到英雄花才開。好像是兩個有情人專門和眾人的不認同對著幹，好像越是熱烈瘋狂，越是不能自控，越是盡情宣洩。

都說年輕人的愛情是鮮花綻放，都說年輕人的愛情是熊熊烈火。其實老年人遲來的愛情更超常，更無與倫比，尤其是受盡社會陋習千般阻撓萬般迫害的那些可憐老人們。可憐的人兒，可憐的命，過去飽嘗偏見的折磨，現在又飽受眾人側目的苦。她們才是苦命的人兒嬌艷的花，她們才是遲來的愛情更率真，更詩情畫意，更含情脈脈，更感人至深。人老心不老，愈是壓抑愈是與命抗爭，愈是年老愈是晚霞紅滿天靚麗無比。毫不不遜色於年輕人的石一路陳嬌嬌兩個老東西就是這麼著讓眾人的側目徹底激起了火，當著眾人的面公開自我抗爭，公開表演了個一覽無餘，公開表演了個淋漓盡致。憋屈的棗樹芽能拱翻水泥瀝青地，壓抑的愛情不表現出來就沒法再活。兩個老傢伙似乎是吃了癡情藥，似乎是喝了迷惑湯。如膠似漆情意纏綿，如魚得水春心蕩漾。他抱著她腰來她摟著他脖，過分的親密成了一道靚麗而蹩腳的夕陽晚景。

有人喜歡就有人恨，有人騷情就有人來公開痛斥，連街坊四鄰都罵著說：「中國人可是講究含蓄，中國人可是講究文雅。咋說也是一把年紀呀，咋說也是老樹皮疙瘩粗糙不堪，咋說也是沒了年輕人的時髦光亮。一把年紀還窮騷情，怎麼這麼不知羞恥？怎麼這麼顯擺外露？人貴自知，人貴自愛，兩個人怎麼連這麼點常識也不知道？幹下三濫的事不會躲到一邊？不會藏在家裡？不怪兒子兒媳堅決反對，原來是這麼死不要臉！」

只可惜石一路陳嬌嬌的算盤可是不聽從眾人的擺佈，你們越說不行，她們越是對著幹。壓抑的愛情，純真的綻放。因為她們確實是憋屈了這麼些年才結合到一塊，因為她們確實是讓眾人的側目激起了火。真愛無隱私，真情要顯露。委屈了這麼些年，徹底爆發了，徹底顯露了。委屈的人專幹那偏激的事，原來愛情這玩意也是壓抑越深爆發越是猛烈頑強。人活著就是為了爭口氣，不是偷的不是搶的，為啥不能真情流露？為啥不能徹底宣洩？可不能讓愛情的鮮花不等開放就先枯萎凋謝，可不能讓愛情的鮮花得不到舒展就徹底蹂躪。

更刺眼的事就是更率真的心，兩個人興奮頭上來不能自控，在大庭廣眾之下就唱起了花鼓戲劉海砍樵。一個唱著你是我的夫，一個唱著你是我的妻，連蹦帶跳地表演了起來。還演梁祝的十八裡相送，還唱天仙配的夫妻雙雙把家還。演的是挺逼真，唱的是挺起眼，只可惜越真越像是偷情，只可惜越演越像是做過虧心事。畢竟以前流傳過她們的風言風語，畢竟現在還有人對著她們揮舞著風刀霜劍嚴相逼。畢竟傳說林能能死的有屈，畢竟眼見李二道死不瞑目。有前嫌的人就是有前嫌，別人不找你的麻煩你還敢無風樹自搖，真乃是不自量力的人專幹那喪心病狂的事呀！不怪兒孫們堅決反對您，簡直就是冒天下之大不韙光天化日之下來戳弄馬蜂窩呀！

人在做天在看，老百姓可是看不慣不合常規的人幹出格的事。一把年紀也敢窮騷情？一把年紀也敢自不量力？輿論的壓力可是不敢小視。再讓您這倆個不長眼的老東西專幹那不長眼的事，天爺爺要是再讓您老石家出個什麼事，肯定是讓您倆個老騷貨吃不了全都兜著走。中國人講究文明含蓄，尤其是反對老來俏，尤其是怕老騷情惹出些不吉利的喪門子事來禍害自己的那個家。要是萬里真有個一，那可是讓您倆個老東西哭也哭不出聲，那可是讓您倆個老東西唱也唱不出調呀！想到不好就好像是真有不好，於是乎就有了千人指萬人罵，於是乎就有了萬人罵千人說：「鍋是鐵打的，事是人惹的，到時候就讓您嘗嘗苦果的滋味吧！老騷貨，下三濫，要是真臊出個三長兩短，那可是引火焚身，那可是現世現報。再讓您兩個窮騷情，世界可是專治那些不知道天高地厚的破爛玩意們呀！」

說到這裡同仇敵愾，世界可是徹底恨透了這兩個老不正經的人當眾幹那些不著調的事，大家可是都看不慣兩個老東西鬼迷心竅當眾騷情。接下來眼看著石一路陳嬌嬌窮騷情就落了個七言八語，接著就落了個萬人痛恨，都說：「好像八輩子沒搞個戀愛，當著那麼多人就搞下流動作。又是擁抱又是狂吻，性衝動比年輕人還要強了一萬多倍。天呀，這是倆什麼混帳玩意？這是倆什麼私孩子東西？這麼大年紀還騷勁十足，越看越像邪魔作祟。偷來的情再甜蜜也是讓人看不下眼，建立在別人痛苦基礎上的愛咋說也是大煞風景。年輕人尚且不傷大雅，六十多歲的人還窮騷情個啥勁？況且還有冤情孽債，真是讓人看不下眼，真是讓人說不出的反胃難受。」一傳十，十傳百，全是恨之又恨，全是謾罵諷刺，連頭腦最開放的人都氣得咬牙切齒地說：「本來老樹新花就讓人看不上眼，這一演，這一臊，可是更臭了。明擺著的掃興，明擺著的找罵。出格的人專幹那刺眼的事，樂極的人看來是非要來彈唱那滅門的曲呀。老百姓是天，老百姓是地。老百姓都這麼說，天爺爺就有可能真這麼著做。到時候大難臨頭，到時候噩夢連連，恐怕你石一路就是那個驢屌舒到麥糠裡，怕是忞也忞不出好忞，怕是樂也樂不出好樂。」

真的是忞也忞不出好忞，真的是樂也樂不出好樂，石一路的兒子兒媳和她們撞個對面也不再說話。在她們看來，一家人的命脈是一定的，這裡過分強盛了那裡就會出現過分懦弱。也就是說此消彼長，也就是說老的過分騷情小的就不會有什麼好事。該興旺的不能興旺，不該興旺的就會瞎興旺。到頭來肯定是邪魔作祟，到頭來肯定是破財敗家的命呀！於是乎就有了恨之深，於是乎就有了怨之切，於是乎就有了一家人的親情就這麼著出了五服。何止出了五服，簡直就是仇敵死對頭。兒子也埋怨，兒媳也謾罵，一家人的親情徹底搞僵，徹底搞砸。孫女石小惠更是絕情，見了石一路不是痛斥就是謾罵，說：「爺爺丟了老石家的人，爺爺敗了老石家的興。一頭倒在了狐狸精的懷裡，昔日全家人的親情全都一筆勾銷。這裡讓老石家不好過，那裡讓老石家不順托。看來兩個老不正經的是非要把老石家這個家徹底搞臭，徹底搞垮呀！」

老年人窮騷情可有啥好，與兒孫們的血肉之情徹底破裂。街坊鄰居更是見風使舵，更是隨波逐流，指指點點背後戳他倆的脊樑骨。說她們傷風敗俗，說她們燒作得不知道自己是姓個啥。陳嬌嬌的七狼八虎倒是常來，除了吃除了拿也是親情全無。社會的不滿，眾人的側目，使她們這些七狼八虎也有了不舒服的感覺。杯弓蛇影，疑神疑鬼，七狼八虎渾身也是繼承和流傳著李二道那些愛忌恨愛猜疑的骯髒血液。有其父必有其子，老子有什麼樣的成見後人也就有了什麼看問題的眼光。先前李二道惱恨的是臭知識分子石一路媚眼兮兮的那些窮騷情醜陋表現，現在七狼八虎更是把石一路當成壞事的祖宗，當成萬惡之源。有成見的人就是有成見，只要她們這些七狼八虎認定你石一路是偷斧子的人，就咋看你石一路也是個偷斧子的料。兩個老東西別看半路苟合全是她們這些七狼八虎親自給撮合的，她們可是咋想也是覺著自己有了助桀為虐之嫌，她們可是咋想也是覺著為了眼前這丁點的現見利做了為虎作倀的糊塗傻事。現成的老娘又做了石一路的二房夫人，咋想也是覺著是讓石一路這個冤家對頭得到了她們老李家的便宜。想到不悅就是不快，甚至是咋看咋好像是母親陳嬌嬌丟了她們老李家的大人，甚至是咋看咋好像是母親陳嬌嬌賣國求榮。七狼八虎一想起爹爹李二道的慘死，咋想也好像石一路是個奸臣賊子，恨不得對他千刀萬剮。心裡有煩，嘴上就罵：「要是沒有這個該死的老騷貨石一路來俺老李家亂插杠子，爹爹李二道咋能早早氣死？爹爹李二道咋能提前入土？要是爹爹李二道不早死，何苦向老騷貨石一路這裡來厚著臉皮來索取施捨？」

想到不好就是不好，七狼八虎咋想咋是有氣，咋想咋是有恨。於是乎就有了拿起筷子吃肉，於是乎就有了丟下筷子罵娘，於是乎就有了七狼八虎名不虛傳。一切的一切都擺不順，一切的一切都這麼窩囊著老李家後人的心，讓老李家的兒孫們吃了拿了也是光氣。不是一家人就是不是一家心，這麼大年紀的老娘還改了嫁，七狼八虎咋想也是覺著矮了三輩。矮了三輩，丟人敗興，況且還有冤情孽債，自自然然讓她陳嬌嬌的兒孫們想歪了道。想歪了道，幹歪了事，七狼八虎後來乾脆也就毫不掩飾地匯入了歧視老年人再婚再戀的狂濤駭浪之中。窩裡帶來的毒，心裡滋生的氣。七狼八虎天天不給兩個老東西一個好臉看，日日對她們滋生事端。淨說些蠻不講理的話，恨不得把兩個老東西氣死方解她們的心頭之恨。

天呀，兩個老東西本來就讓石一路的子孫氣個半死，現在又多了些陳嬌嬌的七狼八虎來給添亂，真是苦命的人兒走到了窮途末日。說到這裡讓人感歎，原來是養兒養女養不好就養成了冤家對頭。別看老年人都把自己的兒孫當成自己的天當成自己的地，別看都說一家人血溶於水的親情永遠不變。只可惜，只要是親娘改嫁也就失去了昔日的親熱和尊敬，也就失去了過去的溫情脈脈。順風順水啥也好辦，稍有變化，稍有風波，就看出互相貌合神離的心。水落石出，真情顯現，眼前所見的可是她們七狼八虎滿肚子裡藏的都是對半路苟合的極度反感。窮騷情，亂彈琴，況且還有說不清道不白的冤情孽債，這可是讓老李家熱血沸騰的兒孫們逮著了尋機報仇雪恨的充分理由。對的可以說成是錯，錯的可以說成是對，世界上的事情可是只要對你有恨就不會再說一句公道話。有仇的來報仇，有怨的來訴怨，石一路陳嬌嬌兩個老東西這才是自己給自己找來了套，找到了掘墓人。前因後果，天地良心，年輕人更是愛搞追根求源，更是愛搞直來直去。只要她們認為你先對不起她們，自自而然就找出各種理由幹對不起你的事。七狼八虎明明是來老石家連吃帶拿，明明是來老石家揩油水撈便宜，還叫苦連天說些蠻不講理的話。利令智昏，恩將仇報，把兩個老東西說了個裡外都不是人，把兩個老東西弄了個扯不清理更亂的尷尬境地。

說到這裡讓人感歎，苦命的人兒真是苦命。沒按下葫蘆又浮起來瓢，石一路陳嬌嬌倒楣的人兒日後的麻煩事真的是越來越多。石一路陳嬌嬌兩個人光讓老石家的孩子就已經折騰了個半死，咋能再對付得了老李家這些狼心狗肺的一窩子畜類東西呀？咋能再對付得了老李家這些不講良心的兒孫們呀？七狼八虎捕風捉影的原因，七狼八虎牽強附會的理。讓兩個老東西無可奈何，讓兩個老東西有嘴難辨。總之，石一路陳嬌嬌從身邊到周圍全是怨之深，全是恨之切，全是胡亂找茬，全是不說良心話。原以為老石家的兒孫不是東西，沒想到老李家的後人也是差勁。這才是地震加颱風形成了大海嘯，這才是天怒人怨齊搭夥地來拿著晚來情老來俏當成萬惡之源，不斷地發洩不滿，不斷地發洩怨恨。

扯不清，理更亂，讓陳嬌嬌眼含淚肝腸寸斷，讓石一路膽戰心寒有嘴難辯。天呀，這是個什麼世道呀？這是個什麼天下呀？石一路和陳嬌嬌為了追求幸福的愛情才走到一起，沒想到從身邊到周圍全是吹冷風一百個不贊成，一萬個不滿意。好好的兒孫成了仇家，好好的家庭分崩離析，好好的社會全是冷嘲熱諷發出些不贊成的聲音。不支持，不認同，甚至是指責謾罵，甚至是都恨得咬牙切齒，甚至是都賭咒起誓不念好佛。

看到眾叛親離，看到世所不容，老百姓樂了，於是乎就有了大家都幸災樂禍地說：「眾叛親離，社會側目。再讓您兩個窮騷情，一榮沒俱榮，一酷卻俱酷，種下苦瓜就必然要食到苦果。要什麼，給什麼，窮騷情換來的只能是世態炎涼，只能是冷嘲熱諷。窮騷情，亂彈琴，這才是把孩子們以及世界全都得罪完了呢！」十八級颱風越刮越猛烈，或者說城門失火殃及池魚。景先茹怕丟人提前退養。石小路在單位上也是失寵，從組織科調到檔案室大材小用。石小惠因爺爺的風流事讓同學們當成笑料，影響了石小惠的威信和前程。

接下來的事情順理成章，憋肚子南瓜最先爛心，最致命的人就是最用心的人。景先茹大門不出二門不入，躲在家裡憋屈得活活難受，好好的身體渾身發癢。事出有因，惡性發展，景先茹後來發展到渾身上下都覺著不自在。口問心，心問口，景先茹哀歎著說：「啥也不怨全怨自己命不好，要不為啥從昔日的天上落到今日的地上？」景先茹咋想也是覺著老樹新花太不正常，這樣的臊公公也讓她攤上，這樣的臭狐狸精也讓她碰上。滿城風雨，風雨滿城，讓她這個當兒媳的氣都沒法再喘，讓她這個當兒媳的活都沒法再活。接著就是飯也吃不出香，接著就是水也喝不出甜。也不腫，也不疼，為啥渾身光發癢？渾身癢就有了煩，於是就天天罵，於是就天天說：「婆婆那麼能為啥早死？我為啥見了陳嬌嬌就犯了神經？看來狐狸精名不虛傳，看來掃帚星就是非要來敗壞俺老石家的這個文明之家。」算卦相面也是全不說好，好像是大難要臨頭的那個樣。

都說不好就是不好，果然是災難不期而至，沒幾天景先茹就胸口發悶陣陣作痛。這裡尋醫那裡問藥，就是咋治也不見好。幸虧有人指點迷津，才知道上油田大醫院去檢查確診。又是CT又是乳房X光造影，才知道得了乳腺癌緊急萬分。趕緊上省城最好的醫院，趕緊送紅包找最好的醫生給動手術，好歹地才保住了景先茹的命。前前後後折騰了個小半年，好好的家庭折騰成殘垣斷壁狼籍一片。要是別人得病倒下還有緩和替代的餘地，景先茹倒下可是無人能夠替代，可是無法能夠彌補呀。婆婆林能能死後老石家哪件事不是全靠著她？一家人過日子可是離不開她這個明白人。癌症的厲害誰不害怕？要是她景先茹再有個三長兩短，老石家的日子還怎麼著過？街坊鄰居全是叫罵，親戚朋友更是氣不打一處來。指令著石一路幹這幹哪，住院費恨不得全讓石一路從退休金裡出，甚至吃喝用都恨不得全讓石一路從退休金裡拿。對美人陳嬌嬌更是天怒人怨，更是一片責難，大家齊聲罵著說：「不著是你們兩個窮騷情，哪有這麼些要命的事？老年人再婚本來就是可有可無的事，既不讓您開花又不讓您留後，純是他媽的悲劇喪門曲上這裡來唱。黃昏戀本來就是多餘的菜，陳嬌嬌一把年紀還拿著沒臉當官做，石一路人老珠黃還拿著雞毛當令箭。過分的追求就出過分的事，惹出喪門子事來可是吃不了全都要兜著走呀。這麼好的兒媳得了癌症，咋說也是讓人氣憤，咋說也是讓人惋惜。不是您惹的也是您惹的，人贓俱在還有啥說的？還往哪裡去逃？」

石一路陳嬌嬌兩個人就這麼著成了過街老鼠，兩個人就這麼著成了眾矢之的。都說：「兒媳景先茹要是一命歸西，看您兩個老東西還咋著對世人交代？本來紅杏出牆就是法理不容，現在更是咋看咋是渾身是罪。自古就有紅顏禍水之說，現在更是美女毒蛇成心要來禍害完了老石家這整個的家。害了一個林能能，又害了一個李二道，第三個景先茹也是難於倖免，說病就病，說倒就倒。這樣的戲還能演到哪一天？難道還能繼續讓它毒瘤蔓延？難道還要把老石家整個家庭搞個徹底玩完？」眾人拾柴火焰高，大家的力量移山倒海。刷鍋水一個勁地倒，臭污水一個勁地澆。讓陳嬌嬌有嘴難辨，讓石一路牛不喝水強按頭。

石一路口問心心問口，喃喃自語：「別人家耍流氓尚且無事，咱正當的權益為啥光出喪門子事？」親友們可是只認死理，說：「水有源樹有根，不是您倆窮騷情亂彈琴哪有這麼多喪門子事？還當眾騷情嗎？還搞過分的事嗎？人在做天在看，春天刮大風秋天下梅雨。」萬箭齊發，一股腦兒就對著石一路宣洩了起來：「流氓家庭死不要臉，正常人家可是講究人要臉樹要皮。舉家反對的事您倆也敢幹，惹下天來您倆可是吃不了全兜著走。只許您老老實實，不許您亂說亂動，不是您窮騷情亂彈琴哪有這麼多喪門子事一個連著一個？」

少說兩句還引不起麻煩，多說一句也是傾巢而動一片謾罵。親友們不知哪來的氣，吐唾沫擤鼻涕恨不得淹死這兩個背時的孽障。天呀，不服也得服，家裡出了喪門子事就得乖乖受埋怨，就得老實聽批評。「人贓俱在，前因後果，想推脫是推脫不了的。」都說：「再讓您倆個窮騷情，再讓您倆個亂彈琴，見了無法收拾的殘局您的能耐哪裡去了？」石一路真的是無力回天，石一路真的是認輸了，哭著說：「讓我病也別讓兒媳病呀，兒媳萬一有個好歹我咋向世人交代呀？不是我惹的也是我惹的，渾身是嘴也說不清了。」只見他悲痛欲絕，只見他恨不得立馬去死。陳嬌嬌也草雞了，噩耗說來就來，讓她渾身都冒著冷汗，讓她有嘴難辨。苦命的人兒真是苦命，再說出個子丑寅卯誰家還信？

苦命的人真是苦命，石一路陳嬌嬌還沒等到樂極就先生了悲。天呀，這是得罪了哪路神仙？這是撞上了什麼邪魔？好事就是難沾邊，孬事總是有牽連。事實是最好的老師，不服也得服。陳嬌嬌後悔莫及，陳嬌嬌悔不當初。這才知道自己能惹火不能打掃，這才知道自己吃不了全都要兜著走。再聽聽眾口一詞，再看看大家都同仇敵愾的那個兇狠樣子。如同是烏雲密佈，如同是雷鳴電閃。全是指責，全是謾罵。石一路陳嬌嬌兩個苦命的人兒真是苦命，讓親友街坊們說了個渾身是罪。而且是論點明確論據充分，而且是鐵板釘釘罪責難逃！

§16 棒打鴛鴦無限期地強行隔離

前番的指責方興未艾，後面的苦果可是真的直接摧毀了兩個老東西們的心呀。聽到景先茹得了絕症，得了乳腺癌，整個油城都沸騰了。幾乎每一個人都為景先茹因老不正經引起的這個病氣了個怒不可遏，幾乎沒有一個人不要為景先茹碰到的這個惡劣遭遇打抱不平。溺愛兒孫是這個時代的最突出特點，都罵著說，都說著罵：「窮騷情亂彈琴，兩個死不要臉的老東西到底是把一家人的幸福推向了絕境，推向了罪惡的深淵。好好的家庭毀於一旦，再一次應驗了漂亮女人是禍不是福的千古流傳。誰不說漂亮不能碰？誰不說美麗是破財滅門的掃把星？你石一路為啥就是不信這個邪？你石一路為啥不怕這個害？前番死了妻子你說是純是偶然，今番兒媳得了絕症可是讓老石家徹底搞塌了天，徹底搞絕了望呀！」又說：「人過六十萬事皆休，國家都不讓你上班了難道不是事實？老樹新花絕對是悲曲喪門歌上這裡來唱呀，誰家敢唱誰家就現世現報，誰家敢唱誰家就厄運連連沒了好運。該病的不病，不該病的全病了。該死的不死，說不定不該死的就這麼著又要死了呢！天地倒置，全都亂了套呀。本來是一人忍全家好，本來是嚴於律己老年來受人尊重又體面。沒想到老傢伙還賊心不死想入非非，沒想到老傢伙還這麼窮騷情亂彈琴徹底捅了老石家的馬蜂窩。倒楣的事兒接二連三，讓誰不是有了憂患之心？讓誰不是有了怨恨之意？」前番的小錯還街談巷議罵聲不絕，今番的大錯可是讓整個油城的人們都情不自禁齊聲喊打一哄而上。

自古就有美女毒蛇之說，沒想到現在也是靈驗無比。人們憎恨的眼光如同鋒芒穿心，讓陳嬌嬌真的是腹背受敵四面楚歌。好好的人兒天怒人怨，漂亮再一次演繹了悲慘的曲滅門的歌。說是冤枉為啥句句兌現？說是巧合為啥接二連三？宿命論再次找到了根據，祥林嫂又借屍還陽找到了替身。陳嬌嬌也是人，陳嬌嬌也有脆弱的一面，她哭著說：「我認輸，我投降，我害的老李家光出不順，我害的老石家家無一日寧。蒼天有眼，神靈保佑，所有的罪惡讓我一人承擔吧。只要能保佑兒媳的病化險為夷重歸於好，只要能保佑兒媳的病完好如初長命百歲。就是死，就是要我的命我也是在所不惜呀！」一群眾眼睛是雪亮的，大家心裡都有一桿秤，齊聲怒吼著說：「花言巧語不能當飯吃。既然你是個掃帚星，既然你是個害人精，你就不應該再纏著石一路不放呀！混帳的結合只有用果斷的分離來彌補，缺德的婚姻只有用徹底的隔絕來補救。」陳嬌嬌說：「這個時候別說讓我交出石一路，別說讓俺兩個徹底分離，就是挖我的心頭肉能保佑住老石家全家的平安我也心甘情願呀！」大家都說：「說一萬句好話不如辦一件實事，趕快滾回你那個鱉窩裡去與世隔離，去閉門思過，去痛改前非。省得讓天更怒，省得讓人更怨，省得讓更大的禍事也接踵而至。」

數量走了那個潘金蓮，人們再回過頭來痛斥這個西門慶。千人戳，萬人罵，死了兩個又病了一個，讓誰不是害了怕？讓誰不是擔了心？水有源，樹有根，種下苦瓜就食苦果。千錯萬錯一人的錯，石一路真的是讓大家審了又審罵了又罵，石一路真的是讓大家徹底逼進了死胡同，徹底走到了天盡頭。石一路可憐的人兒無人可憐，兒子更凶，孫女更惡，一股腦兒全都對著他發洩著她們的絕對怨恨和萬丈怒火。一個個越說越有氣，一個個越罵越兇狠，讓石一路真的是遇上了八面埋伏四面痛擊。十八級颱風越刮越猛烈，石一路這個時候不投降還能如何？石一路這個時候不認孬還能如何？趕緊找解脫，趕緊說軟話，石一路發自肺腑地祈求著蒼天說：「老天爺呀，饒恕了我吧！兒子是我的心肝，孫女是我的希望，我可不能眼看著俺老石家這個家走向崩潰，走向滅亡。」眾人更是氣不打一處來，齊聲怒吼著說：「還要你的合法權益嗎？還要你的虛無縹緲嗎？不見棺材不落淚的東西。眾人的話就是苦口良藥，所有的不順就是給你敲響了喪鐘。膽敢再執迷不悟肆意妄為，膽敢和狐狸精繼續糾纏個沒完沒了，更苦的果子也是等著你吃呀！」

石一路無條件投降，石一路徹底絕了和陳嬌嬌再搞男歡女愛的夢，服服貼貼聽從兒孫們的指派調遣。上省城陪兒媳住院一個多月，又提前回來陪著孫女去上高級中學。忙了前頭又忙後頭，還是讓孫女不停地罵。孫女人小鬼大想的可是真全面，唯恐爺爺和陳嬌嬌這個狐狸精再秘密約會舊情重續，唯恐爺爺他夜裡又回到她陳嬌嬌那個鱉窩裡偷偷苟合。當然，當然，事出有因，前因後果，老石家一家人所處的這個險惡處境逼著石小惠不想也得想呀，不做也得做呀。說句老實話吧，孫女的終極目標是唯恐兩個老東西再窮騷情亂彈琴給這個家添更多的亂惹更多的禍呀。尤其是怕母親的病受到她們倆窮騷情亂彈琴的不利影響不再見好孫女操碎了心，兒子更是唯恐不迭。兒子在省城醫院裡陪床也是人在曹營心在漢，啥時候也忘不了念叨那個狐狸精。風吹草動也信以為真，在電話裡幫著石小惠罵老爺子。石一路看到一家人對他的一百個不放心，天天發誓寫保證，徹底絕了和陳嬌嬌再搞斷橋會的望。

陳嬌嬌也是徹底死了心，可不敢再有半點非分之想，可不敢再搞任何吃不了全都兜著走的一點點事。苦命的人兒就是苦命，想不到人老了還成了多事之秋，還釀出了苦酒，還敬酒不吃吃了罰酒。本來就因為再婚遭到社會上的人百般埋怨萬般非議，現在更是因為兒媳的癌病兩個有情人被徹底地打入了地牢。無情的天河再一次隔斷了牛郎織女重新團聚的夢，陳嬌嬌石一路異處同心默默地唱著同一首歌：「忘不了，聽往事在腦海喧鬧。牽一發而動了全身，不該發生的事情全都發生了。明明是正當的結合，明明是恩愛的夫妻。卻成了不堪設想，卻成了大逆不道。無法挽回的傷害，無法饒恕的罪。解鈴還靠系鈴人，不對著咱倆發作還對著誰發作？很想他（她），很愛他（她），卻讓兒媳突入其來的病魔擋了個嚴嚴實實，搞了個不可逾越。受不了，也得受，用無情的折磨來贖罪。似乎是只有華山這麼個一條道，似乎是只有這樣無限期地搞分離，才能挽留住老石家這個病入膏肓的家。」

§17 不信邪偏有鬼

景先茹經過了六個月的危險期重歸於好，創造了前所沒有的手術成功救治。她在評功擺好會上喋喋不休地說：「多虧了省城名醫技術好，多虧了公公改邪歸正。心病全靠心來醫，半點含糊也命來補。」言外之意不言自明，對公公石一路和後娘陳嬌嬌的重聚徹底敲了喪鐘判了死刑。石一路雖說是聽了覺著十分彆扭，這次可是不忍也得忍，這次可是不怕也得怕，唯恐再禍起蕭牆讓兒媳又重新犯病，唯恐再出個什麼喪門子事吃不了全兜著走。忍了兩年，又等了兩年，兒媳的身體已完好如初，家庭的一切又重新擺正。尤其是孫女和兒子的前程有了令人欣喜的巨大進步，石一路這才又有時間想起了自己和那個愛妻的事。石一路這幾年光顧了兒媳這裡的康復安寧，石一路這幾年光顧了兒孫一家的心理平衡，完全忘記了心善貌美的陳嬌嬌還在那裡孤獨度日，還在那裡苦苦地等著他去過團圓日子。他在心裡說：「純相愛，苦相思，為了兒媳的病和全家的心理平衡硬性來分離。分離來，分離去，分離了歲月整四載。分離難，分離苦，一個是給兒孫當牛做馬甘當苦力，一個是備受輿論的摧殘獨守空房苦苦煎熬。天長地久有時盡，分離的期限卻是咋望也望不到邊，咋看也看不到頭。現在兒媳的病已經完好如初，兒子和孫女的一切都已步入正途，為啥還是不給我們說個鬆綁的話？為啥還是不讓我們恩愛夫妻脫離分離之苦？為啥還是不讓俺們再重新過上團團圓圓的幸福晚年？苦苦等了這麼些年，難道等到這個時候還不能圓圓俺這對老鴛鴦如饑似渴的夢？難道老年來就不能得到應有的精神和心靈上的一點慰藉？難道憋屈的日子就這麼著永遠過個沒完沒了？」想在心裡，急在身上，自己的事自己不說還能讓誰去說？於是乎石一路就試探性地對著兒媳景先茹說：「疾風知勁草，烈火見人心。公公這幾年對你們鞠躬盡瘁，對你們不辭辛苦忙裡忙外。現在你們好了，我看是不是也得為我們老年人的個人所需考慮考慮？是不是應該讓我回去住？你們總也得給我們老年人設身處地地想一想，老年來總也應該有個歸宿，老年來總也應該有個伴。我愛她，她愛我，難道讓我們永遠硬性搞分離？難道讓陳嬌嬌永遠獨自一人去守空房？」

不聽這話還算罷了，一聽這話景先茹馬上就上來了神經病。「混帳玩意，私孩子東西！」景先茹忍無可忍，罵著說：「一把年紀還窮騷情個啥勁？不該碰的東西難道還想去碰？死人的事難道忘了？要命的病也是不怕？吃一塹長一智，不該逾越的坎堅決不能搞逾越。這麼多次血的教訓還不汲取？那麼個喪門星女妖精為啥你總還是念念不忘？老實告訴你吧，有她無我，有我無她，我的這個病全是由於她才引起的。掃把星，狐狸精，光憑這些惡名聲就讓人不寒而慄，光憑這些爛稱謂就知道她的危害性有多麼嚴重。老實告訴你吧，只要你執意妄為賊心不改，只要你狗膽包天舊夢重溫，我就有可能再一次重新病倒，我就有可能真的會死給您這兩個老騷貨看看。」

天呀，怎麼念這麼毒的曲？怎麼唱這麼悲的歌？怎麼把兩個老年人的結合說的破壞力這麼嚴重？別看石一路不相信這些栽贓陷害的無稽之談，景先茹可是說鬼就來鬼，說邪就來邪，只見她景先茹說到死好像是立馬就觸犯了神經上來了病。只見她疼痛鑽心般地說：「臊公公，下三濫，前番你們禍害了咱老石家這個家你為啥還是不知道吸取教訓？今番為啥又舊話重提？說邪就有邪，說鬼就有鬼，今番為啥一提這個掃把星我就又有點舊病復發的樣子呢？天呀，傻公公，糊塗蛋，你千萬要別舊病重犯，你千萬別再和那個狐狸精重新鬼混啦！陳嬌嬌可是個害人精，陳嬌嬌可是個喪門星呀！她妨作的老李家光出不順，她妨作的咱老石家差點完蛋呀。離開她咋著不好？離開她一順百順。我的病已經徹底痊癒，您的兒子石小路又重新回到組織科得到重用。組織科老科長牛瑞生眼看著就老態龍鍾，眼看著就幹啥啥也不行了。長江後浪推前浪，世上後人超前人。組織科現在啥也是靠著您兒子石小路忙前忙後，啥也是靠著您兒子石小路親自去做。如果咱再燒燒高香，說不定牛瑞生老科長年齡一到就讓您兒子接上班呢！您的孫女石小惠也是一路順風，考取中國石油大學一類本科，還入了黨，還當上了支部委員。這樣的好日子來之不易，這樣的好日子可是要龍鳳呈祥呀，這樣的好日子可是要老鼠拉木銑大頭還在大後邊呀！你可千萬別舊病重犯，你可千萬別不該興旺的瞎興旺。不該興旺的一興旺，該興旺的就會不興旺。全家人爭著一根脈，這可是一個絕對的事實。人在做，天在看，倒上橋的買賣可是千萬不能再去做。前番血的教訓千萬不應該搞忘記，今番得之不易的美景可是絕對要珍惜。來之不易的幸福，來之不易的喜。這可是絕對要保護，這可是絕對要珍惜呀。不聽勸告可是牽一髮而動全身，更苦的果子也得等著咱全家人去吃呀！老實告訴你吧，待到你們舊夢重圓又鬼迷心竅時，待到你們重騷情又幹起那些死不要臉的混帳事情的時候，肯定是老石家徹底完蛋之日。有她無咱，白虎犯象，我可是把醜話說到前頭。親公公，公公親，為了全家的整體利益，為了兒孫的錦繡前程，千萬你別重蹈覆轍，千萬你別把到手的好事又一次給搞砸了鍋呀！」

這麼絕的話，這麼毒的曲，讓石一路一聽就渾身發抖，讓石一路一想就不寒而慄。忍了一天，又忍了一天，天長日久，日復一日，石一路可是抵擋不住自己的春心騷動。好好的美人不能享受，人為的責難無邊無沿。這是過的什麼日子？這是立的什麼規矩？那麼好的女人被說成是女妖，那麼好的女人被說成是狐狸精。這樣的日月還能堅持到哪年哪月？這樣的罪還能受到那時那刻？無可奈何，春心騷動，石一路終於還是徹底憋不住了。憋不住就搞小動作，這個時候他這才把兒媳的話全都告訴了陳嬌嬌。陳嬌嬌也是春心騷動，陳嬌嬌也是不能自控，氣哼哼地在電話裡說：「原來是患的蠍毒病，成心想拆散咱這個黃昏戀。俺一輩子啥都可以給她們，掏出心來也換不來半點同情。難道咱不是合法夫妻？難道咱老年來就不應該得到應有的需求？讓俺苦苦等了整四年，沒想到換來了這麼個更長期更堅決的永遠分離，沒想到等來了這麼個更徹底更惡毒的混帳用心。苦苦等了整四年，換不來她們的半點同情之心。四年可是個什麼數？六十過完眼看七十出頭的人還有幾個四年？實在不行就上法院，俺可是再也不願意繼續等了，俺可是不願意再人為地活活守寡啦！」

石一路這回也是上來了衝動，心想：「好好的美人不能享受，人為的責難無邊無沿，越是讓步越是和你往死裡對著幹。過去是年輕人婚姻不順封建包辦，現在是老年人再婚棒打鴛鴦倍受隔離之苦。讓一步逼兩步，退無可退只有反抗。」想到這裡上來了造反精神，於是就在電話裡罵不絕耳地對著陳嬌嬌說：「私孩子兒子，私孩子兒媳，還有一個私孩子孫女，全都讓我攤上了。老年人再婚可有啥錯？捕風捉影滿城風雨，讓咱兩個人不是人鬼不是鬼這麼多年。一忍再忍，一讓再讓，越忍越讓越不給你留一條活路。棒打鴛鴦，強行分離，足足四年也還是繼續糟蹋作賤咱倆的正當結合。難道咱一到一塊她們就非死不可？難道咱一到一塊她們就一了百了？巧言惑眾，用心惡毒呀！她們成心糟蹋咱咱為啥不反抗？現代社會現代文明，為啥光搞唯心的事讓咱受不完的罪？為啥光搞蠻不講理的條條框框讓咱永遠飽受隔離之苦？我們的養育之恩她們一點不念，老年人的丁點利益為啥也是不給？」說到這裡上來了急脾氣，兩個有情人可是不想再等了。和混蛋王八蛋的兒子兒媳再不能講溫良恭儉讓，石一路當天晚上就私奔到小五〇的趴趴屋裡又乾柴烈火地和陳嬌嬌睡到了一塊。

忞也忞不出好忞，有人喜歡就有人生氣。景先茹可是未卜先知，兩個老傢伙一舉一動都難逃過她的火眼金睛。石小路更是見微知著，半夜裡一看爹爹的床上沒人就知道出現了大逆不道。石小路說著罵，石小路罵著說：「下三濫，老騷貨，竟敢私自逃跑，竟敢不辭而別。好好的家庭剛見起色，為啥又要邪魔作祟重新鬼混？老石家上輩子作了啥孽？怎麼這麼大年紀的人還這麼大的騷勁？」畢竟是自己的老子，畢竟不是自己的兒子。打也不行罵也不中，石小路十八天沒睡著一點覺就得了神經不正常病。節骨眼上單位上又搞老科長接班人考評，石小路頭腦木訥第一關就考評落馬成了犧牲品。成了犧牲品，狗屁也不是，徹底絕了老石家後人夢寐以求往上爬的夢。苦苦等了這麼些年，沒想到讓老騷貨不早不晚關鍵時刻惹火得年輕人的黃花菜徹底涼了。石一路但自是個知趣的，石一路但自是個看事的，咋著不能再堅持這麼幾天？不是天意也是天意，老傢伙真是不到節骨眼上不發邪呀。

石小路失利鬱悶不已，石小惠更是牽一髮而動全身出現了全線崩潰。石小惠一聽到兩個老不要臉的又重新鬼混，還讓爹爹接班當科長的事名落孫山。那個氣，那個火，咋控制也是控制不住了呀！想到嚴重就是嚴重，於是就聰明的腦袋再也聽不進課。到頭來八門功課考不及格，臨畢業弄了肄業證啥也不是。油田不是本科不安排正式工作，好好的機會全都錯過。景先茹本來就是要頭要臉的人，看到丈夫一敗塗地的狼狽處境徹底沒了活的勁。景先茹本來就是要強的種，看到女兒石小惠落到了這麼個啥也不是的淒慘下場徹底讓她沒了人生的夢。女兒石小惠好好的大學白考了，丈夫石小路好好的升遷機會成了泡影，讓她景先茹咋能咽下這口憋肚子氣呀？讓她景先茹咋能丟下這個對那對老騷貨的深仇大恨呀？傻公公，老騷貨，有言在先硬是不聽，到底是又讓老石家的好戲徹底唱砸了鍋。人生有淚不輕彈，禍到臨頭誰不急？誰不恨？景先茹氣急敗壞，景先茹恨不得立馬就死。只見她一個勁地說，只見她一個勁地罵，恨不得把兩個老東西撕個粉碎方解她的心頭之恨。

怨之深，恨之切，憋屈的日子實在難熬，實在難過，景先茹沒幾天就又一蹶不振回到了醫院。醫院檢查舊病復發，癌細胞已經完全徹底搞了擴散。徹底擴散，徹底完戲，好好的人兒只剩下等死這一條路。景先茹先是腫後是瘦，疼痛得在病床上嗷嗷地光叫。活活受罪，無藥可醫，是個有人性的見了就不住一住地流淚，是個知道輕重的就罵陳嬌嬌石一路沒有人性。接下來的情況更是慘烈，沒幾天景先茹就一命歸西，老石家好好的這麼個女當家人又一次英年早逝。天呀，四十多歲五十不到，這可是比林能能還又提前了許多，這可是比天塌地陷也差不到那裡去呀！好好的家庭，好好的日子，沒想到讓一個妖女人的介入江河日下！

看到嬌妻英年早逝，石小路痛疼鑽心一口氣上不來就得了瘋病。石小惠更是氣血攻心，啥也可以忘記就是念念不忘要和那對老鴛鴦討還血債決一死戰。人贓俱在罪責難逃，全世界都知道是誰惹來的禍。街坊們對著石一路陳嬌嬌發出怒吼，親友們對著這對老鴛鴦雷霆萬鈞。泰山壓頂能不彎腰？八面受敵誰能抗拒？兩個老東西沒想到真的是不堪一擊。家門如此不幸，街坊們如此憤怒，徹底搗毀了這兩個老東西的心。陳嬌嬌五雷轟頂徹底失去活的勁，石一路萬念俱灰恨不得馬上去死。兩個人一起說：「別人家為啥做啥都行，俺老石家為啥都是一根筋做啥也是不中？好好的日子沒法再過，到底是一家人性格的毛病還是俺兩個老不正經的錯？」百思不解，只有認命，石一路陳嬌嬌一塊聲淚俱下地說：「命不好的人吃屎也趕不上熱的，倒楣的人喝涼水也是紮牙。」

§18 天大的危害天大的罪

好好的家庭毀於一旦，讓誰不是感慨萬千？讓誰不是惋惜不已？流氓家庭啥也能幹，書香之家可是眼裡容不得沙子肉裡容不得刺，可是出不得一丁點歪歪心眼。油城出了老石家這樣慘痛的爆炸性新聞，人人都有了要說的話，人人都想當事後諸葛亮來教訓一下石一路陳嬌嬌這倆個該死的混帳東西。心裡有煩，嘴上就罵，大家湊到一塊都情不自禁地抱怨著說：「該死的孽障，私孩子玩意，兩個老東西到底是把好好的一個家庭糟蹋成了這個樣子。真是死有餘辜，真是天打雷劈也難解人們的心頭之恨呀！事實是最好的老師，出了問題就有必要亡羊補牢警示千古。可不能讓類似這樣的私孩子事再毒瘤漫延禍害天下，可不能讓類似這樣的糟心事再星火燎原無限制地進行大面積擴散。對待天大的錯誤就是要發出天大的火，對待天大的錯誤就要搞出個天大的動靜。人命關天豈肯浮皮潦草？人死了豈肯輕輕易易就把當事人給以放過？」越說越氣，大家不約而同來到了石一路的小趴趴屋裡，對著這對老鴛鴦興師問罪。

一齊問：「敬酒不吃吃罰酒的混帳東西，石一路你到底是知罪不知罪？」石一路說：「既沒殺人又沒放火，到底我有哪門子罪？」一齊說：「沒有殺人比殺人還殺得厲害，沒有放火比放火還燒得慘。人命關天可是事實？一敗塗地怎麼解釋？背著牛頭還不認贓？泰山壓頂還不彎腰？林能能咋死的？李二道咋死的？景先茹咋死的？石小路咋瘋的？石小惠咋完的？好好的家庭毀於一旦，難道不是您倆一手造成的這個塌天之禍？要是您早聽林能能遠見卓識的嚴正警告，咋能禍起蕭牆？咋能內亂不斷？要是您早打掉李二道的疑慮，哪能牽一發而動了全身？鬼迷心竅不知深淺，一錯再錯還固執己見，這就是您的可悲可恨之處。這把年紀還書呆子氣十足，還追求什麼不合時宜的男歡女愛，還意氣用事追求什麼沒有名堂的虛無縹緲。總之，正是您的窮騷情亂彈琴，才適得其反功虧一簣，才一發不可收拾讓文明之家走向徹底完戲。鬼迷心竅不知深淺，孰輕孰重也分不出來。邪魔作祟不知好歹，孰遠孰近也搞不清楚。老騷貨一下子紮進狐狸精的懷裡，一下子把老石家這個文明之家徹底搞亂。說下天來也是不聽不信，牽著不走打著倒退的兩個老臊貨。功虧一簣，因小失大，徹底糟蹋完了老石家這個一流之家。窮騷情亂彈琴，寡廉鮮恥臭名遠揚。徹底攪和亂了老石家這個家裏的正常關係，徹底把老石家的後人推向絕境。一氣讓石小路考評落榜，二氣讓石小惠考了個全不及格，三氣讓景先茹死於非命。前面的罪惡就已罄竹難書令人髮指，後面的苦果更是越吃越是難吃，越咽越是難咽。兒子正當年瘋了咋辦？孫女耽誤了青春年華咋補？有根有據罪責難逃，天大的危害天大的罪。鐵板釘釘罪責難逃，不怕你石一路挖空心思，不怕你石一路狡猾抵賴，不怕你石一路死不認帳！」群情激昂怒火中燒，口誅筆伐雷霆萬鈞，大家無一例外地齊聲訓斥著石一路說：「不是你石一路讓夜貓子進宅哪有死人的事接二連三？不是你石一路邪魔作祟哪有老石家的功虧一簣？不是你石一路的死不要臉哪能讓要好的人走了極端？千錯萬錯你一人的錯，殺了你也難解天下之恨！」

該死的孽障確實該死，「打倒石一路」的口號聲此起彼伏。群情激昂，怒火中燒。這才是路見不平拔刀相助，這才是正義的力量排山倒海。石一路傻了，石一路呆了，石一路沒想到有這麼多街坊鄰居都來對著他發洩怨恨，石一路沒想到有這麼多知己友好都來對著他萬炮齊轟，石一路沒想到有這麼多親戚六人都來對著他窮追不捨。懦弱書生一下子又被打了個暈頭轉向，書呆子一下子就被又一次徹底打了個沒了防線，心想：「好好的家庭走上絕境，咋想也是天崩地裂，咋想也是難辭其咎，咋想也是悔不當初。」無法挽回的損失無法饒恕的罪，石一路徹底奔到了人生末路。

進無可進，退無可退，再有本事也頂替不了眼前的這些喪門子罪，再有能力也挽回不了眼前這個悲慘結局造成的爛攤子呀。天呀，這可怎麼辦呀？石一路倒楣的人兒這個時候才知道叫天天不應，石一路無奈的人兒這個時候才知道叫地地不靈，石一路這個時候才知道吃不了全都要兜著走。只見他渾身顫抖，只見他聲淚俱下地哭著說：「天呀，這是怎麼的一回事呀？老石家的結局為啥這麼慘？老石家的處境為啥這麼糟？明明是正當的結合，明明是合理合法的老年人再婚再戀，為啥牽扯出這麼多糟心的事？不認輸也得認輸，不投降也得投降。天爺爺呀，天爺爺，看來是您成心不讓俺好還真是就沒有個好，本來是好念的黃昏戀之經卻引來了淒慘的滅門之曲。」無奈的人兒還真是無奈，悲痛欲絕的石一路這個時候也只能低頭認罪，也只能尊天認命。一敗塗地，一塌糊塗，絕對的爛攤子，絕對的有罪的人。石一路一下子熊了，石一路一下子傻了。突如其來的悲慘結局，同仇敵愾的萬炮齊轟，徹底摧毀了他石一路無可奈何的心。加上千夫一指，加上萬人一語，石一路知道自己渾身是嘴也說不清道不白這裡頭的是是非非啦！磕頭求饒，嚎啕不已，石一路萬般無奈地說：「認命吧，投降吧，不該碰的就是不應該去碰。一碰就全線崩潰，一碰就一損俱損，一碰就一了百了。雖說是教義上說的老年人再婚再戀頭頭是道，真實的情況可是讓你不信邪也得信邪，不信鬼也得信鬼。不該碰的就是不應該去碰，一碰就引起連鎖反應，一碰就徹底給你個顏色看看。這就是老天，這就是事實，難堪的事情全都擺在了我的面前。」

看到能惹火不能打掃的石一路，看到被逼上犄角的石一路，大家氣更氣，大家火更火，一齊怒吼著說：「勿謂言之不預也，說下天來為啥早就是不聽不信？忠言逆耳有利於行，早為啥就是不聽大家的所有規勸？為啥早就是不信這個邪？不信邪就有鬼，生米煮成熟飯這個時候覺悟還有什麼屁用呀？」又說：「哪一件事情也是早有先兆，哪一件事情也是預先給你提出過警示預告。只是由於你鬼迷心竅，只是由於你固執己見死不開竅，才讓喪門子事一個連著一個。」能惹火不能打掃的貨，這個時候的石一路哪裡還有抗爭的本事。趕緊寫檢查，趕緊說軟話，這可是文革時期就練就的功夫本事，這可是有前科的人又重溫舊課。他說：

「知識分子愛認死理，書呆子還真是跳不出臭老九自己劃定的那個圈圈框框。好事辦砸了，噩夢成了真。敬酒不吃吃了罰酒，書呆子真是臭棋簍子淨走些讓人家一步將死的糊塗之棋。一步錯步步錯，無法挽回的損失無法饒恕的罪。千錯萬錯我一人的錯，殺了我也難解天下之恨。老天爺呀，眾街坊呀，我認罪，我投降，我徹底後悔了，我徹底認輸了！千不該，萬不該，老年來做啥啥不該。一不該色迷心竅，二不該童心再現。滿以為風流時髦時代潮流，沒想到魚肉好吃魚鯁真卡人。魚好吃，刺難除。卡到喉嚨裡的刺，咽又咽不下去，吐又吐不出來。這才是一著不慎滿盤皆輸，這才是一步是天堂一步是地獄。一家人千阻攔萬警告硬是不信，一條道跑到黑的強脾氣害死了我。讓我徹底弄了個雞飛蛋打，讓我徹底摧毀了俺老石家的這個家。我有罪，我該死，感謝眾人讓我榆木疙瘩開了竅，感謝眾人讓我吃了猛醒藥。」

泣不成聲，後悔的飯咋吃咋不是味。只見他石一路哭了又哭，說了又說：

「天呀，各位街坊鄰居呀，各位親朋好友呀，這可讓我怎麼著辦呀？老天爺怎麼給了我這麼個無法收拾的殘局呀？要是早聽眾人的話，哪能淪落到今天這步田地？後悔呀，莫及呀，早知道今天這樣的下場打死我我也不敢幹這些糊塗傻事呀！」眾人說：「哭有啥用？我們大家可是看不下眼前的慘，我們大家可是看不下眼下的景。好好的家庭，好好的日子，沒想到惹出了這麼多喪門子事，沒想到好好的家庭混到了這麼個慘不忍睹的淒慘下場。」都說：「該死的孽障，絕對的畜類，見了棺材才落淚。生米煮成熟飯，罪惡已經寫進歷史。回天無力就是該死，能惹火不能打掃的貨。」說到這裡天更怒，人更怨。好好的家庭毀於一旦，讓誰也是恨不得一下子就砸死這個該死的石一路呀。一個個罵著說，一個個說著罵：「缺德貨，下三濫，人老了還窮騷情亂彈琴，捅下天來沒了咒念。好好的家庭，好好的日子，沒想到就這麼著讓兩個老東西邪魔作祟給折騰得徹底完了。」

看到石一路狼狽不堪，看到石一路被動挨打，陳嬌嬌不得不走到前臺。漂亮人這個時候也是漂亮。亭亭玉立不減當年，大敵壓境也是臉不變色心不跳，只見她滿嘴是理地說：「列位街坊，各位親友，家門不幸，令人悲痛，令人怨恨。再悲痛，再怨恨，也不能全都昧著良心說些栽贓陷害俺的瞎話呀，也不能全都讓俺倆去頂這些喪門子罪呀。兒子和兒媳一個勁地糟蹋著俺倆，孫女小小年紀也不說公道話。是她們害人害己，是她們反對老年人正當的再婚再嫁，是她們防衛過當步入歧途末路，是她們應該負第一位的責任。我們把大房子都給了她們，我們把存摺都給了她們，連孫女上大學的錢全都是從石一路的退休金裡拿。還幫她們看病，還給她們出力，我們到底是錯在哪裡呀？黃昏戀，硬分離，糟蹋老人還當成經驗到處亂說。人為的責難無邊無沿，正道不走專往那牛角尖裡鑽。正是由於她們的倒行逆施，正是由於她們的不可理喻。才有了全家的戰火不斷，才有了今天的自我完蛋。」

陳嬌嬌正準備再說個四六，陳嬌嬌正準備再據理力爭。人們可是聽不下去了，人們可是旗幟鮮明怒不可遏，人們心裡可是各自都有衡量是非的一桿秤。豈能讓她們所說的這個妖女人再狡猾抵賴死不認帳？豈能讓她們所說的這個狐狸精再顛倒是非混淆視聽？氣無可氣，恨無可恨，大家都怒火萬丈地一起高聲說：「水有源，樹有根，沒有你胡惹火事哪有這麼多喪門子事？妖女人，賊心腸，害了一家又一家。死了人這個時候還敢來說這些自我辯解的話，真是打鐵的不會看顏色。事實是最好的老師，喪門子事一個連著一個，再會說還有什麼用？再會說也掩蓋不了這些無法饒恕的罪呀。手起刀落，人頭落地，見了棺材還不落淚嗎？見了死屍還不低頭嗎？私孩子玩意，恬不知恥的東西。人老了還淨幹些不著調的事，惹火得好好的一個家庭毀於一旦。」

有成見的人就是有成見，愛憤怒的人們就是愛憤怒。看看左，看看右，以大局為重的人還真是不少，她們才不相信也不允許這個妖女人再進行任何狡辯，她們才不對妖女人有什麼好的看法，她們都一齊對著陳嬌嬌說了又說：「妖女人，賊心腸，說出話來就讓人不氣也是氣，不恨也是恨。水有源樹有根，不是由於你的介入哪有這麼多喪門子事？一把年紀啥也不是，還有閒心媚眼向外。正是你的裡勾外連，才讓老石家徹底摧毀了家庭防線。說的怪輕巧，把責任都推給別人，好像自己啥責任也沒有。防衛過當，步入歧途。說的比唱的還好聽，掩蓋著自己的行至不端。分明是你讓老石家這個家庭走向完蛋，還巧言惑眾，還狡猾抵賴，真是死不要臉的人才說出些混帳王八蛋的話！別人死了，你咋不死？別人死了，你卻活著，這就是你惡毒用心的自我暴露。事實是檢驗真理的唯一標準，這可不是憑空說說就能給你定的這個罪呀！人命關天，殺人償命。死了人就是天大的證據，死了人就是天大的罪證，這可不是你狡辯抵賴所能幹的事。大難當頭一籌莫展，好好的家庭奔了末路。這個時候還想狡猾抵賴，這個時候還不知道自我反思，這個時候還不知道承擔自己應負的相應責任。真是個死不悔改的下賤胚子，真是個殺人不眨眼的女劊子手呀！」

氣無可氣，恨無可恨，還沒等到陳嬌嬌再說個什麼解釋的話，大家又都一齊氣憤填膺地繼續罵著說：「家門如此不幸，你還敢不閉門思過？你還敢背著牛頭不認贓？不是你窮騷情亂折騰，哪有今天的慘痛結果？好好的家庭，好好的日子，讓你這個妖女人的介入江河日下！」群情激昂，怒火萬丈，群眾眼睛是雪亮的，群眾可不是好惹的。事實是最好的老師，豈能讓她們所說的女禍害再妖言惑眾？豈能讓她們所說的掃把星再狡猾抵賴？一個個爭先恐後地說，一個個憤怒無比地罵：「這個時候還豬鼻子裡插蔥硬充大象，真是瞎了你的狗眼！對待紅顏禍水從老輩子那裡就知道深惡痛絕，沒想到你漂亮過人原來是為了殺人不見血，沒想到你漂亮過人原來是來禍害了一家又一家。現代社會雖說是講究寬容，也不能就這麼著任憑你來興風作浪，也不能就這麼著任憑你來胡亂糟蹋。好好的家庭毀於一旦，讓誰說也是你罪孽深重，讓誰說你也是一個十惡不赦的貨呀！」

說到這裡上來了轟動效應，連那些老學究們也按耐不住自己的滿腔憤怒。這些文人們可是喝過墨水，這些文人們可是知道四六，一起引經據典地罵了起來：「夏代妹喜漂亮過人，禍國殃民讓商所滅。商代妲己美妙絕倫，千古淫惡殺人如麻。西施美人沉魚讓夫差喪志亡國，貂蟬閉月之美讓呂布英雄落魄。楊玉環羞花之美，長恨歌至今還在走紅。慈溪更是紅顏禍水，使整個中國近代史黑到了沒法再黑。縱觀古今中國歷史，哪個漂亮人不是罪惡昭著？哪個漂亮人不是禍國殃民？妖眉惑主，興風作浪。朝三暮四，傷風敗俗。正是由於你的這些行止不端，才讓你迷惑上不講良心的負心男，才讓你禍害了一家又糟蹋了另一家，才讓你做出天大的危害天大的罪。婀娜多姿，眉目傳情，讓誰說你也是個狐狸精，讓誰說你也是個害人狂。你陳嬌嬌不是婀娜多姿哪會引起石一路見異思遷？你陳嬌嬌不是狐狸精哪會讓好好的人死了一個又一個？自己的結髮丈夫李二道死於非命，又讓老石家全線崩潰。咋說你也是罪大惡極，咋說你也是罪該萬死呀！」

陳嬌嬌可是不認為自己有這麼多罪，陳嬌嬌可是認為自己沒做出什麼出格的事。正常的男女往來，正常的男婚女嫁，哪一件不符合國家的法律條文？只見她又是說眾人全是栽贓陷害，又是說自己完全有冤可訴，嬌女人使出渾身解數進行著自己的正當防衛。一夫當關萬夫莫敵，陳嬌嬌羅列事實，陳嬌嬌用景先茹的蠻不講理的種種事實來戳穿大家的無稽之談。是的，什麼年代了還來這一套？什麼年代了還來繼續糟蹋漂亮美麗的人？明明是她們倒行逆施不幹人事，明明是她們人為的憋屈出病死了還想賴著別人不放嗎？

只可惜漂亮人這個時候講話已經不合時宜，只可惜漂亮人這個時候不再有昔日的天下推崇，只可惜這個時候的大家可是都有充份的證據把她看成了萬惡之源。一句話，眾人可是讓文人們引經據典的話煽動起來了自己的憤怒情緒，眾人可是讓眼前的災難氣得不再對美麗漂亮有什麼好的看法。不僅不認同陳嬌嬌的自我辯解，而且聲嘶力竭般地喊，而且震耳欲聾般地說：「事實也可以抵賴？人死了你也沒罪？死人的事可是頭等大事，死人的事可是重中之重，這可是再狡辯也狡辯不了的鐵的事實。歷史可是白紙黑字，現實可是一面鏡子。牽一發而動了全身，不該發生的事情全都發生了。這麼多人的眼睛還不如你看的清楚？這麼多的事實你也能百般抵賴？法制社會可是以事實為根據，可不能聽信你的胡言亂語。眼前的罪你是能推脫得掉還是能抵賴得了？眼前的災不是你惹的還是誰惹的？不是你紅杏出牆哪有李二道的早年喪命？不是你眉目傳情哪有石一路的神經錯亂老不正經？不是你窮騷情亂彈琴哪有老石家的功虧一簣？不是你的邪魔作祟火上澆油哪有老石家的全線崩潰？」

天呀，這可怎麼著辦呀？陳嬌嬌傻了，陳嬌嬌呆了，她就是有一千張嘴也無法推脫掉眼前的這些喪門子責任呀！雖說是乾糞難抹到人身上，鮮屎可是光憑臭就引來一大群蒼蠅。來者不善善者不來，親友們心裡可是全都憋著滿肚子的火，街坊四鄰可是全都憋著滿肚子的氣。都說：「死人的事就是天，死人的事就是地，死人的事就是壓倒一切的最重要的鐵的證據。想抵賴是抵賴不了的，想推脫是推脫不掉的。」順理成章，順手牽羊。接下來可是眾口一詞，接下來可是萬民同曲，大家都對著陳嬌嬌來搞了個無情宣洩，說了些亂七八糟，罵了個淋漓盡致。

氣瘋氣傻的廣大人們可是也有不老實的地方，失去理智的人們可是不再那麼循規蹈矩。這個說陳嬌嬌傷風敗俗，那個說陳嬌嬌美女毒蛇。這個說陳嬌嬌年輕就壞，那個說陳嬌嬌祖上就是娼婦不斷。天呀，人言可畏，一哄而上。登峰造極，無以復加。甚至說有其母必有其女，甚至說陳嬌嬌的四個女兒也是性臊狂，也是胡搞亂倫的貨。天呀，嚇死人了，一個個為了眼前的慘景喪失理智，一個個為了死人敗家的事說了些信口一說隨心所欲。又是說這，又是說哪，啥難聽就說啥，啥骯髒就說啥。敵人不投降就讓她徹底滅亡，更可怕的事也是憑空捏造想像著說了出來。想像的東西還都說的有鼻子有眼，真是眾人拾柴火焰高。沒有的事一個個還說成是被她們當場抓住，編造的故事一個個還說成是她們的親眼所見。

人多嘴雜，人言可畏，都不給你講理你還真就沒有個講理的地方，都不讓你活你還真就是沒個活的辦法。

陳嬌嬌聽到這裡魂不附體，聽到這裡徹底認輸。要是再和這些讓氣憤氣過了頭的街坊四鄰親朋好友死強一氣，無異於螳臂擋車，無異於自我找死。人命關天，死者為大，這個時候誰還能、誰還敢給她們所說的女禍害再說個公平話？陳嬌嬌想到這裡來了警惕，陳嬌嬌聽到這裡來了個脫胎換骨的徹底改變。既然生為人之母，既然已經由於自己的原因把污水潑到了自己女兒們的頭上，就不能再掉以輕心，就不能再死強一氣。該低頭就低頭，該投降就投降。天大的責任碗大的疤，一人做事一人當。可不能讓洪水毫無節制地搞了氾濫，可不能讓災難毫無限制地擴散漫延。淹沒了自己事小，再淹沒了自己那些無緣無故受到牽連的兒女們可是更加了不得，可是更加可怕的一種嚴重後果呀！

想到這裡，看到那裡，這個時候的陳嬌嬌不得不低下高貴的頭，這個時候的陳嬌嬌可是不得不徹底地把兒女們擺在第一位。嘴上說，心裡想：「給石一路的是罪大惡極，給我的更是紅顏禍水。成心不讓俺活，真的是沒辦法再活。到底是俺有啥罪？為啥什麼骯髒事也安插到了俺的頭上？扯不清，理更亂，出了喪門子事好像是就得非要找個頂喪門子罪的人。牽強附會的原因牽強附會的理，抓住一點不及其餘。苦命的人兒真是苦命，渾身是嘴也說不清了。人家死了，咱還活著，光憑這一點咱就說啥話也沒有用了。喪門子事，喪門子理，好像是大家咋說咋有理，好像是自己咋說咋有罪。都說不到黃河心不甘，現在才知道跳到黃河就洗不清。扯不清，理更亂，只要大家認定你是偷斧子的人，就咋看你咋像是個偷斧子的料。漂亮反被漂亮害，聰明反被聰明誤，越是辯解越是引起更大的氣憤，越是不服越是引起更大的污衊陷害。泰山壓頂能不彎腰？眾口一詞你還有啥法？這麼多人不說你好咋能有好？不低頭也得低頭，不認輸也得認輸。因為死人的事天下人都拿著漂亮人來說事，因為敗落的家天下人不會再給俺漂亮人留個活路。捕風捉影，牽強附會，啥時候、啥地方也是有冤屈致死的鬼呀！家門如此不幸，鬼哭狼嚎一片慘景，這個時候我不倒楣誰倒楣？這個時候我不認罪誰認罪？漂亮反被漂亮誤，聰明反被聰明害。老年來改嫁遭非議，吃不了全都要兜著走。就算我倒楣，就算我該死，可我的女兒們可有啥罪？只要恨你就捕風捉影，只要恨你就株連無辜。天真的是要黑了，地真的是要陷了，只要恨你就把什麼醜陋事也毫無節制地往你和兒女們頭上去安插，去栽贓呀。一人做事一人當，一人有罪一人頂。可不能把我的兒女們也搞個牽強附會，可不能把我兒女們也搞個滿城風雨，可不能把我的後人也一齊拖下水落個千人批，落個萬人罵呀！」

想到這裡，看到那裡，只見她陳嬌嬌心不甘情不願地說：「沒想到老年來改嫁這麼遭非議，沒想到喪門子事把俺一下子弄進了萬丈深淵。進無可進，退無可退，渾身是嘴也說不清了呀！一人做事一人當，一人有罪一人頂。列位街坊，各位親友，講講良心，留條後路。所有罪惡讓我一人承擔，殺頭掉腦袋我也心甘情願。行行好，積積德，可不能壞了俺的兒和女，可不能把她們的一世英名也毀於一旦，可不能把年輕人也一齊拖下水呀！」

說到做到，不放空炮。漂亮人幹事不搞拖泥帶水，漂亮人辦事舍小求大。只見她陳嬌嬌大包大攬地說：「一人完了不算完，眼看七十多歲的人啥虧不能吃？只要能保住孩子們以後的路，眾人說啥俺是啥。為了能保住兒女們以後的路，紅顏禍水的帽子也得趕緊搶著往自己頭上戴。人生走到了這一步，漂亮人再一次當成了替死鬼，漂亮人再一次當成了萬惡之源。為了兒女，為了未來，可不能讓老石家的災難全都也轉移到老李家，可不能讓老李家的後人也遭到一個同樣悲慘的結局和命運。為了兒女，為了未來，明虧暗虧都得吃。死了我一個，保住兒女一大群。心也甘，情也願，可不能再猶豫不決，可不能再一次耽誤了三秋。」

接下來，陳嬌嬌可是大包大攬，陳嬌嬌可是低頭認罪，陳嬌嬌把所有不幸全都歸結到自己身上。眼淚汪汪，一片虔誠悔改之心，妄圖贏得大家對自己的一點點寬恕和一點點原諒。只可惜枉費心機，只可惜徒勞無益，只可惜陳嬌嬌說啥也晚了，只可惜陳嬌嬌越承認有罪越引起群眾的更大氣憤，越引起人們更大的窮追不捨。原因很簡單，道理很明顯，這個時候說啥也是於事無補了。一句話，承認錯誤並非彌補了自己先前的罪惡，更不能挽救頻臨滅亡的老石家的這個家。想到這裡，看到那裡。眾人可是繼續氣未盡恨難消，大家可是永遠都把妖女人當作十惡不赦的萬惡之源，永遠都把妖女人當做恨之入骨的冤家對頭。把老石家糟蹋成這麼個熊樣，眾人可是一日為患終生為恨，繼續說她們那一面子理，繼續在更大更多場合下去宣講這個事情應該吸取的血的教訓，繼續把妖女人一個勁地使勁謾罵，一個勁地往死裡對她進行窮追猛打。千人一張嘴，萬人一條心。互相補充，互相發揮，老百姓就是見不得別人家出個啥事，老百姓就是愛拿出事的人家就事說事。捏造的事情沒有說服力，真憑實據的東西可是最能震撼人們的心呀。

言而總之，總而言之，老石家出了這麼些要命的糟心事，讓人們不得不引以為戒，讓人們不得不警惕再三。看到嚴重就是嚴重，想到厲害就是厲害。看到老石家的慘景，大家都不無感慨地說出了自己心中要說的話：「自古漂亮都是邪魔作祟的源，今天更婸娜多姿絕對是所有罪惡的根。宜將乘勇追窮寇，不可沽名學霸王。堅決把石一路打翻在地，堅決把陳嬌嬌批倒批臭。痛打落水狗，血債要用血來還。讓她們活也活不出好活，讓她們死也死不出好死。讓她們惹火出來的淒慘下場來警示千古，不再重演！」

宜將乘勇追窮寇，不可沽名學霸王。瘋兒子石小路瘋人不瘋心，更是和眾人的觀點息息相通，更是順著大家指引的路一往直前。天天來找這對老鴛鴦來算總帳，日日來這裡發洩自己的切膚之痛和斷腸之恨。孫女石小惠受害最大危害最深，更是念念不忘綳緊她那復仇雪恨的那根弦。不是由於兩個老不正經的窮騷情亂彈琴，哪能讓她沒了母親？哪能讓她沒了正式工作？這麼大的仇，這麼大的恨，也只剩下讓她和這對老鴛鴦唱對臺戲的被迫無奈和鐵石心腸。

景先茹死了，責無旁貸，石小路被推到了前臺。只見他瘋人不瘋心，哭著說，對著罵：「爹也不是原先那個爹，後娘可就是披著羊皮的那個狼。窮騷情，亂彈琴，老騷貨徹底丟了老石家的人，妖女人徹底敗了老石家的興。把俺扔進了山崖，把俺推入了深淵。該死的不死，不該死的全都死了。閃下俺這對可憐的絕望的父女可咋著再活？可咋著再辦？到底是俺有啥罪？到底是俺上輩子作了啥孽？怎麼淪落到今天這一步田地？」石小惠更淒慘，石小惠更動情，一哭奶奶二哭娘，叫苦連天地說：「好好的家庭毀於一旦，這可是上輩子造的什麼罪？這可是今輩子作的什麼孽？」

兩個苦命的人兒心有靈犀，石小路石小惠父女兩個人一塊唱著說：「受不了，聽往事在腦海喧鬧。撕心裂肺般的疼，裂肺撕心般的痛。一個騷男人人老心不老無事找事，一個妖女人婀娜多姿來害了俺老石家的這個文明之家。兩個老不正經的倒行逆施齊心協力，害的老李家死了頂樑柱，害的老石家死了一個又一個。邪魔作祟，殺人如麻，危害越陷越深，罪惡越聚越大。兒子該是升遷的機會成了泡影，孫女該是得到文憑和該是得到的工作機會全都沒了。好好的家庭牆倒屋塌，好好的日子一敗塗地。冤有頭債有主，全是這倆個該死的孽障給帶來的塌天之禍。老不正經，邪魔作祟，捅下天來卻沒了咒念。怨之切，恨之深，老天爺為啥不天打雷劈了這兩個老騷貨？老天爺為啥不讓她們活也活不出好活？老天爺為啥不讓她們死也死不出好死？冤有頭，債有主，血債要用血來還，這口怨氣出不來俺可是死不瞑目，俺可是誓不甘休！老騷情，亂彈琴，徹底搞完了俺老石家這個家，徹底搞砸了俺老石家的未來和一切。砸了鍋，敗了家，瘡痍滿目治不了，滿腹的仇恨抹不掉。只要俺還有一口氣，就冤有頭債有主地上這裡來鬧。該死的孽障，絕對的騷貨，我們完了，你們也別想好！」砸了桌子摔了碗，父女倆天天來這裡瞎胡鬧。

知根知底，愛恨分明。街坊鄰居更是都有自己看問題分析問題的偏向和主見，親戚朋友心裡更是都有一桿秤。看到石小路神志恍惚，看到石小惠走投無路，人們一個個都疼痛鑽心般地挖苦著兩個老騷貨說：「兒子瘋了，孫女傻了。一個沒了前程，一個沒了應有的希望，可憐的父女爺倆讓您給逼到了這步田地。種下苦瓜就食苦果，悲慘的結局不找您這兩個孽障來算帳還找誰算帳？」個個視惡如仇，人人義憤填膺，都邦著瘋子傻子說著她們的那一面子理。

說句老實話吧，事情發展到如此程度，人們還能咋著辦？面對無法收拾的殘局，面對氣瘋氣傻的兒孫，人們也只能說那一面子理的被迫無奈，也只能幫著這兩個可憐的父女討回點點無可奈何的公道呀。都說：「昔日的興騰今日的敗，一步是天一步是地。兒子踏實肯幹，孫女精明伶俐，不著是您倆胡惹火事，不著是您倆邪魔作崇，老石家咋會淪落到今天這一步田地呀？」又是讓陳嬌嬌忙吃管飯，又是讓石一路出錢消災，有一點伺候不周的地方群眾也是一片指責，一片謾罵。石小路石小惠更是得寸進尺，更是步步緊逼。父子倆吃了拿了也是不咽不下滿腹的冤，父子倆罵了砸了也是消不下心中的恨。因為她們都知道前因後果，因為她們都知道啥都晚了，啥都完了。

前因後果，山崩地裂，才有了今天的滿盤皆輸，才有了今天的追悔莫及。追昔撫今，感慨不已，大家都一個個滿嘴是理地幫著這對父女說：「事實是最好老師，災難是源頭上的錯。人老心不老，拿著沒臉當官做。邪魔作崇圖一時的痛快，卻捅下天來卻沒了咒念。自己惹的禍自己負責，自己釀的苦酒自己得喝。可不能讓這對可憐的父女也慘死在這個門道上，可不能讓這對可憐的父女就這麼著死了。人生夢，夢生人，種下苦瓜就食苦果。人完了，家敗了，啥指望也沒有的人，除了發瘋發傻還能幹啥？冤有頭債有主，前因後果，她父女倆不找您來算帳還找誰來算帳？她父女倆不找您來出冤還找誰來出冤？這麼大的仇，這麼大的恨，不折騰個天翻地覆咋能消下她倆心中的火？這麼大的仇，這麼大的恨，不折騰個沒完沒了咋能讓地下的冤魂得到安息？」

天天不得安寧，夜夜睡不好覺，就是鐵人也會倒下。石一路老了，步履維艱，一步挪不了四指。陳嬌嬌垮了，眉頭緊鎖，面容憔悴，反覆蹂躪的花完全凋謝。倆個老鴛鴦沒了熱情沒了興致，吃也吃不出香，喝也喝不出樂，倆人時常哭訴著說：「快到七十多歲好容易才湊到一塊，沒想到天爺爺黑了心，用接二連三的不吉利的事成心來彆扭著俺倆。讓俺低頭認罪，讓俺無地自容。低頭認罪，無地自容，人也在怒，天也在怨，性和情的騷動真的是被徹底埋葬打進了十八層地獄。現在才知道高貴的東西並非高貴，現在才知道追求虛無就是虛無。純說教的東西再正確也是個零，嚴酷的現實可是讓你吃不了全都要兜著走。從唐明皇到石一路，從楊貴妃到陳嬌嬌，概莫例外。知道了又有什麼用？原來是生米成粥，原來是該受什麼罪就受什麼罪。傳說誠摯的愛情感天動地，沒想到喬太公亂點鴛鴦譜才是人間正道。柴和火絕對不能讓它們碰到一塊，這可是人世間最致命的一條禁忌。如果硬要柴和火碰到一塊，就是一觸即發，就是噩夢連連讓你永遠都吃不完的後悔藥。」

天呀，陳嬌嬌石一路真的是來了罪，這麼大年紀還千人指萬人罵。要說是冤枉卻無人同情，要說是罪惡卻有一千個人敢站出來給她們弄個說不完的根道不完的據。人命關天，家道中衰，誰想掩蓋也是枉然，誰想挽回更是徒勞。一時失手千古恨，牛不喝水強按頭。沒有事誰也坦然，出了事誰也沒法說清這裡頭的子丑寅卯。死人的事就是天大的錯，必須從源頭上深挖細找。不是您惹的也是您惹的，因為在大家看來老不正經從來就是大逆不道十惡不赦的萬惡之源。歷史是人民寫的，事實是最好的老師。誰也沒本事把死人再重新弄活，誰也沒能力把悲劇重新改寫。事實清楚量罪準確，死人的事就能囊括、就能說明一切的問題。誰死了人誰就是最大的冤魂，誰死了人誰就是最大的受害者。死者心難平，生者可是要責無旁貸地承擔所有後果，承擔所有罪責。一日為仇終生為害，千里之行始於足下。冤家對頭從來就是難辭其咎，因為她們的死全是由於你們幹了不該幹的事，因為她們的死全是由於你們荒唐透頂的追求惹火來的。人命關天，死者為大，老百姓可是知道替死者和弱者說話。人活一輩子容易嗎？好人讓壞人給氣死了。冤有頭債有主，該是誰的罪惡就得找誰來算這個總帳，可不能再一次便宜了那些能惹火不能打掃的孽障畜類私孩子們呀！

到頭來事實清楚量罪準確，到頭來都罵石一路老騷貨死不要臉，到頭來石一路落了個天理難容罄竹難書。美女毒蛇更是實至名歸，陳嬌嬌和歷史上所有美人一樣被釘在了恥辱簿上。都說：「再讓您兩個老不正經，歷史可是公正無私！事實是檢驗真理的唯一標準，老石家的悲慘結局不讓您倆承擔還找誰承擔？好好的人家出了紕漏，好好的人死了一個又一個，讓誰不是氣急敗壞？讓誰不是恨之又恨？不該碰的就是不能碰，追求虛無就是虛無。」兩個老鴛鴦風燭殘年也擋不住民怨沸騰，也擋不住齊聲喊打，都說：「老騷貨，賤胚子，臊死了那麼多人，臊敗了整個老石家的這個家。無法挽回的損失，無法饒恕的罪，天打雷劈也難解人們的心頭之恨！」

活著時就千家指萬家罵，死了後肯定是天從人願讓閻王爺把她們倆投進十八層地獄。都說：「這就是老騷情的結果，這就是老不正經的歸宿。流氓家庭啥也能幹，書香之家可是不能亂了分寸。如果誰敢以身試法，如果誰敢置若罔聞，就小心落到石一路陳嬌嬌之流同樣的悲慘結局。一著不慎滿盤皆輸，種下苦瓜就食苦果。待到回天無力時，待到不堪回首時，就同樣的千人指萬人罵，就同樣的遺臭萬年。這就是事實，這就是歷史，這就是不以人們意志為轉移的中國特色的人情世故倫理道德。鍋是鐵打的，事是人惹的，不服也得服。外國有的東西中國可是不一定行，因為我們有幾千年的文化積澱，因為我們中國人可是要頭要臉。畜類們幹的事也引進中國，才讓死人的事接二連三，才讓到處麻煩不斷。繼承文明古國的優良傳統，雖說是有點古板，雖說是近於苛刻自虐，可是能保住一家人的幸福和未來。老石家的悲劇警示千古，老石家的教訓發人深省。一人忍天下順，一人臊天下亂。瞻前顧後，青史留名。邪魔作祟，禍家殃後。前車之覆後車之鑒，執迷不悟死路一條。年輕人錯了還可以從頭再來，老年人錯了可是只有把遺憾帶進了墳墓，帶進棺材。有得有失，有失有得，不該追求的東西千萬不能追求，這個辯證的道理對老年人尤為重要。現代時髦，份外之食，可不是普通的老年人所能享受得了的。堅持貞潔，從一而終，啥時候也是興家助後的一道金不換的苦口良藥。一人忍全家順，一人窮騷情全家禍亂不斷，這可是用鮮血換來的顛簸不破的絕對真理。」頭頭是道，句句占理。全都是發自肺腑的至理名言，全都是用鮮血換來的真實總結。

舉一反三，警示千古，這可是中國人的優良傳統。老石家的悲慘結局就是社會的一面鏡子，刻骨銘心，令人深記不忘。這麼好的活生生的反面教材，不利用那才是傻瓜，不宣講那才是憋屈人們善良的心，那才是違背起碼的社會公德。一人講，萬人隨，家家越念叨越有味道，人人越咀嚼越有營養。一人講，千人說，讓油城的老人們真的是安分了許多，真的是進步了不少。都說：「啥也不怕就怕死人，啥也不怕就怕小日子全線崩潰。光憑老石家這個事情的嚴重性就讓那些賊心不死的老東西們心驚膽寒望而卻步，就讓那些邪魔作祟的老傢伙們一日被蛇咬終生怕井繩。拿下來的碼頭，打出來的江山，極端的例子可是最有普遍的教育意義。」從此，這裡的老東西們一個個都老老實實，一個個都低調做人。不敢再有非分之想，甚至是爭先恐後地給兒孫們當牛做馬。全都效仿乖老子，對兒孫們惟命是從。

「臨死留個好，留取丹心照汗青。」老傢伙們一個個頗有感觸地說：「千萬別生命誠可貴，千萬別愛情價更高。牙牙學語，貽害的可是自己的兒孫，禍害的可是自己的後人。安分守己，從一而終，雖說是有點因噎廢食，可也不能不說是生死攸關，可也不能不說是防患於未然。」又說：「極端的事情未必家家都能碰上，極端的事情可是最能發人深省。不信邪，偏有鬼，千萬別敬酒不吃吃了罰酒，千萬別吃不了再兜著走。孰輕孰重一目了然，歷史教訓永記不忘。委屈老人，兼顧兒孫，這才是絕對的情理之中。畜類們記吃不記打，中國人可是講究上當一次不能上當永遠。瞻前顧後，委曲求全，啥時候也是做人的基本原則，啥時候也是做人的基本信條，尤其是對老年人尤為重要。不該碰的東西堅決別碰，老不正經可是絕對的禁忌。你強我更強，你強我更強，專門和兒女們對著幹，只能是捅下天來沒了咒念。中國的天地中國的理，可不能跟著洋鬼子學不著調呀！」

這樣的話順時，這樣的話順耳，讓兒女們由衷高興，由衷感激。借事說事，借理說理。借著老石家的不幸，話說著恒古不變的中國規矩。規範了老人，保住了和氣，也算是一種中國特色的萬全之策。不這樣做確實不行，因為大家都害怕老石家的慘劇也演繹到自己的那個大家裡去呀。「規規矩矩，老老實實，啥時候也出不了大問題。不求有功但求無過，臨死千萬要留個好！」老年人一個個都互相勉勵著說出這樣的感觸頗深的話。不像是出於違心，更像是飽經滄桑，更像是迷途知返，更像是發自肺腑。總之，老石家慘痛的教訓把她們教育成了個刻骨銘心重新做人，老石家糟糕的結果把她們教育了個徹底收斂乖乖聽話。拿下的碼頭，打下的江山。老石家駭人聽聞的殘劇算是徹底征服了這裡的老傢伙們，算是徹底保住了這裡的一方平安。

釀小說30 PG0980

黃昏戀之罪

作　　者　扈新軍
責任編輯　邵亢虎
圖文排版　張慧雯
封面設計　王嵩賀

出版策劃　釀出版
製作發行　秀威資訊科技股份有限公司
114 台北市內湖區瑞光路76巷65號1樓
電話：+886-2-2796-3638　傳真：+886-2-2796-1377
服務信箱：service@showwe.com.tw
http://www.showwe.com.tw
郵政劃撥　19563868　戶名：秀威資訊科技股份有限公司
展售門市　國家書店【松江門市】
104 台北市中山區松江路209號1樓
電話：+886-2-2518-0207　傳真：+886-2-2518-0778
網路訂購　秀威網路書店：http://www.bodbooks.com.tw
國家網路書店：http://www.govbooks.com.tw
法律顧問　毛國樑　律師
總 經 銷　聯合發行股份有限公司
231新北市新店區寶橋路235巷6弄6號4F
電話：+886-2-2917-8022　傳真：+886-2-2915-6275

出版日期　2013年6月　BOD一版
定　　價　450元

Printed in Taiwan

國家圖書館出版品預行編目

黃昏戀之罪 / 扈新軍著. -- 一版. -- 臺北市：釀出版,
2013.06
面； 公分. -- (語言文學類)
BOD版
ISBN 978-986-5871-54-3 (平裝)

857.7 102007819

讀者回函卡

感謝您購買本書，為提升服務品質，請填妥以下資料，將讀者回函卡直接寄回或傳真本公司，收到您的寶貴意見後，我們會收藏記錄及檢討，謝謝！
如您需要了解本公司最新出版書目、購書優惠或企劃活動，歡迎您上網查詢或下載相關資料：http:// www.showwe.com.tw

您購買的書名：________________________________

出生日期：________年________月________日

學歷：□高中（含）以下　□大專　□研究所（含）以上

職業：□製造業　□金融業　□資訊業　□軍警　□傳播業　□自由業
□服務業　□公務員　□教職　□學生　□家管　□其它_____

購書地點：□網路書店　□實體書店　□書展　□郵購　□贈閱　□其他

您從何得知本書的消息？
□網路書店　□實體書店　□網路搜尋　□電子報　□書訊　□雜誌
□傳播媒體　□親友推薦　□網站推薦　□部落格　□其他__________

您對本書的評價：（請填代號　1.非常滿意　2.滿意　3.尚可　4.再改進）
封面設計____　版面編排____　內容____　文／譯筆____　價格____

讀完書後您覺得：
□很有收穫　□有收穫　□收穫不多　□沒收穫

對我們的建議：________________________________

____

____

____

請貼
郵票

11466
台北市内湖區瑞光路 76 巷 65 號 1 樓
秀威資訊科技股份有限公司 收
BOD 數位出版事業部

……………………………………………………………………………

（請沿線對折寄回，謝謝！）

姓　　名：＿＿＿＿＿＿＿＿　年齡：＿＿＿＿　性別：□女　□男

郵遞區號：□□□□□

地　　址：＿＿＿＿＿＿＿＿＿＿＿＿＿＿＿＿＿＿＿＿

聯絡電話：（日）＿＿＿＿＿＿＿＿（夜）＿＿＿＿＿＿＿＿

E-mail：＿＿＿＿＿＿＿＿＿＿＿＿＿＿＿＿＿＿＿＿